幸福炮兵

姚晓刚 著

作家出版社

一个少年荒唐岁月的纯真记忆

钓鱼钓上的鳖，在河滩上伸脖蹬腿，拼命地翻了身，没想到我又将它翻了个肚皮朝天。鳖羞，四爪乱蹬重要翻身。做饵的蚯蚓睁开眼，一头扎进我爹的酒壶，"嗞嗞"地豪饮声里我想要尿尿。不成，我知道它诱我，是要看我尿床的笑话。突然，鳖咬住了我的指头，不松口，血流成河……顿时梦醒，我伤心呆愣，娘摸我头，说：摸摸毛吓不着，我碎娃是被雷惊着了……

知道男女之间那点事儿，是从和萍牵着家里的老母羊去老皮头家"搭羊娃儿"开始的。

那天是星期日，我还赖在被窝里，爹早早就起来了。我想爹压根儿就不知道星期几，他整天盘算的就是他那几只绵羊，什么时候下羊娃儿，什么时候剪羊毛，什么时候起圈出粪。

"水门红了！"

我听到爹在羊圈里对我娘大声吆喝着。

"水门"，就是母羊屁股下面尿尿的地方。水门红了，就是母羊想公羊了，想让羊公子给她"搭羊娃儿"了。这些，城里的萍不会知道，城里人把这叫配种。

别小看了这几只绵羊，我们家买盐买醋，爹买烟买酒，我买笔买书包都指望它哩。我身上穿的毛衣，也是娘将剪下的羊毛纺成线给马路对面医院的党姐织的。党姐一手的好毛线活，三根两头尖尖的竹扦子，在她手里上飞下窜左捅右戳，三两天就能织完一件毛衣。当然，刚剪下的羊毛不能织毛衣，娘还得将羊毛与黄土和成泥，一把一把贴在石板上让日头晒干，再用柳条抽打。娘抽打时，捂着鼻子，只见尘土像雾扬向空中，羊毛在黄土尘雾中飞舞散开再一缕一缕飘落到地上，这一腾一落，原先油喷喷的羊毛就变得白花花喧腾腾软乎乎的，跟棉花一样了。穿着党姐织的毛衣，我心里总有一种甜甜的感觉。

要说，党姐还是我真真正正的贵人，当然这是后话。党姐的男人是军官，党姐生娃时，他回来了。在产房里，党姐一边生娃一边骂男人："你只顾自己痛快，看看女人多苦。"军官丈夫脸红一笑。党姐对我娘说，碎娃当兵会有出息。我娘说，老姚家成分不好，当兵？恐怕当不上兵。那年接兵的来了，是党姐对接兵的军官说，她有个弟弟，你要是不接走去当兵，太可惜了。党姐说的弟弟就是我。党姐让人喊我来，见了接兵的。我看见党姐的手伸到接兵军官的怀里，党姐的听诊器在接兵军官胸口来回滑动，接兵军官的眼睛就闭了起来。"看看，我这弟弟不错吧？"党姐的话让接兵军官睁开眼，他打量着我问："你会画画？"我不知咋搭腔。党姐说，会会，他画的孙猴儿要是不小心从纸上跳下来，能成孙悟空。党姐的话，让接兵军官哈哈大笑。接兵军官说："哪天去你家家访，看看你画的猴子。"说着又闭上了眼，党姐一看，本想收回的手又向里滑动了。接兵军官又想到什么，睁开眼睛看着我，又看看党姐，问道："他是你弟弟？亲弟弟？"党姐说："是我弟弟，比亲弟弟还亲，他是我姨家的老大。"

爹起来给羊圈垫了土，给羊喂了草，便掀起老母羊肥肥的尾巴看了下，弯下腰伸头闻了闻，然后冲着屋里正在做饭的娘大声叫唤道：

"水门都红了，该搭羊娃儿了。"

娘将手里的苞谷面下进锅，使劲用勺在大铁锅里搅了几圈，然后小跑着到羊圈。娘和爹一样掀开老母羊肥肥的尾巴看了下，顿时乐得合不上嘴。娘摸着老母羊的头，像摸她儿子的头一样，嘴里啧啧的一个劲儿夸："你呀，没白养，一年一窝，一次都不落下，真是个甜欢人的牲畜儿。"

爹对娘说："还不让强儿快起来，太阳都烧屁股沟子了，还赖在被窝不起来。"

娘说："今天歇礼拜，让娃多睡会儿，正是长苗拔个子的时候。"

爹说："还睡，我这么大跟人学手艺时，哪天不是天不亮就起来，给师娘倒尿盆，给师傅泡上茶。强儿，十几岁的娃了还啥事都不会做，全是你给惯坏的。快叫他起来，趁早给羊搭羊娃儿去。"

"强儿念书可上心，学校的老师都夸强儿，我看你老姚家，没准儿就指望强儿长大能有个出息哩！"娘说。

我实际上也醒了，胳膊被身子压麻了，还憋着一泡尿。只是，我一直趴在被窝，这会儿正想着萍呢。

昨天放学时，萍说要给我看件东西。"只能一个人看，不许给别人看，更不能让我哥哥敏和锐看！"萍神神秘秘地说。

到底是啥东西？

萍说到时你就知道了！萍说这话时脸都红了，这让我更期待看她的这个东西。

"你能有啥好东西？还不快拿出来给我看，馋人是咋地？"我对萍说。

萍说，这两天我抽空拿给你看。

"你给我看好东西，我就带你去放羊。"我对萍说。萍缠过我好几次了，要我带她去放羊玩。

这会儿，听到爹娘一声高一声低地叫唤，我一骨碌爬出了被窝儿，提着裤子，跑到茅房，舒舒服服的"嗞嗞"声中，我闭眼享受着痛快。

爹见我出来，就对我说："强儿，快将羊拉村北你老皮头叔家，让老皮头叔给羊搭羊娃儿。"

娘说："饭快熟了，让强儿吃完再去吧？"

爹是个急性子："搭完羊娃儿回来再吃还能饿死人不成？"我一听，对娘说我不饿。

爹这回笑了："你空着点儿肚皮儿，今儿去坐席吃八大碗。"

娘一听说："差点儿给忘了，陈二忠兄弟结婚，这么大的事咋能忘了不成！你说咱随多少钱的礼？一块，还是五毛？"

爹说："你打发叫花子呀？陈二忠是我的兄弟，说什么也得随两块。"

娘说："要不咱扯个便宜点的条子（陕西人送礼物的一种形式，即一块布），多阔气！"

爹想了想，说："成！送条子排场，就是条子贵了些。"

娘说："舍不得花钱，咱就算了？"

爹摸了下老母羊头，咬牙说："搭上羊娃儿，上秋就能下羊羔了，一个羊娃儿少说也能卖六块钱哩。扯条子！"

娘一想笑了，说："你们兄弟，真是比亲兄弟不差啥，我这就去合作社扯条子！"

萍，省城来的学生，萍的妈是公社医院的大夫，萍的爸我没见过，听说是个大官，被下放劳动改造了。萍、萍的妈、萍的哥锐和敏，一起来到我们这里。萍一来，就和我坐在一张桌子上，原先与我坐一起的芹和秋芒坐了。

萍让我知道了城里人与农村人有啥不一样，确切地说是城里女娃跟农村女娃有啥不一样。农村女娃芹，眼睛是直的，一般不看你，就是看你，也是慌里慌张瞅一眼。芹每回偷偷送我白面馍吃就是这样的。她指指书包，书包口已露出了白面馍，我要是不取，她就将书包从书桌下推给我。像娘说的，可能我正在长身体，肚子总饿，一看到芹书包里的白面馍，我就会拿出，瞅没人注意时往嘴里塞。自从萍来了和我坐一起，芹就不再送我馍吃了，有时还故意当我面自己吃白面馍，不是吃，是狠狠地咬白面馍，边咬边用眼瞪我。我知道，芹是在馋我。

萍与芹不一样，她是城里的女娃，她的眼睛一闪一闪，当你偷偷去看她时，她的眼睛会突然看你一下，这一看像火苗一样烧断了你刚刚投过去的目光，又像是爪子，一下子抓住了你的目光。每次这样，我都像偷拿了人家东西被人发现一样，脸涨红涨红的，但还是忍不住偷偷看萍，有时甚至渴望被她的火苗烧到自己的目光，被她的爪子抓住我偷看的目光。只是萍不给我白面馍吃。要是萍既能用火苗一样的目光烧我，又能像芹给我白面馍，那就更撩不过了。我娘说过，天下的好事不能让一个人占全，社会不是你娘，啥事都惯着你！我想，吃不上白面馍就不吃，差那一口也不会饿死。

爹将羊缰绳递到我手中的同时塞了五毛钱，说这是搭羊娃儿的钱，快点去慢些回，小心点，不能让搭上的羊娃儿掉下来，不然这五毛钱就白花了！

爹说这话的声音都压低了，像是怕声音大了会将搭上的羊娃儿给震到地上。我也低声对爹嗯了声。

我牵着羊走出来，没有去路北，而是到马路对面的医院，对着水井边柳树下萍家的窗口，将手指伸到嘴里压住舌头，憋气使劲打了个呼哨。一会儿，萍就跑了出来。我就喜欢萍跑步时的样子，像个兔子，脚步点着地就往上蹿，小裙子一开一合，像小雨伞张开又合上，最好看的是萍头上系在羊角角上的红玻璃球，一闪一闪地像一堆柴火上的火星儿。萍说这不是玻璃的，是宝石。啥宝石？萍说，是夜明珠。我不信，非拉着萍，要在黑天看她的夜明珠。可是，夜明珠在黑夜里没有发出亮光来。萍对着月亮转着红球球让我看，我看到红球球一闪一闪的。真的是夜明珠呀！萍还摘下红玻璃球，要给我戴，我说这是女娃子戴的，我才不要。

萍跑到我身边，给我一块冰糖点心，说这是一个生孩子的女人送给她妈妈的。萍的妈妈是接生的医生。萍要她妈妈多分一份给我的。萍有两个哥哥，一个叫敏一个叫锐，我知道这回冰糖点心又是被萍的妈妈分了四份，一份给萍，一份给我，一份给锐，一份给敏。

萍从我手里牵过羊，我接过冰糖点心，往嘴里塞。

"甜吗？"萍忽闪着眼睛问。

"甜，真甜！"我一开口，嘴里的糖水就要流出来了。

突然"咯嘣"一声，我咬到一块大的冰糖，我不敢嚼了，吐到了手里。

"咋了？吃着石头啦？"萍瞪大眼睛。

"不想一口吃完！"我说着伸出手，让萍看我手心里的冰糖块。

"还不快吃了？"萍说。

我看着冰糖，真想塞到嘴里痛痛快快地吃了，可是吃了就没了。我从兜里掏出一个烟盒纸三角，拆开，将冰糖包了起来，留着以后吃。

萍笑了，说下次再有人送点心，还给我分着吃！我一听，忍不住打开纸包，将冰糖块放到嘴里，"咯嘣咯嘣"地嚼着吃了。顿时，甜水溢满了嘴，淹没了嗓子眼，渗透到了心底。我感觉整个人都变成糖了。

"小心把牙崩掉了！"萍一定是被我嚼冰糖的声音感动了，在一旁笑着说。

"你说要给我看的东西呢?"我吃着吃着就想起了萍昨天说的话,便问。

萍说:"没能拿出来。"

"咋啦?"

萍说:"我妈一直在家!"

"你到底要给我看的是啥东西?"我急切地问。

萍脸红了:"是一本书。"

一本书呀,我还以为是比冰糖点心更好吃的东西哩。

"书?啥书?"

萍说:"你不要问,我拿出来给你看你就知道了!"

萍盯了下我手里攥着的钱,我告诉她,这钱是送老皮头叔"搭羊娃儿"的钱。

"啥是搭羊娃儿?"萍好奇地问。

"看你城里人,啥都不知道。告诉你搭羊娃儿,就是羊公子给母羊搭,然后母羊才能生小羊娃儿。"我说。

萍一听,脸悄悄地泛红了。

我们边走,母羊时不时地还啃点路边的草。我用鞭子要打母羊,萍说别打,让它吃饱才好给公羊搭羊娃儿。就这样,羊一路边啃着地上的草,边向老皮头叔家走去。

来到老皮头叔家,远远地闻到了股呛人的羊公子的味道,这气味让人喘不上气。走到院子,一个长着粗粗的卷犄角的壮实的高头公羊正撕着地下的苞谷秆香香地嚼着,我忽然感到公羊嚼苞谷秆和我吃冰糖点心一样甜美。

"老皮头叔!"对着老皮头家门我叫了声,一会儿老皮头一拐一拐地就出来了。

"我爸让你给我家的老母羊搭羊娃儿哩!"我将羊往前撵了撵,冲着老皮头叔说。

老皮头脸一黑："你娃把书咋念得都吃了不成？连个囫囵话都不会说。"

我听了，不知老皮头发哪门子火，直愣愣地呆站着。

老皮头笑了，说："这人说话呀，该省字眼的不省是老婆子的裹脚布，不该省的字眼省了，那会成骂人的话。你娃念书的，你说是羊老公子给你的母羊搭羊娃儿的，哪能是你老皮头叔？"

我脸一下子红了，像是课堂上答错了老师提问一样。萍一边偷偷在笑。我连忙将手里攥着的钱递给老皮头。这老皮头叔平时到公社食堂做饭，又在家养了这只羊公子，专门给母羊"搭羊娃儿"挣钱。每搭一次，五毛钱。

接过钱，老皮头将钱抻平了一下，然后走到我的母羊后面，一把掀开肥肥的羊尾巴看了看，说："成！是时候啦!"

我看到羊的屁股是红红的。萍跟在我后面，也盯着看！那头羊公子像是也看到了母羊的红屁股，挣着劲往母羊身边挤，脖子上的缰绳都绷得紧紧的。老皮头一边解下羊公子的缰绳，一边冲着羊公子训斥道："老伙计，看把你急的，有你干的活儿!"

羊公子走近母羊，用嘴拱着母羊的尾巴，闻了又闻，然后双脚向母羊后身搭了下，原以为接下来羊公子会搭上母羊了，谁料这会儿母羊往前走了步，这个动作可能让羊公子在这么多人面前没了面子，它一下子收回了双腿，围着母羊转起了圈子来。

"咋了？"老皮头一边冲着羊公子问，一边走到母羊头前，张开双腿夹住母羊头，手伸向母羊后面，掀开母羊的尾巴，露出母羊肥肥大大的红屁股。

"快，老伙计，快上呀!"羊公子听到喊声又去闻母羊的屁股，这下老皮头火了，骂道："你个老王，这好事你不做还等啥哩？瓜子呀!"

萍紧张地拉了下我的衣服，声音小得跟蚊子般叫地问："他家公羊姓王？"我点点头，回过神来又摇摇头，说我也不知道。

这时，老皮头家的邻居老王开门出来，看到这个场景就说："老皮头，你个老不死的，你不看看你的老公羊啥岁数了，还让它弄这事！你想累死它呀？"

老皮头说："啥岁数？它比你还小几十岁呢！"

"老皮头，你光棍一条，没有那一亩三分地，干球打得胯骨响，我看还是你替你的羊将这个买卖弄了。"老王头说完哈哈笑了。

老皮头说："王哥，你声音小点，要是叫你婆娘我的嫂子听到了会生气的！"

这时，只见羊公子一下子爬到了母羊身上。它可能是怕别人抢了它的好事。

老皮头哈哈大笑起来，这笑声中，羊公子的身子躬成了张弓，像是要将自己全部力量都给母羊。母羊叫唤了一声，这时羊公子突然像是被烫似的蹦了下来，母羊屁股一股子白白的水，噼噼啪啪落在地上。

我、萍惊呆了，木桩样站着。萍悄悄对我说："羞死人了，我再不要看搭羊娃儿了！"

老王头与老皮头还在斗嘴，老王头说："老皮，你又做了回好事。"

老皮头这回没搭茬儿，回到屋里抓出了一大把黄灿灿的苞谷粒，伸到羊公子嘴边，羊公子喘着粗气望了眼主人，感恩地埋头吃了起来。

老皮头掏出钱，放在掌心里抻了又抻，然后用钱在他的羊公子头上轻轻地拍了下，说："看看，你挣的血汗钱。"羊公子点点头，像是有些害羞地低头啃着地上的苞谷秆。

"老皮头，你这钱挣得太容易啦！"

"你眼红，下次我让羊歇下，留着好事给你做！"

这时，老王家婆娘双手沾满面出来了，冲着老皮头说："你个老拐子，我听你咧咧半天了，来，让老嫂子看看你有多大本事？"

"哎呀，我的嫂子，别看我腿拐子，身上的零件可都好着哩！"老

幸福炮兵

皮头说。

"你以为你是谁？还真敢说自己的零件好，你好，你女人还跟人跑了？"

一听这话，老皮头脸一会儿红一会儿白，这话戳到老皮头的痛处了。自己的婆娘跟一个窑工私奔到了四川，是他这一辈子在人跟前的短头。

"咋尿了？"老王婆娘还不放过。老王头一看自己的女人话没个轻重，忙喝住自己的婆娘："行了行了，肚子饿了，快进屋下面去。"

这时，突然传来一声尖叫，几只鸡像鸟一样扑咯棱棱飞到了半空。有人高声喊道：出车祸啦！

只见一辆手扶拖拉机下，轧着一只芦花鸡。一只脚已经迈入屋门的老王头婆娘，回头看一眼，顿时像是死了爹一样哇的一声哭着跑了过来："我的芦花鸡！"

她抱起自己的芦花鸡看着，然后又扑向手扶拖拉机的司机。

"你赔，你赔我的芦花鸡！"

"对，赔钱！"

不一会儿，围观的人群就越来越多了。这也难怪！小镇平常静得死寂一样，遇到个事像突然来了个戏班子，还是白演不要钱。这个热闹，谁不往前凑？

"这是车行道，又不是鸡道。"手扶拖拉机的司机手指着路，挺直脖子说。

"你娃还嘴硬，你是哪个村的，到了我们胭脂村还敢这么横！"老皮头后面有个小伙子说。"快拿钱来，不然砸了你的拖拉机。"

赔钱，赔钱！

"赔多少？"手扶拖拉机的司机说。

"你娃扳起指头算一算，一只老母鸡一辈子要下多少蛋，这蛋又能孵出多少只小鸡，小鸡长大又能下多少蛋？"老王头说。

"你们胭脂村的人这么不讲理呀!"手扶拖拉机的司机急了。

"你敢这样说我们胭脂村!"拖拉机司机被人挤着,有人伸胳膊出腿要打他。

这时,那只被撞的鸡,在老王头婆娘怀里扑棱了下翅膀,手扶拖拉机的司机上前一看说:"鸡,没死!不对,哈哈,这是只公鸡!大伙儿把眼睛睁圆了看看,看这鸡冠子,这哪是母鸡?明明是只公鸡!还一年下多少蛋哩?天底下哪有公鸡下蛋的,要是公鸡下蛋,胭脂村的男人也能生娃了!"

"狗日的,将鸡撞死了,还敢骂胭脂村的男人,你活泼烦了不成!"一小伙子伸腿就要往司机身上踩。

老王头拦住了,他走近鸡,眼珠一转,说:"公鸡!我看看,噢!不错这真是只公鸡,可这不是一般的公鸡,是胭脂村的公鸡队长,是个干部哩!我们全村的公鸡要靠它领唱哩,所有母鸡全靠它踩蛋哩,社员群众抓革命、促生产全凭它打鸣出工哩!你娃说咋赔?"

"鸡还能当干部,狗也能当了!真没听说过。照这么说,你的鸡比金鸡银鸡还值钱不成?赖人呢!"司机被老王头逼得要哭出来了。

"赔,赔钱!"围观的人群起哄着。

"拔了拖拉机的气门芯,别放人走了!"

人们搅和着、挑弄着,都想看笑话、看热闹。

这时,余三爷衔着烟袋锅子来了。余三爷叫啥名字,我不知道,不知为什么村里人不论大小都称他为"三爷",好像三爷就是他的名字。人们见三爷来了,就让开了道缝。

余三爷对着老王头说:"是你家鸡出了车祸?"

"嘿嘿,三爷,是我家的鸡!"

余三爷转身对大家说:"赔啥呀?让外村人小瞧了咱胭脂村了。行了,司机娃呀,快将鸡抱到医院照个片子看看,伤到骨头了打个石膏,伤着内脏了开点药输点液,要是再重就住院治疗就行啦!"三爷话一出，大家一愣，随即笑成了一团。抱着鸡的老王家婆娘"扑哧"一声笑得蹲在地上。手扶拖拉机的司机也咧开了嘴。

笑的力量竟然这样大，像太阳雨一样，将地上的火一下子灭了！像是一块红火将要冻的冰块一下子融化了！像是一只丰满的乳头塞进了哇哇啼哭的婴儿嘴里，哭声顿时停了！刚才人群一张张紧巴巴的脸，这会儿像花儿开放了！

一小伙忙跑去看了下鸡，一本正经地叫喊道："三爷，不好了！"

余三爷问："啥不好了？看把你娃一惊一乍的，像是世界大战要爆发了！"

小伙子说："三爷你看，这鸡牙给撞掉了！"

余三爷说："屁大的事，将鸡抱到小屁能他爹那儿，给鸡镶嵌口假牙不就成了！"人群又一阵哄然大笑。

手扶拖拉机的司机掏出钱来说："老哥，我浑身上下就这三块钱。赔你的鸡！要不车上还拉了一车草，卸到你院子？"

老王头看了眼余三爷，三爷低头自顾点自己的烟袋锅。老王头将手一摆："小伙子，你别嚷喝人了！收你的钱，你一走，胭脂村的人唾沫星子还不把我淹死啊？行了，以后开车当心些，这轧死鸡事小，要是撞了人这辈子不就交代了！"

老王婆娘一听忙起身与自己的老汉争理，但话到嘴边也变成良言了："行，这只老鸡也光吃食懒打鸣，这下咱炖了吃肉！三爷，今儿到我家吃鸡肉喝鸡汤！"

三爷说："留着给老王解馋吧，今儿咱坐席去，吃陈家老二的喜酒！"

我与萍牵着羊往家走。萍不说话，眼睛也不看我，一个人低头从路边的田地里拔草喂给羊吃。

我得逗萍说话，便假装扬鞭打老母羊，萍只用眼睛瞪了我下，也不搭腔。我也没有将鞭子打下。

"今天我带你坐席去!"我找到了话题。

萍在喂羊,我知道她在听我的话,就说:"是我二忠叔结婚,咱们去,看新娘子,吃喜糖,坐席面子!"

萍听了,眼睛一亮,终于开了口:"我还没坐过村里人的席呢!"

"那咱得快走,去晚了看不到抢新娘了!"我说。

"抢新娘?咋个抢法?"萍很是好奇。

"就是二忠叔与别的男人一起抢。"

"哪能行,要是别人抢走了自己的新娘可咋办?"萍更加好奇了。

假的,都是闹笑话的!这话我没出口,我对萍说:"谁抢到就是谁的新媳妇!"萍瞪大眼,摇头说:"你骗人!"

我笑了,说真的!

萍没理我,一边给羊喂草一边说:"母羊这回真的能搭上羊娃儿?"

原来,萍还想着刚才搭羊娃儿的事,也难怪,她一个城里女娃,第一次看见搭羊娃儿,好奇着哩!

"能,每回都是这样搭的羊娃儿!"

"强,你答应我一件事儿好吗?"萍说。

"啥事儿?你说!"

"生羊娃儿时你要叫我去看!"

"哈哈,我以为多大的事情,行!到时我叫你就是了!"我对萍说。

萍将手里的草喂给羊,抚摸着羊的头说:"好好吃草,生个漂亮的小羊娃娃,到时我看你!"

萍看到路边的土涯上有一片开着黄花的草,"蒲公英!"萍欣喜地跑了过去,"快推我上去!"萍说。

我将萍推上了土涯,萍采了几株花。

下来呀?

萍站在涯上却不敢跳了,我对萍说你放心往下跳,我在下面接

幸福炮兵

你。萍说成，她走到涯边还是不敢跳。我说你闭上眼，就敢跳了。萍真的将眼睛闭了起来，她往下一跳，我刚要伸出胳膊去接，萍就将我压倒在地上了。

嘻嘻，萍笑起来了！说："你还说接我呢，自己都被砸倒了。"

我拍拍浑身上下的黄土，说你跳偏了，不然我肯定能接着。

萍拿着蒲公英对着天吹，带着花籽的白白的羽毛在天空尽情地飘舞着。萍转身鼓起粉嘟嘟的唇儿，将蒲公英白羽毛向我吹来，花籽白羽毛扑到我脸上，一根羽毛瞅准我的眼睛钻了进来，别看它不大，可一下子将我弄出了泪，我蹲在地上。萍见状扔下手中的蒲公英，手掰住我的眼睛，鼓嘴向我的眼睛吹起来，她要吹走钻进我眼睛的白羽毛。萍嘴唇的气吹向我的眼睛，吹向我的脸，吹向我的鼻子。好甜好美，吹得我这个小男人心里痒痒的。

我揉了揉眼睛，流出了泪，好了！

我娘说过，蒲公英的花籽要是女人吹向男人，这个女人命中注定要成为这男人的媳妇，要是男人吹向女人，这女人就会给这男人生下孩子。我将这话学给萍听，她说："你又编瞎话骗人了！我才不信！"

萍噘起嘴，转身又向地里跑去。"我偏要吹给你！"她说着弯腰揪下一朵蒲公英，萍背对着我，屁股一撅，小裙子向上翻了点，我的目光顺着萍白白的腿向上看到了她的屁股。顿时，我一下子喘不上气了，我的脑子里充满着刚刚羊公子给母羊搭羊娃儿的场面和气味，萍的裙子就是羊尾巴，想象中我掀开这个羊尾巴，像羊公子一样爬到萍的屁股上。想着想着，我不由自主地叫了声："萍，我……"

萍手拿着蒲公英跑到我跟前，正要吹，突然停住了："强，你怎么了？脸红得吓人！"

"我，我……刚才，刚才搭羊娃儿！"我脑子还没逃出搭羊娃儿这个场景。

萍怔怔地看着我。突然，我浑身一个颤抖，如同梦魇醒来，又像犯了错被老师当堂揪住一样，羞得要找个地缝钻进去……

萍看我半天不说话，就问我有没有凤凰烟盒。

我说："烟盒是我们男娃们要的，你要做什么？"

萍说，谁说烟盒只能男娃玩，她说她看见峰有一个三角烟盒，是凤凰烟盒，好漂亮。

萍一提到峰，我心里就来气，峰是周无田的孙子，周狗牙的儿子，狗尾巴的侄儿。我家与他们是对头，所以在学校，我与峰也不是一伙的。

"你看见啥样烟盒？"我问萍。

萍说，是凤凰烟盒。我对萍说，你等着，我一定给你弄个烟盒，凤凰烟盒。萍一听高兴了，又要向我吹蒲公英花籽。

这时，我弟弟奋儿与秋芒两人跌跌撞撞地跑了过来。

"不好了，不好了！公安局来人要抓咱爹，还带着枪！"远远的，弟弟奋儿喊叫着。

秋芒上气不接下气地跟着说："还有我爹、二忠叔、大诚伯！"

我一听，感觉天塌了一样，头皮"噌"地发麻。我急忙将羊绳交给萍，拉着弟弟就往回跑。

"我也去！"萍使劲地拉着羊跑，顾不上刚搭上的羊娃儿会不会掉了。

1

"好女人是老天赐的！"

我参加过好多人的婚礼，从在农村吃席，到城里人的婚宴，可我记得最深的，是细桃与二忠的婚礼。几十年过去了，三爷对二忠说的这句话,我都清楚地记着。

我跟弟弟、秋芒急急忙忙地跑向陈二忠家。

二忠叔家大门上贴着红对联,院里站满了人,院子后面右边的角角上,支着几口锅静静地冒着浓浓的热气,这是坐席蒸饭蒸肉用的;大火炉旁边还有一个小火炉,这是专门烧茶水的,这时小火炉的风箱也没人拉,炉子上黑糊糊的壶连热气都不冒;院里的枣树上拉了一条绳子,上面挂着红红绿绿的布,这是亲戚送的重礼——条子,我看到一个粉色条子上写着"姚重义贺"。做饭的、烧水的、准备坐席的,人们的目光都盯着一个地方,我顺着一院子人的目光看去——那棵已经结满青青枣儿的老枣树的井台边,站着一名公安和麻秆、狗尾巴两名民兵,他们背着枪很凶很威武。在公安和麻秆、狗尾巴的看管下,我爹、秋芒他爹有信、还有芹的爹大诚三人一起蹲在枣树下的井台边。

麻秆是大队民兵连长,他的媳妇还是我爹做的媒。前年,他看上了张刘村的梅花姑娘,人家姑娘嫌麻秆家穷不同意,还是我爹说和的。那回梅花家的水缸砸了,请我爹去箍,箍完后梅花爹请我爹喝酒,我爹与梅花爹喝光了一瓶长武大曲,梅花爹也就应下了这桩婚事。

梅花开始不同意,梅花爹对她说:"穷不过四,富不过三。别看麻秆现在穷,他能当上大队的民兵连长,就有前程奔!"当然这话是我爹说给她爹的。

梅花又嫌麻秆太瘦,说:"像个豆芽似的!"

她爹说:"要那么肥能做啥?猪肥还不是等着挨刀子。"

梅花说:"麻秆瘦得风大了能刮跑。"

她爹说:"麻秆瘦,咋当上了民兵连长?"

梅花说:"麻秆能当民兵连长,不就是因为去年扔手榴弹他扔得最远吗?"

她爹说:"扔得远就是有劲!别看麻秆现在瘦,那是因为家穷,锅里少油缺腥吃不饱,要是有白面蒸馍油泼面,几天就催肥了!"

梅花不吱声了。

梅花爹说:"男人就是马,这女子挑男人就像挑马,不能看肥瘦,要看有没有劲,肋骨硬不硬!"

我爹说成了麻秆与梅花的婚事,麻秆感激地给我爹买酒,他送了瓶散装的红苕酒和一包柿饼到我家来。爹喝着红苕酒吃着柿饼,几杯下肚,就醉了!这事让三爷知道了,三爷说我爹馋酒不懂喝酒,柿饼不能做下酒菜,不然几口就能放倒人!常喝酒的手艺人,连这都不懂?实际上麻秆这是故意的,麻秆穷,没钱,又想让我爹喝好,就弄了柿饼和红苕酒。

"哼!麻秆,你个没长良心的东西!我爹给你说成了媳妇,你拿红苕酒和柿饼弄醉我爹不说,这回还背枪来抓他!早知道你是白眼狼,我就不让爹给你说媒,让你打一辈子光棍娶不上媳妇!"我眼睛盯着麻秆,心里狠狠地骂道。

我挤到枣树下的井台边,爹看了我一眼又低下了头。

这时,屋里传来二忠叔的叫骂声:"犯啥罪了,我这婚也结不成?"

听到声我进了屋子里,这是二忠叔的洞房,一股子油漆味让人感到兴奋,是新做的板柜子,我大大地吸了口新油漆气味,走近柜子,看到柜子中央放着一个崭新的毛主席石膏像,伟大领袖的手向上挥着,眼睛笑眯眯地望着新房里的人,石膏像底座上有一行字"一不怕苦,二不怕死"。我家也有和这个一模一样的石膏像。石膏像一边放着新镜子、新暖壶,一边放着一个新茶盘上摆着几个新玻璃杯。炕上叠放着红被子,铺着红单子。新娘子与新郎,结完婚晚上闹过洞房,两人就要钻进这个新被窝窝了,我的脑子里突然出现了公羊给母羊搭羊娃儿的情境了。羊没有红被窝遮羞，羊有大大的肥尾巴挡着，对，还有萍，萍的花裙子就是羊的尾巴。我乱七八糟地想着想着，就感到脸热热的，怕人看到，我忙将目光从新被子上扭向二忠叔。

二忠叔抱头靠在炕头，一双脚无力地耷拉在炕门上。这时我才看到，这个只能钻进一条狗的炕门上还贴着一个大大的双喜字。这是芹的娘剪的，村里不管是谁结婚，屋里屋外贴的喜字差不多都是芹的娘剪的。

"新娘到村东头了！"二忠叔听到叫声，霍地站了起来，我以为他要走出去，没想到他走到屋门口又缩回到了炕角角，双手紧抱住头说："我犯什么大罪了呀？"

秋芒、芹还有我弟来到屋里，我弟小，想看新娘子去，他拉着我的衣角。我们四人走出院子，走！咱去看新娘子。我们朝村东头跑去，这时，萍喊了我们，她将羊送到我家，也赶了过来。

我们没走到村东头，就看到送亲的人流了。几个壮小伙抬着红被褥，一个小伙子拿着个脸盆架子，几个女孩怀里抱着脸盆、热水壶，脸盆里面还放着香皂、毛巾。这些是嫁妆，每件东西，不论大小都贴着红双喜字。

送亲队伍最前头的是一个高个的小伙子，他是生产队的会计小虎子。在陕西，骑车驮新娘子的小伙子一定要是没结婚的小伙子。

小虎子今天推着一辆鲜亮的自行车，车上坐着的就是今天要嫁给二忠叔的新娘了。

"新娘新娘戴红花，急急忙忙送婆家，白天与郎亲嘴嘴，黑上吹灯又拔蜡，被窝窝撅股子（陕西方言念沟子），来年生个胖娃娃……"小娃们跑着喊着。

这顺口溜不知传了多少年了，可不管哪个村谁家娶亲谁家嫁女，这些掺到其中的人一点儿都没听烦，新娘听得脸红心乐，抬嫁妆的小伙听得眼睛直向手拿脸盆、热水壶的姑娘瞟，个别胆子大的还借机手

幸福炮兵

摸下、胳膊捅下送嫁的姑娘们。

萍听了，脸却羞红了！她在城里，哪听过这个？秋芒拉了下芹，他想让芹跟他到新娘的自行车跟前，芹看了我一眼，对秋芒甩了下手，我知道她是见我与萍在一起生气了！

"新娘真漂亮！"萍说。

"当然啦！农村人一点儿不比城里人差！"芹对萍说。

萍听芹突然说这话，看了下芹然后又看看我。我不知如何是好，心里倒有些得意。这两个女娃都对我好，一个农村的，一个城里的。我想到娘说的话，我是老姚家有出息的人。好多年后，我爹说，他回河南老家，给我爹的爹也就是我爷上坟，听老家的人说，一次发洪水，将我爷的坟冲开了条缝，老家的人看到我爷的棺材全被白藤条绕着。"姚家要出个人物哩，出个当官的！"老家的老人说。我不解，就问爹，白藤条绕着就要出官？爹说，白藤怎么不绕别人的坟，那是护卫着你爷的坟。白藤是啥？是白龙。爹说埋我爷时，棺材抬到山腰时，突然绳子啪地断了，正当有人说接上绳再抬时，一个路过山道的讨饭人说，这是天意，龙脉阴宅是可遇不可求的。老家人听了就将我爷埋在此地。回头再找那讨饭人，已不见踪影，村里人惊骇道：这是神人！

听爹说埋爷时发生的事，我眼前浮现出的是爷的坟、爷的棺材，我感到阴森森的有些害怕。在害怕的同时，心里生出一阵阵强烈的渴望。我要有出息，要当大官。因为已经死了的爷，在地底下给我安排了有出息的前程。我在小学的课本上偷偷写了一句话："我是姚县长！"一年冬天，在热炕头与弟玩时，我坐在被垛上，让弟弟叫我县长！弟弟叫道："哥哥县长，给小民申冤呀！"我说："谁欺负县长的弟弟，打他狗日的！"

可不久，我就让弟弟受了一次冤屈，这件事像一片乌云堵在我心口，成为我心里最灰暗的部分；像一块尖石头划在我心头，留下滴血的伤痕，使我一直不能张口伸舌头去舔血疗愈。这事与萍有关系，但到萍死于非命，她也不知。我想她要是知道，可能不会嫁给峰，可能就不会被峰开车摔死了，峰是我这辈子的仇敌。有一次我做梦见到了成为鬼的萍，她说谁让你不说，她白白死了。我嘴张大却说不出话，干着急。萍伸手摸向我的脖子，我看见她的手，白的，无血，指甲细细的长长的。鬼！那夜，我被梦里的萍吓醒了，还出了一身冷汗，直到天亮没再睡着。

死了的爷是鬼爷，鬼爷真灵验。

后来，我当兵上大学当军官，从排长、连长到参谋，从团部到师部，又到北京。地方越来越好，只是官没当多大。我回老家时，老家的人说，你官不小了，是咱胭脂村最大的官了。不过，本来你会成为更大的官，知道为啥没成为更大的官？老家人带我去公路边，指着前面对我说，政府修路将你爷的坟给推平了。我终于明白了，鬼爷的坟平了，祖荫的风水给败了，要不我一定能当上大官。

我恨那些将我鬼爷坟平了的人，甚至恨修路工地上的推土机，一定是推土机将我鬼爷坟推平的。坟，是鬼爷的家，坟是死人灵魂的屋子。有家有屋子，我爷是活鬼；没家没屋子，我爷成了流亡鬼了。鬼爷连个住处都没有，怎么护佑他的子孙。狗日推土机，你凭什么说推就推，也不给我说声，好让我给我鬼爷搬迁。

小说写到此，我由鬼爷的坟给修路的平了，想起了一个笑话：

学英语发音，China这个词，不同的人有不同的读法。光棍读："妻哪？"恋人读："亲哪？"乞丐读："去哪？"穷人读："钱哪？"医生读："切哪？"商人读："欺哪？"官员读："权哪？"强盗读："抢哪？"地产商："圈哪？"贫民读："迁哪？"政府读："拆哪？"

这个笑话，我要是讲给鬼爷听，鬼爷一定不知道啥叫China。但鬼爷一定知道拆迁，因为他的坟让修路的人给平了。听了我讲的故事，失去坟失去家的鬼爷好接受这个现实：活人的房说拆就拆，别说鬼的坟了！

鬼爷听了笑话会笑吗？

好了，啰唆话不说咧，现在回到陈二忠娶亲的事上。

二忠叔的新娘家是陕北的，人说绥德的汉子，米脂的婆姨，新娘就是米脂的。她是芹家的亲戚，芹叫她表姨。她来芹家名义上是走亲戚，实际上就是来找个男人嫁到这里。陕北塬上穷，能嫁到关中平原，是陕北女人跳出穷塬最直接的办法。芹的娘就是从陕北嫁过来的。

芹的表姨一来，就让村里男人们眼睛不够用，魂儿像丢了似的！这女子有一对大得像灯笼的奶子，一走三晃的，把男人的眼晃花了，心也颠三倒四了。只要这女人走过，男人们的眼睛就盯着对挂在胸前的两个奶子，人都走过了，眼睛里还留着奶子，心窝里还晃荡着奶子。这女子有两片像过年蒸的石榴馍一样圆满满、后翘翘的肥屁股，这让村里的男人在瞅过她前面的一对灯笼后，又要回头瞅她的肥屁股。

这女人奶子大屁股圆，就是有些黑，按说米脂的女人面白，可她就是黑。村里的男人很快就知道了这女人的名字：细桃。

"奶子高屁股大，两年能生三个娃！"村里人说细桃是块好土地，不知哪个男人有福气娶了她！

细桃开始相了几家亲都没相中。也怪不得她眼高，介绍的几个不是腿拐有点"路不平"，就是死了婆娘是个二婚。周无田的小儿子狗尾巴倒是被她相中了，尽管狗尾巴比细桃还小三岁，但这小子乐意。周无田也乐意小儿子这门亲，说："女大三抱金砖。"还说细桃是陕北人，娘家远，嫁到周家会一门心思和周家人过日子！芹的妈和周家都感觉可以时，才安排细桃与狗尾巴正式相面，两人见了也都满意，细桃心想这下自己总算找到了个男人，有了依靠。可是，她没有想到，

幸福炮兵

相亲要离开媒人家时，狗尾巴一下子搂住细桃，嘴里说着"大奶奶"就拱着一张嘴凑了上来，他要亲亲嘴还要摸摸奶，这可把细桃吓坏了，她一把推开狗尾巴跑出了房门。

媒人问她咋了？她说："房子里有只蜥虎溜！"

媒人纳闷，一只蜥虎溜就把人吓成这样，把相亲都给搅黄了？

细桃只对自己的表姐芹的妈妈说了。芹的妈妈跟芹的爹晚上枕边说起这事："狗尾巴不是东西，表妹差点吃了亏！"

芹的爹大诚说："你表妹错过了个好事，你说咱大队谁家最有势？就数周家了，周老大狗牙在公社革委会当干部，周老二狗蛋在大队当民兵。你表妹嫁过去还不是掉福窝了？再说，男人闻着腥臊动手有啥？"

芹的娘推了下丈夫："你说啥呢？不是你表妹你不心疼？"

芹的爹说："你表妹我想心疼也不敢呀？她与周老三如果相成了亲，亲亲嘴摸下奶就连钻进被窝弄那个事，那还不是迟早的事？"

芹的娘说："你们男人没个好东西，就想裤带以下的事！"

芹的爹骂了声狗尾巴："猴急啥哩？娘的，旱灾年生的，饿死鬼托生的，见了女就要吃奶！"

几次没相成亲，细桃说不行回陕北，芹的娘说："心急吃不了热豆腐，相亲不成是缘分没到，缘分一到男人自然就找到了！"

芹的娘有一天突然眼睛一亮对芹的爹说："咱骑着毛驴找驴哩！你看眼前你的兄弟二忠怎么样？他和我表妹多般配！"

芹的爹一听也觉得在理："二忠当然不错，就是家境有点寒酸。你不怕委屈你表妹？"

芹的娘说："你们男人就以为女人找男人都要找个有钱有势的？"

芹的爹笑了："嫁汉嫁汉穿衣吃饭，你表妹不图找个有钱的，咋不嫁在陕北，跑到关中来找男人？"

芹的娘说："不和你抬杠了，没有男人能懂女人。实际上女人找男人最想找的是一个对自己好的男人。穷不穷富不富，还真不在乎！"

芹的娘第二天天刚麻麻亮就叫醒了细桃，说起二忠！细桃一听说行，只要看中了人，穷也嫁了！

"对，这回不能像前几次那么相亲了，咱得偷偷先看好了再相亲！"

当天下午，芹的娘打听到二忠放工后要去学校的操场打篮球，就带着细桃来到村东头的学校。她俩没从大门进去，"不能让人看到了，要不人家会笑话咱没见过男人。"她们趴在墙头向里看。

"就是那个，没穿衣服光膀子的那个！"芹的娘对表妹指着二忠。

细桃说："是那个将球投进去的？"

对对，就是就是！

芹的娘问表妹："怎么样？看上了吧！"

细桃眼睛直盯着二忠。

芹的娘说："别看了，看进眼睛拔不出来了！"

后来村里女人们知道了细桃自己去偷看二忠的事，私底下议论：

"真不要脸，哪有一个姑娘家自己去看男人？"

"你看那一对奶子，一走三颠的，生就个勾引男人的骚货！"

"奶子那么大，不知让多少男人揉搓的？"

这些话，细桃不知道！她与二忠的缘分却到了。他们正式相亲是在我家，相亲那天细桃就对二忠说，下次见面她要送二忠一个礼物！

没过几天，二忠打篮球时，穿的印着9字的白背心就是细桃送的。

相亲不到一个月，他俩就要结婚。这是细桃的主意，她住在表姐家，表姐对她再好也是人家屋檐下。

二忠没钱，结婚总得打个板柜，缝床被褥，给新娘子做身新衣服吧！

芹的爹给二忠指了条道："重义家养了头猪，已经肥得可以出栏了！"二忠来到我家，拐弯抹角地说出了来意：要借这头猪，卖了办婚事！

我爹一听就答应了：咱们是结拜兄弟，这个时候不帮啥时帮？我娘有点不乐意，她原想将这头猪再养养，现在借给二忠有点不舍得。但我娘心里不情愿，嘴上没说。我家是我爹当家，我娘知道她说了也白说。

　　我老家不是本地人，是河南人。小时候一听当地人喊着"河南蛋，河南蛋，和泥巴，摔瓦罐"我就气得鼓鼓的。特别是在学校同学给我起的外号"姚罐罐"，有好几次因为有人当面叫这个外号，我就跟他们打架。一次别人将我的头打破了，回到家，爹问我为什么打架，我说他们叫我河南蛋。我爹笑了，说："河南蛋不是骂人，你爹与秋芒他爹都是挑着担子来的陕西，河南担河南担，没有担子咱来不了陕西。"

　　我又对爹说他们还叫我姚罐罐。爹又笑了："你爹养家的本事就是箍罐罐，再破的罐罐到你爹手里都能箍好，这手艺不下苦是学不好的，叫姚罐罐怎么了？不丢人！"

　　"那秋芒他爹做木匠，咋没有外号？"爹这回没理我。

　　爹与秋芒他爹郑有信都是挑着担子来的陕西，来的胭脂村，他们成为兄弟我还能理解，但为什么爹与芹的爹范大诚和陈二忠也成为兄弟了，我一直没弄明白。反正村里人说我爹他们四个人忠、义、信、诚，成为兄弟是老天的安排。我家与秋芒家是外来户，没有啥亲戚，每年过年，初三一过，走亲戚就这四家你来我往地走！

　　送新娘的人流快到村东头了，按说这当口儿新郎带人要出来迎亲了，放鞭炮、迈火盆、背媳妇，要好闹一阵子的。细桃张望着，没见二忠迎亲的人，也看不到几个闹热闹的人。她将芹叫到自行车前，低声问："咋没见你二忠叔？"

　　芹说："表姨，不好了！公安和民兵要抓走二忠叔还有我爹他们！"

细桃一听脸色变了："出啥事哩？"她跳下自行车就要走。骑车送亲的小虎子忙说："这自行车就是轿子，新娘半道儿可不能下，就是天下刀子也不能下。"

"下了咋了？"

"下了鞋上沾到土，这门婚事就不会长头，两口子不是离婚就是男人死你当寡妇！"

细桃听了忙收回腿："一个自行车还那么神，在我们陕北骑驴送亲也没这个讲究！"她心想，只要我死心塌地跟着二忠，谁还能拆散我们不成！她想跳下车跑向家，却没有。老风俗准不准，反正不能拿自己试！算了，别真的让人说中了，离婚当寡妇这两样她都怕！她对骑车的小虎子说："那求你快点骑！"

小虎子说："好我的新娘子，我腿都累酸了，你给啥鼓励呀？不然蹬不动了！"

细桃问："都给你一包宝成烟了，你还想要啥？"

小虎子眼珠子一转说："你猜个谜儿吧？猜着了，我就骑车，猜不着你得另外奖我！"

"啥谜儿，你快说！"

小虎子想了想："我可真说了！"

小虎子卖关子，把送亲的人都惹了上来。结婚三天无大小，这小伙子要捉弄新娘子，是闹洞房的一部分，闹洞房在陕西这儿叫"耍媳妇"！

"说：上面毛，下面毛，晚上睡觉毛对毛。新娘子你猜这是啥东西？往你身上猜！"

大伙儿哈哈大笑起来！新娘子脸红低头不语。

"猜不出来吧？那你得奖我个啥？"

新娘子问："奖个啥？"

小虎子说："你老弟还没跟女人亲过嘴，你能亲亲呀？"

细桃脸红了，说："等你结婚找个媳妇来亲你的臭嘴吧！我这儿只有这个，给你，要不要？"说着掏出一包烟。

小虎子一看："羊群？啥烂烟，才九分钱一包！"

新娘子问："你想要啥好烟？"

"金丝猴！"

"想得倒美，三毛多钱一包，你当你是县长的嘴，能吸那么好的烟？"

小虎子一听："县长算个屁，明儿我当个省长，天天吸金丝猴馋死你们！"

"行了行了，别嘴上跑火车咧，给你一包宝成塞住你小伙子的大嘴！"

小虎子鼻子哼了声，有点不服气，手却不争气地接过烟。身边人说，二忠出事了，新娘子真的急了，咱不要了！

小虎子听这话正好就坡下驴，笑着说："新娘子你坐稳了，我可使劲骑了！"说着用力蹬去。

车顿时像生出翅膀，在土路上飞起来。细桃胸上的两个奶子随着车上下颠簸，像过年时一对挂在门框上的灯笼，风一吹来回晃荡。

萍还在想那个谜儿，她悄悄问我："上面毛下面毛，晚上睡觉毛对毛，这到底是什么东西呀？"

我也不知道，这时身后一个小媳妇大声说："是眼睛，我结婚时他们打的就是这个谜儿，没啥新玩意儿！"

送亲的人到了二忠家门口。我看到院子里的人比刚才还多，一些碎娃已经骑到了墙头。

掌事的喊道："迎新娘子啦！"

有人跑进新房催二忠来抱新娘子进门。二忠没起身。这事咋办呀？公安要抓人，这婚结不成了！这时余三爷来了，他对二忠说：

"一个男人遇事没主意！啥出息？天塌下来有地接着，怕啥呀？你先将新娘子抱进门再说。"

二忠出来一把将新娘子抱了起来。我、萍、芹、秋芒和送亲的人，紧跟着二忠新娘子来到院子。迈过门坎新娘子就可以下地了，一下地她一把拉住二忠："你快给个话，你到底干什么犯法的事了？"

二忠："我也不知道，说是干反革命的事了！"

细桃说："你是杀人了还是放火了？反革命也得有个说法呀！"

二忠说："公安说有人告状，说我们四人去县城卖猪犯了法！"

细桃不解地问："卖猪咋犯法了？又不是卖人！走，咱跟公安当面鼓对面锣问个清楚！"说着拉起二忠挺着大胸走到院子里。

细桃一手拉着二忠一手指着公安说："你给我说明白，我男人犯什么法了？"

院里一下子静了下来，连枣树的叶子也竖起了耳朵。公安望了望细桃，又看了眼余三爷，低声说："这村里余三爷能主事，我已经给三爷说过了，有人将陈二忠、姚重义、范大诚、郑有信四个给告下了。具体罪名现在还不好定，反正是反革命行为，到底是啥罪得到县公安局提审后才能拍定！"

"谁的良心让狗吃了胡乱告状？"

"疯狗呀胡乱咬人！"有人喊道。

细桃问二忠："你们得罪谁了？招来这么恨，让婚都结不成！"

二忠摇头说，他没得罪过谁。

三爷问公安："你今天一定要将人带走？"

公安点点头。

三爷对公安低声说了什么。然后走到细桃跟前，同样低声问了声，我离得近听到了一句："今天这婚结不结全在你！你女子思量好拿个主意！"

细桃大声说："我今天嫁定了，就是二忠杀了人放了火，我也嫁定了！挨枪子毙了他，我先为他收尸，再为他守寡！"

三爷对大家说道："不愧是陕北老区的女子啊，性烈情烈！啥反革命？种地顶多铲伤个苗，还能种出资本主义的庄稼来不成，放宽心，事大不了！听见了人家陕北姑娘的话了吗？二忠就是犯法，这婚还是要结，婚礼照常举行！"

公安看了看这架势瞪大眼睛，想要发作却收回了目光。他低声对三爷说："结婚成，但不能过夜。"

三爷说："你说的是这婚只走走表样子，不做实事！"

公安说："对，不能等到他们俩入洞房。要不交不了差！"

三爷说："你喝你的酒，他们入他们的洞房，不入洞房这咋叫结婚？"

公安说："那不行，非得入洞房，我现在就把人带走！"

三爷："成成成，二忠，就只结婚不入洞房，你觉得咋样，这还是公安给咱留了面子！"

有爷儿们起哄说："不入洞房，还不把新郎急死？""新娘可是个熟透的柿子，自己男人不吃别人可要吃的！"

有娘儿们拿细桃开心："不入洞房，新娘可不干干地瞪眼望着水渴死呀？"

"胸大得衣服都要撑破了，让女人活活守寡不成？"

二忠对三爷说："入不入洞房这婚都得结，反正自己的女人，自己的地，早晚都得自己耕自己种！"

细桃说："我这辈子就结这一次婚，就认二忠这一个男人。男人在我为他生娃，男人不在我一人守贞！"

三爷听了细桃的话，对二忠也是对全村人说："好女人可是上天赐的！二忠，看你娃命多好，遇到这么个好女人！"

二忠脸红了，他有些害羞了。

"成不成？你倒是说句话呀！"三爷问。

二忠一把拉过细桃，伏在她耳边轻声说："我这一辈子能有你这女人，死都值啦！结，今儿咱结婚！"

好喽！点鞭炮，上菜，开席！

院子里鞭炮"噼噼啪啪"炸响……

三爷问公安，能不能让我爹、芹的爹、秋芒的爹坐席，公安看了看，点点头，麻秆和狗尾巴背着枪站在他们三人后面，看着他们吃席面。

三爷问公安坐不坐席，公安摇摇头。三爷说，成，不拉你犯错误。三爷让人送了碗扣肉，上面放着一个大白面馍端给公安。公安接过，蹲在墙角角埋头吃了起来。

掌勺的人轻轻声说，搅人婚事，还给他吃肉，不如喂狗。三爷说，公安也是行公家的事，咱吃肉让人眼睁睁看着，显得咱胭脂村的人不厚道。

我和萍、芹、秋芒也坐到席面上，我往嘴里塞了口肉，眼睛就往爹那里看，爹坐在席面上，低头吃着东西。

萍是第一次参加农村人的婚礼，她很兴奋。这时芹的娘从灶台择菜的地方走了过来，她拿起一个馍，掰开，又从女儿芹的手中拿过筷子，夹了大大的一块肉，就往嘴里塞。啃了口馍，她看到了萍，说："我的天呀，这城里娃长得可真是水灵，像白菜蕊蕊嫩的鲜的！你说城里娃是咋养的？这水色！"

芹的娘这一说院子坐席的人都扭头看向萍。萍不知所措，像只闯入狗窝的猫，瞪着一双惊慌的眼睛。

芹看到这，对自己的母亲说，你快去切菜去。看得出，母亲当自己女儿面夸别人女娃，她生气了！

芹的娘丝毫没察觉出女儿的心思，她对我说："我的强娃大侄子，好好读书，将来做大事娶这水水的女娃当媳妇！"我一听，脸顿时像火烧了起来，我藏在心中的秘密怎么会让芹的娘说出来了！

芹这下更生气了，她对妈妈说："妈胡说啥呢?"芹的娘笑着说，我去切菜了。

"新娘敬酒来咧!"有人喊声道。

细桃一桌一桌地敬酒，先给三爷老一辈子坐的头桌敬，再给辈分低的敬。敬到平辈的桌子时，背着枪的狗尾巴凑了过来，这小子看到二忠与细桃结婚，心里可不是滋味："娘的脚，这细桃本来是我的媳妇! 要不是自己心急，今儿与这大奶子女人成婚的不是他二忠，是我狗尾巴!"

狗尾巴越想心里越憋气，一憋气就冒出坏坏水来:他非要让新娘子喝酒。这细桃别说喝酒，就是近些闻，都要吐。再说，细桃一见狗尾巴就想起与他相亲时他要摸自己的事，怕! 想躲也躲不开。见狗尾巴要灌自己的酒，知道这小子不怀啥好意，但今天是自己的大婚，当着这么多人，自己也不能翻脸，就笑着对狗尾巴说:"我真的一滴酒也不能喝!"狗尾巴将枪往墙头一靠，伸手就拉住细桃的胳膊，说:"今儿是你大喜的日子，不喝可不行!"细桃躲闪着，酒洒到衣服上，狗尾巴趁机往细桃身上蹭。

二忠是个直性子，见狗尾巴缠闹细桃心急，但结婚三天无大小，当新郎咋能发火。他冲过来将细桃护在身后，笑着说:"狗尾巴兄弟，你说喝多少? 我与你喝多少!"

"我不跟你喝，我要跟新媳妇喝。"狗尾巴端着酒杯走向细桃。

"要不我喝三杯你喝一杯!"二忠说。

"不成，不成，就要跟新媳妇喝。"狗尾巴认准细桃了。

细桃看了看二忠，伸手端起酒杯。

二忠一把拿过细桃手中的酒杯，从桌子上拿过一个茶杯，将小酒杯的酒倒入，然后又拿过酒瓶，倒得满满的，冲着狗尾巴说:"狗日的你看着!"说完一扬脖子喝了下去。

二忠一抹嘴对着狗尾巴说:"服不服? 不服再喝!"

不少人也跟着起哄，狗尾巴尿了，"不喝不是站着尿尿的男人！"有人叫道。狗尾巴看着二忠，他哪有这个酒量。这时，胆小怕事的麻秆走了过来打圆场："公安说了，咱执行任务的咋能喝酒！"说着拉了下二忠的衣袖，说你别跟狗尾巴一般见识，再说今天是你的婚礼，喜事不能治气，会倒霉的！二忠一听，摸了麻秆的头，你狗日的背个枪，吓谁呢？

麻秆一听解下枪，放到墙边，说："按辈我得叫你叔哩，这是公社革委会的令，我不得不来。"

二忠笑了，知道我是你叔就入席。

麻秆看了下公安，说："好我的叔，我站着吃，一样的。"说着张大嘴咬了口手里的肉夹馍。

二忠冲着身后的细桃说："我的女人，去，放心给老少爷们、婶婶嫂嫂们敬酒！"

细桃重拿起桌上的酒杯，她感觉到身边这个男人是座山，能为她挡住风挡住雨，她感觉到自己作为女人一直悬着的心一下子安放到一处结结实实、温温暖暖的胸膛里！这个男人，找对了，细桃抬起头，挺胸走向等她敬酒的人们！

我爹姚重义、秋芒爹郑有信、芹的爹范大诚、细桃的男人陈二忠，他们四人被公安和民兵麻秆、狗尾巴带走了。

临走时，二忠对刚娶进门的媳妇声音低得像蚊子一样悄悄说了句话："赶紧将身上的确良衣服换了！"

新娘子细桃不解。

二忠用眼瞅着围着的人群，也不说话。细桃低头看着自己身上，知道了自己男人的那点心思，就是嫌的确良太薄透出奶子，让别的男人眼馋。细桃对自己的男人说："放心，你一走我就不穿这件衣服了！"她心里笑了，这二忠还是个小心眼儿。

临别，细桃爬到二忠耳朵边轻声说："我的男人，我等你回来入洞房！"二忠听了美滋滋的，这红透了的桃子是他二忠的，别人眼再馋也白搭。

我与秋芒、芹、弟弟还有萍一直跟到村头，弟弟哭了，我没有哭，我有点像看《红灯记》戏一样，铁梅送爹赴宴，心里生出一丝威武一丝悲壮。刚出村麻秆背着枪，对我爹轻声说："老姚叔，你是我的恩人，这回千万可别生气，上头人让我押送，我这是没办法！"

我爹笑了笑："你背着枪，全当给我警卫哩！"

2

狗日的谁告的状？

当我爹他们离开我的视线，我的思绪便从《红灯记》戏里跳了出来，心里却从此打下了这个一生没解开的结子。

第三天，麻秆回来了。他说我爹他们四人得有两人坐牢，我娘一听差点晕倒，一连三天她都咽不下饭。

他们四人犯法，根子还是因为我家的那头猪。二忠结婚，做柜子砍了棵桐树够了，但还要给新娘买衣服、缝被窝，加上办酒席。二忠东借西凑的钱还是不够，就借我家的猪卖了办婚事，他们四人就去县城关镇的集市上将猪卖给了收购站，拿着卖猪的钱，他们去买了二忠与细桃婚事用的东西，办完这事一看还有点余钱，秋芒爹说咱去请个领袖像吧，每天面对伟大领袖好早请示晚汇报！

他们去书店选了毛主席挥手的石膏像，因为卖猪时他们四人骑了两辆自行车，后面拉了个架子车去的，回来时两人骑车，两人坐后座，将架子车拴在自行车后面，这样骑自行车的两人就得将石膏像绑在背上，坐后座的抱在怀里。不知谁告状：说他们四人有两人用拴猪的带子将领袖五花大绑了！这还了得，这是现行反革命呀！塬下一个小小的县，出了这样的大案子，公安当然不放过了。

四人中有两人犯了法，哪两个呢？公安审了几天也没弄明白，因为他们四人都说自己坐后座了。公安也是糊涂官审糊涂案，以为他们四个兄弟讲义气，相互争罪，不知道他们路上换着骑车，都犯了现行反革命罪。

"反正四个人当中得有两个坐牢，你们亲的比亲兄弟亲，自个定吧！"公安局新来的一个头头出了个既省事又公道的招儿。

这事出在我家猪上，我爹说他坐牢。

其他三人不同意，说："咱们四人现在你手艺还能干，谁家的缸打了也得箍，能挣钱养家，你一坐牢一家四口找谁吃饭去？"

秋芒爹有信说："买石膏像是我的主意，这牢该我坐！"

其他三人不同意："有信大哥你不能坐牢，你老母亲都八十多了，要有个三长两短你不在跟前，大不孝啊！"

芹的爹大诚说："我看坐牢没什么，芹她娘家人多，芹还是妇女队长，能干吃不了亏！"

其他三人还是摇头："你是中农，坐牢会比贫下中农时间长的！"

二忠说："三个哥都是为我二忠结婚犯的法，我不坐牢心怎么也过不去，再说我是贫农，坐牢会比你们短的！"

其他三人齐口说："这哪能成，你是新婚呀！新娘子刚刚娶进门，还没入洞房办事呢就坐了牢，咋能成？"

二忠说："自己的婆娘啥时都是自己的人，晚点早点有啥不一样？不就是晚几天当爹吗？"

秋芒爹有信长叹了口气说："别争了，我说就算大诚替我坐牢了！我还真是放心不下老母亲，放心不下大诚兄弟，出去后照顾好你一家人，跟你在家一个样！"

四人看到有信这样说了，知道他的心思。我爹说："反正二忠不

幸福炮兵

能坐，他刚娶的媳妇没圆房就跟人跑了，那不白忙活啦？"

二忠笑了："二哥，你放心，你弟弟娶的媳妇不会跟人跑的，要是跟人跑了，这种女人娶她也白搭！"

他们还在争执时，外面等信的公安头头已经不耐烦了："郑有信、姚重义、范大诚、陈二忠你们到底哪两人坐牢？"

我，我，我！

二忠第一个走到公安面前，大诚与我爹也跟了上来，秋芒爹有信看了下，也紧跟了几步。

公安指着他们说："郑有信、姚重义！"

有信一听脸唰地吓白了。

我爹问了声公安："犯的这个法，要坐多长时间牢？"

公安说："一年两年？也许三五年！你们两人可以回去，陈二忠、范大诚跟我来！"

陈二忠听了，一点也不害怕，自豪的抬着头望着我爹和秋芒爹有信，仿佛自己做了一件什么好事一样，迫不及待地要去坐牢。走了几步，他停了脚步，脱下衣服，又脱下里面印着红红9字的白背心，交给我爹，说："这个我在监牢也舍不得穿，回去交给我媳妇放好，等我回家时穿！"

我爹说："好弟弟，你在这坐牢，是替我的。你的大义我会报答的！"

范大诚对着秋芒爹郑有信说："二哥，帮我照顾家里！"

郑有信拉住范大诚的手："放心三弟，今生你就是我最大的恩人，这可是生死兄弟呀，我一生不忘记，一定照顾好你家里！"

我爹和秋芒爹回到村里已是傍晚，天上星星扑闪着眼睛，好奇地注视着这个不大的村落。爹一进门，看到家里已经来了不少人。我和娘不知道他们是怎么知道我爹这个时候回来的。

到底出啥事了？大诚、二忠他们真要坐牢？坐多长时间？不会发配到沙漠，发配到火焰山吧？人们心里充满了疑惑，面对我爹急切地想要知道！

"二忠媳妇哪？"爹问娘，娘摇头。我爹以为这会儿最急切的应该是二忠媳妇细桃，但她却没来。

我爹轻声对我娘说："走，去二忠家！"

"明天吧！"娘说。

爹没搭话，也不顾一屋子的人，抓起二忠的那件印着红9字的白背心就向外走，我娘急忙跟了出去。

到了二忠家，院门已经闩上了！

"啥时候就睡觉了？懒婆娘。"有人说。

爹瞪了说这话的人，让我娘伸手拍门。

"谁呀？"院子里传来细桃的声音。

"我！"我娘说。

"你是谁？"

"我是我！"

"谁呀？"

"我是强的娘，你重义哥家的嫂子！"

门打开了，我娘说："看你问得那个细，咋啦？把我当贼娃子了？"

细桃一脸歉意地叫了声嫂子，却没敞开门让我娘我爹他们进去的意思。这女人在送二忠去县城就铁了心：不让一个男人踏入家门！

我爹将二忠的印着红9字的白背心递给我娘，我娘再交给细桃，我爹说："收好，二忠回来再穿！"

我爹说完要走，细桃对我爹说："重义哥，求你件事？"

啥事？我爹竖起两个耳朵听着。

"你先应了我！"细桃说。

我爹在公安局，在二忠争着坐牢时打心里也认定了二忠这个兄

幸福炮兵

弟！现在二忠刚进门的媳妇有事，我爹有啥不能应的，就是拿命他也给！

"我要见二忠！"细桃说这话时，眼睛的光散开着，像一根根刺。

我爹一听不吭声了，二忠坐牢又不是出去赶集，咋能说见就见？

可是，我爹还是点点头，他可能是被细桃的目光蜇着了。

回到家，我娘说："这女人啥命呀？刚进门，还没与男人上炕就守了活寡。"

"得想法子让细桃与二忠见上一面！"我爹说。

"是呀，刚结婚的一对新人，连热乎话都没说上哩！"我娘说，只是这二忠是坐牢，细桃咋能见上？

我爹说不是坐牢，是劳教。我娘说："还不一样？"我爹说当然不一样。

劳教就能见上自己的新媳妇？我娘这一问，我爹无话了。我娘接着又激了我爹一句：你有本事，让你这亲兄弟与他媳妇见上一面？

没过几天，细桃家就出事了。

结婚席面上二忠被抓，周老三狗尾巴感到机会来咧！他像是猫闻到了鱼腥、羊公子见到了刚长大第一次红了水门的小母羊、老乌鸦瞅上了红透软了的火景柿子一样，总在二忠家门前晃荡，眼睛斜着从门缝向里瞥，越瞥心里越火急火燎。他总觉得这细桃是块到了嘴边的肉，被二忠给抢走了，心里不服。二忠凭啥就娶了细桃这样的好女人？我狗尾巴哪点不比他二忠强？论成分，咱是贫雇农，论权势爹是贫协主席，哥在公社革委会，论长相，我狗尾巴个子不比二忠高，但脸还比他二忠白哩！

"好女人是上天赐的，咋偏偏赐给他二忠？"狗尾巴心想，这女人还没与二忠入洞房，他先下手，吃了这红透了的桃子！

这天大中午的，狗尾巴从门缝看到了细桃在枣树下的井沿上洗衣服，看到人家胸前那双大奶子，心里像是猫挠的痒，受不住的周老三，瞅四周没人影，一咬牙就翻墙头进了二忠家。

"你要干什么?"细桃胆都吓破了。

狗尾巴支吾道："看看枣红了没?"

细桃说："枣青着哩，你回去吧!"

狗尾巴说："二忠不在，我来看看你。"

细桃脸沉着说："我有什么好看的? 快走吧!"

"我关心关心你!"狗尾巴轻声地说。

"用不着!"细桃不给狗尾巴好脸色。

狗尾巴不死心，他眼睛瞅着细桃的奶子说，让我看看你这儿的红枣儿。说着就扑了过去，一把抱住了细桃，细桃使劲推着狗尾巴，狗尾巴说："是咱俩先相的亲，你本来应该就是我的，让陈老二给占先了!"一边说着一边手伸进了细桃的衣服里。

"谁是你的? 我是我的，是我男人二忠的!"

狗尾巴说："你说，要是那天相亲，我同意了，你不就是我的了!"

"你同意，我还不同意呢!"

"骗人，嘻嘻，我可比二忠强多了。"

"你从墙外爬到墙内，强多了!"

狗尾巴不吱声了，他扑了上去，铁心今天要细桃。

细桃一边推一边说："你快放手! 要不，我喊人啦!"

狗尾巴说："二忠不在，你喊你喊，我看你敢喊?"这话将细桃给镇住了，她不敢喊，喊了不把人丢死了! 可是不喊就让这个男人破了自己女儿身? 细桃怔了愣了!

这给了狗尾巴的胆，他心想这女人不吱声，可能是不敢，也可能是看上他了呢? 狗尾巴来了精神，手一把伸进了细桃的衣服里，摸住了她的乳房，"好大的奶子!"狗尾巴的嘴伸了过来!

"救命!"在狗尾巴握住自己奶的那一瞬，细桃突然大喊了一声，

幸福炮兵

这一声将整个胭脂村上空静静的空气喊得直打战儿！狗尾巴慌了，他没想到已经在怀里的女人会喊。这时。细桃使尽全力猛地往外一推——"咕咚"，狗尾巴掉落井里了！

"救命！救命！"这回喊声是狗尾巴的，他的喊声在井中闷闷回响，声音爬不出井口口。

细桃一屁股坐在井沿上，她像被一头驴踢中了头，傻啦！

这时，门被人撞开了，一个两个，一群两群！村里男女老少像是赶上了一场大戏，涌向二忠家。这场热闹好像大家期待已久，早就有点耐不住性子了！

井里有人！男人！谁啊？

几个小伙放下井绳，将狗尾巴拉了上来。狗尾巴真真一个落水狗，他颤抖着身子，耷拉着头。狗尾巴？你咋往井里跳？

人们看到细桃上衣领口被撕破了，像是明白了什么。但他们要当面证实自己的判断：狗尾巴咋掉井里了？人们的目光像一把把剥牛的刀，要将牛皮剥得光光的，看看里面的肉里面的五脏六腑！

细桃在众人的目光中，从开始的惊慌、羞辱到现在渐渐平静下来。她提了提衣领，指指井边的老枣树说："他爬树摔了下来！"

"周老三你闲的蛋疼，爬树干什么？"

狗尾巴没想到细桃这当口能想出救他脱身的借口来，他感激地望了一眼细桃说："摘枣，摘枣！"

"你家没枣树？"有人问。

狗尾巴说："我家的枣小，没二忠家的枣大、甜！"

"哼！把你娃嘴馋的！"

我爹没吱声，回到家让我把四眼牵到二忠叔家。四眼是我家的狗，见我不舍得，我爹说："你二忠叔一回来，咱就把四眼要回来！"

当天我就将四眼牵给细桃，说："我爹让四眼看你枣哩！"

细桃一看到四眼吓得直往后躲，我摸着四眼的头说："没事，四眼不咬熟人！不信，你摸摸！"细桃还是一个劲往后躲，我对四眼喊了声："坐下！"四眼乖乖地坐在地上，眼睛看着细桃，我又对四眼喊了声："起来！"四眼站了起来。看到这儿，细桃小心地靠了过来。

"你摸摸四眼头，四眼就听你话了！"我说。

细桃颤抖着伸出手，摸了下四眼的头。

四眼摇了摇尾巴，站在井沿对着枣树"汪汪"地叫了两声，声音在胭脂村上空回荡，像是向村子里想着二忠家枣的男人们打个招呼——四眼来了，别再打这一树枣儿的主意了！

萍将好看的东西拿来了。

上课时，她偷偷将书包从抽屉里推向我。我闻到一股浓浓的药水味儿！这味道只有在医院里才能闻到，我有点想吐。

萍将已经露出一个角角的书，向外抽了点，看到我已经看见，她脸红了。

我抽出书——《接生手册》，我好奇地翻开了这本有医院药味的书。老师在上面讲，我在下面看。我还没来得及看文字，光这里面的图画就让我看得目瞪口呆！

"姚小强，你看什么哪？"突然老师冲我喊了声，我吓得忙将书塞到抽屉里面，说没看什么。老师说："小强你是班长，要带头遵守纪律，带头学习！"我点点头，老师竟然没发现我在看坏书。

第二天去公社棉花加工厂学工，我将书偷偷压在炕席下面了。

我们学工是将工人打好的棉花包拉到仓库，我们男生拉车，女生推车。萍和芹几个女生做饭。我们拉着架子车，飞似的跑着，从省城西安下放到公社知青点上的知青、后来当上我们班主任的杨西霞老师在后面直喊慢些，她担心我们撞伤。我们才不理她，段老师对我们说过，杨西霞靠着她母亲跟县教育局金局长熟悉（都跟人睡过觉）才当上的公办老师！

"保不定金局长将这母女俩都睡了！不让人睡，人白给你安排工作？"段老师自言自语这样说过。段老师男人是当兵的，她也整天一身绿军装在身，英姿飒爽，眼里容不得沙子。段老师眼皮不夹杨老师，总是斜视，鼻子里轻轻地"哼"声，这一斜一哼，让杨老师感到轻贱得如片正在败落下来的树叶。

杨西霞可能知道段老师背后说她坏话，但是她也不好当面锣对面鼓地对质。有一次杨西霞哭红着眼，跟老校长说不当班主任了，老校长对着段老师和其他几位老师说："为人师表，不能在背后嚼舌头！"话是这样说，但是，每年评先进老师，段老师都能当选，而杨老师连想都不敢想。

杨老师当班主任，不敢管，也管不住我们这群学生，估计是她担心我们骂她搞破鞋！

"开饭喽！"

杨老师这会儿冲着我们叫喊，我们扔下架子车，争先恐后地挤向饭桶前，远远肉香味直往鼻子里钻，馋得我唾沫直往肚里咽。

"肉片连锅面！"杨老师说。

那年月，逢年过节或者谁家过红白喜事能吃到肉，平常是吃不到肉的，我们排队打饭时，眼睛个个直盯漂在大锅面片上的几片肉。

"排队排队！"芹手拿着勺子，对我们喊着。萍在芹后面站着，她眼睛盯了我一下！一会儿我排到了前面，我的眼珠子随着芹手里的勺子在转动，芹眼皮没抬，但我明明地感到她手里的勺子像是瞪大了眼睛的鹰尖尖的嘴，漂在连锅面的片肉一会儿就到勺子里了，我正暗自高兴，能吃到几片肉多美。正在我接过碗，感激的目光悄悄送向芹时，萍突然走到我跟前，伸出了手，一把抢过我的碗，将碗里的面和肉全倒进锅里，然后自己拿起勺子给我重新打了连锅面。

萍一边打饭一边嘴里还说："哼！装得跟真的一样，专门挑肉，还以为别人看不出！就这几片肉都给他吃了，别人还吃不吃？"

萍的举动将同学们都看愣了。

有几个同学跟着起哄："就是，我们也看出来了，专门挑肉！"

杨西霞老师见状走过来，芹对杨老师说："吴萍她欺负人，本来打饭是我的活儿！"

杨老师看了萍，目光又扫了一圈同学后，对着芹说："范爱芹同学，做人要公道，你打个饭，手里的勺子要端平，不然同学当然有意见！"

芹一听急了："明明是他们欺负人！"

杨老师说："知错改错，你怎么能怪别人呢？"

芹气得要哭了，她冲我狠狠地说："你说句话，我是不是专门为你挑肉啦？"

我看着芹，又看着萍，不知说什么。

杨老师说："行了，行了，我都看到了！"

不少同学也在起哄，就是，我也看到了，范爱芹专门给姚小强的碗里挑肉打。

芹气得一把从萍手里抢过勺子，摔到地上，哭着跑回家里。

萍眼睛瞪着我，我感到她的目光尽是恨。我不明白，芹给我碗里多捞了几片肉，咋就惹得萍那么大的气。这下好了，芹气跑了，萍也恼了，这些女娃咋这样怪，好好的生出事端来。

芹跑回家，芹的娘一看女儿哭红了眼，心疼地问。

芹只顾生气，也不理娘。

"死女子，咋了，说话呀，要把娘气死不成？"

芹说："说什么说？你当娘的知道啥？"

芹的娘说："你不说，我咋知道，快说呀！"

芹说："强哥他，他欺负人！"

"哎呀，小强把你咋了？快说！"

芹又不说话了，她不知说啥，咋说？

芹的娘急了，快说，小强把你咋了？她不停地问，心里想，现在的娃咋这样子，才多大个毛娃，就知道那个事……小强是亲还是摸还是弄了女儿身子？芹她娘不敢往下想，这可是天大的丑事。女儿家家的，不像男娃。女人要是出了这事，将来长大嫁谁呀？不行，我得问个明明白白。

"你给我说清楚，你们在一起他咋个欺负你的，是搂你抱你，还是，还是做了那见不得人的事？"

芹一听停止了哭泣。她生生地望着娘，很陌生地问："娘，啥叫见不得人的事？"

芹的娘想不出对女儿的话来。她指指女儿裤子，轻声说："你哥欺负你，解没解开你的裤腰带？"

芹一听急得要哭："娘，人家才多大呀？"

三十多年后，"九〇后"蜜说："趁着没找到男朋友，好好玩！"她说的玩，就是与人"嘿咻"，就是做那个事！蜜走马观灯地换了一个又一个男人，爽足后她要收心过日子了，便对追的、想做她男人的男朋友说："不管我以前怎样，嫁你后改邪归正！"

男朋友明白蜜的话，对死党们说："现在你找处女，上幼儿园吧！"

"就是，处女，就是被人处理过的女人！"死党们说。

老缚纯这个著名的男星，中年妇女的杀手，在自己女儿出国前，将整整一盒避孕套装进女儿的包里，老缚说："他不是性开放，是防止女儿得艾滋病。"对了，忘了告诉你，老缚是防艾滋病形象大使！

这世界让人眼花虚脱，前天晚上下班，我在办公室上网，收到一个漂流瓶，里面有一封信："爱情让人盲目，自由才是心的追求……我是朝阳女人【ONS】，懂的成熟男人请回复……"

ONS，就是一夜情，我将这信给哥儿们看，"这可能是陷阱，是饭托、酒托。将男人骗到酒吧饭店，然后宰你。你玩ONS，不敢声张，她们不费吹灰之力就得手。"

咱捉弄下这个女骗子！哥们儿说干就干，我回复了此信：发了个礼物盒，你不是想要钱吗？给你！

三分钟，女人回信：

"谈钱，俗！我不想和你谈论金钱与家庭，只想彼此能在心灵上有个安慰，我有出来玩的资本，所以也不需要你出钱，也别随意揣测我的职业，有意请留电话我约你……"

哈，咱冤枉人家了，这女人是良家妇女？

哥们儿打开这女子的QQ，名字下有一行字（这叫心情）：我真的觉得其实我是个好姑娘，没劈过腿，没当过小三和GAY，也没在别人卫生巾上撒过胡椒面儿……

这女子还很逗，有幽默细胞。

"你多大了？什么样男人可以配你？"哥儿们继续挑逗。

"二十六岁，我叫刘一彤……呵呵……很高兴认识你……我喜欢干净的男人，长相不重要，呵呵，希望有个美好的开始与结束，晚上咱们在三里屯见！我现在在上班，不太方便打给你，稍后我联系你，祝你工作愉快。"

"见面就能上床，还是处处再说！"哥儿们的挑逗直奔主题。

女人回了个红脸，写了一句话：坏，见面再说！

哥们儿惊愕！谁敢去？我们三个哥们儿面面相觑。我们都没去，生怕是饭托、酒托的，让人狠狠敲一笔，丢人还无脸诉说。但哥儿几个知道，在这燥热的都市，这个女人今夜一定没闲着……

芹当姑娘的那个时候，结婚前女人裤带可不能轻易让人解了，婚后要是偷个人，别人不知或者知道没捉奸成双，面子上也假装不在意。

没嫁人，女人就是瓶没启口的酒，将自己封得严实，嫁人后就好

幸福炮兵

43

多了。芹的娘吃亏就吃在婚前让一个男人给欺负了，才怀着娃，从陕北嫁人来到塬下，嫁给范大诚，生下芹的。为这，头几年，芹的娘在村里都抬不起头来。

秋芒娘在地里干活休息，和几个妇女将撩实她们的男社员裤子都脱了，嘴里还说："看看你这点小鸟鸟有多大？"

芹一听娘问她裤带解没解开，"腾"地一下子跳了起来："你是不是我亲妈，说的啥呀？"

芹的娘叹气说："我是怕你一个女娃家吃亏！"芹的娘最担心的就是女儿走自己的老路，婚前遭人欺负。女人家，要是婚前失了身子，这一生都会背着荡妇、破鞋的脏名，一生活得低三下四，挺不起胸。

芹说："哼，我能吃啥亏？"

芹的娘轻声问："那小强咋样欺负你了？"

芹说："他和别人一起欺负我！"

芹的娘火了："啥？还有别的男娃？"

芹说："不是，是女娃！"

芹的娘糊涂了。

芹说："你当娘的，还夸人家城里来的女娃！"

芹的娘笑了："把他大的，要是小强真的欺负了你，看我不把他小鸡鸡剁了！"

"妈，看你！胡说啥呢？"

芹的娘哈哈笑了起来。她与我娘曾说过，两家要结娃娃亲哩。

芹的娘决定要找我娘说下，"强儿还没长大，可不能让别的女娃将魂儿勾走。"

我娘说："你说啥呢，他们才十几岁，是个碎娃呢，能知道个啥？"

确实，我对男女的事知道的不多，但自从萍从城里来到学校，我心里就像钻进了只兔子。我学习好，萍学习一般，一到考试，我就将答好的卷子往她一边推，她好抄。一回老师看到了，不吱声过来，将我答好的卷子翻了过来。萍脸红了。还有一次，我将卷推给她，她又推了回来。可能这回考试题不难，萍会答。

秋芒一早就拍门，叫我一起上学。平时总是我叫他。

"我看见了，三班的刘新成有凤凰烟盒！"一出门，秋芒就说。

真的！秋芒说，刘新成要我拿十个天安门烟盒他才肯换。

十个？

十个！刘新成这还嫌亏呢。我和秋芒几天都没安心上课，到处找天安门烟盒。终于凑够了十个，就去换人家的凤凰烟盒。我将烟盒拿到手，看到烟盒的一个角角上有片黄渍，像人吐的痰。

脏了？

是沾了一点水。刘新成说，你要嫌脏，就别换。凤凰烟盒可不是好弄到的。

我看烟盒脏是脏点，但三个角角一点儿都没破，就换了回来。

拿上凤凰烟盒，我高兴了，叫上萍来到月亮河边放羊，将萍喜欢的凤凰烟盒送给我萍。萍接过，看了看，然后指着烟盒上一个角角，说看这脏了。我说就一个角角，整个烟盒一点都没有破。不料萍看了看，扔到了月亮河中。

萍说，一点脏她都不要。

"那你也别扔了呀！这可是我拿十个天安门换的！"

"脏，就不要！"萍说，她要的是全的、一点不脏的凤凰烟盒。

我说，好，我一定能弄到。

萍笑了……

班里又要分座位了，按大小个，男生一队，女生一队，排在教室门前，一对一对往里走。我悄悄从头数着，看看能不能与萍分到一起坐。

这回，萍与峰分到了一起。我心里失落得像是被掏空了五脏六腑。我坐在前面，萍坐在倒数第二排，我感到，萍一双眼睛在看着我。

峰个子是班上最高的，他比我大一岁，仗着在公社革委会当主任的爹周狗牙，他不把我放到眼里。峰有一辆飞鸽自行车，车上安有亮晶晶的转铃铛，峰将车骑得飞快，手按着转铃铛一路"丁零零"响得清脆，让同学好羡慕。"文革"中大人们分了派，以村中的老榆树为界，东边的是南头，西边的是北头。两派开始还不分亲近，后来从文斗斗嘴，争吵着自己的派是红派，别人是封资修的反革命派；争得厉害了，文斗不解恨，就发展到武斗，武斗从动手，到动棒，最后到了动枪。两派仇越结越大。我们在学校的娃们也跟随父母的派，分了你我。峰是南头的，我是北头的。萍离开了我的座，还跟峰坐到了一起，这使我很难受。

放学路上，萍对我说，她不喜欢凤凰烟盒了。我知道，萍想说的是她不会要峰的凤凰烟盒。

就是，峰是我的对头，萍咋能要峰的烟盒。

与我坐在一起的是班里最丑的女生王秀。刚一上课，我就在桌子上画了条三八线，这王秀看着线画到了她的一边，拿起笔重新画了条。我抹掉，又画了条，轻声对她说，胳膊不能越界！她一越过，我就用胳膊肘儿顶。王秀委屈地哭了。教算术课的张老师戴着一副厚厚的眼镜，他听到王秀的哭声，眼睛在教室转了几圈才发现王秀。他扔下手里的粉笔头，很生气地问道："这位女同学，你怎么哭了？"

王秀站起来，指着我："他欺负人！"

张老师指指我："站起来。"

我站了起来。

张老师走近我说："你一个男生怎么欺负女生啦？"

我脖子向上一挺："我没欺负她，谁叫她越过桌子上画的分界线啦。"

张老师贴到课桌上看了看，说："男女平等，妇女也占半边天。"说着，回到讲台，取了块板擦和粉笔来，用板擦将我画的分界线擦掉，然后又重新在中间位置画了条。

　　"你可以坐下了。"张老师对王秀说，然后对我说，"平等，知道吗？人，生而平等，我们来到这世上，都是一样的，男人与女人，富人与穷人，胖子与瘦子，聋子与瞎子，反正是人天生应该都是平等的，不平等就是欺负人。"

　　张老师走回讲台，回头冲我说："你重复一遍我的话。"

　　"男人与女人，富的与穷的，胖子与瘦子都是平等的！"我低头重复着老师的话。

　　老师这才对我说："你也可以坐下了。"

　　我不服气，她长得丑，学习还不好，凭什么和我要平等。我是班干部，我管她哩。我在桌子下面，用腿顶了王秀，这回她没吱声。哼，平等，你想得美。

　　下课的铃声一响，萍就从座位上跑到我的桌前，对坐在我身边的王秀说："让开！"

　　王秀坐着不起来："我的座，凭什么让开？"

　　萍说："我原来一直坐在这儿，这是我的！"

　　王秀说："是你的座，你叫它答应吗？它要答应我就让！"萍听了去拉王秀。

　　同学们围着我们，在看热闹。

　　"吴萍与姚小强谈恋爱喽！"

　　萍说："我就是要与姚小强坐一起！"

　　我没有想到，萍这样胆大，敢说出来想与我坐一起。我们同学之间谁想和谁坐一起，都是偷偷的私下里说。

　　这时，杨老师来了，她将我们带到她宿舍。

　　"说，你三人为什么争座位？"

萍抢先说："我一直坐在前面！"

王秀也不甘示弱："这次分座位，我就分到这里！"

杨老师问我："你呢？"

我看了看萍，又看了下王秀，本想说我嫌这同学丑，学习又不好，但我没说出口。我的无言，让萍有点失望了。

杨老师说："做啥事都要有个规则，分座位是排队分的，分到谁就是谁，不能挑拣！"

后来，杨老师问我上算术课欺负王秀的事。我说，我就不愿意和她坐。杨老师对我说："你不能嫌弃同学，我们都是来自五湖四海，都是阶级兄弟姐妹，你还是班长！"

"可是，王秀丑身上还有臭味！"我说。

杨老师脸一沉说："可不能这样随便说一个女生！作为一个男人，你要记住！"

我点点头，我不明白，男人为啥不能说女人不好，特别不能说女人身上臭！

萍与峰坐在一起，峰很得意，还从自己家的苹果树上摘苹果给萍吃，那时苹果还没熟呢！我对萍说，你别吃峰的苹果，等苹果熟了，我给你摘。实际上我没说我去偷，我家没有苹果树，我只能去偷老皮头家后院的。

3

又从城里下放了一位老师，这位老师满脸麻子，他一上课就对我们介绍自己："我姓张，一张脸的张，大家是不是看到我这张脸了，看到什么了？"同学们没人说话，埋头窃笑。

"这可是满天月球坑！哈，告诉你们，你们如果能好好学习，不负光阴，老师脸上的坑就一个个填平！"

同学们大笑起来。此后，这麻子老师的课，我们都喜欢上，他讲课可好玩了，不是捉只麻雀给我们讲鸟为什么会飞，就是捉个知了讲蝉鸣从哪儿发出的。这天，麻子老师给同学们布置了作业：捉虫子！看谁捉的虫子多！

放学后，吃过饭，我就叫上萍去捉虫子。萍从她妈的医院拿了个瓶子，我们捉的虫子都装进瓶子里。我们捉了蚂蚁、硬壳虫，还到一黄蜂窝捅蜂窝，捉了只黄蜂，我的脸被黄蜂蜇了，我疼得哭了，娘将大蒜捣烂，往我脸上擦："啥老师，不好好教书，光叫娃捉虫子，这捉虫子有啥学问？"

萍让我去医院，我不去，我被蜂蜇过好多次，没事的。可是，萍拉住我，非让我去，到了医院萍的妈给我抹了药水。

第二天上课，本以为我们捉得虫子多，有特色，谁承想，同学们捉得比我们的还多。蛤蟆、蚯蚓、蛐蛐、蝈蝈，啥都有。峰还捉了好多猪身上的虱子和狗身上的跳蚤。

麻子老师看了哈哈大笑，说："还是农村的学生见识广，城里的学生谁见过虱子和跳蚤。"

峰真恶心，看了虱子和跳蚤，人身上都痒。看我的，我要捉到你们更想不到的虫子。我想起大坟上夜里飞的萤火虫了，捉些萤火虫！我为自己的发现兴奋了。

"你敢不敢去大坟捉萤火虫？"我问萍。

萍好奇地问："为啥要到大坟来捉萤火虫？"

"萤火虫是鬼火，只有坟头上才有！"在我很小时，我娘就这样对我说的。一到夏天，大坟头那儿萤火虫成群地飞舞，闪晶晶的，像流动的星星。

萍说敢。

天一黑，我们拿上手电筒去了大坟。

在我们村的田地里有不少大坟，听我爹说，这里面埋的不是皇帝就是娘娘。我只是放羊上过大坟头，还在坟头拣回过老瓦楞子，几十年后，我拣的瓦楞子被人说成是文物，有人出大价钱买呢！

快到大坟时，萍有点害怕了："会不会遇到鬼？"

我一听萍这样说，心里也"咚咚"直跳，眼睛往大坟四周看。大坟四周还有不少小坟，埋的都是附近村里的死人。这些人，想借大坟的风水，让自己家也出个皇上、娘娘的。如果真能沾上皇上家风水的光，我们村也会出现几个皇上了，秋芒他爷、二忠他娘、狗尾巴的爷，还有好多好多我没见过的人，死了以后都将坟紧靠在大坟边，现在这里的坟挤得一个连一个，再有死人都挤不进来了。可是别说我们村，就是全公社、全县，还没出现过一个皇上一个娘娘，连个省长也没出现过。风水，人家老皇上家的风水，你平头百姓凭空就能享受？要是这样，都能当皇上，那天下岂不乱了？

这大坟就像是座大山似的，感觉不到里面埋有死人。我突然看见一个新坟，上边插满了白旗花圈，风一刮"哗哗"响。这不是我们村的死人，我们村最近没有死人。看着新坟，想着坟里埋着刚死的新鬼，我怕了。萍也看到了新坟，她吓得往我身边躲藏。我本来已经很害怕了，但见萍躲在我身后，我却有些不怕了。我想，面对新鬼，只有我能护卫萍。

"不怕！"我说。

萍拉着我的衣服角，小声地问我："真有鬼呀，你见过鬼？"

"死人埋在土里，被土压得死死的，他出不来！"我四下张望着说。

"别说，你越说我越害怕。"萍说。

"不怕！"我说。

"你怕鬼不？"

"女娃才怕鬼，我是个男娃，怕啥鬼？"我壮着胆儿说。

萍真是的，人越怕，她越问。我说谁见过真鬼呀？我嘴上这样说心里却害怕起来。我就想起娘说的鬼的样子了：一身白衣服，血红血红的眼睛，披着脸的头发，嘴里舌头吐得长长的。我越想越怕，就想回去不去坟上捉萤火虫了。还上去不？萍问我，我本想说不去了，可话出口却成了上，有啥不敢的。我知道，我这样是为着不让萍小瞧我，我是个男娃，还怕啥鬼？要是鬼来了，我一定会冲上去，不让鬼靠近萍的。

　　我们上到坟的半腰处，就看到了飞舞着的萤火虫，亮晶亮晶的，它让黑夜泛出了一片银灰的光。小娃，玩心大，一见到萤火虫，我们忘记了大坟新坟的老鬼新鬼男鬼女鬼，一心捉起萤火虫了。我双手撑开用纱布做的网子，扑向飞舞的萤火虫，我捉了只，萍接过放入瓶子，不知多久，萍手中的玻璃瓶装满了萤火虫，萍兴奋地挥着手中的瓶子，像挥动着一个闪光的灯芯。

　　"咱们回去吧？"我说，萍点点头，看得出，她还没捉够萤火虫。我说下次再来。

　　正当我们下大坟时，突然"咚咚"一阵沉闷的声音从大坟里传了出来。寂静的黑夜，这声音让人听得真真切切。我浑身的汗毛都竖起来了。

　　鬼！

　　我们顺着声音望去，看到大坟里露出一道微弱的光，光中有黑影子在晃动。我与萍吓得大叫着"鬼呀！""妈呀！"便往大坟下跑去。萍跌倒了，手里的瓶子也摔在地上，瓶子里的萤火虫一下子都飞了出来。在我回头拉萍的瞬间，看到大坟里的黑影也跑了出来，还不止一个。

　　妈呀，这大坟里真有鬼！我吓得拉起萍继续跑，边跑边叫喊"救命"！

　　我们跑回了家。第二天我与萍感冒了，都是被鬼吓的。

　　没过几天，县里公安局的人来到学校，表扬我们，说：因为我们，公安局及时查获了一处盗墓洞，已经将盗墓洞填了。公安说，他们正在抓盗墓的人。

三爷知道后大骂盗墓贼："这是汉王墓，是咱祖先的坟，刨祖宗的坟，该死！"

麻子老师说："看看，学习生物知识多重要，还能帮助公安破案呢！"后来，麻子老师带同学集体上大坟捉萤火虫，我与萍没去。实际上，我以后再也没上过大坟。

学校开运动会，峰穿了一双白回力鞋，萍说这鞋真漂亮，男生穿着真好看。

我回家对娘说我想要双白回力鞋，娘说给我买，爹不让，说今年二忠在劳教，细桃又刚嫁过来，工分少得可怜，分的口粮不够吃，咱家箍罐子挣得那点钱一分都不能动，备着给我家与二忠叔家度饥荒哩。

娘说回力鞋咱先不买，娘给你做双新布鞋，是带松紧带的那种。

我对娘说，我不要。运动会，就得穿运动鞋。

我娘没办法。萍知道我想要回力鞋，将她积攒下的八毛钱全给了我，我手里有三毛，加一起才一块一，回力鞋要三块八毛。我眼盯着村东头合作社柜台里的回力鞋，心想我一定要买双。峰现在与萍坐一起，他穿着回力鞋，就可以在萍跟前显摆。我心里很不舒服。我一定不能让峰得逞，更不能让萍与峰好。围着合作社柜子里的回力鞋我转着圈圈，眼睛都盯红了。

萍说要不她跟她娘要钱。

我说："不成，你娘给你两个哥哥都没买，要是知道你给我要钱，还不说我是骗子，骗你的钱？"

第二天，萍又给我了六毛钱。这是她向他的两个哥哥借的。一块七了，还是不够。

天下雨了，爹娘下地里干活挣工分了。我放学回家，弟弟出去要了，空空的院子，屋里，从里到外，就我一人。一个罪恶的念头在脑子里闪现：我知道我娘放钱的地方！我想，偷两块一毛钱，就能买回力鞋了。

我将大门关严，回到屋里，偷偷打开板柜，翻出娘压柜底的钱夹，一看有三十多块，我犹豫了下，想想峰穿上回力鞋神气的样子，想想萍看峰脚的眼神，我一咬牙将娘的钱抽出了一张，是五块一张的。我只想拿两块一毛钱。但我心里慌张，一时没找到零钱，就将五块钱装进衣兜。

我拿着钱找到萍，说我有钱了，去买回力鞋。可是到了合作社，我犹豫了：我要是穿上回力鞋，爹娘一看就会知道我偷钱了！

不行，鞋先不买了。我拉着萍离开了合作社。

我将钱埋在院子的墙角角，上面用瓦片压着，做了个记号，然后没事一样等着我爹我娘收工回家。

第一天，我爹我娘没发现柜子里的钱少了。我心里想，要是再没发现，可能是我爹我娘不记得柜子里放了多少钱，我就去买鞋。

可是，第二天一放学，我的脚刚踏进门，我爹手拿箍罐子用的条子将我和弟弟叫过来，我知道爹发现丢钱的事了！这时我后悔，想着埋在墙根的钱，我脑子飞转着，是承认将钱取出交给爹，还是咬住口，死不认账？我还没想好，爹就发火了：

"强，是不是你拿了钱？"

我脱口而出："我没有偷钱！"

我真不是有意要说谎。爹转向我弟弟奋：

"不用我问了，你老实说，你偷没偷钱？"

弟弟奋摇摇头。

"说出口来！一定是你偷了钱，你才连话都不敢说！"爹咬定偷钱的是弟弟。我这时不敢看弟弟，我又不敢承认钱是我偷的，更不敢跑到墙角挖出来，交给爹。

弟弟哭了，说："我没偷钱！就是没偷！一干坏事咋都说是我，都往我头上赖？"

我们兄弟俩，我一直是听话的孩子，学习好，老师表扬，爹娘好省心，弟弟却总惹事，今天打架明天旷课，还偷了对门张老汉家的苹果，苹果刚刚落花，根本不能吃。张老汉找上门来，对我爹说："管管你家老二，等苹果熟了，我送他吃。可不能祸害这一树果儿了！"

害得我爹娘忙给人赔不是。这回柜子里的钱丢了，我爹娘当然怀疑弟弟了。

但弟弟就是不认账！

我娘心软了，对我爹说："可能不是奋儿偷的。"

爹眼睛瞪得怒圆，说："那放在柜里的钱自己长腿跑了不成？不是这小子能是谁？"爹气得拿起藤条要抽打奋，奋突然夺门跑了出去。

奋跑得咋这样快，他是在逃命一样的跑！爹娘和我在后面追，追得爹娘都累了，娘蹲在地上，大口喘气。爹停了下，抹了把头上的汗，又追。我跑到前头，追着奋。这时，我像忘记埋在墙角的钱了，莫名地感觉到真的是弟偷的钱，我在追小偷！

弟跑着哭着，他跑不动了，跌趴在大渠边上。爹也一屁股坐到渠沿上。

回到家，爹连藤条也挥不动了，对我说："你替我教训你弟弟！"说着将藤条交给我。

"跪下！"爹对着弟弟厉声叫道。弟弟跪在屋子地上的一块青石板上，伸出双手来。这个青石板，是爹在上面箍破罐子用的。

"打！"爹对我说。我挥起了手中的藤条，打在弟弟的手上。

弟弟哭着对我说："哥哥，疼！"

"你偷没偷家里的钱？"爹问。

弟弟说："我没偷！"

"再打！"爹说。我又挥动了藤条。

幸福炮兵

弟弟说:"哥轻点!"弟可怜地望着我,这目光深深刺到了我心里,像块尖石头,在我心里留下了一生都不能忘怀的伤痕。几十年过去了,每当想到弟弟的目光,我都感到自己的可恶与愧疚。

我挥不起手中的藤条了,爹见状,接过藤条,交给弟弟。

"自己打自己!"

弟弟接过藤条。

"哪只手偷的钱,就打哪只手!"爹叫道。

弟弟右手拿藤条,打左手,又左手拿藤条打右手。我不知道,人自己打自己是怎么下得了手的,我只看到弟弟每打一下就要闭一下眼睛。

弟弟的手红了,肿了。娘跑过来,蹲下来,一把将弟弟抱住,说:"我的儿子,你招了吧,你不招,你爹咋会放过你?"

弟弟躺在娘怀里说:"娘,我真没偷钱!"

爹说:"还嘴硬,你想当李玉和呀!打死也不说出密电码。你没偷?钱会长翅膀飞了?!"

爹从弟手中拿过藤条,挥到了半空。弟弟望着爹手中悬在空中的藤条,呆呆地直愣愣瞪着泪眼说:"是我偷了家里的钱!"

听了弟弟的话,我浑身一颤。我不知道,弟弟认下这偷钱的事,是如何想的。他可能看到要不认下,会挨打下去。

爹对娘说,看看我就知道是奋偷的钱。

娘问弟弟:"你偷那么多钱买啥了?"

弟弟说:"没买啥!"

爹说:"没买啥,那钱在哪儿?"

弟弟不吱声,他不知道钱在墙角角。

爹说:"奋你将钱找回来,不然我打死你!"

弟弟说:"钱被我花了!"

娘说:"你买啥了?"

弟说："我买吃的了！"

爹说："五块钱，你都买啥吃的啦？"

弟说："苹果、柿饼……还有好多！"

娘对弟弟说："同样是娘的娃，你要好好向你哥哥学。听话，学习还好。爹娘多省心！"

弟弟点点头。

娘的话，说得对，我在家是个听话的孩子，在学校是个学习好的学生。可是，一个好孩子好学生也会干坏事！

第二天，我偷偷将钱取出来，鞋我不敢买了。我将钱偷偷放在弟弟的书包，我想，弟弟白白被爹打了一顿，白白替我认下偷钱的罪，这钱给弟，让弟花了才对。不想，这样做，又带给弟一场委屈。

当弟将钱交给爹娘时，爹说："奋，你偷钱，还说谎，爹对你彻底失望了！"

弟弟这回没落泪……

坏孩子做个好事，爹都不认。

我愧对弟弟，甚至没有勇气去舐自己内心深处滴血的伤口。因为我知道，这件事对弟弟的伤害更大，我的伤口滴的是血，弟弟的伤口滴的是恨是怨是屈，而且都粘着血。

几十年后，我趁着酒醉，鼓起勇气面对弟弟忏悔："那钱是哥偷的！"我问弟弟还记得吗？我本想听他说不记得了。可弟弟说："记得！咋能忘呢？"

4

麻秆夜里来到我家。他悄悄对我爹说，劳改农场要收苞谷，他说趁这个机会让细桃与二忠偷偷在苞谷地见上一面。

"好姚叔，这事全看在你的面子上，千万不能让人知道是我透的信，不然我在公安局临时工也干不成了。"麻秆说。

我爹说："麻秆，你娃把心放在肚子里，天知地知，我知你知，这事不会再让第三个人知道。"

"要是被人发现咋办？"

"放心，我打死也不说出你麻秆。"我爹发了狠话。

麻秆与我爹合计，让我爹带上细桃，提早钻进劳改农场的苞谷地，麻秆带劳教队收苞谷时，让二忠与细桃两人偷偷相见。

"说好了，二忠与他女人只见一面就行，可不能真日弄起来。让人捉住可不得了。"麻秆还是不放心。

当晚，我去二忠家，对细桃婶子说了，让她明天一早，天不亮出村，我爹在村西头等她。

细桃听了好高兴，她进屋拿了一把糖塞给我。四眼狗也挤到我腿边，不住地用头摩挲我的腿，尾巴摇得欢欢的。

细桃说："四眼，轻点别把强儿拱倒了！"四眼听见，回头看了她一眼。这四眼真是好狗，这么快就跟细桃熟了。

第二天，我还没起床，就听到我爹娘起来的声音。"多拿些蒸馍，别饿肚子。"娘说着往爹的背包里塞了几个馍，又塞了瓶咸菜。

爹抱了一大捆葱，装在架子车上。爹是用葱打掩护的，娘说："葱卖了买醋呀，家里没醋了。"

爹说："知道。这葱苗现在拔了太可惜，正长呢。"

见爹要走，我一骨碌爬起，跟着爹走到了村西头。细桃婶子咋还没来呢？

"来咧！我在这儿！"细桃婶子从老榆树后面走了出来。

"看你包得严实的，像女特务。"

细桃婶子听爹这样说，笑了。她轻轻将围巾往下拉了点。

我看着爹与细桃婶子消失在村西头。

"你爹与谁呀？好像是个女人？"我回村时，遇到了狗尾巴，他拦着我问。

我说是我爹一个人去县城。

"弄啥去？"

"卖葱。"

"一个人去？我咋像是看到两个人影影呢？"

"就是一个人。"我说。

狗尾巴回头向村西头望着。"是不是大奶子女人？"狗尾巴说，我没理他，向家里走去。

村西头传来阵阵狗叫声，我不禁为爹和细桃婶子担心起来……

爹带着细桃婶子来到五一农场，这是专门给劳改犯和劳教犯人开的农场。他们在门口看到了麻秆，麻秆示意他们走到拐弯处，指着一处塌墙头。

"从，从，从这儿爬进去就是苞谷地。"麻秆声音颤抖着说。

"麻秆，你咋了？看你那点尿胆，吓得嘴都哆嗦了。"我爹说。

"可不能让人发现了，要是发现了，可不得了。"麻秆说。

我爹拍了下麻秆的肚子说："你娃把心放在肚子里，出了事我们咬死口，也不会说出你的。"

麻秆点点头。

"苞谷地这么大，哪里去找二忠？不能让人钻进去胡碰呀？"我爹说。

麻秆紧张的脸上终于现出了一丝笑纹，我爹一看就知道这小子心眼灵，早想好办法了。麻秆对我爹说："进去往右面钻，边钻边学蛤蟆叫，二忠听到，就会回你蛤蟆叫，千万别往左边钻，今天收苞谷是从左边开始。"说完就要往左边走去，刚迈出步又停了下来。"又有啥事?"我爹问。麻秆对细桃说:"冲姚叔这论辈分,我还得叫你婶子呢,帮你与二忠叔是我看在姚叔面上,你们见一面就成,千万别待久了,让人知道我这公安的饭就吃不上了。"

细桃感激得直点头。

我爹爬上了塌墙头,细桃婶子有点不敢上。

"别怕,拉住我手。"

他们翻过墙头,钻进了苞谷地。刚往右走了一会儿,前面就传来一阵蛤蟆的叫声,我爹一听笑了,这二忠急着见自己新婚的媳妇,不等这边发暗号就学起蛤蟆叫了。"你听,你男人学得像吗,跟真蛤蟆叫声一样。"我爹却学得不像,无论他捏住鼻子还是鼓圆腮帮子,都叫不出蛤蟆声,一急我爹"汪汪"地学了声狗叫。细桃一听乐了。

一会儿,他们就见到二忠了。我爹见到他,说:"我去卖葱,一会儿在县东关口等细桃"。

爹跳过塌墙头去了。

苞谷地只剩下二忠与细桃两个人。他们相互愣愣地看着。细桃说:"你光看啥呢?又不是没见过。"

二忠起身将身上衣服一铺在苞谷地上,一看地方小,便伸开双手,疯狂地往下撇着苞谷叶,他的手像两片刀,"刷、刷、刷"手起叶落,一会儿他就撇了一大抱苞谷叶。

细桃问:"你要干什么?"

二忠也不搭腔,将苞谷叶铺到地上,细桃看出了自己男人的意图,慌乱地说:"重义哥说,麻秆只让咱偷偷见面,不能弄那个。"

二忠一把抱过自己的婆娘,说:"我不管,睡自己的婆娘犯哪家的法呀?"

细桃说:"要是让人捉住了,公安不加重你的罪呀?再说人家麻秆是偷偷帮的咱,像个地下工作者,咱要是一弄,让人知道了,麻秆露馅啦，他在公安也干不成啦。"

二忠这时已经火急到嗓子眼了，哪听得了婆娘的话。他说："人都在南头收苞谷的，谁会到这里来？"

细桃还是有些怕，她说："麻秆说只让咱们见一见就成，万一让人看见可日塌了！"

二忠这里已经是火烧到了眉毛，他拉过细桃说："就是枪子崩了我，今儿也要你了！"

细桃一看男人憋不住了，立耳听了听四周，心想这会儿也许不会来人，就迎了上去。两人像热煎饼贴锅子一样，皮贴皮肉贴肉地粘在一起。

人呀，日弄这事天生的都会。没人教过二忠，二忠就会亲嘴亲奶，男人从娘子宫待了十个月，下生后又吃着奶头长大，造就了日弄女人的天性。二忠与细桃两人的嘴亲在一起，这可是他们的第一次，只是时间紧，心里也紧张，他们来不及品味，二忠就伸手解开了婆娘的裤腰带，细桃说："我的男人，今儿我给你，全给你。就是吃枪子也认了！"

二忠一听，将自己的裤子也脱了下来，"我热，热！"二忠说着，紧紧抱着自己女人的后腰，这女人的裤子已经退到大腿中间。二忠像所有男人一样会亲嘴亲奶，但真要像搭羊娃儿那样进入细桃的身体却不知所措。二忠只是猴急火燎地胡乱地捅着，下身像个无头无眼喝醉了酒的蚯蚓，大雨天往泥潭里钻一样。

"啊——"细桃大叫一声，二忠感到身下的女人打了个激灵，这一激灵让二忠顿时爆炸，一股热流喷薄而出。

二忠哭了："我咋不行呀？"

二忠感到这种在他心里想过千百次的场面，真的到来却丝毫不像想的那样。

二忠问自己的女人："咋没进去？"

细桃紧紧地抱着自己的男人，仿佛一起身这个男人就会消失似的。她说："我也不知道，就是疼！"

这时，突然传来人说话声。二忠忙将自己女人挡在身后，细桃慌张着提起裤子。他们听到"哗哗哗"的声音，这是收苞谷的人的尿打在苞谷叶子上的响声。二忠、细桃吓得大气不敢出。

等尿尿的人走远，细桃对自己的男人说："我等你回来，再给你。我的男人。"

回来的路上。爹低头拉着车，细桃婶子坐在架子车上，抱着醋罐子，不说话，低头想着刚才与二忠一起的事，脸潮红潮红的。走到王马大队时，细桃轻声对我爹说："重义哥，停下。"

我爹问："咋了？"

细桃脸红了。刚才与自己男人惊恐的身子都麻木了，现在坐在架子车上平静下来，她才感到下面阵阵地疼，黏糊糊的东西弄得不舒服。

"重义哥，我去苞谷地尿尿！"细桃说完下了车，走到了路边的苞谷地。我爹将头转到了一边。细桃解下裤子，一看自己下身出了血。她左右看看，也找不到片纸呀什么的，她抬头看见苞谷棒上的缨絮絮，起身撕了把，将自己下身的血擦了擦。然后蹲在地里尿了泡热尿，地上泛起了一股白气，细桃舒服了，她伸展下腰，然后提起裤子走出苞谷地，默默地坐上了车。

爹见状也没问什么就拉起车。爹心想这女人可怜啊，新婚没与男人入洞房，这样急煞煞地与自己男人见一面，能做啥事呀？真的做那个，也不像个人躺在炕上舒坦。唉，人呀，总不能和羊搭羊娃儿一样，掀开尾巴就上。啥他妈的世道！

爹骂道。

不想，爹只顾瞎想，没想到车上的细桃渐渐睡着了，架子车一颠，车上的细桃"扑通"一声倒车上了，她怀里抱着的醋罐子撞到车辕上，裂了！

一股醋酸味直扑我爹的鼻子。

爹见状，放下车把，跑过来。细桃婶子也给撞醒了，她眼看自己怀里的醋罐子破了，醋流了一身，顿时慌乱得没了主张。

爹抢过醋罐子，左捂右捂还是捂不住醋往外冒。不能眼看破罐子里的醋白白流了，爹一急抱起醋罐子，仰脖喝了起来！

"咕咚咕咚……"爹一口气将罐子里剩下的足足二斤多醋喝干了。

爹长长地喘了口气，仿佛将收获的钱装进腰包一样踏实了。

"重义哥，你咋将醋全喝了呢？"细桃问。

我爹唉了声，心想还不是怪你睡着了，要不醋罐子也不会撞坏。但爹没有埋怨细桃，只是咧开嘴，说："这醋是我卖葱的钱换的，葱是我一把汗一身土种的，我喝的不是醋，都是钱呀！"

细桃说："喝这么多醋，肚子咋受得了？"

爹笑了，拍拍肚子说："没事，反正喝在肚皮里总比白白流了的强。"

爹回到家里，肚子就疼，他在炕上打滚。娘问爹这是咋了？爹也不说。爹肚子疼得实在受不了了，才告诉娘他喝醋的事。

"醋还不把肚子给酸漏了？"娘一听就急了，嚷着要送爹去公社卫生院。

爹不让娘送他去卫生院。去又得花钱，喝醋就不值得了！爹也担心人知道他喝醋，笑话他。半夜爹疼得实在撑不住了，娘喊人将爹送到了对门的卫生院。医生给爹打了针，还要洗胃。那一次，娘花了八元六角钱。事后，爹说："划不来，划不来了，一罐子醋也值不了那么多钱。"娘说："花钱，人还受罪。醋洒了就洒了，哪能喝肚子里呢，人的肚子能当醋罐子不成？"后来，医生对我爹说："要是醋在肠子里穿了孔，会要你小命的。"

狗尾巴对周无田说看到我爹去县城，可能还带着二忠的女人！

周无田这个大队贫协会主席一下子来了精神。村里老一些的人都知道，周家是胭脂村的坐地户，周无田爷爷辈时，可是村里数一数二的富裕人家，到了周无田爹时，因为他爹好上了赌钱抽大烟，将家败了。周无田原名叫周金福，他爹败了，被放债人逼得上了吊，家里贫得是地无一垅，家无片瓦。周金福名字也变成了周无田。可，祸患伴福来，周无田因爹败了家当，却在后面占了大便宜。划成分时周无田成了雇农，因为是全村最最穷的雇农，分了地主的房子，还当上了大队贫协会主席。

三爷说："世事难料呀，周无田他爹要是不败家，那得划地主成分，哪有现在威风。"这才是应了那句老话：富贵在天，生死有命。

有人巴结周无田，说："把名字改回来，改成周金福！"周无田没改，说："老子能有今天，凭的就是一个穷字，不能忘本！"

周无田的三儿子狗尾巴把人丢在二忠新媳妇跟前，腥没吃上，还惹一身骚。"周家丢大人了！"周无田很生气。这还了得，他要找机会收拾敢与周家作对的人。

"二忠媳妇刚结婚，男人就坐牢了，她能受得住？这两人在一起能做啥好事？"周无田说。

"看不出狗日的姚罐罐还骚情得不行！说不定他们躲到塬沟沟早日弄上了。"狗尾巴说。

"陕北酸曲咋唱的？"周无田说。

"你拉我的手，我亲你的口，拉手手亲口口，咱二人圪尿里走。"狗尾巴应着爹说。

二人走到圪尿里弄啥？到处都是苞谷地，"滋溜"进去，想咋弄就咋弄，谁能发现？周无田没往下说，周无田三个儿子，他最爱这个老小儿，但也恨这个老三不争气，不走正路，整天想着偷鸡摸狗。所以，周无田没有给儿子往下说。不能将娃引坏了。

"爹将姚罐罐和细桃抓起来批斗，看他们还骚情不骚情！"狗尾巴说。

"你就知道胡来，无凭无据你批斗他，谁服？"周无田说。

"那咋办？就这样放过他们？"

"便宜不了他们，打蛇要打七寸，你盯住这对狗男女，捉奸捉双，要是捉住他们，只要有一星点证据看老子不整死他们。"

"一个河南蛋，一个陕北的女人，到咱的地盘上神气啥？不整臭他们，他们不知道自己姓啥？"狗尾巴一想起自己被二忠家新媳妇弄到水井里就心生火苗，尽管关键时候二忠家新媳妇为他打了马虎眼，说他是偷枣才掉的井，但还是他爹说得对："不能领这女人的情，这新媳妇是为着自己的脸面才这样说的！"她要是说你日弄她了，自己还咋在胭脂村待。刚结婚就出这丑事，二忠要不要她都难说！

咋捉奸？总不能硬将他们绑在一起！

周无田老家伙坏得流脓，他心里已经有了歪主意。他对三儿子狗尾巴说："后天晚上不是渭河干渠放水灌溉咱队上的地吗？告诉公社将二忠媳妇和姚罐罐安排到一组，我不信，深更半夜一对孤男寡女在一起，能不偷鸡摸狗发点骚。你暗地里看着，带上几个民兵，只要他们一有动作，你们就上，按住。当场捉他个现行。"

狗尾巴一听老子这样说，一下子来劲了。"我去找铁旦、麻秆，让他们带着枪捉奸。"

周无田瞪了狗尾巴一眼："你啥时能多长个心眼眼，麻秆的媳妇是姚罐罐说的媒，让他去还不提前给姚罐罐跑风漏气，到时你捉谁的奸？"

狗尾巴一拍脑门，说："爹，我把这茬儿咋给忘啦？"

"铁旦可以，这个癞疮头，闻不到女人腥，见了光股子女人还不铲火。"

狗尾巴听爹这样说，就去相邻张刘村找铁旦了。狗尾巴找到民兵铁旦，对铁旦说要捉奸。

"捉谁？"

"捉刚结婚的大奶子细桃！"

狗尾巴的话，像火星扔到了铁旦长满荒草的心里。这个铁旦二十三四了，因为头上长了疮，又鼻流三尺长的，一直没人给他提亲，正猴急着哩！听到狗尾巴带他去捉奸，还是新媳妇细桃，他的心火就直往上蹿，蹿到嘴上他舐下干渴的嘴唇，蹿到鼻子上他吸流下滴出的鼻涕，蹿到眼睛上，他的眼睛像冒出了火，要是看到女人，就能起火苗。

"成！我跟你去捉。"铁旦答应了狗尾巴。狗尾巴说不能让铁旦你白干，走，到我家去，喝酒。

喝了几杯"马尿"的铁旦涨红着脸往家走，边走边"楞个里格咚"地扯起嗓子哼起了酸曲：

"昨天晚上我做了一个梦，梦见哥哥上了我的身，慌忙一把把腰抱定，醒来才发现是一场空……"

铁旦想着自己亲手抓住了全身脱得光光的、露着灯笼样大奶子的细桃。

"那么大的奶奶摸上去一定跟大蒸馍一样暄！"铁旦向前伸手摸着，太大了，我手都握不住。他思想着，盼着大渠早放水。到时他带着枪，在伸手不见五指的黑夜捉住光身子的细桃，让这个大奶子女人跟自己求情。

"好铁旦哥，放了细桃妹妹吧！"

"放了？白白放了你不成？你得老实交代！铁旦哥看你表现再说放不放你！"

……

"姚罐罐摸没摸你奶子？是不是这样摸的？"

"姚罐罐摸没摸你白腿？是不是这样摸的？"

铁旦美滋滋地想着唱着,摇摇晃晃往家去。秋芒他爹郑有信从地里正好回家,他看到铁旦公鸡不打鸣学母鸡发骚的样子,就迎了上来。

"秃铁旦,你穷乐呵个啥呢?吃喜娃他妈奶啦?"铁旦一抬头看到郑有信,便停止了哼唱。

"比吃喜娃他妈奶还要美,我要捉奸……"铁旦话说出了口却想收回来。狗尾巴说口风要严实,漏出风就捉不成奸了。

"捉奸?捉谁的奸呀?"

铁旦说:"没有,不捉谁的奸,骗你的,耍的!"

郑有信一看铁旦这架势知道这秃子肚子里一定藏有事,就说:"你个找不到婆娘的秃子,净过嘴瘾,谁瞎糊眼了让你捉奸?胡吹冒撩个屎!你没看到火车都让你吹着跑哩!"

铁旦心眼缝隙小,经不住郑有信这一绕一激,没三句话他就上钩了。"谁吹牛是这个,王八。狗尾巴说要捉奸。"

郑有信装着不在意,说:"他也是胡吹乱撩的,哪有奸让人捉?"

铁旦生气了,凑近郑有信的耳朵说:"告诉你,你可不能露了出去。要是露出去,这奸就捉不成咧。"

"谁露是这个!"郑有信手做成了王八走路的样。

"不是吹的,是捉细桃和姚罐罐的。"

郑有信吃了一惊:"姚罐罐老实着的哩,能打二忠新媳妇的主意?"

铁旦说:"你还不信,有人看到他们一起出村,一起钻野地啦!"

郑有信脚下一拐,他想到我家,告诉我爹狗尾巴与铁旦捉奸的事。可没走几步,他又拐向了自己的家门。为啥?这郑有信动了坏心思。他们四个结拜兄弟,现在就数我家日子过得好,心里不服气。再说二忠结婚借我家猪,我娘无意埋怨这是他郑有信出的馊主意。"你郑有信就是见不得别人碗里有片肉!"娘一句话,在有信心里落下埋怨。

你姚老大争着照顾二忠家,原来是惦记着二忠的新媳妇!如果这事是真的，让狗尾巴、铁旦捉了奸，也好给老姚家出出丑。郑有信竟有点幸灾乐祸，他要悄窒地看狗尾巴、铁旦捉奸这出戏。

要说维一个朋友难，得罪一个朋友容易。我娘无心说的一句话就在郑有信心里打上了个结。

渭河干渠放水啦！这可是喜事。一年就放两回水，大地早渴得裂开了嘴。

细桃第一次听说大水渠放水，她很兴奋。陕北旱塬上全靠天吃饭，关中道上泾阳、三原、高陵有水浇地，所以泾三高是陕西的白菜心心，福地！细桃盼着看大渠放水哩。

这回放水，生产队在村中央的榆钱树下召开大会，队长周公社说："不能让渭河水冒出灌区，家家户户都要出工。"当场就安排分工，将我家与二忠叔家分到了村尽东头的三十亩地。细桃一听好高兴，她还怕将她与狗尾巴分到一组呢。我爹听了，心里也踏实了。他们哪会想到，狗尾巴带着民兵正等着捉他们的奸哩。

到了放水的这天，天还没黑，娘就烙锅盔馍，好让晚上爹浇地时带上吃。

天刚一黑，狗尾巴就来到我家门外，对着我爹喊道："老姚，快去浇地，经汇渠通知提前放水啦！"我爹一听，忙拿起铁锨，就往外走。娘看见追了出来，递了件厚些的衣服，说："锅盔还没烙好，等烙好再去。"

爹说："人家放水能等你？不吃了，饿不死。"

娘生气了："胡说啥哩，人是铁，饭是钢，浇地劳体力，我的男人我不心疼谁心疼？"

爹没搭话，接过衣服刚要出门，细桃扛着铁锨来到了我家门口。她身后跟着的四眼，见到我爹我娘亲的直往身上蹭。我叫了声，四眼便扑到我怀里。

娘拉住细桃的手，说："这黑灯瞎火的，你一个女人去浇地可要当心些。"

细桃说："没事，我又不是泥捏造的，浇地有啥难的。再说，我跟着重义哥，还怕啥？"

我娘一想也是，对我爹说："你好好照顾着妹子，别让她跌到水里啦！"

我爹哼了声，就向东头三十亩地走去，细桃紧跟在后面。

大渠放水啦！浊黄的水争着窜出闸门，像想急了的汉子，汹涌澎湃地扑向黄土地。我爹挥起锨，在三十亩地上开出一个个小口子，让水灌入，细桃在后面学着爹的样子，慌乱地挥着锨。

狗尾巴与铁旦扛着枪，在大渠上来回查看。每次放水，都要派民兵到大渠上，防止地主反坏牛鬼蛇神搞破坏，偷水往自留地里放。

狗尾巴、铁旦眼睛远远地向三十亩地瞟着。郑有信也在远处地里往三十亩地张望着。

天黑，黄水像个男人将大地环抱在怀里，铺满水的大地上被月亮一照像一面面明亮的镜子，我爹与细桃两人的影子映在水镜中，像芹她娘剪的窗花纸。

"要是捉到他们光股子，咱就将衣服给抱起来，不让他们穿。"铁旦说。

"成！只要捉奸在床，不，捉奸在地，你想咋办就咋办！"狗尾巴给铁旦扇呼着劲。

细桃脚下水漫了，她一急跳了起来。一下子跳在水里了。我爹见状，蹚水一把拉起了细桃。我爹指着地说："看，明晃晃的是水，黑处才是地。"

狗尾巴、铁旦看到我爹与细桃两个黑影重叠在一起，操起枪就要往这边赶来。这时，我娘来了。

"来，吃锅盔馍，还有咸菜！"我娘说着打开怀里的饭罐。

狗尾巴、铁旦他们看到三个黑影便停止了行动。

"你俩儿吃，我给有信兄弟送点！"我娘说。

"算了，还是我去。"我多心疼我娘，就拿着锅盔馍一边往嘴里塞着，一边朝别的地块走去。

"你没浇过地？"我娘问。细桃说："陕北哪有水浇地，都是旱塬。"我娘这会才看见细桃鞋衣服都湿了。

"这可不行，女人家最怕凉着了。"我娘要将身上夹袄脱下，被细桃拦住了。"没事我年轻，冻不坏。"

我娘不听她说，一边脱夹袄一边说："我一会儿回去，你还要钉一夜哩，快将身上的湿衣裳脱下来，将这夹袄穿上！"

细桃听了我娘的话，就解开上衣，犹豫地往下脱。

"黑灯瞎火的没人看见！"我娘逗着她说。细桃脱了上衣，露出的身体映在明晃晃的水里。我娘将自己的夹袄给她往身上穿。

这一切被狗尾巴、铁旦真真切切地看见，他们看到两个黑影重叠在一起，兴奋地端着明晃晃的枪就冲了过来。

"捉住啦，捉住啦——"

"细桃偷男人啦！"狗尾巴、铁旦的喊声撕破了寂寞的黑夜，浇地的男人女人惊愕片刻，就像黄水出闸门一样涌了过来。多去送馍，没见有信叔，也回来了。

出啥事了？

"捉住了，细桃与姚罐罐搞破鞋让人捉奸了！"黑暗中有人说。

"两人把衣服都脱光了！"

这时，周无田来了，他提着手电筒，手电发出的光一闪一闪射到地。

"我说他们熬不住吧？阶级斗争出现新动向了吧？"他边走边说，像县长在主席台上对黑压压的人群讲话一样威风。

我娘与细桃惊魂这会儿慢慢定下来了。借着周无田照过来的手电光，我娘看到一双双狼的眼睛，正围着她与细桃。我娘忙将夹袄往细桃身子上遮。

"捉你娘的头呀！你们瞎糊眼连公母都要不分，还捉你娘的奸。"手电光中，我娘站起身，骂道。

围着的人群大笑起来。

周无田的手电光左照右照，他看清是我娘与细桃时，关了手电。周无田瞪了三儿狗尾巴一眼。狗尾巴踢了铁旦一脚："挨锤子的，都是你把事弄日塌啦！"

铁旦不服气："我明明看到两个人脱了衣服搂在一起了，咋会……"

我爹看到有信叔，就将手里的锅盔馍递了过去。

"到你地里不见你。"爹说。

有信叔心有点虚："我刚刚听到有人喊叫，就跑过来了。"

我爹想问你也来看热闹，但话没说出口。

后来，我爹说我娘："没看出来，你这样铲火！"

我娘说："都是狗尾巴这帮王八蛋把人气的了！"

捉奸事后，我爹再也不登二忠家门了。二忠媳妇要是有事需要帮，都是我娘和我去。有次生产队分粮，我娘弄不动，我爹背着从二忠门上扔进去，他也没让二忠媳妇开门。

唉！嘴在别人脸上长着，堵不了别人的嘴，当心别让人落下口实。

娘说："舌头是软的，却能伤人！"

5

细桃病了。

是捉奸把她吓的，是浇地将她冻的。

细桃一个人在家躺着："扛几天就会好的。"

三天过去了，细桃的病没见好转，身子越来越冷，嘴起了一层的燎泡。我娘知道后，忙叫来芹的娘，将细桃送到了卫生院。萍的妈给细桃看的病。

检查完后，萍她妈告诉我娘："细桃有了！"

"有啦？"

"对，有了！"

回到家，我娘对爹说了。我爹说这下完了。

"女人怀娃，天经地义，有啥完了？"我娘说。

"咋能现在怀娃？"我爹说。

"这怀娃能跟队上打铃上工放工有准头？"我娘说。

我爹叹了口气："你咋犯糊涂哩，地里没下种能长出庄稼来？"

"二忠媳妇结婚没入洞房，这谁不知道？现在怀娃了，咋回事哩？"我爹为二忠媳妇犯愁了。

"有啥愁的？二忠家媳妇不是到劳教农场与二忠苞谷地见过面？"娘说。

"你就是死心眼儿，苞谷地的事能让人知道？这是犯法的！一个劳教犯，与女人睡觉这还了得。再说，这事要露馅，麻秆不陷到坑里了？"

"我的妈呀，这可咋办？"我娘被我爹说明白了。

"得包住，不能让人知道！"

"女人的肚子怀上娃，老天爷也包不住。一天天肚子大了，只有瞎子看不出！"

"能包几天是几天！"我爹说。

我娘听我爹这样说，跑去找芹的娘，又找细桃。芹的娘一听，直拍大腿："他妈的，我和王喜他妈说了！"芹的娘跑去找喜的妈。我娘一听，心想坏了，这可包不住啦。细桃听了半天没吱声。晚上她找出一块布往腰里缠。她要缠住肚子，不让肚子大起。

好事不出门，坏事传千里。刚刚过去三天，细桃怀娃的事全村人都知道啦。就是在整个大队，也像是热油锅撒了把盐——炸锅了！

认识细桃的说："一看这娘们就是个破鞋，一对大奶子在男人面前晃荡！"

"说不定在陕北老家就让男人开封了！"

"会不会是狗尾巴的？"

"哪会，要是也是姚罐罐的！"

外村不认识的，伸长耳朵打听："这骚媳妇长得多细分！""那水色，一见就让人心发痒痒！"有的男人还专门转到二忠家门前逛荡。

周无田这回有话说了："上次捉奸让他们脚底抹油给溜了，这回怀上娃了，嘿嘿！看他孙猴子能逃出如来佛的手心心。"

"先开批斗大会！给这女人脖子上挂上破鞋！"狗尾巴急不可待。

周无田摇摇头，说："不急，现在最要紧的是让陈二忠知道。这男人如果知道自己女人搞破鞋，怀了别的男人的种，他会怎么样？"

"气死！"

"不对！这可是夺妻恨，哪个男人不想杀死睡了他女人的男人？"周无田告诉儿子，让人传话到劳改农场。很快，二忠就知道自己媳妇怀娃的事了。他火冒三丈。他要回家问问自己的女人，肚子里的娃是哪个野男人的？一旁有个犯人笑嘻嘻地拍拍二忠肩膀，说："肚子大，我不怕，娶了婆娘捎个娃。你二忠不用费劲，坐地当爹，多好！"二忠一听，又气又恼。当场去找公安要求回家。

"回家？你当这是逛街，说回就回！"公安没答应。

二忠急得头直往墙上撞。

公社知道了细桃怀娃的事，狗牙回到了胭脂村。

"不行，得立即批斗！"狗牙对他爹周无田说。这么好的活的反面教材还得往县里头报，得破案，找出那个野男人。

批斗就批斗，一个外乡女人，在周无田这个贫协主席面前跟只蚂蚁一样。

"这个野男人一定是姚罐罐!"狗尾巴跟他爹他哥说。

"先批斗细桃,一个女人,还怀有娃,一斗还不就交代了?"狗牙说。

这天,学校老师通知我们今天停课,全校师生都要参加批斗会。一听不上课,各班的学生像群麻雀一样飞出教室,看批斗会比上课热闹。批斗地主,批斗右派,批斗牛鬼蛇神。在批斗王老师时,我看到高年级学生揪王老师的头发,我不敢,只偷偷往王老师身上扔了块纸团,王老师看了我一眼,我吓得忙低下了头,躲开了老师的目光。我知道,老师一定伤心了,因为我在学校一直是好学生,学习好,聪明,老师都喜欢!

走出教室的学生排起了队,高年级的学生扛着红旗标语,我们低年级的学生手里拿着三角彩旗,我们像过节一样兴奋地走向批斗会场。一年级的弟弟跑到我身后说,他肚子疼,我说就你毛病多,坚持!我弟不好好上学,第一次期末考试算术考了个鸭蛋,还偷女同学的铅笔,老师对我爹说:"一个爹妈生的娃,咋差得这样远?"我爹让我管住我弟弟,我嫌弃他流鼻涕才不愿管他哩!

批斗会上,一辆贴满大字报的汽车开了过来,大广播里交织着口号声和革命歌曲声:大海航行靠舵手!千万不忘阶级斗争!要斗私批修!

人们的血像被点着的油,跟着高唱跟着呼喊。我们学生娃们,这时都散了,我与萍、秋芒、芹追着汽车。汽车上拉的都是挨斗的坏人,他们个个戴着纸糊的高帽子,帽子上写着"大地主王文彩""反动分子张大贵"等,脖子上挂着牌子。我们像是看猴戏一样追着嬉闹着。突然,我看到汽车上的细桃婶子,她没有戴纸帽子,她的脖子上挂着一个木牌子,上面写着:我是大破鞋。牌子上还挂只破鞋。今天批斗的对象就是细桃婶子，与她一同站车上的坏分子是陪斗的。

"快来看破鞋啦!"

挤到汽车前的不仅仅是我们这些学生娃，一些大人也拥着挤着来看细桃。有人向她扔东西，有人向她吐痰，细桃婶子惊恐地左右躲着。男人们这样做，似乎只有这样做才能与这破鞋人离得远远的，不然就会粘到自己；女人们这样做，好像只有这样做才能与这样的女人划清界限。对破鞋的批斗，谩骂追打的是贞洁，只能是贞洁。

人呀，往往踩了别人才觉出自己的高大。对别人的不屑才显出自己的正经。

这时，有个女人，使劲鼓起嘴，紧跑几步，想将满嘴黏糊糊的痰吐到细桃婶子的脸上，不料她脚下一滑，吐出的痰在空中画了一条彩虹般线条，之后又折了回来，落到了这个女人自己脸了，她用手一抹脸上的浓痰，冲着汽车司机骂了声："你妈的，开那么快弄啥去?"

开车的司机听到了，回骂道："你个骚货，当心下次挨批的就是你!"

这个意外，让大家哄笑起来。笑声，就像人们看猴戏猴子翻跟头时的喝彩声!

细桃婶子在汽车上吐了。我爹说："是批斗会折腾的，就是个小伙子，一天下来也受不了。"我娘说这是"害喜"! 但批斗没有因为批斗对象吐了就放松，广播里继续播着批斗发言人铿锵有力的声音：

"一个陕北女人，不远万里……不远二百多里来到关中，本应好好干革命，抓生产，却大搞两性关系，搞破鞋。这是对革命圣地的侮辱，俗话说得好，是可忍孰不可忍，难道你就忍不住啦?"

"抓革命，促生产! 备战备荒为人民!"口号声响起。

"让这女人交代出那个与她搞破鞋的野男人。"广播里有人喊道。

批斗发言的说："不说出是哪个男人，我们贫下中农，社员群众一百个不答应，一千个不答应，一万个不答应。"

一群人冲到细桃面前，指着她的鼻子说："快交代，你肚子的娃是谁的？"

"是我男人的！"细桃抬头说。

"谁都知道，你结婚时，你男人就让公安抓走了，没入洞房咋能怀上娃呢？"

"反正我肚子的娃就是我男人陈二忠的。"细桃不服，她长这么大只与二忠亲近过，别的男人别说碰她，就是连手也没让摸过。这肚子的娃不是二忠的，还会是谁的？

"哈，你男人没睡你，你就能怀娃，成孙猴子了？石头缝缝能出人来？"

"是不是做梦就能怀娃？"

……

不管人们咋说，细桃死咬住肚子的娃就是自己的男人二忠的。

天黑时，细桃婶子才回到家。我娘和芹的娘趁黑去了她家。两人拿了煮熟的鸡蛋。见到细桃头上身上还挂着菜叶、纸片，我娘和芹的娘为细桃慢慢地摘下这些脏东西。细桃一言不发地坐在院里的水井边，眼睛直勾勾看着自己的影子在水井里闪动。我娘和芹的娘怕了。

"妹子，说话呀，别憋在心里！"

"有苦水，倒出来人就轻快了！"

"不为自己着想，也要为肚里的娃着想呀！"

……

我娘和芹的娘劝着。

细桃"哇"的一声哭了！

我娘她们这才舒了口长气。

"妹子，千万别想不开呀，你还怀着身子！"

细桃点点头，抓过我娘和芹的娘手里的鸡蛋，剥着就往嘴里塞，一口气吃了七八个。

"好姐姐，我才不会寻短见的。不管别人咋说，我没做对不起自己男人的事，没搞破鞋。我相信二忠，相信我男人明白这肚子的娃就是我男人的！"

对，只要自己男人相信！别人干急有啥尿用？

"咱们女人家，就是个稻草人，男人是那根支撑的棍子。有男人做骨架子，风咋吹女人也散不了！"

三个女人围在井边说着。她们说的没错，可是接下来的批斗会三天两头不断线，细桃的肚子也越来越大了，这细桃能撑下去吗？

今年年景不好，地荒了不少，公粮还一两不减。纳国税交皇粮，自古就是天经地义的事，庄稼人能说啥。可吃饭是天大的事，交了公粮，庄稼人的嘴不能吊起来。

芹的娘就叫了起来："家里的面缸快见底儿啦！"

我爹说："二忠家才粮紧哩！"

二忠家工分挣得少，工分粮分得少，要命的是，细桃刚嫁过来，户口还没来得及迁，口粮也不能分。

我爹去黑市上偷偷买了些苞谷，让娘趁着黑送给细桃。爹说，咱大人遭些罪没啥，不能让细桃肚子的娃遭罪。爹仗义，再说人家二忠是替自己坐牢。

我娘对细桃说，细粮不够，粗粮要吃可要往饱的吃，肚子的娃缺嘴可不成！

芹的娘找到郑有信说："看看姚大哥多仗义，苞谷都给细桃送上了门。"芹的娘意思是说，二忠替姚罐罐坐牢，我家大诚是替你坐的牢，到了青黄不接时，你有信就得出手救救。郑有信当然明白芹的娘上门的意思。他从家里红苕窖里拿了一袋子红苕给芹的娘。芹的娘说："这红苕吃得人直吐酸，有白面给点。芹正在长身体，饭量大。"

郑有信说："秋芒一个男娃吃得才多哩。"

（左侧竖排）幸福炮兵

76

芹的娘说："你可不能没有良心，我家大诚可是替你坐的牢。"

郑有信说："放心，有我锅里的，就有你碗里的。"

一天，一个游医来到有信家。有信媳妇经血不准，有信就让胡医生给自己女人号号脉。医生将有信妻子领到里屋，手伸到人家衣服里摸着。

"看这病还要摸这里？"秋芒他娘问。

医生缩回手，说看看你血脉通畅不通畅。

看完病，秋芒娘对自己男人说："啥医生，看病还摸了我一把！"

郑有信气得脸像猪肝似的黑红，他却没有发作，强压住怒，让那医生看咋办？那医生自知理亏，说看病不要钱，有信说没那样便宜，我的婆娘让你乱摸了，你得有个说法，不然咱找个能说理的地方去说。

胡医生说："我是看病的，把把脉，你婆娘的身子我没摸到。"

有信："你说没摸到就没摸到，谁信呢？你去不去，不去我叫民兵了！"

胡医生一听，脸吓白了："有信兄弟咱俩认识多年了，我给你爹还看过病，你，你高抬贵手，放我一马吧！"

有信一听这话心里软了。胡医生趁机说："兄弟，你看这事咋办好？"

有信说："你看咋办好就咋办好！"

胡医生知道有信是想敲点钱财，心里就放松了，他从腰包里掏出十块钱来塞给了有信。有信接过钱，心想，这钱来得也太容易了。一个好主意在有信心里生出：芹的娘整天对他念央央，一惊一乍地喊着锅里碗里眼看要断顿了。他有信想帮自己也不宽阔，看这胡医生腰不细，要是能帮上芹，这不两全其美了？

郑有信对医生说："我村里还有一个女人，身体不好，能不能给看看？"医生看出有信的心思，又向他塞了五块钱。有信让自己的女人去叫芹的娘来看看病。

秋芒娘心眼有些实，哪会看出自己男人的花花肠子，就说："胡医生看病乱摸，还让他给大诚媳妇看？"

郑有信说："人家那是看病，把脉听五脏六腑的，医生看病都是这样。"

秋芒娘听了点点头就去叫芹的娘了。

芹的娘名叫春芳，娘家在陕北米脂。春芳十七八岁时，公社给北山的村子拉电线，电工给她家扯了电线，她家第一次要点上电灯了。电工一见春芳，一双眼睛就放了光，山上的女娃好细分。春芳也觉得电工小伙贴切，眼睛像是会夹人一样。电工对春芳爹说，让春芳跟自己去取电灯泡。春芳的爹是个羊倌，他要跟电工去取，电工说，你没念过书，取回来也不会安。

出了门，春芳问："电工房远吗？"

电工说："不远，我带你！"说着骑上自行车，春芳坐到后面。自行车一颠，电工说："你抱住我腰，要不摔倒了。"

春芳小心地扯住电工的衣角，心突突直跳起来，第一次与一个男人这么近，她感觉喘气都急，内心竟涌出一股甜蜜来。十七八的姑娘家，正是怀春的时候。

在配电室，电工对春芳说，你没见过电灯泡怎么闪亮的吧？说着他拉了两下灯线开关，灯一灭一亮。春芳看着稀奇，电工让春芳自己试试，春芳将灯线一拉一拉，灯泡随即一亮一灭。在春芳再一次拉灯时，电工一把抱住了春芳。可把春芳吓坏了。

"电工哥你要做什么？"春芳往后退着。

"我一进你家就看到你了，你好细分，哥喜欢上你啦！"电工边说边将手往春芳衣服里伸。

"灯泡哥不要钱，白送你！"电工说。

"我不要灯泡!"

春芳说着挣扎着,可她拧巴不过电工。

"求求哥,放过我吧! 我还要嫁人哩!"春芳哭着求着电工。

电工死死压住春芳,说:"好我的妹子,你给哥!"

春芳说:"哥,妹妹给了你以后咋嫁人呀?"

电工说:"哥娶你!"

春芳说:"真的?"

电工说:"骗你让电电死!"

春芳还想说什么,电工已经将她压在了身下。

春芳拿着灯泡回到了家。这怀春的女娃就像是蒸笼里蒸熟的白馍,一旦让男人揭了锅,热气冒了出来,就再也收不住了。此后,两人经常拉手手,亲口口,往山蒿蒿林里钻。

"反正你是我的女人了,迟早我娶你。"电工与春芳在一起这话就一直挂在嘴上。

"第一次是不是也看上哥了?"电工得意时问春芳。

春芳点点头,她一有空就跑到电工房找电工,要是几天不见,她心里就像有猫爪子挠。

一天春芳做梦,将她娘吓了一跳。这女子乱叫啥的? 拣到金元宝了! 春芳羞了,对娘悄声说:"比拾金元宝还美。"她美滋滋地等着电工哥娶她。

时间一长,春芳就怀上娃了。这个瓜女子,不知自己怀娃了。对她娘说:"娘,我的裤腰带子咋越来越短了?"

娘看也没看就说:"冬天你穿棉衣,裤带自然不够长。"

春天到了,春芳脱掉了棉衣,她娘一看女儿怎么腰变粗了。羊倌爹说,女儿吃得多,长胖了。春芳她娘也没往歪处想。

邻居的妇女看了,悄悄对春芳娘说:"领你女子到医院查查,别得大肚子病了吧?"邻居没敢说怀娃,要说怀娃,春芳娘还不往人脸上吐。

春芳娘领着春芳去医院一查，女儿已经怀孕六个月了。

"死女子，你跟谁做下这丢人现眼的事？"爹娘骂春芳。春芳说出电工，说电工要娶她当媳妇。

"人家吃商品粮的工人，能娶你？"爹娘不信。春芳去找电工，电工见春芳怀了娃一下子慌了神。他爹在电力局已经给他订了婚，就是没订婚也不可能让他娶一个农村的女人。

"这可咋办？"电工说。

"咋办？你说好要娶我的。"春芳说。

"可是我已经订婚了。"电工说。

春芳哭着说："我不管。反正你睡了我，让我肚子怀上了娃，你不娶我谁娶我？"

电工急了："谁知你肚子的娃是不是我的？"

春芳哭了："怎么不是你的，不是你的会是谁的？"

"谁知道你和别的男人睡没睡过？"电工这个年轻娃，也知道春芳不会跟别的男人睡，他这样说，就是想撇开春芳。

"你不娶我，我将娃生下来天天抱着娃到你电工房来。"春芳说。

电工看春芳死心要嫁他，他害怕了。干脆回去将婚退了，再娶春芳，电工对春芳说，他回家跟他爹娘说。

春芳听了破涕笑了，说："我等你！"当晚电工还要睡一次，春芳没答应，说生下娃才给你睡，她说怕将肚子的娃弄坏了。

电工回家了，跟他在电力局的爹一说，就实实在在地挨了爹一巴掌："你有婚约在身咋能再看上别人女娃？"

电工说他不喜欢订婚的这个，就喜欢春芳。

电工娘说："一个咋样的农村娃，能勾住你一个吃商品粮工人的魂儿？"

电工说："春芳人长得好看！"

电工爹嘴一撇："好看能当饭吃？人说丑妻是个宝，再说和你订婚的玲玲哪儿不好看了？"

电工说："反正就是喜欢跟春芳在一起。"

电工爹说："你吃了几斤咸盐，知道个啥？你娶个农村女人，不仅你要受一辈子牵扯，连你的娃也要受牵扯，不行！"

电工爹干脆让儿子留在县局里，不让他回公社电工房了。

好几天也不见人影，春芳盼得心焦，肚子里的娃一天天长大，村里的人指指点点，爹娘愁得唉声叹气。

"这娃不能生，没扯结婚证，没摆席面子，就生了娃，这几辈人咋在村里抬起头！"娘说。

春芳不干，她硬要生这个娃，生下来，她养着娃等电工娶她。

没几天，电工爹从县城来到春芳的家，他给春芳爹塞了一百块钱，说对不住，娃们不懂事，惹出这个祸。

"你儿子说回家退婚，再娶春芳的。"春芳爹说。

"儿子小，不懂事，我们当老人可不能糊涂呀！"电工爹说，"他们要真的在一起，生下的娃就成了农村人，孙子也成了农村人，几辈子都吃不上商品粮。老哥，你想想，我这当老子的，就这一个儿子，能让他这样做吗？"

春芳爹想，要是自己的娃有城市户口，咱也不会眼睁睁让娃找农村的媳妇。"对，谁会让娃跳火坑。"春芳爹看看手里的这么厚一沓子钱说。

春芳要爹将钱还给电工爹，他爹紧紧攥着手里的钱。

电工爹说电工已经结婚了。春芳听了不信，电工爹拿出了他们的结婚证。

春芳哭了，春芳娘搂着女儿说，咱就死了这份心吧！"三条腿的蛤蟆不好找，两条腿的男人有的是。"春芳娘说这话，眼睛朝电工爹瞪了下，电工爹说："对对，天下好男人多得是。"

春芳对电工爹说，告诉忘恩负义的小电工，别忘了自己发的誓。啥誓？春芳没说出口。

春芳娘带着女儿去医院，医生说春芳肚子里的娃已经大了，不能做了。

春芳想在老家将娃生了，她爹娘也不应。说："你要将娃生下了，这一辈子都毁了！"

他们要春芳在娃出生前嫁人家。无奈，春芳才带着肚子里的娃，急急忙忙来到关中，找到范大诚，挑明了实情。大诚从河南一路求生活，能娶个媳妇就是烧高香了，他们就结了婚。婚后一个多月时生下芹。不过，大诚对这个女儿当亲生一样，芹一直不知道大诚不是亲爹。

话扯远了。

芹的娘听了秋芒的娘说有医生看病，说："我也没什么病，看啥哩？"

有信女人说："这医生看病不要钱，白看！"

芹的娘听了就来到有信家。一眼看到坐在屋里的一个陌生男人正斜眼向自己身上瞟。芹的娘突然感觉到脸阵阵发热。这男人好像陕北那个电工，特别是一双单眼皮，一夹一夹，生就是个专门夹女人心尖尖的毛眼眼。可一想，大诚不在家，自己一个女人，再招惹点事，传出去，还要不要做人。所以，芹的娘低头对秋芒娘说："算了，我没病，不用看。"

有信对芹的娘说："来都来了，就看看！胡大夫是我南山的亲戚，祖传的医生。"

"就是，又不要钱，不看白不看。"秋芒娘拉着芹的娘的手。

芹的娘听有信两口子这样说，心放下了，她想自己净胡想些啥，有信兄弟的亲戚，又是祖传的医生，人家能对她一个娘们做什么？不是与那个电工的年轻时了，芹的娘到现在都不恨那个电工，只是怨电工订婚早，结婚早，怨电工没娶她。在芹的娘内心深处，存放着一勺蜜，那就是她与电工黏在一起的日子。这个瓜女人呀，从心底里对她的第一个男人没有真的恨起来，就是恨，也裹着一层厚厚的蜜。

有信婆娘带着芹的娘来到自己的里屋，胡医生也走了进来。有信娘说："你先看病，我一会儿再来。"说完就出去了。

屋里只剩下芹的娘与胡医生，胡医生让芹的娘坐在炕边，将胳膊伸出来，胡医生的手搭到了芹的娘胳膊上，这一搭，让芹的娘激灵一动。胡医生四个指头在芹的娘手腕上轻按慢捏，像一只蚂蚁啃骨头让芹的娘痒痒的。胡医生又摸了下芹的娘的脖子，这一摸，芹的娘扭动了下腰，她感到身体在发热，胡医生的手从春芳的脖子上下来，顺势要解春芳的上衣扣子，春芳一把挡住了。

"还要看这呀?"春芳红着脸问。

胡医生说："当然要看，女人痛经都连着奶哩。"说着解开了春芳的上衣。春芳浑身一抽双手护在胸前。这女人，有的是水做的，遇到火星就冒热，芹的娘就是这样的；有的如含羞草，男人手指一勾，就软了，春芳就是这样的。

大诚不在有几个月了，春芳这锅蒸足了时间的白馍，哪能经受住男人的揭锅。

胡医生说："你肚子疼，奶就胀，都是气滞血凝而致的。"

春芳点点头，说："就是来红时肚子疼，这里也胀！"

春芳有点不好意思，要系起扣子。胡医生说："别不好意思，看病要紧。万一是肚子长了瘤子可是会要人命的。"

胡医生的手在肚脐眼四周蹭，春芳一下子抓住胡医生的手，说："不要，不要！"

胡医生说只摸一下就知道的，说着将早已准备好的二十块钱塞到春芳的手里，说："哥一看你就知道你是个好女人，来，哥好好给你治治。"

……

春芳自从嫁给大诚，每次同房大诚在她身上趴不到三分钟，将人心火刚燎燃，他就软不啦唧地歇息了，弄得春芳很难受。后来，春芳借口芹大了，当心娃看到为由，不愿意做那个事。今天，与胡医生却不一样。胡医生到底是医生，知道女人哪软哪痒哪酥。

"我的背都让你抓出血啦！"胡医生摸了摸自己的后背说。

春芳潮红的脸还没退，她轻声说："你将人家弄得要死了一样，又不敢出声。"

胡医生说："那我到你家去。"

"不成，娃大了，要是遇到可咋办？"

春芳说着弯腰拾起早已被她揉搓碎扔到地上的二十块钱，交给胡医生，说："我不图你的钱！"

胡医生一惊："你图我啥？"

春芳说："啥也不图！"

女人就是一把琴的弦，男人就是搭在弦上的弓，合适的弦遇到一把合适的弓，就得拉出好声，这好声就是女人的心曲。女人，俊也罢，丑也罢，凡遇到能搭自己弦的弓，拉出心曲，是一辈子的福，这个男人，女人也就认作自己的真命天子啦。

春芳的弓就是电工和胡医生，大诚不是弓，只是她弦的挂板。

入夜，胡医生趁黑摸进了大诚家门。春芳将他领到灶房，两人猴急地抱作一团。

胡医生摸着春芳的屁股说："看看，你股子快成冰坨了。这里太冷，咱到屋子炕上钻到被窝多舒服。"

春芳一听说："不行，娃在屋里睡着，要是看见了还不丢死人？"

"这么晚了，娃早就睡沉了。"胡医生说，"在灶房干这事会惹火灶王爷的，降祸灾给咱不麻烦了？"春芳一听这话，心里直打鼓。她对胡医生说："你等下，我去看看娃睡得咋样？"

春芳蹑手蹑脚进了屋子，看到芹睡得死沉，还不放心，就有意干咳了一声，芹仍没有动弹，她又拉了下芹的被角，见芹一点没动，春芳走出来，向胡医生招招手。他们轻手轻脚进了屋上了炕，钻到了被窝里。

胡医生贴在春芳的耳朵上说："还是炕上舒服。"

正当两人弄事的时候，芹翻了下身。这可把春芳胡医生吓住了，他们一动不动的，连气都不敢喘息了。

"娘啥声音？"芹迷迷糊糊地问道。

"没有，是你做梦了。"春芳说。芹听到转过身又睡了。

春芳与胡医生的这个勾当让我笔端羞涩，我好可怜芹，我一直怀疑芹那时一定是醒着的，她无法睡着，又无法醒来，只能假装睡着了。可一想到北京的同学静子的相同遭遇，我的笔不止是羞还有怒了。静子的母亲是个报社的领导叫李西西，静子的父亲在出版社工作，叫单泰。一天，李西西与老板范至一在屋里弄事，被静子发现了，静子不像芹装蒜不出声，静子假装做梦，伸腿踹了那范至一一脚，待男人从母亲被窝溜出，静子对母亲喊道："你拿不拿你女儿当人？"

第二天，静子告诉父亲，不料父亲没吱声，他早已知道这事。因为妻子李西西告诉过他："要么离婚，要么分居。"父亲选择了分居。

母亲对静子说："我忍受不了与他受这窝囊罪了。看看人家，住几百平米的大别墅，坐宝马奔驰，那才叫生活。"

静子受这刺激，还来源于大家对她的羡慕。读大学时，静子是小兵学员，掺到我们干部学员中。她家庭条件好，父母都是干部。同学越这样说，静子心里越苦，一次在公园只有我们两人时，她才告诉我真相。说完，静子对我说："大哥，你要了我吧，我还是个处女！"我听了吓了一跳，问她为什么会这样？她说，她想报复她母亲。我只轻轻抱了静子一下，对她说："你才十六岁，报复母亲的代价太大了。"
我知道，静子心里一直是苦的，母亲与男人在床上的一幕，就像苦
丁茶的根，扎在她心里，时时渗出无法言说的苦汁。我送静子回到
学校。"你是个好人！"静子说。几十年过去了，静子一直与我保持
联系。

　　大学毕业后，静子没有去母亲为她找好的北京一媒体上班，而是
到了西藏，成了一名军队新闻干事。不久转业去了深圳，干过人体摄
影、美编，当过文字枪手，我总感到她在飘忽不定。快四十岁时她嫁
给一香港老板，生下个女婴。我接到她发给我的信息时，没有感到惊
讶，她每一次出人意料的选择，都是对母亲的一种报复，对自己的自
残或救赎。可是，静子的这种行为，无疑是饮鸩止渴，她的心灵无
法逃出那个可耻与屈辱的夜幕。因为青春心壁上有根针深深扎入，
锈死！

　　静子一直不与母亲联系，因为母亲砸碎了她对这个家庭所有幸福
的记忆，也让静子的命运轨迹偏出了正常轨道。

　　当然，人作恶，老天迟早会惩罚的。范至一死时，专门留下遗
言，不让李西西来灵前，老家伙死后才想起自己的脸面。李西西跟了
老家伙半辈子，也弄了个一官半职，但到头来受此之辱，一病一个
月，病好，腰间挂上了装尿的袋子。这才是报应！

　　女人，蒸笼里的馒头，当男人揭开笼罩，取出馒头时，你就当清
醒，馒头不可随意给人吃。除非你重选个男人，再揭回笼罩。要不，
会伤了自己，祸害别人。静子的母亲你在读我这小说吗？这话是写给
你的！当然也是写给芹的娘的，但芹的娘没多少文化，她不会花钱买
本小说来读的，这也便宜芹的娘了。

　　我和萍，还不到懂这些事的年岁。但饥饿起盗心，我一个在旁人
看来的好娃，也没少去偷瓜摘果的，这事我与一个成功的企业家说

起，他也说起自己儿时偷盗的事："儿时，偷的瓜儿，摔开吃得那个甜。现在可找不到那么甜的瓜了！"他说得好开心，对往事好留恋，对逝去的岁月那么不舍，好像那是我们这一代人童年记忆中最开心刺激的事了。

麦梢黄，杏子熟。夏天到了，记忆中展现在眼前的是一片连着一片开始变黄的麦田，耳边响起的是"旋黄旋割"的鸟鸣。爹说，鸟叫人盯着小麦，看到黄一片就割一片。千万不能懒了，不然，熟了的麦子会让风刮到地里。我不管小麦收没收，喜欢听这鸟鸣的声。这鸟儿不知躲藏在哪儿，一会儿东一会儿西的，"旋黄旋割"的鸟鸣声在四周回荡。这天，我终于看到了一只鸟，它黑油油的羽毛，头顶有一撮高高的白毛冠子，嘴是红的。它落在麦田垄上的一棵杏树上，我走近，它看了我一眼，就飞了，在空中，它向我打了个招呼——"杏黄好吃"。我听得清清哩，它就是这样告诉我的。可能，这鸟儿刚刚吃了树上的杏子，才这样叫的。我向杏树上望去，一树的圆圆的杏儿挂在树枝上，青的青莹莹黄的黄灿灿，树梢上还有红的，这红的一定是熟透了，剥下皮儿，吃到嘴里酸酸的甜滋滋的，我一想，嘴里就涌出口水直往下咽。再看，树下有一个秸秆搭的棚棚，这是老王头家搭的，老王头白天下地挣工分，晚上来看护杏树，白天是他的婆娘王婶守着杏树。一个坏主意在我心里生出，我要趁王婶看杏树时，偷杏儿吃。

中午放学，我急忙往嘴里塞了几口饭，带着弟弟就向村东头老王家的杏树跑去。我与秋芒、萍、芹说了，我们几个人一起去偷老王头家的杏儿。

我们藏在麦田里，瞅见王婶进了棚子里，我便爬到树上，先摘了枚杏儿往嘴里塞，好酸，我吐了出来，找了枚黄的吃在嘴里。这时，王婶看到我，跑出来冲我喊道，快下来，别摔坏了！我一看，知道机会来了，便抓住树干用力一摇，这树上的杏儿，像雨滴一样，哗啦啦

幸福炮兵

地往下落。王婶急了，说好娃呢，你下来，我摘杏给你吃。我没听她的，还是摇动树。王婶跑到棚子里拿了根长长的杆杆，捅我。我说，你捅不着。趁王婶揉眼的空儿，我跳下了树，我知道王婶脚小跑不快，就对她说："你追呀！"王婶上当了，她举着长杆子向我追来，我边跑边逗她。这时，藏在麦田里的秋芒带着萍、芹、我弟一窝蜂地跑到树下，拾起地上的杏儿。王婶发现上当了，想跑回来，已经气喘吁吁了。

后来，王婶提着一篮子杏送给我娘，说告诉强儿，想吃杏王婶送，可不能祸害一树的杏儿了。王婶走后，我娘打了我。萍说，王婶好可怜，咱再不能偷她家的杏子了。

6

下雪了，今年的雪来得好早。娘说，大雪天就不会批斗细桃了。我爹说，就是，批斗的人也不愿意冒着雪。雪能救细桃。可是，我爹我娘没猜对，大雪天，细桃又被拉到车上，游街。这回没有拉陪斗的，只拉了她一个人，一路孤零零的。细桃头上落满了雪，远远的像个白毛女。

"不说出那个与你搞破鞋的男人是谁？就过不了关！"狗牙发出狠话。

细桃咬紧牙关，眼睛闭得紧紧的，就是不说出与她搞破鞋的野男人。这让大队、公社的人始料不及。本来嘛，细桃没有和别的男人亲近过，你让她指认谁是野男人呀？

"不行！"狗牙对负责办案的民兵说，不信她一个女人家，嘴硬得跟铁疙瘩。

"革命不是请客吃饭，不是绣花针！革命是暴力，是一个阶级推翻另一个阶级的暴力行动。来点硬的，看她这个桃子不流出瓤瓤来！"

来啥硬的？狗牙没说。办案人员都知道，硬办法多得是，对付一个女人太容易了！

啥时动硬？狗牙说，看看再说。

我爹娘、有信叔和芹的娘看着细桃被这样折腾，担心她和肚子里的娃。

"女人呀，美如月，命如云。"我娘唉声叹气。

"这样批斗下去，细桃受得了，她肚子里的娃也受不了呀！"我爹我娘为这事愁得半夜三更睡不着。

找三爷去，看看三爷有啥好办法？我爹说。

第二天，我娘早早地拣了些干苞谷瓤，放在火盆点着。芹的娘、有信叔先到我家，一会儿三爷也来了。

三爷将我爹拉到一边，压低声音："我只问你一句，你撂句实话，二忠家肚子的娃到底是不是你的？"

我爹说不是，"我连手指头都没碰"。

三爷点点头，他们二人回到火盆前。三爷说："二忠家的是个烈性女，结婚时我就看出来了！能娶这女人是他老陈家几辈子修来的！"

火盆四周的人听着三爷的话，直点头。

"这女人命苦呀！遇到这世事。"三爷长叹气。

"三爷，眼看着细桃要生了，这样批斗怕这女人受不了，伤了大人折了娃！三爷想个啥办法？指条明路！"

"明路？有啥明路？"三爷将长长的烟袋锅伸到火盆中，抽了口说，"按公社人说的，有人承认这娃是他的，细桃就不挨斗。"

"谁会平白无故地将屎盆子往自己头上扣？"有信叔说。

"还有啥办法？"我爹问。

三爷笑了，他用手蘸起水，在桌子上写了个字：躲！说道："惹

幸福炮兵

不起躲得起！自古兵书写得好，三十六计，溜为上！"

芹的娘一听直拍大腿："对呀，把他的，咋将这条路给忘了？"

我娘担心地说："陕北离这儿几百里路，一个要临盆的女人，咋经得起折腾？"

"对，得有人护送她，不然半路上有个三长两短，那可是叫天天不应，喊地地无门了！"有信叔说。

"你去送？"三爷问有信叔，有信叔半天没哼哧，"行不行？你倒是撂句话呀？"三爷火了。

"我去倒行，就是我屋里犯病咋办？"有信说的屋里就是我有信婶子，她有痨病，犯病时上气不接下气，怪吓人的。

"那我去！"芹的娘说，她是细桃的表姐，送自己的表妹妹是分内的事。

不行！

三爷说："你一个女人家，再说了，大诚还在劳改农场，你去了家里谁撑着？"

三爷眼睛转了一圈，最后落在我爹身上。

我爹起身说："三爷你别说了，我去。我将恶人做到底！"

三爷没说话，他拍了下我爹的肩膀，走了。

第二天，我爹我娘芹的娘一起去了细桃家。

细桃一听要送她回娘家，却一脸的不高兴："姑娘生娃坐月子，不能在娘家。"细桃婶子说得是，在陕西风俗就这样，到娘家生娃会给娘家带来祸害的。

"我的妹子，都到这步田地了，哪顾得上这个？"我娘劝道，"先保住身子，保住肚里的娃平平安安出生再说。"

芹的娘帮细桃收拾行李，我娘回家烙石子干馍。细桃拉住我娘："别烙干馍啦，怪麻烦的。"我娘说："没啥，面都发好咧。几天的路程，没干粮咋成？"

"明天一早出门，小心夜长梦多。"

第二天，天刚麻麻亮，我爹背上一大袋石子干馍与细桃一起出了门。我娘、芹的娘来送他们。

四眼默默跟在细桃婶子后面，它眼睛呆呆的，爹呵斥它几回，让它回家，它都没回，抬起头可怜巴巴地望着爹，这狗离不开细桃婶子了。走出二里，要过月亮河了，爹对四眼说："回去吧，四眼，细桃有我照顾呢！"

细桃放下手里的包袱，挺着大肚子，艰难地蹲下身，摸着四眼的头，说："四眼，你回去吧。我没事的！"四眼用头往细桃身上蹭了蹭，脸上竟淌下一行狗泪。

狗真通人性，它在同情人的不幸。

我爹与细桃坐上了小船，留在岸上的四眼不停地用爪子刨着地。我爹突然恨起周无田了：日你妈的！给自己三个儿子起的啥名字，狗牙、狗蛋、狗尾巴，奓了狗的名声！

过了月亮河，没走出三里路，细桃婶子忽地肚子疼。"重义哥，我走不动了，咱歇会儿再走吧！"

"好妹子，你咬牙坚持会儿，要是让人发现咱就走不了了！上了火车你再好好歇。"

他们终于到了火车站，我爹买好票，他们向检票口走去。这会儿，我爹才长长地舒了口气，心想这下平安了。可是，就在我爹将票递向检票员时，突然狗牙带着狗蛋、狗尾巴、铁旦，背着枪出现在检票口。

"你个孙猴子想逃过如来佛的手心心？"

我爹、细桃半天没说话，他们纳闷：公社的民兵是怎么知道细桃要回娘家的？

"姚罐罐，这回抓了你的现行，你还有啥说的？"狗牙很得意。

"我没啥说的，细桃回娘家犯什么法？你让我说啥哩？"我爹说。

"回娘家？这是逃避批斗！"狗尾巴说。

"斗一个怀娃的女人，这是哪条法规定的？"我爹说。

这时，上下火车的人越围越多，不少人起哄："这年头连个怀娃的女人都不放过！"

"你们就不是娘生的？"

"犯多大的法，也不能不让人回娘家呀？"

狗尾巴、狗蛋、铁旦拿出绳子，要将我爹和细桃绑了。人群有人喊道："哪里的民兵，连怀娃的女人都绑，打狗日的！"人群涌向狗牙他们。

狗尾巴、狗蛋、铁旦三人一看这架势急了，端起枪："你们要反天不成！"

这下可惹恼了人群："你个孬屄娃，端个枪吓唬谁呀？"

"这里谁的天，这是城里人的天，你一个农民敢在这里逞锤子！"

……

有一个大高个子，一看就是城里人，上前一把将铁旦的帽子搂了下来。

"哈哈，你个秃和尚，跑到城里还敢来横的，不数下你头上几根毛？"

人群哄然大笑起来。铁旦这二屌，一急竟真的拉开了枪栓。

狗牙一看拉住铁旦，对大家说："你们不能被这女人的肚子骗了，她是个破鞋，怀的不是他男人的娃。"

人群不吱声了，原来是破鞋，怪不得……

细桃转着圈，对四周的人说："我不是破鞋，我肚子里怀的是我男人二忠的娃。"

你男人在哪儿？

细桃没吱声，她没脸说出自己男人在劳改。在她心里，自己一个女人家，可以受人欺负，自己的男人不能。

城里的大个子说："破鞋就不是人啦？犯了哪条法按法办，也轮不到你秃子欺负。"

大家一听也对。狗牙一看，忙对狗蛋、狗尾巴和铁旦说："就听城里革命群众的，发扬下革命的人道主义，不绑这女人了！走，快走！"

他们挤出人群，带着五花大绑的我爹和细桃来到一辆拖拉机前。将我爹他们往拖拉机上推。我爹、细桃不上。

"咋了？不上？"

我爹说："我就不明白，你们咋这么快就知道我们要走？"

狗牙笑了笑："差点儿让你得逞了！要不是铁旦看到你家的狗，从月亮河边回来，就让你们跑掉了！"

"就是，我一看你家的狗拖着狗尾巴，就猜测出你们要走了！"铁旦说。

我爹一听，心想，一条忠诚的老狗，无意却伤害了自己的主人。

铁旦说："狗会流眼泪，长这么大还是头回看到的怪事！"

我爹哼了一声："我的老狗都比人有情分。"

狗尾巴说："铁旦你与他说啥呢？听不出这家伙在骂人哩。"

我爹上了车，说："将我一人拉回批斗吧，放了这女人，怀娃，经不住颠簸。"

狗牙盯着细桃的肚子看了下："这瓜秧子结实着哩，颠不掉娃的。"

狗尾巴、狗蛋和铁旦将细桃推上了拖拉机，铁旦看着细桃艰难地坐下，忽生出怜意来，他眼球斜望了下狗牙，又看了看狗尾巴，然后脱下军大衣铺在细桃身下。铁旦的这个举动让狗牙三兄弟与我爹、细桃都惊呆了！长时间一直受到批斗，被人吐痰、扔菜叶的细桃眼泪要落下来了，她顿时感到铁旦这秃头光光的，映出的有一丝丝温暖的光，像四眼老狗的泪光一样。

多年后，我在大学心理学课堂里，就这个事请教著名心理学专家

幸福炮兵

牛教授，他说："这个事，完全可以作为他教学的一个典型案例了。这是一个男人最原始的对母性的崇拜，最原始的雄性能力演示，最原始的性爱！"教授的三个"最"我都没听懂，我只想秃头铁旦这个恶人，心里也埋藏着人性善良的颗粒。

狗牙后面的行动也证实了我在大学时的猜想，狗牙没有制止铁旦的行为，还对开拖拉机的司机说："开慢些！"

点滴的善良星火，从理想的拖拉机上一下来，到了现实的公社就熄灭了。

"关起来！"狗牙发话道。

"关在哪儿？"

狗牙左右瞅着，说："就关到食堂仓库房里！"

狗尾巴一听哥的话，就大声喊叫："老皮头，老皮头！"一会儿，老皮头腰扎着围裙，手粘满面从食堂跑了出来。

"快拿钥匙，把库房门打开！"狗尾巴厉声吆喝。

"狗尾巴，你汪汪叫啥呢？今儿食堂可没有骨头喂你！"老皮头没有好脸地对狗尾巴说。

狗尾巴被老皮头呛得直翻白眼："你个老皮头，吃枪药了，说话带火星加刺的！"

老皮头皮笑肉不笑地说："你娃多大了，你爹没教你说话？开口老皮头闭口老皮头，我这名头你爹周无田叫还成，你叫前面得加个叔字！你娃一点规矩都没有！"

狗尾巴一听要发作，他想骂老皮头"你个老不死的！"但脏话到了嘴边被他强咽回到肚里了："行行，老皮头……叔，快打开库房，将这两个犯人关进去！"

"啥犯人？谁是犯人？"老皮头看着我爹和细桃装糊涂。

"就是这两个乱搞男女关系的。"狗尾巴说。

老皮头低头一边开门一边说："犯人？还不是你们说谁是谁就是。"

我爹与细桃被关在公社食堂的库房里，爹在仓库西，细桃在仓库东，中间是泥砌的隔墙，墙上挖了一个窗口，用于传递米面菜的。

狗牙这样做就是要让我爹看到细桃怎么受罪，逼我爹背下这个野男人的罪名。

"细桃什么时候找出肚子娃的爹，什么时候回家坐月子！"狗牙对狗蛋、狗尾巴、铁旦交代完就走了。这狗蛋、狗尾巴、铁旦三人轮流着看细桃和我爹。

有一天，趁他们不在，我爹爬到隔墙上的窗口，对细桃说："千万不能说出苞谷地的事，咱不能连累了麻秆，让麻秆丢了饭碗！"

细桃说："我知道，我不是忘恩负义的人！"

狗牙他们看细桃和我爹咬牙不说，下了狠心。他们为我爹上了老虎凳，一块块砖往我爹腿下塞，我爹疼得头上的汗珠子直往下掉，可就是不开口，这野男人的名字比屎盆子还脏，怎么能背下呀？

"批斗！"狗牙说，我爹拉着细桃逃跑就是通奸的铁证，就能批斗。周无田说，这河南蛋好面子，在屋里打能忍得住，上街游斗看他还能撑多久？

我爹脖子上被他们挂了一个大牌子，有教室的黑板那么大，上面写着通奸犯三个大字。牌子是用一根细铁丝拴着的，铁丝勒在我爹脖子上。我娘知道哭了。我爹死也不低头，批斗的人压住我爹的头，说你认了就让你回去。批斗的人手一松，想听我爹服软的话，我爹头向上一扬，说："我不是通奸犯！"

"真是条汉子！"后来余三爷说，连批斗我爹的人都说没见过这么犟的人。

狗尾巴对细桃也下手了，他想出了邪道，从狗牙的办公室找来对铁夹子。

"看看，用这个做啥？"狗尾巴问铁旦，铁旦摇摇头。

狗尾巴凑近铁旦，捏开夹子在铁旦胸前比画。铁旦明白了狗尾巴要用夹子夹细桃这女人的乳头，他摇头说："这不成啊！太那个……"

他们来到细桃面前，狗尾巴让铁旦上去解细桃的衣服。铁旦伸出手，又缩了回来。

"怎么了？"

铁旦低头，声音在嗓子眼里像蚊子飞："羞！"

狗尾巴说："看你平常说起女人凶得像狼，真正到女人跟前你却软屎得抬不起手！"

铁旦说："你行，你上！"

狗尾巴看了看，拿起夹子走向细桃。细桃吓得尖声叫了起来！

"狗日的你还是人吗？"老皮头手拿擀面杖冲了过来。

"你少管闲事，这女人与男人睡觉。"老皮头的搅和让狗尾巴来了劲。

老皮头说："你娘要不与男人睡觉，能生出你？"

"你，你……你护着破鞋反革命，你，你不想在公社做饭了？"老皮头的话噎得狗尾巴半天才说出话来。

"哈，你娃是谁呀？鼻子插了根葱，就当自己是大象了？再说，这伺候人的活，你当有多少油水不成，老皮头不干就不干！"老皮头的话，让狗尾巴又气又恼又无法应对，他知道，公社温书记最爱吃老皮头做的泡菜了，下乡都要带上一瓶子。要开除老皮头，不让他在公社做饭，别说他狗尾巴，就是狗牙也不一定能说了算。

"半路杀出个程咬金！"狗牙一听也恼羞，他埋怨狗尾巴，咋想了夹女人乳头的招儿。"这传出去，还不让人说咱借故要流氓。"

狗尾巴低头说："本来就是吓唬吓唬细桃，没有真夹！"

狗牙想了想，出了个新主意："再不交代，连饭都不给她吃，看她能撑多长时间？"

这招儿真狠，一天没吃饭，细桃就饿晕了。一个大活人，肚子还有一个娃，一张嘴，两个人，少吃一口都不行呀！

"要不咱招了吧!"夜里,我爹对细桃说。

"招了,不害了麻秆了?"细桃说。

我爹问:"你肚子里的娃是不是快生了?"

细桃点点头说:"苦命的娃,按时间就在下个月生。"

"细桃妹子,你要是再不出去,这娃可咋生呀?弄不好要出人命的!两条人命呀!得招了,得招了,顾不上那么多人了!"我爹像是对细桃,更像是对自己在说。

细桃还是摇晃着头:"我细桃死了,也不做忘恩负义的人;死了,也不做害人的人!"

"是的,我姚罐罐,从河南到陕西,过黄河翻乔茅山,凭的就是一个义字。刀架脖子,咱不能做无情无义的人!"我爹对细桃说,放心,他有万全的办法。

第二天,我爹大声喊:"狗牙、狗蛋、狗尾巴,你们来条活人!"听到喊声,细桃挺着大肚子,爬到窗口:"姚哥,你要做什么?"

"妹子,好好生养娃,这生娃的事是最大事的。我招了,只求你一件事,让二忠兄弟明白,我姚罐罐清清白白,今生没有做过对不起他这个弟弟的事!"我爹对细桃说。

细桃听明白了,她望着我爹说:"不成呀,这明明是个屎盆子,你以后咋活人呢?"

"这人活在世,活得是啥?活得是一张人皮,一张脸面!咱心里活得明明堂堂,就是别人往脸上泼啥脏水,时间一长,水一冲,露出的还是一张人皮,一张干净的脸面!"

我爹说,他不能眼睁睁看着细桃肚子的娃受罪,娃还没睁眼看人世,就受罪,大人谁能忍心?自己的脸面,与娃一个活生生的命比,哪个轻,哪个重?

这时,听到叫声,周家哥仁就来了,铁旦、老皮头也来了。

"大清早叫魂哩?还让不让人睡觉?"狗尾巴骂着。

狗牙笑着走近我爹，说："撑不住了？"

我爹说："是的，我撑不住了！"

狗牙说："我早就知道你就是那个野男人，趁着二忠劳改，你睡了人家的婆娘，你这个当大哥的，装得挺仁义的，装得怪义气呢！"

我爹没说话，在狗牙这些人面前，他不想说起"义气"这两个字！

狗牙要带我爹去县城公安局。我爹说慢着，我爹问狗牙说话算不算数？

狗牙说："在公社革委会，我说一不二。"

我爹说："好，放细桃回家。"

狗牙说："将你送到县里，就放细桃。"

我爹说："不行，你现在放人，我就跟你去公安局。"

狗牙想了想，手一挥："放人！"

细桃出来时，对着我爹喊道："大哥，你是我细桃的恩人，是二忠的恩人，是我肚子里娃的恩人。这大恩，我们一家三口一生记着，一生要还的。"

"看看这情分，不勾搭一起才怪哩！"周狗牙说我爹就是西门庆。

我爹被狗牙一伙人带上了拖拉机，老皮头跑到食堂取了几个白面馍塞到我爹怀里，说："带上，啥时别饿着肚子！"我爹接过馍。

临上车时，三爷气喘吁吁地跑了过来，冲着我爹问："这屎盆子你顶了？"

我爹点点头，三爷伸出一双苍老的大手，重重地拍了下我爹的肩膀……

我爹在劳改农场与二忠见了面。

在公安局，我爹认下了与细桃搞破鞋的"乱搞男女关系罪"，也认下了绑缚领袖像的反革命罪。这样，二忠获得释放。这一进一出，像老天给两人安排好的命运。

麻秆和一个民兵带着二忠与我爹见面。

"谢谢你呀,大哥。"二忠一进门对我爹说。

"谢啥呢?谁叫咱们认作兄弟哩!"二忠一谢,让我爹心里一下子踏实了。爹欣喜地看着二忠,快一年了,二忠兄弟劳改受苦挨累了,人也瘦了一圈。看着二忠,我爹有点心疼他这个兄弟。兄弟为着咱争着坐牢,咱做啥事都是应该的。我爹甚至为着迟迟没有招认让二忠的女人受了罪而后悔,早顶下屎盆子,二忠女人和肚子里二忠的娃少受多少罪,我爹怨恨自己真不够义气!不过,这下好了,自己顶下这屎盆子,又顶下反革命罪,二忠就能出去了,二忠出去就能守着女人生娃过日子了,一潭死水一下子活了……一个个思绪在我爹脑子里闪过,他丝毫没想到的事却在这时发生了!

"谢你?谢你这个大哥哥做的好事!"二忠一边走向我爹一边说着,走到我爹近处时,二忠突然抓起板凳向我爹劈头盖脸地砸了过来。

我爹丝毫没有防备,来不及躲避,只下意识地闪了下身子,凳子重重砸到我爹的腿上,只听"嘭"一声,板凳腿"咔嚓"断了,我爹的腿也断了。麻秆与另一个民兵见状,扑上前夺下二忠手里的凳子,要不第二下二忠可能朝着我爹头上砸的。二忠下死手哩!

二忠被人拉住,还挣扎着向我爹扑。"你忘恩负义的人,我为你坐牢,你还睡我的女人,你狗日的良心让狗吃了?"

我爹双手抱着被砸坏的腿,疼得头上冒出了汗,他对二忠说:"你冤枉我成,别冤枉自己的女人,她可是个好女人!"

"我的女人是个好女人,不然能和你睡?"二忠咬牙切齿地说。

我爹狠狠地打了自己一个嘴巴,对二忠说:"兄弟,你千万不能冤枉了细桃,她真是一个天下最好的女人!你要冤枉了这个女人,我就白顶这屎盆子啦!"

"好女人,没和我入洞房没和我睡觉,怎么娃都快生出来了?"二忠眼睛冒着火，这火星子蹦出来能将我爹的心穿个洞。看到二忠眼里的火星，我爹心像塞了块冰，顿时全身凉透了。这个自己认了十多年的兄弟，如今反目了！成为仇人，这可是夺妻之仇呀！

麻秆紧紧抱住二忠，压低声音在二忠的耳边说："你忘了苞谷地了！"麻秆不敢说透，他担心身边的公安听出来，惹出新的事端来。这样不但自己丢了在公安局干临时工的差事，弄不好还得坐牢。

我爹一听麻秆说苞谷地，心想这下你二忠应该醒悟了吧，你在苞谷地与自己女人弄成了事，回来的路上还害得我喝了二斤醋。我爹对二忠说："你再糊涂，苞谷地干了啥屌事能不记得吗？"

"苞谷地，我，我，我毛都没弄进去！"狗日的二忠咬死不认账。

一旁的公安听出了事苗："怎么回事？说清楚，苞谷地咋回事？什么毛没进去，进哪儿？"

麻秆、二忠这下傻眼了。我爹对公安说："苞谷地，苞谷地，二忠劳教，他家的苞谷是我给收的。"

"那啥弄进去啦？"公安还是刨根问底。

"是我钻进了二忠家的苞谷地，不进苞谷地咋收苞谷？"我爹忍疼说着。

二忠指着我爹骂道："收了我的苞谷，还睡了我的婆娘。明儿我的娃还得叫你爹，是不是？"

我爹想把自己顶屎盆子囫囵个端出，但一看到身边的麻秆他将话咽了回去。不成呀，这话一旦挑明，就害了麻秆。我爹对二忠说："二忠呀，二忠，人家都是洗自己脸的，你咋自己往自己脸上抹屎尿呢？告诉你，你女人，细桃是清清白白的一个女人，你，你不相信我，你要相信你自己的女人！"

被麻秆拉出门的二忠，指着我爹说："我的女人，我想咋收拾就咋收拾！"

我爹瘫倒在地……

二忠在劳改农场打断了我爹的腿，让农场马场长很恼火。"你看这世上有没有买笨的？连几个劳改犯都管不住，在自己的办公室竟然差点出了人命案！"公安局局长劈头盖脸地将他骂了一顿。

"下一步咋办？"马场长问。

"关起来，这是故意伤害罪，差一点就是故意杀人罪啦。"公安局局长说。局长还告诉马场长，这事不处理好，你想调回县城，门都没有！

二忠被关了小号。我爹住了医院，腿上打了石膏。麻秆对我爹说马场长将二忠关了起来的事，我爹长长叹了口气。

"活该！二忠狗咬吕洞宾，关起来活该！"麻秆说他就不是那种人，他一直记得我爹给他说媒的事。"人，咋能那么快将别人的恩忘记呢？"

我爹说："不成，二忠要是不能回家，我这屎盆子白顶了，腿也白断了。"

麻秆不解："二忠都将你打成拐子了，你咋还替他着想？"

我爹说："二忠不回家，他媳妇生娃谁管？"

我爹找马场长："这事不怨二忠，是自己该打！"

马场长惊奇地问："这么说，你真把人家新媳妇给睡了？"

我爹摇摇头："我不是那样的人。"

"周狗牙送你进农场可是说你犯的是通奸罪！"马场长说。我爹没再说什么，再说怕将麻秆带出。

马场长说："那二忠将你打成这样你还替他说话？"马场长心想，我爹能这样替二忠说话，就是心里亏，睡了人家婆娘。

我爹说："我们是结拜兄弟。"

马场长没再说什么，他也想将这事大事化小，小事化了，要真耽误他调回县城局里，不值！马场长给我爹出主意，让我爹将这事全包下来。我爹想了想，点点头。第二天，马场长写好了一份材料，让我爹看一看，材料的意思就是我爹有错在先，两人扭打时我爹摔伤了腿。我爹看完按上手印。没几天，公安局来电话，说二忠可以回家了！

7

一大清早，细桃挺着大肚子起来擀了面，烧热炕等着自己的男人。她肚子里的娃在肚子里直踢肚皮。"你也知道你爹要回来？"细桃对着肚子里的娃说，等你爹回来，就去医院把你生下来。她想，二忠要是当爹了，还不知多高兴！

炕烧热了，面擀好了，细桃一会儿去门口望望，她与她肚子里的娃，眼睁睁地盼到了天黑。该不会出啥岔子，二忠回不来了？细桃瞎寻思着。

天黑时细桃终于将二忠盼回到了家里。一进门，二忠就看到了四眼，四眼像见到亲人一样上前蹭着二忠的腿。不料，二忠抬起腿，狠狠踢向了四眼。四眼疼得大叫一声跑出了门。

细桃对二忠说："你不认识四眼了，那是姚大哥家的四眼呀！"

说完，细桃忙接过二忠的行李，说饿了吧！就钻到灶房点火下面，二忠掀开蒸笼，一把抓了两个馍就往嘴里塞，他一路上没吃饭，早饿了。细桃边下面边说："少吃馍，馍凉！我下面给你吃。"

二忠头也不抬只顾吃馍，细桃忙将下好的面端到二忠面前，二忠却扭头走到里屋，细桃端着面跟了进去，二忠看也不看，衣服不解开就上了炕。

"吃了面再睡，炕都给你烧热了！"细桃说着将面放在炕头，一边解开衣服，她要给自己的男人暖被窝。

二忠头扭向一边，背对着细桃睡下了。

细桃推了下二忠："二忠，你这是咋了？谁给你气受了？"

二忠腾地坐起，一把打翻炕头的面："你个破鞋，还有脸问我？"

细桃一听半天哭不出声，她结婚到现在，天天盼着自己的男人，日日念着二忠，受了那么多苦，遭了那么多罪，她都忍受住了，为的就是眼前这个男人！

"二忠，你可以问问我表姐，她知道我在陕北的为人。"细桃说。

"芹的娘，你表姐也不是啥好货，你还有脸说。"细桃一听给噎住了。她知道，表姐在陕北被人欺骗怀了娃，才下塬到关中找人家出嫁的事。

"二忠，我的男人，你听我说！不管别人咋样。今生今世我细桃就只有你这么一个男人，别人怎么说，我不管，你要相信我！"细桃说。

"相信你，你与人睡觉与人撅股子娃都要生出来了，你还叫我怎么相信你？"二忠说。

细桃泪水这时无声地流了下来："二忠，我们在苞谷地，那可是真真的你要了我呀！"

二忠半天没说话。

细桃："就是那一次我怀上了你的娃，这肚子里的是你的娃呀！"

二忠摇摇头说："苞谷地，你再别提苞谷地了，我那东西根本没弄进去！"

细桃解开衣服，光着肚子对二忠说："你当着肚子里的娃再说一遍！"

二忠："我再说一遍咋了，你肚子里的杂种不是我的！"

细桃拉住二忠，说："你摸着娃子，收回你说的话！"

二忠："你让我咋收回，姚罐罐都招认了，他是这个杂种的爹！"

细桃紧紧地捏着二忠的双手，说："我的男人，你让我咋样做，你才能相信？"

二忠说："回来家门没进，就有人说你的闲话，先是勾引狗尾巴

幸福炮兵

进门，对不对？后来又和姚罐罐私通，对不对？肚子大了包不住了，姚罐罐承认了，对不对？你以为我坐了牢，你一个人在家做的事我不知道？"

细桃松开了手，说："陈二忠，你相信我只有你一个男人！从我打算嫁给你，我就将这条命拴到你的命上了。生是你的人，死是你的鬼，你要是信了，我与你好好过日子。你要是不信……"

二忠说："不信咋了？"

细桃说："你不信，现在，我就用命让你相信这娃是你陈二忠的！"

"你吓唬谁呀？"二忠不屑一顾地说。

这句话让细桃心彻底凉了，她悲愤交加，泪眼婆娑，挪着笨重的身子，扑到二忠跟前，朝着二忠的脸狠狠打了一巴掌，说："你不是个男人！"

细桃踉跄地走出屋门，奔向水井。细桃对着肚子里的娃说："我的娃，娘对不起你了，娘陪我儿一起走！"

细桃要跳井，她用命来证明自己的清白。不料，细桃的腿刚迈上井台，下身一股热流涌出——破水了。细桃顿时疼得蹲下来，扶着井沿慢慢地倒下。血水顺着腿脚流了出来。二忠跟过来，看到这情形，吓得手足无措，他大叫起来，四眼从院门外跑了进来，仰头对着天空狂叫了起来。

细桃被抬到炕上，肚子里的娃早已生出来了个脚。逆产！人们将细桃忙抬到医院。

我娘与芹的娘见细桃生出的娃脸铁青，脐带绕到脖子上好几圈，这时，萍的妈用剪刀剪断娃脖子上的脐带，一手倒提起娃，一巴掌拍去。只听一声哭啼划开了天空。

"这么大个儿子，足足十二斤。"护士说。

这娃眼睛还闭着，芹的娘对二忠说："看看，这娃的眼睛多像你！"

我娘说："鼻子也像二忠！"二忠看了眼这个娃，没吱声走了。

善良的人们，以为靠这些，就能拉回这头犯了心病的犟驴来。

细桃跳井生娃的事传开了。人们端着饭在村口吃着，议论着。

"没见过这样烈性女人，陕北人，老区的！"

"细桃要是死了，二忠不认这肚子里的娃，不白死了。这女人真傻！"

细桃那样挨批斗，唾沫星子都吐满一脸，她都能忍，不给饭吃，也能挺住。可自己男人的几句话就忍不了了。这就像三爷说的，女人就像稻草人，男人就是支撑的棍棍，有棍棍撑着，外面的风再大，雨再凶，稻草人不会倒。要是棍棍撤了，稻草人就垮塌了。

细桃从医院回来，却不像人们想象的那样痛苦。她平静地给娃喂奶。只是跳井惊厥，让她的奶水断了。这十二斤的娃要吃村里别人家妇女的奶了。

"可千万不能走绝路，啥比人命大？"人们劝细桃。细桃紧紧抱着儿子，点点头。她不会寻短路了。

女人这个稻草人，命的支撑棍棍是自己的男人。失去这个棍棍，她要跳井，不活了。现在有了自己的娃，这骨肉连接的娃成为这个女人命的另一根棍棍，有这个小小的娃做棍棍，这个女人就有活下去的理由。不同的是，自己的男人是支撑稻草人的棍棍，自己的娃，是牵扯着稻草人的棍棍。稻草人散了，娃咋长成人？为着娃，娘再苦再怨也要活下去。娘是娃的天，娃是娘的命。

细桃生了娃，来二忠家串门的人一下子多了起来。妇女们到细桃的床边看月子，男人们跟二忠一起喝茶谝闲传，实际上不少人是来看他二忠家热闹的。

"该给娃起个名呀。"来的人都说。

每到这时候二忠就埋头抽烟，一声不吱，他从心里还是不认这个娃。爹不认娃，谁给娃起名呀。一天，细桃对芹的娘说她想好了娃的名字。

"叫啥？"

"叫二娃。"细桃说。

"这叫啥名，这娃是老大，又不是老二，咋能叫这名字？"芹的娘说。

"就叫二娃。"细桃说。

"是奶名吧？"

"奶名叫二娃，大名叫陈二娃。"细桃口气很坚决。

细桃给娃取的这个名字是给二忠听的，也是给全村人听的。陈二娃，不就是陈二忠的娃吗？

三爷听了说这名字好，人不能太一了，出头的椽子先烂。还是二好。三爷知道了这娃生个十二斤，一本正经地对二忠说，他活了快七十岁了，还是头一回遇上。"一定能成个气候，你二忠将来能享上这娃的福哩。"

二忠没搭腔。他对这娃连看都不愿多看一眼，再别说起名字，起啥名字像是与他没多大关系。

老皮头对二忠说，他在公社眼看着二娃在娘肚子就开始遭罪，大雪天细桃被游街批斗，晚上关到库房不给吃不给喝的，这娘儿俩受的可不是人能受的罪呀！这娃命苦。得给娃认个干爹。二忠心说认啥干爹，这亲爹他都不当。细桃听了老皮头的话，问老皮头，咋认？

老皮头说："这干爹可遇不可求，娃过满月时，一早抱着娃出门，碰上谁，谁就是娃的干爹。"

我娘是在天黑时去看细桃月子的。娘知道二忠打折了我爹的腿，骂二忠不识好坏人，怪我爹顶屎盆子，但娘还是要去给细桃看月子。"他二忠不仁咱不能不义！"我娘拿了一包点心，一把挂面，趁黑人稀时到了二忠家。二忠见到我娘问："你来做啥？"

我娘说："看细桃妹她娘儿俩。"说着递上手里的点心、挂面。二忠见了说："不稀罕你的点心、挂面。"

细桃听了，哭了。细桃说："嫂子，我和娃欠姚大哥与嫂子的恩情还不清了。"娘见状，悄声对细桃说："说啥哩，你照顾好身体，我以后不再来你们家了。月子里不能哭，月子里要是哭了会落下病根的，以后见风就会落泪的。"

细桃抹了抹泪，说："心里酸，眼泪止不住地想流！"

我娘深深叹了口气，说："时间长了，就会过去的。人冤人一时，天冤人一世，老天还没瞎眼！"

娘走出二忠的家门，二忠喊道："将你家的狗也带回去。"

娘领着四眼走了。

二娃个大，分量重，吃得也多。村里养娃女人的奶水差不多让这愣娃吃了个遍。可是人家的奶水还得留下奶自己的娃，时间一长细桃抱着二娃再次找奶，奶娃的女人们都悄悄躲闪开了。奶水给这个大小子喂干了，自己的娃吃啥？

没奶水，二娃咋养活？这可急死细桃了。再长大些，能喝些面糊糊就好了。可眼下，娃不能饿着等长大吃面糊糊呀？

一饿，二娃就哭，细桃忙解开怀将奶头塞进二娃的嘴子，二娃嘬了几下，没嘬到奶水，又咧大嘴嚎哭。

"看娃哭得恓慌的！"我娘心软，急得也想不出好办法。

"细桃天生着一对灯笼奶，咋会没奶水？"芹的娘说。

我娘觉得也对，全怪细桃寻死觅活地跳井给惊吓的，女人下奶，一惊奶就缩回去了！

听说红糖泡鸡蛋能催奶！我娘说弄些试试。

芹的娘一听，说赶明问下胡医生，兴许他当医生的有下奶的方子。

芹的娘找到胡医生，将给细桃下奶的事一说，胡医生轻松地笑了："我当多大的事，这有啥犯愁？女人下奶，容易！"说着拿出了张纸写下一个方子：

幸福炮车

豆腐150克，红糖50克，米酒50毫升。将豆腐、红糖加一碗水煮，待红糖煮化后加入米酒，吃豆腐喝汤，每日一次，连吃五天。

"这方子保管让细桃的奶子像水管子一样流出奶来！"胡医生吹嘘着。

我娘看了方子，犯了难：豆腐、米酒好寻，红糖没有糖票可弄不来。我娘跑到医院找到党姐，党姐一听二话不说就拿出了自己存的半斤糖票。

我娘与芹的娘换了块豆腐，买来碗米酒，煮好了下奶的汤。"你给端去，我就不去了。"我娘将汤交给芹的娘。

"咋！好人我一个人做？"芹的娘说。我娘笑了，说她还忙着喂羊。芹的娘将下奶汤送给细桃，可是一连喝了五天，细桃婶子奶子也眼看着一天天鼓了起来，可是二娃还是嗫不出奶水来。

啥方子？不见奶水！

芹的娘对胡医生说，你的方子不成。

"咋不成？这方子灵着哩，给多少女人催下了奶！"胡医生不服。

那二娃咋就是嗫不出细桃的奶水呢？

胡医生一听笑了起来，说："忘记告诉你了，这方子吃五天后，还要加上人的辅助。"

咋辅助？

胡医生说，刚下生的娃，嘴上会有多大的劲，生头胎女人的奶头渠口还没开，要靠大男人嗫，才会出奶水来。

芹的娘说还要找男人嗫呀？

胡医生鬼笑着说："你带我去，我一嗫，保准让细桃的奶水流下来。"

"去嗫你娘的脚！"芹的娘骂胡医生。

芹的娘对细桃一学，细桃犯难了：二忠连看都不看她和娃，咋样

幸福炮兵

叫他嗄奶呀?

芹的娘拉着我娘去了细桃家。我娘不去,芹的娘说,二忠那头犟驴下地啦。我娘也惦记细桃,二人就去了细桃家。芹的娘说:"这二忠是王八吃了秤砣了!死不认这二娃是他的啦,细桃一个女人,这娃到底是不是二忠弄的,你心里还不清楚?"

细桃苦笑了,芹的娘就是缺心眼,心里连一个字都掖不住。

我娘忙把话岔开:"正说给细桃妹子嗄奶的,你扯哪儿了?"

"二忠不嗄,咱找谁嗄?"芹的娘说。

我娘说:"别急,我有办法了!"

放学,我的脚刚迈进家门,我娘急急忙忙把我拉住,说要带我去看细桃婶子和二娃。我一听,高兴地放下书包,就跟娘去了。我最喜欢细桃婶子,她是胭脂村最最漂亮的婶子。

一进门,娘对我说,看看二娃长得好不好,我说好。我心里想,这娃好是好,就是有些尿骚味道。我娘说,这是你的小弟弟了。我点点头。我娘又说,你帮这小弟弟个忙。

我一听,问娘:"我能帮什么忙?他这样小!"

细桃婶子笑了,摸着我的头,说:"也是帮你细桃婶子的忙!你愿意不?"

我说愿意,我从心里喜欢细桃婶子,当然愿意为细桃婶子帮忙了。细桃婶子、我娘、芹的娘三人都笑了。细桃婶子一边笑,一边解开了怀。我第一次看到细桃婶子大大的白白的奶子,心里不觉一丝羞乱。我可是男人,我忙将脸转向一边。这时,细桃婶子叫了我一声,说:"来,吃口婶子的奶!"

我以为听错了,转脸看着细桃婶子,她冲着我捧着两只奶奶上下晃着。我脸一下子像火烧一样热得发烫,我一时说不出话来了。

"还不好意思!"细桃说。

"碎娃害啥羞哩?"我娘说着打了下我的头。

"快吃下，别人想吃你细桃婶子还不愿意呢！"细桃婶子的话将我娘、芹的娘都给逗乐了。可是，我咋好意思张口吃细桃婶子的奶奶呢？

"碎娃还怪封建的！你要不吃，我们就找别人来吃了，你再想吃也吃不上了！"芹的娘吓唬着说。

细桃婶子抱住我的头说："强儿，细桃婶子最喜欢的就是你了，来，别羞，帮婶子把奶水嗫出来！"

"这是二娃弟弟的！"我说。

"二娃弟弟小，嗫不出，才让你帮二娃弟弟嗫哩！"细桃说着，紧紧抱住我头。

我将嘴伸向了细桃婶子的胸怀上。顿时，红粉色的奶头如颗圆圆的肉，充满我的嘴巴里，轻轻一吸，却没嗫到奶水。

细桃婶子闭着眼睛轻声对我说："使点劲，吸！"

我嘴巴使劲往里一抽，一股香甜的奶水直流嗓子眼……

"下奶了，下奶了！"细桃婶子惊喜地说着，用手挤着奶头，奶头上白白的奶水射在地上。

来，再吸这个！细桃婶子说着，又将另一个奶头往我嘴子塞。我清清地看到，那红红的奶头塞到我口中……

细桃将奶头喂给二娃，然后对我说："吃了婶子的奶，就得叫婶子娘了！我干脆认了你，做你二妈吧！"

我娘笑了，说："成成！有这样漂亮的二妈，强儿可有福了！"

但我一直没叫细桃婶子二妈。尽管我心里真想叫！

几十年了，每当我看到女人给孩子喂奶，就会想到这一幕，时间已久，这一幕酿成了埋藏在心底的秘密：细桃婶子的奶子，是天下最美的奶子，是天下最好吃的奶子。

我爹腿折了。

劳改农场马场长看我爹也不能下地干重活，就让我爹到食堂做饭。这对我爹来说是开了大恩。我爹一拐一跛，忍着阵阵疼痛，在农场大食堂里切菜烧火蒸馍。马场长说，这比下地干活强多了，我爹点点头，他心里明白，拖着条断腿别说拉犁收割，就是往地里跑趟还不把人给疼死！再说，在食堂做饭，不与那些犯人们在一起，也少了人的欺负。所以，马场长能照顾我爹做饭，我爹打心眼里感激涕零。

开饭时，我爹看到了范大诚像是看到了亲人，隔着窗子叫了起来："大诚，大诚，老三兄弟，老三兄弟。"范大诚阴沉着脸说："叫啥呢？"

等排到窗口前打饭时，我爹接过范大诚的碗悄声说："想吃啥？哥给你多打点。"说着就用勺子在锅里搅动，想找片肉星星拣个油花花的给大诚吃。

当我爹满心欢喜地将经他手偷偷挑了好吃的碗递给他的三兄弟大诚时，料想不到的事发生了：大诚接过碗，看了看，用鼻子嗅了下。

范大诚冲着我爹说："啥味？你闻闻，你打的饭怎么有股骚乎乎的味道！"

我爹伸出头鼻子向前闻了闻，疑惑地望着大诚。

大诚接过碗，然后"啪"地扔到地上。骂道："狗日的，你别在这装蒜了，我不吃你打的饭，吃了你打的饭我恶心。"

我爹一听脸一阵红，劳改劳教的犯人也跟着起哄。

"你将兄弟的婆娘睡了！"

"还怀了娃，真行呀。"

"通奸犯呀，将狗日的老二给割了。"

……

农场犯人也有犯人的规矩。政治犯罪重，但犯人有文化，有身份，地位高，犯人们不招惹。其他犯罪中，犯人们的规矩是一杀二奸三盗四偷。杀人犯，犯人们惧怕三分也躲避，排在二的通奸犯，是犯人们最瞧不起，最受人欺负的。

"通奸犯不干重活，来做饭，咋能这么便宜了他不成？"

"给这通奸犯先剃个光头再说。"有人喊道。犯人们丢下碗，冲到灶房就将我爹拉出围了起来，一个犯人拿来了剃刀。马场长知道了，急忙跑到了食堂。

"不行，他不是劳改犯。"马场长说。在农场，劳改犯一律剃光头，劳教犯因为是可以教育好的群众，所以不剃光头。

犯人们说："这通奸犯比劳改犯还让人恨，剃个光头还便宜他了。"

"就是，不把他老二割下来就给他留面子啦！"

人们说着，剃刀已经架在我爹头上了。我爹看到明晃晃的剃刀，开始还想挣脱，见刀子到头顶了，就一动不敢动了。马场长一旁只是动嘴劝，也不敢上前制止，他眼睁睁看着犯人们围着我爹的头胡乱剃着，一刀长一刀短，一会儿就给我爹剃了个阴阳头。

我爹，从河南到陕西，闯荡天下二十多年，遭过罪受过难，也享过福受过乐。可这样的遭人折腾还是第一次，我爹蹲到地上，一行泪无声落下。

"活该！"

范大诚临走时重重地扔下这句话。有一个人还在我爹打石膏的腿上跺了一脚，我爹疼得咬紧牙关。

马场长对我爹还成，他还念着我爹给他家箍罐子没收钱的事。马场长叫来农场的理发匠，给我爹剃净了头上剩余的头发。

"成了，这样倒省得毛乱了。"马场长说。

马场长叫人扶我爹回宿舍，我爹一甩手，自己一跛一跛地向前走去。

"你咋没能管住你下面的家伙哩？看看多丢人多遭罪。"身后马场长说。

我爹长叹了一声，摇摇头说："这脸丢了就丢了，总比没出生的娃折在娘肚子里强。"

范大诚出了口气,他再不会理我爹啦。唉,交了十多年的兄弟,没能交透呀。要知道你姚大哥是这样的人,说啥也不能交这样的兄弟,更不能让你照顾二忠新结婚没入洞房的媳妇。这明明是将新媳妇往狼嘴里送哩!人哪,知人知面难知心。你姚罐子面上看着正儿八经像个汉子,肚子里面却净是坏水水,人面前是只羊,人背后是条狼,二忠媳妇就这样入了狼口,搁谁能忍下这口气?

范大诚一想到这儿,就暗为自己庆幸。自己的老婆、女儿亏得是有信兄弟照顾,送粮送钱的,让这娘俩没遭受多大的罪。这牢他替有信兄弟坐得值啦。啥时出去,得好好对待有信兄弟。

晚上,睡到几十个人挤一起的长长的大炕上,我爹的伤腿一阵阵疼,他咬牙不吱声,疼得受不住了,他轻轻地刚翻了身,身边的一犯人就开骂了:"你妈的翻腾个啥,想通奸的女人啦?"大家哄然大笑。

几个犯人一边坏笑着一边光着身子来到我爹的跟前。

"你们要干什么?"我爹惊恐地问。

几个人上前掀开了我爹的被子,手扯脚踩地要脱我爹的衣服。其中一个说:"看看你这通奸犯的那个害人的玩意儿长得啥尿样?"

我爹死死护住裤腰。一个老爷们岂能受此辱。我爹突起站起身,看到坐在一旁的大诚,说:"兄弟,帮哥一把!"大诚抬了抬眼皮,说:"我咋帮你?"说着拉起被子盖到头上,他是担心自个儿吃亏挨打。我爹心凉了,这是结拜了多年的兄弟做的事吗?我掏心肝的对你呀。

几个犯人将我爹的裤子就要脱下来,我爹大吼一声:"我跟你们拼命了!"说着,忍住腿疼,奋力跳下炕,冲到门边,一把操起顶门杠。人们一下子被我爹震住了。这时,马场长听到动静,也赶了过来。

"怎么啦,半夜三更的闹个啥?"

马场长让我爹放下顶门杠,回到被窝。我爹看那些犯人纷纷往被窝钻。他红着眼，不说话，也没扔下顶门杠。今儿，那些犯人要是再往我爹身上扑，再要动手脱我爹衣服，我爹非得挥起这顶门杠放倒他几人不可！

"白天闹还不够，晚上还瞎折腾。明儿再加任务，看你们还有没有劲胡闹！"马场长说。

马场长冲我爹说，你也回被窝睡觉，明天切一天的菜！

我爹"啪"地扔下手里的顶门杠，说："谁再想在我老姚头上屙屎，我以命相报！"说完回到了被窝。

这一夜，我爹好久没睡着，天快亮时才入睡。可是，起来洗脸时，我爹看到自己的脸盆里黄黄的半盆尿，骚得人喘不上气。再看犯人们，眼睛没往这里看，仿佛这事与他们没关系一样。

狗日的，不敢来明的，就使阴招！我爹鼻子哼了一声，抬脚一下子踢翻脸盆，骚乎乎的尿洒满了窑洞里，我爹转身径直去找马场长。

"什么？你要住小号，那可是重犯人住的，又阴又潮。"马场长很是奇怪。

我爹说："我是个通奸犯跟重罪犯人差不了多少，我自己罚自己不成？"马场长看我爹态度坚决，摇摇头说："还有你这号人，成，你先看下小号再说。"说着领我爹去了小号。

"看清了吗？关条狗还成！"马场长说。我爹看到黑糊糊的窑洞里有一个小炕，上面铺着些干柴草。

"成，我就住这里！"我爹说。

"你真是个怪人，自己要求住小号，在农场还是第一次遇到！"马场长问我爹住这图啥？

我爹嘴上说图清静，心想，这里能图啥？求个像人一样活着。人没钱没权行，甚至无依无靠，缺衣少吃都成，可人不能活得不像个人。

我爹住的小号在农场西头窑洞，爹每天要去做饭，所以天不亮就得起来。每天起来，就会看到一个老头儿坐在院子里的柿子树下，拿着一根绳子，绳子上的结一个连着一个，像和尚长长的念珠。老人眼睛盯着手里的绳子，一个个数着上面的结。每天只要老人一出来，就会跟着一个民兵，老人坐下，民兵就不远不近的站在院子里，不时地看着老人。

我爹很奇怪。老人是啥人？咋这样怪哩？

做饭的老张告诉我爹，这老汉姓齐，跟咱们这些人不一样，可不是一般的人。来农场前就是个大官儿。当年，跟刘志丹一同起事，是个握过枪把子的人，打过天下的人。

一天，墙塌了，农场的猪被砸死了。这可乐坏了这些犯人们，以前猪呀鸡呀要是得了病瘟死了，就会杀了煺毛，给大家吃掉。

我爹他们将死猪烫了，煺毛，开膛，当天就做了蒸肉。我爹特意端了碗猪头肉送给了齐老汉。齐老汉不像大家说的那样不好接近，他接过肉，闻了闻，说能在劳改农场吃到肉可真有福。我爹说，以后有好吃的我给你送。老人脸上露出笑，他问我爹犯的啥事？咋进的农场？我爹说一言难尽，不好说。老人说，不好说就别说，反正现在乱腾腾的啥事都会发生。做事对得起天对得起地对得起良心就行。我爹听了，很是激动。自打顶了通奸的屎盆子，被人当成通奸犯，这还是第一次有人说这样的暖心窝子的话。我爹说，老革命你说得对，我敢对你保证，我做的事上对得起天，下对得起地，也对得起兄弟，对得起自己的良心。

此后，我爹或是腌些韭菜花，或煮把毛豆，悄悄送给齐老汉，经常与齐老汉一起说说话，聊聊天。时间一长，相互老哥老弟地叫喝着，倒也亲切。只是我爹没敢说出细桃怀孕的来龙去脉。怕这事露出去，耽误了在公安做事的麻秆的前程。

一天早上，我爹起来，没看到柿子树下齐老汉的人影，我爹心里竟有些恐慌。已经走到食堂门前，我爹一想不对，平时，这老汉早就出来晒太阳了，怎么今天不见人呢？不会出啥事情吧？我爹想着，心里不踏实，就折身跑到齐老汉住的窑洞。在门口叫了声，不见人应声，就推开门进去，我爹一看可出大事了：齐老汉手拿绳子，趴倒在地。

"咋了，齐老哥，咋了？"我爹叫着，扶起老汉。老汉睁开眼睛，但已经说不出话，只是手指着外面。我爹看了看外面，也没看到什么，不行，得送医院，要不会出人命！

我爹想着，就背起老人往外走，这会儿心急，腿上的疼也顾不得了，我爹背着齐老汉出了窑洞，就喊叫起来。一会儿来了几个民兵，马场长也来了，我爹与他们一起将齐老汉送到农场卫生所，马场长又指唤人将齐老汉从卫生院转送到县医院。齐老汉住了十多天的医院才回到农场。

齐老汉对我爹说："你帮我捡回了一条命！"原来，齐老汉血压高，那天从炕上起来，就摔倒了。亏得我爹发现早，才没出人命。

一天齐老汉对我爹说："有恩报恩。有朝一日，我重回省上，你有啥事找我，我会报你的恩。"

我爹笑了：好我的老哥呢，你现在坐牢，成了犯人，自身难保，还能帮我啥？这话没说出口。我爹说："能在牢里结识你这个大官，认下你这个老哥哥，是缘分，图啥报不报恩呢？"

几年后，我才知道，这齐老汉就是萍的姥爷。

8

麻秆要熬出头了，在公安局忍气吞声低三下四装孙子终于修成了正果。

马场长对我爹说，是他给他姐夫、公安局局长递的话，加上麻秆人勤快，弄的指标！只是，麻秆趁放哨时候，偷偷放细桃钻苞谷地，局长听到了风声，说要特别地考验考验麻秆。

咋个考验？我爹问。

马场长说他也不知，"公安是吃干饭的？这招数还不是现成的！"

我爹悄悄告诉了麻秆，说一定要经得起考验，不能把到手的好事弄黄了。

麻秆说不会的。

公安正式通知麻秆，说经过组织研究，准备给他转正，当上正式的公安。不过，转正前有一个任务得完成，这任务对麻秆是个考验。合格了转正，不合格转正的事就黄了。公安问麻秆成不成？麻秆胸一挺高兴地说，成成！啥任务都成，他拍着胸脯说就是上刀山下火海也要完成任务。

麻秆问啥任务？

公安笑了笑，说只是考验一下你枪法和胆量。麻秆笑了，他还以为是啥难的任务，原来是打枪。他枪法准着哩，不是吹牛皮的，十发子弹百米射击，不敢说枪枪十环，可是七环八环的也不是瞎猫碰死耗子的。至于胆量，麻秆心想有啥的，哪个男人没点胆量？你是试我枪法，又不是让我杀人捉鬼，有啥怕的？

公安说："行，打枪比百米要近多了。"

麻秆说那更没问题。

公安让麻秆背着枪来到县局。麻秆一进屋看到九个民兵齐刷刷地持枪站立着。

公安局局长亲自给大家发话："这回你们十个人要共同执行一项光荣而艰巨的任务。"

麻秆还是第一次见到这架势。啥艰巨的任务能让他们几个民兵完成，是不是美帝苏修打过来了，要他们上战场不成？不对呀，要是打仗也是当兵的先上，一开阵说啥也轮不到民兵呀？要是真的打起仗来，咱也不能尿，咱手里的枪能保家卫国，打击侵略者。麻秆感到有英勇献身一般的豪情。美帝国主义是纸老虎，咱打狗日的，像当年打小日本鬼子一样！

麻秆他们十个民兵瞪大眼看着局长的大嘴，在等着局长嘴皮子翻动出命令来。

局长却不急动嘴，他走近麻秆他们，一一拍拍大家肩头，望着他们，说："你们个个好样的。明天这任务很艰巨，但英雄面前无险阻。相信你们一定能完成。今晚先请你喝顿酒，算是壮行酒，任务等喝完酒宣布。"

在县公安局的食堂，麻秆与九个民兵坐上了席，最上头坐着局长、副局长。局长亲自为麻秆他们一一倒酒，麻秆感到三生有幸，他完成了这个任务，就能穿上公安服，扎着腰带，别着手枪，天天与公安局局长在一起抓犯人，当判官啦，那多牛皮，多神气呀！

局长将酒杯高高举起，说："喝了这杯酒，明天扛枪上战场。"大家一听，仰脖将酒喝下。上战场？大家端着空酒杯，瞪大眼等局长说这个战场到底是啥？

"枪毙犯人！"局长放下酒杯说。

局长的声不大，麻秆听了心咚咚地要蹦出来。长这么大，他做梦也想不到，自己要去开枪杀人。麻秆没有枪毙过人，他只开枪打过靶子，靶子是木板做的，上面糊着一张纸，纸上画了一圈圈的，中心是个实圆圈。麻秆只要对准中间的实圆圈打枪就行了。打人，麻秆没打过。朝人开枪，和朝靶子开枪，不一样吧？麻秆想着心里发凉，手不由得打哆嗦来，他甩了下手，还是哆嗦，一看手心心出汗了。

"你咋了？害怕了？你脸都吓白了。"局长走近麻秆问道。麻秆将手往身后一放，朝上挺了挺胸，说："不怕，不怕！"

局长说："害怕是自然的，但开枪真的打死了人以后，就不再害怕了。"

局长让他们十人多喝酒，酒壮尿人胆，喝多了就不知道害怕了。

回到家，晚上睡觉，麻秆在炕上翻来覆去地睡不着，到了后半夜才迷迷糊糊睡了。天不亮，噩梦将他吓醒。他梦到刑场枪毙人了，他举起枪，朝着犯人头打去，没想到子弹在空中飘来飘去，不往犯人头上飞。局长瞪眼骂他，他吓得再开枪，子弹向自己飞来，他跑呀跑，想躲开子弹，不想他跑到哪里，子弹就追到哪里，到了塄根根，无处可逃了，麻秆大叫一声，双眼一闭等子弹打自己，这时，麻秆感到屁股下湿湿的——他吓得尿炕啦。

醒来，麻秆坐在尿湿的炕头，狠打了下自己的胸，他恨自己的胆怯。你能干啥？还没到法场先吓尿炕了，你是不是男人？

麻秆婆娘梅花醒来，说："麻秆你做啥呢？半夜三更，鬼哭狼嚎的，你是鬼上身了？"

麻秆一看，不好意思地指指炕，梅花一看伸手一摸，哈哈大笑起来："我的大男人，你咋像碎娃尿炕哩？"

麻秆红着脸，小声地说："吓的。"

"啥事把你吓得尿炕了？"

"明儿枪毙人。"麻秆说。

梅花说："过了这一关，你就转正了，就成了一名公安了。就能吃上商品粮了，咱也能过城里人一样的生活了。"

"可是明天枪毙人这一关咋过？"麻秆说。

梅花抚摸着男人的后背说："你不是说只有一颗真子弹吗？你不想一想，十个人，只有一粒是真的会炸响的子弹，这咋会轮到你？你又没干啥缺德的事？"

麻秆听了，长长叹了口气，说我也是这么想的。说着，将屁股下的褥子往外拉了拉，热炕一会儿就能将他的尿烘干的。梅花起来，将湿褥子一把扯下，说："骚死人了，还能铺？"她下地打开衣柜，换上新的褥子，让麻秆躺下。麻秆说，可别告诉人，要不还不让人笑话死？

梅花说："我咋告诉别人？说我男人尿炕了？"

在麻秆尿炕的晚上，马场长将齐老汉叫去，我爹问半夜叫齐老汉做什么？马场长没理我爹。那个总站在柿子树下看着齐老汉的民兵告诉我爹："见没见过枪毙人？明儿让齐老汉去陪法场。"

"为啥要叫齐老汉？"我爹问。

民兵说："劳改犯才能陪法场，劳教犯不用陪。"

"齐老汉前几天还晕倒了，叫他去不要了老汉的命呀？"我爹说。

马场长说本来他也不想让齐老汉去，但农场的犯人都去过了，这回是轮到他了。

就不能想点办法，不让齐老汉去？我爹问，马场长说有啥办法，这是上面的命令，必须去的！

齐老汉听了让他陪法场，就将手里的绳子又打了个结，说亏你们想得出。

马场长说："这是敲山震虎，杀鸡儆猴。教育犯人重新做人。"

齐老汉将手里的绳子交给我爹，又从墙头取下黄书包，说："小伙子，这些东西你替我存着，有朝一日交给省政府。"

我爹接过，他不明白，这打了结的绳子是做什么用的。以前，看护老汉的民兵对我爹说，这齐老汉打结结的绳子可能是备着上吊用的。我爹一听心惊了，说你可要看护好老汉，看老汉多可怜。当爷爷的人，被这帮碎娃折腾。民兵娃点点头，说你还说人家可怜，你住小号比这老汉还可怜。我爹说，我不可怜，我年轻，住小号，单间，舒服。

这会儿，齐老汉将东西都托付给我爹，这不是准备死吗？一个刚出医院的老人，哪还经得起上法场的折腾？这可是打天下的有功之臣呀，不是咱老百姓，死了就死了。

我爹将马场长叫到窑洞外，说："你一个大场长，有没有长点良心？"

马场长听我爹这样说瞪大眼睛："你敢这样对我说话？谁没良心啦？"

我爹说："我不是说你没良心，我是说你能不能发发善心，想想办法，别让齐老汉去了，这一去会要老汉命的。"

马场长："想啥办法？要他的命，那是他自绝于人民。咱也不担待啥责任，管他的！"

我爹说："人家可是老革命，打江山的。"

马场长说："老革命现在成反革命的多了，我能照顾过来？"

我爹说："少去一个陪法场的，犯人该毙还不是一样毙？"

马场长说："你说得轻巧，这是死令，农场必须去一个。要不你去？"

我爹一听怔住了。

"我去弄啥？长这么大，见过死人，还没见过枪毙人哩。"我爹说。

马场长说："你去陪法场，也开开眼。"

我爹一愣，回过神来，对马场长说："我去就我去，多大的事！反正是陪枪毙人，子弹又不是向我打的！"

马场长惊得呆住了："这齐老汉是你爹，是你爷，你能替他陪法场？告诉你，法场可不是说陪就陪的，好多人陪得吓死过去了。"

我爹说软蛋，我不怕。当年日本打入河南，我踏着死人逃的命。上面飞机扔弹，下面明晃晃的刺刀追着，我只管拼命地跑，就那样我不也过来啦？这陪法场能有什么怕的？

"真的？"

"真的！"

幸福炮兵

马场长说:"以后这食堂做饭,你就长做下去,不用再下地干重活啦。"

凭啥?

马场长说,就凭你这浑身的义气。

我爹与马场长转身回到齐老汉的窑洞,马场长说:"齐老汉,你不用去了,这小伙子替你去。"

齐老汉看了我爹好长时间,问:"真的?"

"真的!"

"可怜我老汉?"

"不!"

"是敬重我老汉?"

"也不是!"

我爹说,齐老汉你啥也别问,我啥也不为。反正我不忍心看你这么大的年纪了去法场。再说了,你还是老革命,再说了你就算不是打江山的老革命,冲你这把年纪,冲你天天跟我在一起掏心里话,这法场我也该替你上了。

齐老汉看了我爹许久了:自古秦地多义人,你让我知道了什么是义。这个情义,我领受了,我要领受一生。

齐老汉说:"这样的人要是上了战场入了阵,真会替你挡子弹的!"

马场长说:"看不出,这家伙是个义气的人!"

齐老汉拍拍我爹对马场长说:"这是换命兄弟!"

麻秆要枪决人!这事在村里传开了。

学校也不上课了,组织我们去刑场看枪毙犯人。我、萍、秋芒、峰、芹与同学们一早就朝塬上赶。越走近塬,人越多,人们从四面八方往这里赶,就是要看枪毙犯人。我当时只知道这是热闹的事,不知道人们为什么对枪毙人这样起劲,热闹个啥?一个人死去,不管他是好是坏，值得这么多人热闹。多年后，我看《动物世界》，听赵忠祥的解说，一只狮子死了，母狮还要守着尸体好几天。可是人，看到同类死亡，怎么会不但无动于衷，还去看热闹，人的同情怜悯心，什么时候消失了？狮子这个凶残的动物体内还存在的同类相惜的品性，人却没有了？当时，我们娃娃们不懂，可大人们也不懂吗？大人们会说，我们当娃娃时，也是这样看热闹的，一代代就是这样传下的，都麻木了，谁去细想这事的根苗？

有信叔也去了刑场。他腰里悄悄藏了把铁勺子，听人说人的脑浆，吃了能治女人的痨病，他想趁乱挖点被枪毙人的脑浆子回来给老婆治病。

刑场上，麻秆与九名民兵排成一排，他们将枪上的刺刀都打开，明晃晃的刀在塬上闪光。

公安局局长双手掐腰，对麻秆他们说："就看你们的了！"说着拿出了十发子弹，一人发一颗。

局长让大家将子弹都压到枪膛里，然后说："这十发子弹九发是假的，一发是真的。假的是空弹，真的才有子弹头。哪个是真的？我不告诉你们。"

局长说得轻松，麻秆听了腿肚子直转筋。局长说："毙人都是这样，一发真子弹在你们谁的枪中，你们不知，谁的枪打死的人你们都不知道，所以心里不会落下刽子手的影子，也不会有啥担心，担心跟被毙命的人家里结仇，担心半夜鬼敲门，怕枪毙的死鬼来寻你了。哈，当然这是句笑话，但这绝对也是为你们好！"

麻秆与那九个人点点头。枪手们端枪走向塬根。越往前走，他们一个个都向后面溜，麻秆的腿开始发软，这是去杀人吗？还是在梦中，他咬了下自己的嘴唇。麻秆又一想，局长说得对，十发子弹九发都是假的，就一发是真的，哪能偏偏让自己遇上哩？

当麻秆看到塬根一排靠在土坎坎上的犯人时，他怔住了：姚叔！

我爹与犯人一起被绑着，他们背后插着一个个长长的木板，上面写着××犯×××。我爹靠倒在土塬坎坎上，他也看到了麻秆，我爹没见过枪毙人，心里也怕，但比起麻秆来强多了。我爹明白，反正是来陪法场的，不会自己吃枪子，就像陪酒席，你不是主客，只管多吃菜，不用自己喝醉酒。

麻秆与我爹相互看着。他们没有说话，这场合说啥呢？几个人走过来，将靠在一排的人分到两边，中间留下的就是那名要枪毙的人。公安局局长左右看了下，说："再拉开些！再远些！"他是担心枪子弹歪了，误到陪法场的人，也怕血溅到他们身上。待陪法场的人向两边退了好远。公安局局长让人对枪毙的犯人验明正身，然后对着话筒大声宣读法院判决书。黄黄的、长长的、尘尘扬扬的黄土塬的天空，回荡着公安局局长的声音，实际上没有几个人在听，人们在盼望听到枪声，就像听到过年的鞭炮声，看秦腔大戏时的开场锣声一样。

宣读完判决书，公安局局长下令执行死刑。就像戏里演的黑脸包公一声吼叫："开——铡——！"使这场枪毙人的戏热闹到了顶点。麻秆与那九位枪手，举起了枪，麻秆在心里不断地念叨："我这枪里是假子弹，真子弹不会放在我枪里。"

一个小红旗一挥，十杆枪一起射击，麻秆咬牙扣动了枪机，"啪、啪、啪……"十杆枪都响了，都冒出一股子青烟。麻秆看到，随着自己的枪响，犯人"咕咚"一声倒地，就像树桩被人刀砍一样，直直地栽到地上。正在麻秆瞪大眼怔怔地看时，这犯人倒地后，突地蹦了起来，像一条被人钓到岸上的鱼，挺起肚子翻了个身。"妈呀！"麻秆吓得一屁股坐在地上，手里的枪也扔了。

再看这犯人，瞬间又栽倒，头都要钻到黄土里了。一名穿白大褂子的公安医生走上来，伸出手指头放在犯人鼻子上试试有没有气，再翻开犯人的眼睛，抬头对局长说了声："死了！"

麻秆被人拉起上了警车，一溜警车鸣叫着，扬起浓浓的黄尘，夹杂着汽油味，将看热闹的人群吞没。

戏散了，我根本没有挤到前面，有人对我说，你爹陪法场了。我说："你爹才陪法场！"

峰对萍说，他看到我爹站在法场上了。萍没理会他。我们往家走，碰见了有信叔，有人问他挖没挖到人脑子，他摇头说，没有，一看见这架势，他哪敢上前凑！

第二天，麻秆回到村上，他疯了。

"人不是我打死的，我的子弹是假的。"麻秆见人就说这一句话。没人时，他就一个人嘴里嘟囔。

麻秆媳妇梅花对我娘说："这日子以后可咋过呀？"

我娘说："你在怪你姚叔，给你介绍了这个人家吧？"

梅花摇摇头："谁也没有长后眼，我咋能怪我姚叔？要怪也只能怪自己命苦。"

"麻秆的胆子也太小了，见到打枪就吓疯了。"我娘说。

梅花说："麻秆疯了，以后我这日子咋过呀？"

后来三爷给麻秆媳妇出了主意："找公安局去，这事由他们引起的，就得找他们！"

"咋找呀？"梅花问。

"你得抹下脸，当回麻麻子。一哭二闹三上吊，搅得他们不得安生才行。能给麻秆转正就好，转正不了，也得有个说法，不能让人白疯了。"三爷说。

麻秆媳妇找到公安局，说要见局长。见局长啥事？一位年轻公安挡住了她，说局长岂是说见就见的，有啥事跟我说。

幸福炮兵

麻秆媳妇说："我男人转正当公安的事有啥说法?"

年轻公安笑了："麻秆人都疯了,咋当公安?"

麻秆媳妇说："他疯还不是因为开枪打人吓出的病?"

年轻公安说："谁知他胆子小得像猫,这样胆小根本当不了公安!"

麻秆媳妇说："当不了公安,你们不能甩手不管了吧?你们不管,我要告你们。"

"公安局咋管?你要告尽管去告,告到哪里都成,公安局还怕一个婆娘告状了?你也不睁大眼睛看一看,公安局是弄啥的?"年轻公安根本不吃这一套。

麻秆媳妇一看硬话不行,就一屁股坐到地上,大哭起来。

"你哭啥的,有话你说!"年轻公安有点慌了手脚。

"老天爷,你得为我做主,我男人疯了,公安不管,谁管?"麻秆媳妇边哭边诉冤。

年轻公安拉也不是推也不是,惹急了大声吓唬道:"你再哭再闹就将你抓起来。"

麻秆媳妇顿了下,又哭了起来:"你将我抓起来倒好了,我巴不得你抓我,你抓了我,就有人管我吃管我喝了,我死也赖上公安了。"

"你个麻麻子,没见过这样难缠的婆娘。"年轻公安说着就要去找局长,这事他弄不了。

麻秆媳妇一看有门了,便从衣兜里取出一瓶农药来,说:"我不活了,死在你们公安局算了。"

年轻公安见状吓得忙上前夺过药瓶。局长来了,对麻秆媳妇说:"你威胁公安局还了得,死了也白死。"

麻秆媳妇见到局长哭声更大,她扑向墙上的电插销,说:"白死,就白死,反正我的男人被你们逼疯了,我活着也没啥奔头咧!"

局长见这婆娘真的是麻麻子,让年轻公安拉住,然后对她说:"行了,行了,你有啥要求说!我今儿就给你解决。"

麻秆媳妇停止了哭泣："麻秆疯了，你们不能不管！"

局长说："你让我们咋管？"

麻秆媳妇说："让麻秆当公安。"

局长说："笑话，一个疯子咋能干公安？"

麻秆媳妇说："麻秆为枪毙犯人吓的病，不能当烈士英雄，也算得上因公疯的，因公负的伤，对吧？不能干公安，做别的也行，活人不能让尿憋死吧？"

局长说："你个婆娘嘴还挺馋火。好了，公安局给你一次性补偿费250块钱。"

麻秆媳妇听了心里一阵惊喜，但她仍哭丧着脸："死钱花完了，可咋办？麻秆才二十六岁，今后几十年咋个活？"

局长说："我还要管他一辈子不成呀？"

麻秆媳妇说："一辈子管不了，半辈子也行。"

局长想了想，说："没见过你这样麻麻子婆娘。我跟公社打个招呼，算麻秆基干民兵，每天给他记男劳工分。"

麻秆媳妇这回踏实了，嘴上却说："那得算强劳力，一天得记十二分，按村里的强劳力算。"

局长有些不耐烦了说："成成，算麻秆强劳力，记十二分！"

麻秆媳妇乐了，她又说："局长，你看你公安局有没空缺儿，能不能给我安排个营生？做饭，喂猪，扫茅房，做啥我都不嫌弃！"

局长笑了："你想得美，凭啥给你安排工作？"

麻秆媳妇说："麻秆因公负伤，我是他老婆！"

局长说："你别得寸进尺，告诉你，赶快给我走人，不然我刚刚说的话全作废。"

麻秆不上工能拿工分，麻秆一家日子倒是能过下去。可麻秆好可怜，村里的娃们围着他，手指做枪的动作，嘴里"啪啪"叫着，麻秆一听蹲下，双手将头抱住，吓得像躲子弹一样。

人胆小好还是胆大好？法国老头儿雨果的书里写道："恐惧与颤抖是人类的至善。"从麻秆吓疯这事上，我读懂了这句的含义。害怕，是长在人心深处的一块善良的肉，凶残与苦难就像一根针，扎到她就会渗出血来。这块肉，恶人没有，或者有过，却失去了。

麻秆疯了，疯得好善良。一天黑夜，我问法国老头儿雨果，是不是凶恶笑了，善良就疯了？雨果告诉我，他在坟墓里，早已经不知凡间的是是非非了。老人让我自己参悟。这法国老头儿也学会了要滑头咧。我悟性差，我对善良说，你笑笑，我胳肢你一下，你不能放开大笑，苦笑下也行。你笑，笑如花开。

麻秆笑了，是疯笑。

麻秆疯的事在农场传开。我爹说："这个家以后可咋办？"麻秆和梅花两口子，是我爹保的媒。

"你当的媒人，也不能保他们一辈子。"齐老汉劝我爹。我爹就是想不通，麻秆咋会那样胆小？一个大小伙子，一个男人，咋就给活活吓疯了？

齐老汉拿出屋子墙上挂的绳子，又在长长的绳子上挽了个疙瘩，这一长长的串疙瘩，每一个疙瘩记下的就是一个个事情，有好事善事，也有恶事坏事。

我爹一听惊奇地问："齐老汉，这样结疙瘩记事，你不是要秋后算账吧？"

齐老汉摇摇头，说："记下，这是历史。"

历史，这是历史？我爹不明白，历史是啥？历史有啥用处？能吃能喝？他想问，却没多问。问多了，怕齐老汉笑话。

我爹从此对齐老汉手里的绳子充满了神秘和敬畏。他在想，他为二忠女人背黑锅，会不会在齐老汉手中的绳子上也打下个结儿？自己也能成历史？

我爹没事就爱往齐老汉的窑洞里钻，一天，他囫囵个地将他如何为二忠结婚去卖猪，如何被人告密，如何带细桃偷偷去苞谷地与二忠见面，就连自己喝醋进医院的事，一五一十地说给了齐老汉。

齐老汉听了，在绳子上打了个大大的疙瘩。我爹问，这事也算历史？

齐老汉点点头！

"那你可得给我证明，我可是清清白白，我是为着细桃肚子里的娃，为着我二忠兄弟，才去顶的屎盆子的。"

我爹说完小心地向四周看了看，低声对齐老汉说："这事，千万可不能漏出嘴，不然可坑了麻秆了。"

齐老汉笑了，说这是咱两人的秘密，咋会说给别人？把心放回肚子！

我爹叹了口气："说出也没啥了，反正麻秆都疯了！"

9

二娃要撞干爹了。二娃命硬，认个干爹，就能转运富命了。

真的要是这样，认个干爹有啥难的？细桃拿定主意，要给二娃认个干爹。

二娃满月的这天，天没亮，细桃早早就给二娃穿上红棉袄，戴上虎头帽。这胖小子长得大，一点不像个刚满月的娃，谁看都会说周岁娃儿。二娃愣的邪乎，娘的两只奶不够吃，他遇到谁的，只要将奶头往他嘴里一塞，他一口气非要给人家吃完才肯松口，弄得别人生娃婆娘都不敢给他喂奶了。怕二娃一口气吮吸净了，剩下个空奶头。这二娃也不爱哭，就是细桃打他屁股，他也是咧嘴干号下，不见泪珠掉下来。他干号的声音沉得像是有多大的怒气。

二娃，命硬！三爷说，认个干爹，对娃命好！细桃听了三爷的话，要给二娃认个干爹。

"亲爹不认，干爹认，不能让二娃打小没有爹。"细桃赌气地说。

认谁当爹？要靠撞，娃满月的那天，娃的娘抱着娃早上出门第一个撞上谁就认谁是爹了。我知道，陕西这风俗，体现了陕西人的淳朴，咱不能净找有钱当官的人认爹，谁当爹，命注定，天注定，嫌贫爱富，挑肥拣瘦哪能成？

细桃坐在炕头，眼瞅着窗外，她要等太阳出来，就抱上二娃出院门，去为二娃撞爹。细桃心急地盼着，又有一丝丝不安，她在心里为娃求佛保佑：让我苦命的二娃能撞到个贵人，能保我二娃命大福大。

太阳刚一露红脸，细桃就抱着二娃要出门。

"慢着，让我给你看看。"芹的娘说着，先趴在门缝向外看看。

看啥呢？

"看看有没有要饭的？可别给二娃撞个叫花子当干爹。"芹的娘说。

"哪能那么巧，大清早的要饭就上门？"细桃说着小心打开门走了出去。她左右看着，不见一个人影，是不是太早了。正当她瞎捉摸，一个老汉从后墙转身走了过来。

细桃一看倒抽了口凉气：这老汉手挂着一根木棍，身背一个布袋。真真切切标标准准的一个要饭的。芹他娘向要饭的老汉忙挥手，让他离开，可老汉望了望四周，再看看自己身上，不知咋回事，就摇着头径直向细桃家走了过来。

细桃抱着二娃想返身回去，不料要饭老汉已经来到跟前了。刚刚还睡着的二娃这时眼睛突然睁开了，沉闷闷地哭了声。要饭老汉对细桃说："娃要尿尿哩，还不快给娃把尿。"

细桃听了，心想二娃的命咋这样贱这样苦？刚出门就撞上个要饭的。要说，咱不盼撞上个大官大福大贵的人，但真的撞上个要饭的，咋能指望给娃转命呀？

可这要饭的老头丝毫不知这家人是在给娃撞干爹，他眼直直地看着娃，对细桃说："你看这娃长得多有福气，肥嘟嘟喜欢死人哩！"说着伸手就去摸二娃的脸。

"要饭的你要弄啥？"芹的娘一看忙吆喝了一声。

老人忙收回手。

"没长眼看见，人家是给娃撞爹吗？"芹的娘身子插到细桃与要饭的老人之间说。

老人一看忙说不知道，不知道，像是欠了细桃与二娃钱似的一脸的愧色。细桃看到，心一下子软了，她走到老人跟前，拉了下芹的娘。

咋了？

细桃片刻之间拿定了主意：命贵命贱天都定好了，你要是给娃挑的干爹老天还能替娃转运？这干爹就给二娃认下了。

细桃对芹的娘说："你回屋先给这老汉拿几个馍，别让人饿着。"

芹的娘听了，对细桃直使眼色，看细桃没理会，她就往后指指，轻声说："等会儿还会有人来的。"

细桃说："不等了，贵人咱没命认，穷爹是命，咱认命了！"细桃故意声大，她想让二忠听听。

要饭老汉摆着手，对细桃说："你这是给娃撞干亲呀？我连自己都吃不饱，不成不成？你给娃认个有钱人家，也好来日给娃有个帮衬，我一个要饭的，啥都帮不上呀！"

细桃说："撞上就是命里注定的，穷日子富日子都是个过！咱听老天的！"

要饭老人一听，走近细桃，看着二娃，越看越喜欢，他说："娃呀，按说这亲认不得，可一见你这胖小子，我就心生好喜欢，撞上了是我爷儿俩的天地合缘。你们不嫌弃我这叫花子，我就认这个干儿了。要是嫌弃，就让我抱一抱这娃，我就远远地离开！你再碰富贵的人不迟。"

要饭老人说着伸手接过二娃，真是天缘，这二娃刚还在干号，一到老人怀里哭声顿时停住了。老人心疼地看着怀里的二娃，说："这娃脸大头大，看手大脚也大，长大了一定有福命官运。"说完，将二娃送回细桃，转身离去。

细桃叫住了要饭老汉。

"碰到了就是命定的，老哥，我娃今儿就认你当干爹了。"

要饭老汉一听问道："我是怕我对不住你的娃呀！"

"有啥对不住的？娃的命苦命贵，也不会全赖你一个人呀！"细桃说。

"不后悔！你真的要给娃认个叫花子干爹？"要饭的老汉像是不相信细桃。

细桃说："老哥，人穷人富，不就是个干爹吗？亲爹，不认娃，认个干的哪管贫富贵贱？"

要饭老汉走回再将二娃抱起，说："这么好的娃，他爹咋会不认呢？"

细桃说老哥你别问根子了，只说认不认这个干儿。

要饭老汉说："认干儿，在我们老家要拜房爷、拜房娘。我回去，将娃的干娘叫上，好一起认。"

细桃一听："成，咱晚上让二娃拜干爹干娘。"

晚上，细桃做了一桌子饭，请来三爷、芹的娘。细桃没叫我娘，她知道没法叫，就捎话给我娘说，她给二娃认了门干亲。二忠没给来的客人面子："认啥干亲？还不够丢人现眼呢。"

细桃眼皮没抬地说："娃是我的，与你无关，丢人现眼我愿意。"

三爷一看二忠甩脸子，要搁平常，早就摔门走了，在胭脂村还没人敢对三爷甩脸子。看在这二娃的分儿上，三爷强压住了火。他对二忠说："你媳妇不偷不抢，丢谁的人啦？现谁的眼呀？我看你娃是放着好日子不过，专挑泥坑里迈脚。"

二忠这回没敢与三爷顶嘴，披上件衣服一人走了出去。

要饭老汉与婆娘来了，一进门，这老婆子就抱过二娃："啧啧，我娃长得咋这样大。"老人喜欢地用嘴拱着二娃的脸。

老汉一旁说："行了行了，别光顾着高兴，你给娃带的东西还不快拿出来。"

老婆婆一听，将娃递给细桃说："见到娃看把我高兴糊涂咧。"边说边从怀里掏出个包包，一层一层地打开，大家看到是一把银锁，锁的下面还拴着银刀、剑、戟、枪，中间是个和尚头。

"快给娃戴上。"老婆婆说着就要给二娃往脖子上戴。细桃拿过银锁，惊奇地看着。两个老人无依无靠，要饭度日子，咋会有这值钱的东西？老婆婆像是看出细桃的心思，说："我们是从山东老家来的。"

"也是逃荒来的？"

老婆婆摇头："我们是私奔，西渡黄河来陕西的。"

老婆婆的话让一屋子人瞪直了眼睛。老头儿笑了，对老婆婆说："别说了，啥光彩的事，不嫌丢人！"

老婆婆瞪了老头儿一眼："丢啥人哩？咱这也是为着自由恋爱。"

老婆婆的话让一屋子人哈哈大笑起来。听老婆婆说，在山东老家，她家可是一大户人家，家里开了一家饭馆，用的碗是玉石的，筷子都是象牙的。只是，家里给她订了门亲，但是她早与人私许了身。父母知道后死活不答应，非要她嫁给另一大户人家的公子，她不同意，但拧不过父母，被强安排与人家订了婚。无奈之下，她与这男人就私奔来到了陕西。这银锁是她与人订婚时，她娘送她的。她留了个心眼，顺手偷拿出来的。"这东西就是为日后生娃准备的，给娃戴的。"

老婆婆说起来话头越拉越长，细桃听明白了，两老人年轻时也生过一个娃，不满周岁就折了，以后再也没怀娃。

"这金贵的东西给娃不合适，还是你老两口儿留着吧。"细桃说。

老婆婆见细桃推辞，就不高兴了，她生气地说："我无儿无女，一对老婆子老汉留给谁呀？这锁上天注定是留给我这干儿子二娃的。"说着从细桃手里取过银锁，挂二娃脖子上。

细桃转身拿出送给干爹的帽子和送给干妈的鞋子。老汉接过，就戴在头上："暖和，真暖和。"

老婆婆坐在炕沿，将新鞋穿上。有点夹脚，不过她还是说："合适，挺合适的，我这脚就是为着妹子做的这双鞋长的！"说得大家哈哈大笑起来。

细桃心细，她蹲下往老婆婆脚下尖按了按，说："老姐姐，你脱下来，我给你再楦一楦，布鞋一楦就撑大了。"

老婆婆乐得眼睛眯成了一条缝，说："妹子，行，行。"

老汉又拿出给干儿子的东西，有木碗、筷子，还有一套小衣服，鞋袜、帽子、围嘴和兜肚等。这木碗是认干娘必须备的，木碗摔不碎。碗，要是万一打碎的话，多不吉利。

三爷看着这两老人说："老哥老嫂，你们是仁义之人呀，这礼数一点不缺。二娃认你们当干爹干娘，福命呀，能保佑娃娃无病无灾，长命百岁！"

老汉愧疚地说："我们老两口儿穷，恐怕日后也帮不上娃什么忙。"

三爷："攀高结贵，认的是钱认的是势，多折胃气。咱认的是爹认的是娘。"

细桃抱着二娃，跪下："我替二娃给他干爹干娘磕头咧。"说着磕了三个头。

按说，细桃还要穿条特别肥大的红裤子，坐在炕头上，由旁人抱着孩子从裤裆里钻出来，这样做就是说这娃是自己亲生的。今儿，免了。细桃替二娃给干爹干娘磕过头，人们都坐到饭桌上了。这时，三爷才问起这老两口儿"贵姓"？

老汉姓张，名树贤；老婆婆姓王，叫玉慧。

二娃两岁还不会说话，三岁刚会迈步。细桃寻思，这二娃该不会是聋子是憨子？村里的人说，说话晚，可能是舌根的肉线扯着了，拿针挑开就会说话了。细桃将二娃抱进医院，萍的妈看了后，拿着一个小铃铛在二娃的两个大耳朵边摇了摇，然后说这二娃听力不像是有毛病的，可能是对语音反应迟钝，再长长就会说话了。

三爷听说后，笑着说："啥？贵人，哪能碎嘴。男娃说话晚，那是金口不轻易开。"

二忠还是不认二娃是自己的儿子，细桃与我爹搞破鞋真的成了他的一个死心结啦。

晚上二忠躺在炕上，翻天覆地睡不着，他将脚伸到细桃被窝，细桃一踹，裹紧了被子。

二忠转过身，将手伸了进来，拉了拉细桃的被子，就要往细桃被窝钻，细桃一把推开了："你啥时认下二娃，啥时才能进被窝。"

"嗬，反天了不成！你是我的婆娘，我想啥时进被窝就啥时进被窝。"二忠说着光着身子就往细桃被窝里钻。细桃一把推开被子，穿着件衬衫就蹿出被窝。

"你钻，我出去！"

细桃抓起炕头的衣服披上就往外走。二忠急了，拉过细桃，一把推倒，上去就扯下细桃的衣服。"我还不信了，治不了你个婆娘。"说着，就将细桃压在身下，细桃挣扎着，屁股来回扭动，无奈二忠一个大男人，力大身重。细桃不挣不扎了，平身躺下像木头一样，任二忠在她身上日弄。完事，细桃脸无表情地对二忠说："有意思吗？"

二忠从细桃身上爬下，提着短裤，一言不发。

一辆挂"广阔天地大有作为"红标语的大卡车开进了村子，车厢四周贴着的标语在风中哗啦啦地响，车上的大喇叭放着歌。这么大的动静引来了全村的男女老少。

黄卡车停到了村中的老榆树下。车上挤满了年轻的男娃女娃，他们像一群麻雀唧唧喳喳地叫着，一个个背着背包，脸盆，暖壶。车上一个干部模样的人拿着名单，大声叫着："胭脂村四个……"

随着干部点名声，车上先跳下两个男娃，他俩下车后伸手接下一个瘦女娃，又接下一个胖女娃。

车上的干部对下面的周公社说："周队长，这两男两女四个知青配给你们村，交给你了。"

下车的瘦女娃往下扯了扯衣服，她身穿黄军装，腰里扎着皮带（我们那个时候叫武装带），只是帽子上没有红五星，领子上没有红旗。这女娃眼珠明亮，一举一动都英姿焕发。胖一点的女娃，脸圆嘟嘟的，从下车一直都是在笑，嘴都没合住，像吃了喜娃娘的奶了。她没穿黄军装，但也扎着武装带。十八九岁的姑娘腰间武装带一扎，腰身一下子细了，胸上的奶子一下子挺出来了，把衣服撑得紧绷绷的，里面的胸罩都能看出来。那个年代，农村女人没给奶子戴这东西，看到城里知青女娃们戴的这东西，大家指指点点。后来人家将胸罩解下洗了晾在院子里的绳上时，村里人说："那东西像驴的罩嘴。"村里女人撇嘴说："还不是城里的女子骚，奶子不大就用这个塞！"

"飒爽英姿五尺枪，曙光初照演兵场。中华女儿多奇志，不爱红装爱武装。""天生一个仙人洞，无限风光在险峰。"广播里播放着诗朗诵。我挤到看热闹的人流中，远远地我闻到了城里知青姑娘身上的雪花膏香味。她俩长得都好看，胖一点的笑得像花，脸白的像地里刚拔出的萝卜，那个瘦一点的像萍，眼睛亮得能点着人心。

瘦女娃叫夏小雪，胖女娃叫王欢欢，两个男娃一个叫王文武，一个叫张胜军。他们这批知青，是从西安来的。

"走，跟着我走！"周公社叫道。四个知青跟着周公社往新盖的知青点走去。

"看啥呢？过来提着！"夏小雪对冲着看热闹的狗尾巴叫着，没等狗尾巴反应过来，她便将手里的大背包摞到了狗尾巴手中。平常懒得油瓶子倒了都不扶的狗尾巴有点不情愿地背起夏小雪的背包。"快点跟上！"这夏小雪一点也不领情，对着狗尾巴吆喝着。她转身对王欢欢说："来，将你的背包也拿过来，给他背！"王欢欢笑了，说自己能背。夏小雪说："你看这个农村知青，膘肥体壮，让他表现表现！"狗尾巴笑着点点头，伸手将王欢欢的背包也拿了过来背上。周公社一看这架势，笑了，忙对夏小雪说："狗尾巴可是贫协主席的儿子！他给你拎行李，你女娃面子不小！"

夏小雪一听，哈哈大笑起来："队长，你说他叫啥？狗尾巴，还狗蛋呢！"

"狗蛋是我弟弟！"狗尾巴说。人群再一次大笑了。

夏小雪拉住狗尾巴问："真的？你家成狗窝啦。"

狗尾巴说："这是我小名，我大名叫周拴牢。村里人就是不叫我的大名，都叫我小名。"

王欢欢一听，笑起蹲在地上。

知青来了头几天挨家吃派饭。这天，四个知青来到我家，我娘将剩下的几个鸡蛋炒了，还专门用苞谷换了一块豆腐。我娘就怕做得不好，让人笑话，恨不得割下自己的肉给人。

知青吃得很香，我放学后，看到他们在吃饭，夏小雪吃饭腰里还扎着武装带。看我看她，夏小雪解下武装带，说："来，给红小兵扎下。"我走到她跟前，她将武装带扎我腰里，只是太长了，她又往里紧了紧。我照了照镜子，这武装带还真威风。

吃完饭，夏小雪去后院的茅房，出来时，她捏住鼻子，知青们到村里，开始几天都不上茅房，嫌熏人。夏小雪对我娘说："你家发现牛鬼蛇神啦!"

我娘一听愣住了,问:"茅房里有啥牛鬼蛇神?"

其他三个知青像是发现敌人一样,立刻瞪大了警惕的眼睛。夏小雪将我娘和知青们领到后院,她指着我家后门正上方的一块青砖,问我娘:"这是什么?"

我娘看了看,摇摇头,她一直没在意门上头的这块砖头。知青们找来一个长长杆子,上面拴上个铁钩子,将我家门上的青砖捅了下来。

夏小雪拣起砖头说:"看看,上面写着字呢:泰山石敢当。这不是牛鬼蛇神是什么?"

我娘笑了,说:"村里人家里门上这样的砖头多的是。这也是牛鬼蛇神?"

"门顶上弄这砖干啥的?"知青们问。

我娘摇摇头,说:"我也弄不清,听老辈人说这是镇邪的!"

知青们一听我娘的话,立刻来了精神,啥镇邪的?一块砖头能镇邪,这不是牛鬼蛇神是什么?知青们扛着长杆子挨家挨户地捅牛鬼蛇神。我们学生娃一放学也跟在他们后面看热闹。这期间我犯了一个错误,对佛来说是犯了个罪。我跟在夏小雪后面,告诉她:"后山的桃花沟庙里牛鬼蛇神才多哩。"我放羊时去过那里的庙,看到里面有好多泥人,个个吹胡子瞪眼,怪吓人哩。

夏小雪一听眼睛直放光,问我:"这里还有庙?"

我说:"有,还有好多女和尚哩!"

女和尚?

知青们听了大笑起来,夏小雪说你说的女和尚就是尼姑吧?

我点点头,夏小雪让我领着他们去,还将武装带再一次扎我腰间。可是我还要上学哩,去不了后山。但是说心里话,我喜欢跟在夏小雪他们后面,觉得知青们好威风,好漂亮。

狗尾巴一边拉住我,对夏小雪说:"他一个屁娃娃能弄啥?他说的那是桃花沟尼姑庵，我带你们去。"

我才不愿意去呢，我解下武装带交给夏小雪。

上学时，我跟萍、秋芒说知青们要去桃花沟尼姑庵，萍一听就要我带她去，上课咋办？

"咱偷偷溜走。"秋芒说。

我看了眼萍，她点点头。我们逃课了，我、萍、秋芒，还有芹跟着知青们去了桃花沟。

"这些尼姑们怪会挑地方的，这山清水秀的，还有桃树林。"夏小雪说。

他们到了尼姑庵，敲开了门，一个小尼看到这么多人，吓得忙去喊师父。师父出来时，我们已经来到了第二道门。

狗尾巴看着门道两边上的泥像问夏小雪："这些都是牛鬼蛇神?"

夏小雪说："当然是了。"

狗尾巴说："那我砸了?"

夏小雪说："你是贫下中农的后代，这也是对你的小小考验，就看你阶级立场坚定不坚定，敢不敢对封资修动手!"

狗尾巴一听，刚才还有点犹豫的迟疑一下子都没有了，他操起手里的镢头，挥向泥像。老尼姑看到，忙上前阻拦，狗尾巴几个人，哪管这个。"噼噼啪啪"地一通砸，老尼左护右拦一看拦不住，顾了东顾不了西，老尼一下子趴在佛像上，她想你们要砸就往我身上砸。

狗尾巴上前一把拖拽着老尼，老尼的腿在地上划出了一道血迹。小尼们吓得直哭。知青们上去要砸一尊大佛，老尼仰天叫道："佛祖呀，你没看到这些人的罪恶?"

老尼的声音将知青们吓住了。

夏小雪也瞪着一双惊恐的眼，她对老尼说："你吓唬我们，你让佛来收拾我们?"

老尼双手合十说："佛只度人，不害人!"

夏小雪看着那些张牙咧嘴的泥像内心也怕了，她手一挥，说行了，别砸了！

"怎么办？"狗尾巴问。

夏小雪说："将这些小尼姑带走，带回大队教育教育。"

狗尾巴将一个年轻尼姑的帽子一把抓下，尼姑羞得捂住脸，哭了起来。狗尾巴来劲了，他伸手摸着尼姑的光头。知青们哈哈大笑着。

夏小雪突然停止了笑声，将狗尾巴手里尼姑的帽子扯过来，交给年轻尼姑。她对狗尾巴叫道："不许欺负女同志！"

狗尾巴一看，问夏小雪："她们不全是牛鬼蛇神吗？"

夏小雪没理狗尾巴，她问小尼姑："你家在哪里？"

小尼姑说："在蓝田！"蓝田是陕西有名的穷地方，当年出来要饭的十有八九是蓝田人。

夏小雪问："你家是啥成分？为啥当尼姑？"

小尼姑看了师父一眼，说："出家人尼姑庵就是家，我没有家了！"

夏小雪说："看看，迷信将一个穷苦出身的兄弟姐妹都害成什么样了？连家都不要啦。"

夏小雪扭头对狗尾巴说："不过，她们也是阶级姐妹，是可以改造好的分子。"

狗尾巴点点头："对对，是可以改造好的牛鬼蛇神。"

夏小雪要将尼姑们带走，送她们回生产队。老尼姑说："不行，这尼姑庵得有人照管，这院子也是国家的。"

小尼姑们也哭了，那个小尼将手里的帽子再交给夏小雪。

夏小雪拿着尼姑帽看了看，说："这多难看，将女人变成男人一样。封建迷信禁锢人的欲望，我们要不再解放你们，你们这一辈子就待在这里，这跟坐牢有啥区别？我们是将你救出火坑，救你们出地狱，你们真不知好坏？"

老尼姑一听转身向佛像，闭起眼睛，双手合在胸前，嘴里不住地小声念着："南无阿弥陀佛。"

夏小雪急了，说："你不要念这些啦，要念得念最新语录。"她让狗尾巴背段。狗尾巴一听一时想不起来了。

"你个笨蛋，连语录都记不下来。"夏小雪说。

狗尾巴说记着哩："下定决心，不怕牺牲，排除万难，去争取胜利。"

夏小雪点点头说："行，这段也行。"她对老尼姑说："你们听到语录了吗？就是要下定决心，离开封建迷信的牛鬼蛇神，走向新生活。"

老尼姑说："你们不懂我们出家人的心思，我们以受苦作为自己的功德，谢谢你们了。"

狗尾巴对夏小雪说："别跟她们瞎费劲，将她们统统带回去不就行了？"

夏小雪点点头说："革命不是请客吃饭，不是绣花针。"她对老尼姑说："你一个人留下看护尼姑庵，其余的人都得回到生产队，抓革命促生产。"

夏小雪让大家将尼姑们带走，老尼姑拦住了，说："要带，带走我吧！"

夏小雪"哼"了声，说："你已经是顽固不化了，你留在尼姑庵，我们带这些年轻的尼姑走！"

夏小雪带着小尼姑们回到了大队。这下可热闹了，人们像看大戏，挤到跟前看热闹。

尼姑们吓得缩到墙角。

"将尼姑的头巾取下，看看这光头！"

"尼姑们是不是白天念经，晚上钻和尚被窝？"

……

铁旦眼睛直直地看着这些小尼姑们，口水都流出来了。心想，能娶个小尼姑做老婆就好咧。铁旦悄悄跟狗尾巴说，让狗尾巴去跟夏小雪求个情，把这小尼姑给他一个。狗尾巴听了骂了铁旦："你狗日的想女人想疯了！这尼姑你也敢要？"

铁旦嬉皮笑脸地说："咋，尼姑不是女人？夏小雪不是说了，尼姑不算牛鬼蛇神，是咱的阶级妹子！"铁旦心里想，要是能娶个女人到屋里当婆娘，白天能做饭说话，晚上能吹灯一起睡觉，多嘬火？还管他什么牛鬼蛇神的！

狗尾巴一听也对，他打了铁旦一巴掌："你咋会生出这个花花肠子？说看上哪个了？"

铁旦说就是那个，叫慧明！

狗尾巴对不上号，问哪个叫慧明？

铁旦说就是那个碎个子的。

狗尾巴说，你小子眼头还不低，我知道你说的就是那个长着弯弯眉眼的小尼姑！

"对对，就是那个！"铁旦一边说，一边见狗尾巴没吱声，心想，你小子不会也看上这慧明尼姑了吧，就接着说，"要是不行，这几个小尼姑随便给哪个都成，我不挑。"

狗尾巴手一伸，铁旦问咋了？

"空口白牙的就给你去说呀？"

铁旦说，你说了我给你买盒烟抽，宝成烟！铁旦心想，你狗日的多少事都是我帮忙弄，你啥时给我买过包烟？铁旦心里明白，人家狗尾巴有在公社当官的哥狗牙，有在大队当贫协主席的爹，要不是这些，他铁旦才不溜他狗尾巴股子的。

狗尾巴说，丑话我可说在前面，我只管说，夏小雪答不答应我可不管，你的烟可不能少一根根，宝成烟。

铁旦点点头，说："你要是说成了，给我弄个小尼姑当媳妇，我叫你爷都成！"

狗尾巴笑了，说："谁稀罕当你秃子的爷，你要真的弄个小尼姑当老婆，得让我睡一回！"

铁旦脸青了，说："兄弟之妻不能动，除这事之外你让我弄啥都成啊！"

狗尾巴摸了下铁旦的头说："说给你要的，看把你小气的！我咋能日弄你的媳妇。"

铁旦嘻嘻笑了，这秃子心里明的跟镜似的，你狗尾巴能说出口就能做得出手！我要是娶了小尼姑可要天天看住，可不能让狗尾巴占了便宜。

这狗尾巴跟夏小雪一说，夏小雪说："啥？这事铁旦也敢想？不成，我们是解救阶级姐妹，不是给你们找媳妇。"

夏小雪说狗尾巴的思想觉悟低得连裤腰带都没过。

狗尾巴在夏小雪处碰了钉子，就对铁旦发火，我说不成你不信，狗日的思想觉悟低得在脚面面上哩！

铁旦不服，阶级兄弟娶阶级妹子有啥不成？他心想，你们不帮忙，我自己想办法。这铁旦像只饿了一冬的狼，眼看到手的兔儿他会放过？一个恶念在这个打了半辈子光棍的男人心里生出……

我跟着夏小雪，眼看着知青们砸佛像，打老尼姑，带小尼姑出寺庙，我一个碎娃，只顾得看热闹，也没觉出这是多恶的事。多年后，我长大了，一想起，才内心不安：都是我碎嘴，说了句后山有女和尚的话。要不然，夏小雪这帮知青也不会知道，这些泥菩萨也不会被砸，老少尼姑们也不会受罪，特别是也不会害得那个慧明小尼姑投月亮河了……

长大后，我每每去寺庙，都会悄悄往功德箱里敬放点碎钱，我在为自己对佛对尼姑们无意间的伤害而自责。人这一辈子要干多少坏事，罪恶的事，有自己知道故意做的，有自己不知道就犯下的，敬点香火钱，能赎多少罪？实际上，人少干坏事，比献佛钱财，比烧高香都强，功德都高！

夏小雪将小尼姑们带到胭脂村，大家看完热闹，队长周公社犯难了：这七八个小尼姑咋办？送大队吧？大队长一听，说不行，大队哪有地方安顿她们。送公社？温书记将周狗牙骂了顿，没事找事。这帮知青真是闲得蛋疼！但温书记不敢大意，他一边让周狗牙回胭脂村先安顿小尼姑们，一边摇电话给县里，他做好了让县上批一顿的准备。不料，县上革委会主任一听抓了小尼姑的事，表扬了他们：还是胭脂村知青们思想觉悟高，阶级斗争意识强，扫除牛鬼蛇神彻底！这事还得向省上汇报，是一个典型示范。别的地方可以来参观学习，我们也能出去传经送宝。

县上的话，让温书记悬着的心落了地。他妈的，这事还能成好事哩！

这小尼姑们咋安顿？送回各自老家？还是就在胭脂村劳动改造？县革委会主任说，因地制宜，能送则送，不能送就留下，做活教材。

周狗牙回到胭脂村，与他爹、队长周公社一商量，就腾出生产队的一间库房，让狗尾巴带着铁旦和知青们一帮人钉了一排木板做床，好安顿小尼姑们住下。

这铁旦心眼全被小尼姑慧明塞得满满的，钉床板时，他就偷偷在库房里瞅了个清清楚楚。

"狗日不好好干活，到处瞅啥哩？"狗尾巴骂了句铁旦，他这是在夏小雪面前卖乖逞能呢。夏小雪当然明白，她看了下铁旦说，赶快干活，这破库房有啥好看的？

钉好了床，铁旦回到家，心里就开始像猫抓一样的慌，他盼着天快些黑。想着咋样钻进小尼姑住的库房，咋样钻进小尼姑的被窝，咋样与慧明亲热？

铁旦打了盆水洗了洗脸，洗毕脸还对着脸盆的水左照右看：咱长的也不孬呀，鼻子是鼻子嘴是嘴，就是这头上没几根头发。嗨，反正尼姑也不留头发。你说尼姑咋不留头发？她是嫌头发不好看，不稀罕留，那尼姑一定也不喜欢留头发的男人，喜欢不长毛毛的光头了。要是这样，我铁旦这秃头尼姑才喜欢呢！铁旦心想，要是与慧明生米煮成熟饭，这慧明才看上他，成婚成配，他就可以天天抱着尼姑睡，那就燎得太啦。

铁旦一想到这，便拿出他悄悄在合作社买的雪花膏，放在鼻尖子深深地吸了口气。这是他给慧明买的，也是铁旦作为一个男人第一次给女人买的东西。铁旦怕自己弄脏了雪花膏，将雪花膏瓶子在衣服上擦了擦，放到灯前照了照，直到没发现一点脏印才小心地装入口袋。

铁旦那个高兴，像是今晚就要真的当新郎与慧明一起入洞房一样。

天好不容易黑了下来，铁旦拿了件黑衣服披在头上，悄悄出了门，朝村里的库房走去。

铁旦溜到了库房跟前，远处传来了几声狗叫声，这让铁旦心狂跳不止，他感觉上下牙床子都在打战，身体阵阵发冷。

铁旦怕了，回去吧？要是让人发现，自己不成强奸犯了？跟姚罐罐一样，受批斗坐牢！人家姚罐罐与二忠婆娘细桃还不是强奸，是通奸，自己要是被人抓住可算强奸，强奸罪会比姚罐罐受的罪还要大。

铁旦正在进退不定时，忽然听到房里的响声"咝咝——"，这响声让铁旦的血直往上涌——这是尼姑起夜的声音。

铁旦忙趴到窗口向里看，黑咕隆咚的，铁旦借着一丝月光，看到了一个女人的身子。铁旦将眼珠子贴在窗口上，大气不敢喘地看着，直到那女人起身钻进被窝。铁旦看得口干舌燥，嗓子要冒出烟来。刚才还冷打寒战想退回去的念头，被心火烧没了，剩下的就是难以忍受的冲动和渴望。管屄他！活了这么大连个女人的手都没碰过，亏死了！

色壮铁旦胆！铁旦紧贴在墙根，听着房里除了阵阵的喘息声外再也没有别的声音了，他用黑衣服包住头，这是弄啥？你说这狗日铁旦笨不笨，他以为将自己头包上，人家就认不出他！

铁旦伸出手轻轻拨开窗户，白天他就瞅准了，只能从这儿钻入房里。窗户弄开了，铁旦刚想伸头往里钻，突然又停了下来，他四周看了看，伸长耳朵听了听，然后将鞋脱了放在窗户底下，这铁旦这回倒不笨，他是担心跳入房里脚下弄响声，惊醒这些睡熟的小尼姑们。

铁旦跳进了房里，我的天呀，床头一排排尼姑的光头，铁旦踮起脚尖，一个个找着，找到了，找到了！铁旦看到慧明心里惊喜万分，他手伸到衣兜里摸了摸雪花膏。他想，把雪花膏放在慧明的头前，然后就悄悄溜走。

要是真的这样，就好了！可是这铁旦看着眼前的女人，他忍受不住了，这是铁旦第一次进入女人睡觉的屋子，还是许多女人，铁旦感到女人身上那味是香的甜的，就是不做啥事，光待在这女人的屋子都让人心里美滋滋的。

铁旦先是蹲在床下，头与慧明的头差不多一样高，蹲了一会儿，不见慧明有啥动静，铁旦便轻轻直起腰，轻挨在慧明的被窝坐了下来，不料这时慧明翻了下身，背向了铁旦。这让铁旦兴奋了，这女人是在给自己腾出地方？

铁旦四下看了下，见一排的小尼姑们都在睡觉，铁旦蹑手蹑脚地爬上床，躺在了慧明的身边。开始，铁旦惊惊慌慌，躺下了许久倒安然起来。好舒服，我左右两边都是清一水儿的女人，她们竟然都跟我睡在一起！我明儿给狗尾巴说说，还不眼馋死他！

铁旦躺了一会儿，轻轻侧过身，面向慧明。看着慧明露在被子外边的细发水嫩的后背铁旦受不住了。

豁出去啦！

铁旦一把抱住慧明。

"呀——"

慧明惊醒了，她一声大叫，一屋子人都跟着叫了起来。铁旦听到叫声，顿时慌了神，他想对慧明说他喜欢她，他是来送雪花膏的！可当口儿，已经全顾不上了，铁旦跳下床，提起裤子就往外面跑。

胭脂村平静的夜，被小尼姑的惊叫声闹腾醒了。跟杀猪似的声音，在人们眼前展现出多少想象的场景。村里人很快涌了过来。

咋回事？队长周公社问。

爱睡懒觉的知青们随后也来了。夏小雪拉住哭泣的慧明尼姑问，咋了？谁胆敢欺负你们？

慧明只是哭，问其他几个尼姑，有说是只看到一个黑影闪了下。

铁旦跑了，小尼姑们还不知是半夜已经溜进去的。

细桃婶子来了，她气得拉住慧明的手，走到一旁轻声问："那人祸害没祸害到你？"

慧明摇摇头。

"狗日的牲口！"

余三爷来了，他气得直骂人，哪个狗日的让关中道的男人折了胃气？真是丢死咱胭脂村的人啦。

狗尾巴已经猜出了这事谁干的，这不秃子头上的虱子——明摆着哩！这钉床板时，狗尾巴就看铁旦眼贼溜溜的胡瞅，这小子早没安好心，但狗尾巴没说。

"看，快看，这是谁的鞋？在窗户下面放着！"

这时，知青张胜军拿着一双鞋跑到大家面前。周公社一看，这鞋又脏又破，一拍大腿说："对，就是他的！"

谁的？

夏小雪问。周公社也不答应，拔脚跑出了库房院子。夏小雪、狗尾巴一行年轻人追着队长去抓钻尼姑被窝的人。

小尼姑房屋外只剩下些娘儿们和那些与铁旦一样想偷腥却没那个胆的男人，他们指指画画，窃窃点点。

"这男人钻进小尼姑被窝，还不美死！"

"小尼姑也尝尝荤，知道做女人多受活！"

细桃听了，抬头说："你们能不能嘴上积点德？"

大家白眼着细桃，有人低声说："自己不尿泡尿照下，一个破货还在这装正经！"

细桃气得脸都青了。

周公社他们来到了铁旦家，铁旦见状，忙把被子拉开，假装刚爬起炕的样子伸着懒腰，说出啥事了？

周公社抡起巴掌打了铁旦一个耳光，说："你装你妈的啥洋蒜？看看这是不是你的狗蹄子？"

铁旦看了下周公社手里的鞋说："不是我的鞋！"

周公社笑了，说："你狗日的再嘴硬看我不抽死你！"

铁旦不敢吱声了，夏小雪说："你低头看看！"铁旦低下头，他的双脚还是光着哩！

"你的鞋呢？"夏小雪问。

铁旦回身想找自己的鞋，被周公社一把拉住。

"装你妈的屁，你老实说，你将人家小尼姑怎么了？"

铁旦说，我没有强奸，我是真想与尼姑谈恋爱，真的想娶个回来做媳妇的！

周公社气得扬手又要抽铁旦，铁旦往一旁躲闪，说："不信你去慧明的被窝看看！"

被窝有啥？

"有我送慧明的礼物。"铁旦说。

你胡编个屎?

"真的,不信,咱去掀开慧明被窝当场验证。"铁旦口气硬了起来。

走!

人群跟着周公社,拉着铁旦又返回到尼姑房屋,慧明一见铁旦,刚止住的哭声又响了起来。

细桃搂住慧明的肩头,说别怕,有这么多人给你做主的。

周公社、铁旦还有夏小雪来到慧明的被窝前,人们好奇地往前挤着,想看看他们要做什么?

"有啥?"周公社看着慧明的被窝问铁旦。

"掀开被窝!"铁旦自信地说。

自己掀!

铁旦掀开了被窝。

夏小雪看到被窝里面有块湿的,她对周公社说:"证据都有了,还不抓这个现行强奸犯!"张胜军几个男知青一听上来就扭住铁旦的胳膊。

铁旦大声叫道:"被窝还有东西哩!"

周公社一把将被子扔到床的一边,一只雪花膏瓶子滚了出来。

这是啥?

"这就是我送慧明的礼物,算是订婚礼!"铁旦说。

周公社拿着雪花膏看了看,这铁旦还真的送礼物给小尼姑啦?还送到被窝里了。他一时不知咋样处置铁旦。

夏小雪说一瓶雪花膏就能将人收买不成?

周公社一想也对,这事他一个生产队长能处理个啥?干脆送大队,送公社算了,人家该怎么处理就怎么处理。

铁旦急了,说不能送他去公社,他怕到了公社挨揍。

周公社说,这事由不得你,你敢钻尼姑的被窝,就得做好皮肉受苦的准备。周公社对知青们说,将铁旦押送到公社,交送公社革委会处置。

幸福炮兵

铁旦直喊冤枉。

"你都钻进人家被窝了还有啥冤枉的?"

"我,我没把人家那个什么的!"铁旦的话,像一颗笑蛋,引爆了人群的笑声。

狗日的软尿货,抹糨糊了?

谁知道那个没那个,哈,只有小尼姑自己知道。

铁旦秃驴与小尼姑在一起不用开灯,咋了?两光闪头。

……

人们唧唧喳喳的声音,将慧明淹了,她哭着跑到了屋里。

第二天,慧明就跳了月亮河。

此事惊动了县公安局,咋样法办铁旦?正当人们胡议乱猜,说铁旦这回得坐牢,去农场劳改,说不定得枪崩。老尼姑来了,她抱着小尼姑慧明,一番话,将人们心灯拨亮,将这恶事化解,这才真让人知道念佛的人是咋样教人慈悲善行的。

我佛慈悲!我对佛肃然起敬……

10

我爹坐了牢,我在学校里成了受同学欺负的人。班干部我没选上,说心里话,这班干部当不当我不稀罕。峰总带着人欺负我,杨老师批评过他几次,说:"不能搞株连,老子是老子,儿子是儿子,老子犯了罪不能让儿子顶。"但是峰就是不改,一瞅见机会就会骂我是通奸犯的儿子。一次课间玩耍时,我在打猴(陀螺),因为我的猴上面有一个铁圈套,碰猴时,同学们的猴都碰不倒我的猴,吴平安的猴在被我的猴碰倒时,峰在一边鼓动吴平安说:"啥人都敢欺负你!你太尿了。"吴平安就开口骂我小通奸犯。我没吱声,峰就起哄，吴平安更来劲了，他过来踢倒了我的猴。我急了，拾起戴铁圈套的猴，朝吴平安的头打了过去，猴打到了吴平安的头上，他头流血了。

吴平安哭了。

老师没收了我的猴，说："现在是什么时候，你还敢这样耍？"

我说是峰带着吴平安他们先欺负我的。

老师说："你现在要学会夹尾巴。"

夹尾巴？对一个才十几岁的娃来说，不是太懂，但感觉得到老师是为我好，老师是让我在别人欺负我时忍下，将气咽到肚子里。

吴平安头被我打破，我回到家，我娘知道后将我狠狠地打了一顿。

第二天放学，我与萍一人走到路的一边，相互能看到，又假装无意走在一起。这时，峰骑着自行车来了，他故意将车骑在我与萍中间，还时不时地对我冷笑，我不理他。峰朝后面招了下手，一会儿吴平安领着他哥哥吴西安就来了，他们冲到我面前，兄弟两人一人拉我一条胳膊，要拉我走。马路对面的萍看到后，赶紧往我家跑。吴家兄弟俩将我拉到村外的砖瓦窑洞里，吴平安与他哥左右开弓，打得我鼻子和嘴全是血。峰在不远处双腿跨在自行车上看热闹。

"你服不服？"吴平安的哥哥边打边问。

"不服！"我咬住牙，就是不说服字。

他们打得我上衣全被血染红了，一村民看见忙上前说："你弟兄俩要打死人哩！"这时，萍领着我娘跑来了。

回到家，我娘将我的上衣脱下，拿着衣服去找吴家，吴家说："你儿子先打我家平安，看头都打破了。"

我娘说："那也不能这样将娃往死里打呀。你家老大可是大人了，手多重。"

十多年后，我当上军官回家时，吴家老大吴西安一天夜里找到我，说请我喝酒去。我问："为啥，喝啥酒？"

幸福炮兵

"喝长武大曲。"吴西安将我拉到他家，一盘花生米，一盘炒鸡蛋。吴西安的媳妇说，只打我回家探亲，他男人吴西安就嚷着非得请我喝顿酒不成。我笑了，我心里知道吴西安的意思，但我没捅开这层纸。

那天我不想喝，吴西安自己喝下满满一杯，然后将酒杯倒满，非让我喝："你不喝就是看不起哥。"无奈，我喝了口。吴西安一杯接一杯地喝，一会儿就喝醉了。半夜时，我要回家，吴西安将我送出大门，对他媳妇喊道："你先回去，这里没你婆娘们的事。"然后送我往家里走。走着走着，吴西安突然哭着跪下了，他拉住我的手往他身上打，边打边说："你打你西安哥，打打。"我吃惊地呆住了。

"西安哥你做啥呢?"我问。

吴西安这才说透了喝这顿酒的原因："那年我将你打得太狠了。到现在一想起还犯心病。"

我说我早忘记了。我知道，吴西安醉了，但心里灵醒着哩。

"真忘了?"吴西安边哭边问。

我拉起吴西安，说："真忘记了!"

吴西安摇摇头说："你告诉我真的不记哥的仇?"

我说记啥仇，我记得清清的是你带我与平安去偷西瓜，偷的净是生瓜蛋子。

吴西安一听"扑哧"笑了，他说他也记得小时一起偷瓜的事。这酒醉人就是这样，说糊涂又不糊涂，说不糊涂又糊涂。

吴西安说："哥现在日子过得滋润得很，给人做水泥粮柜，一个能挣一百多。我现在挣了几万块钱了。"正在我吃惊吴家老大成了万元户时，吴西安问我一个月能挣多少钱，我知道他没有恶意，我笑了说没你制作水泥粮柜挣得多。吴西安一听，乐了："你是给公家干大事的。看不上我们下苦挣的钱吧?"我不知说什么好。

吴西安紧紧搂住我肩头说："咱们一个村，你小子真行，打得那样重就是不服输。就是大人也扛不住。你从小就行，要在战争年代，你一定能成为江姐、刘胡兰、董存瑞。"

吴西安这顿酒喝得让我感动：一件过去了十多年的恶事让吴西安这样心负重罪。这才是人向善的内心力量。负罪感，是一个人善良、慈悲、感恩等一切德行的影壁墙，它竖起在人心灵，便能阻挡欺盗、奸诈、凶恶的妖魔侵入。

但对于峰，我一直没有去捅那层薄纸，我与峰几次相聚，谁都没再提童年的老事，可能我与萍、峰三人童年的恩恩怨怨，现如今，成了尘封的一本旧书，这书不能翻，要是硬翻开，扬起的净是尘埃，还会呛人鼻迷人眼乱人心，坏了当下平平常常的相融的情致。

越不想提的旧事，往往是越难忘怀的事。

杨老师要生娃了，知青夏小雪来给我们当代课老师，教语文课，还临时当我们的班主任。我不喜欢她，因为村里人说她巴结周家，和狗尾巴好上了。我想，她能来当代课老师，而不是那个圆圆脸的王欢欢来，就是她会舔公社和大队领导的尻子。

但是，很快我就知道自己错了。

"今天上课，我们学习造句。"夏小雪拿着城里人的腔调对我们说。我语文学得好，别说造句，就是写作文，杨老师在时总是将我写的作文当范文来读的。

天真。夏小雪在黑板上写下这两个字。让大家造句，看谁造得好，谁造得能出人意料？

许是夏小雪年龄小，很快她在课里课外跟我们玩在一起了。

"天真：我妈天真无邪！"秋芒造句引起大家的哄笑。

"天真的要下雨！"峰说完往窗外天空上望了望，他得意地向萍瞟了一眼。我看不出，峰造的句子有啥出人意料的。

夏小雪又在黑板上写了个词：一边……一边……

老师刚写完，峰又举手站了起来："我爹他一边脱衣服，一边穿裤子。"

哈哈哈，这回同学们大笑起来，我看了峰一眼，心想你丢死人了。夏小雪让我站起来，问我峰这个句子造的有啥问题？

我说："峰他爹到底要脱还是要穿啊？"我没有说出更难听的话。峰气得瞪了一眼，我心想，谁叫你语文学得不怎么样，还在这儿逞能？

上自习课，我看到峰带着一帮人去打篮球，本来我不去，我不喜欢打篮球，但我看到萍跟着去了，也随后跑到了操场。

可是，峰不让我打，我说篮球是学校的，又不是你家的。我抢过篮球，就往球筐里扔。这下惹恼了峰，他冲我过来，我不服软，没想到，峰一把将我推倒在操场的土涯下了，顿时我感觉胳膊钻心地疼。我被送到医院，医生在我胳膊上夹起了两块板板，我的胳膊骨折了。我娘哭了，找到峰的爹周狗牙和峰的爷周无田。

峰的爹说："能有这事？看我不打断他的胳膊。"

峰的爷说："意外，意外，娃太碎，没轻重。"

我爹在农场知道了此事，吵着要回家看看，马场长说这可不行，劳改犯咋能说回家就回家？

我爹趁人没注意想翻墙逃回家一趟，却被人发现，抓回去打了一顿。齐老汉知道后，对我爹说："别担心，娃的骨头软，百八十来天就能长好的。"

我爹咬着牙不吱声，在我爹心里，他受啥罪都能忍，他的亲人受人欺负了他却忍不住。我是爹的大儿子，我知道，我这个儿子，在我爹心里有多重。

这件事让我与峰结的仇更深了，可是萍不知为什么有意远离了我。我问萍为什么放学总是与我隔着走，要不在马路对路，要不在我后头老远。萍没回答我。我知道一定是因为峰。

尽管我与萍在学校几乎不说话，但我感到萍的眼睛总是时不时地

幸福炮兵

看我。有时峰他们欺负我，萍的眼睛中像是长出了柳树叶，安抚在我的心上。

下雪了，萍突然来到我家。我心里好高兴，我问萍搞啥突然袭击，说来就来到我家。萍没说话，她手摸了摸我的胳膊，问我疼不疼？我笑着摇了摇胳膊，说一点不疼！萍听了说你骗人，骨头断了，咋能不疼呢？

我看到，萍的头上那红玻璃球不见了。萍听我问，竟然有一丝慌乱，她说她已经长大了，不再戴那些小东西了。我没在意，心想你才多大，戴着那玻璃球多好看。

我带着萍到后院，这里没有峰，没有那些欺负的同学，我与萍终于可以开心地玩了。

"我们喂羊娃儿吧？"萍说。

我想了想，说："我带你盖麻雀吧？"

盖麻雀？萍一听好兴奋。

我们扫净了一小块雪地，我拿出一个筛子，折了根小木棍，一头拴上绳子，将木棍顶在筛子下，跑到灶房，抓了一把苞谷面撒在筛子下面，然后牵着绳子的一头躲藏在门后头。等麻雀来吃筛子下面的食儿，就拉绳子，筛子就会将麻雀盖住。不一会儿，一群麻雀飞了过来。它们叫着向四处张望着，总是在筛子外面来回蹦蹦跳跳。

"咋还不往里钻？"萍有些沉不住气了，我说等等。

一会儿，麻雀们见没事，几个胆大的麻雀就先钻进了筛子下面。

拉！萍急得叫道。

我猛地一拉手中的绳子，筛子"啪"的一声扣了下去。盖着了，盖着了！萍高兴地跑向筛子，一把掀开筛子一角，想捉住里面的麻雀，不料筛子刚掀开条缝儿，麻雀就"哗啦啦"地飞了出去。萍马上扑倒在筛子上面，压住筛子。可是，里面一只麻雀也没有了。

萍急得要哭，我说没事，再弄。

这一回，我将苞谷面撒到了外面一些，故意引那些贪嘴的鸟儿。

一会儿，刚才飞走的麻雀又飞了回来，还带来更多的麻雀。院子的墙头、房顶、树枝上都落满了。我与萍看得好兴奋。

"看，快看，还有个黄羽毛红嘴的大鸟，好漂亮！"萍指着落在后院墙头的鸟儿叫道。

我向萍嘘了声，按了下萍伸出门的头，我们将头躲藏在门里头，从门缝向外看着。先是几只麻雀飞下来，在筛子外面寻着食儿。然后更多的麻雀落到了地上，一会儿外面的食儿被它们吃完了，它们围着筛子转着，有的鸟伸出头，快速向筛子下面叨了粒苞谷面，马上缩回头，一边吃着，一边向四周看着。其他的鸟学着叨食。

想得美，吃了食儿，还不被抓？我手紧紧牵扯着绳子，心想只要你们身子进了筛子下面，我就拉。萍将手伸了过来，她轻声对我说，她要拉绳子。你行？萍听了点点头。我将绳子交给了萍。

要说，这人贪财招祸殃，鸟儿贪食儿丢性命。一会儿，鸟儿们全忘了记性。一只钻进筛子吃着，两只，三只随后钻入。它们得意地吃着食儿，后面的看到前面的没事，就一窝蜂拥到了筛子下面，贪婪地啄起食儿来。

快拉绳儿。

萍拉动了绳子，萍的动作像地雷战中拉响了地雷一样。"啪"的一声，筛子盖了下去。

"盖到了，盖到了！"萍高兴地叫道。

这一次可没少盖小鸟。我们跑向筛子。这时，我弟弟和秋芒也来了。怎样才能抓住筛子里的鸟鸟呢？秋芒说用开水往筛子上一浇，鸟都会烫死，一个也飞不了啦。我一听，对呀，就进屋拿来了开水瓶。正要往上倒开水，萍拦住了我，说活活将鸟儿全烫死了，鸟儿太可怜了。

我说："麻雀是四害，不是好鸟。"

我娘过来，说孬鸟也是鸟，一样是有性命的。

我放下手中的开水瓶，不烫鸟儿，我们怎么抓？鸟儿在筛子下扑腾着、叫着。

我们几个人小心地将筛子掀开，鸟儿从下面的缝隙里拼命挤出来，它们知道，只有离开人的手掌才能逃出一条命来。

我们还是捉住了几只麻雀。更意外的是，那只漂亮的长着一身黄毛红嘴的鸟在筛子里面趴着一动不动。它不像麻雀们挤着去逃生，它是在等我们捉它？然后因为它的美丽而放它一条生路。漂亮的鸟鸟，你太自信了吧！人可没鸟想象的善良。

麻雀怎么办？萍说养在笼子里。

我弟弟说，烧着吃了。

秋芒抓起一只说，他有个好玩的。我们跟着秋芒去了他家。只见秋芒将家里的小猫抱来，小猫一见麻雀就瞪圆了猫眼，挣着向麻雀扑去。

这有什么好玩的？我们不解。

秋芒鬼笑着，将麻雀的双腿拴住，然后再绑在猫的尾巴上。猫一放到地上，就伸头张大嘴要咬麻雀，无奈麻雀拴在尾巴上，猫吃不到，便转圈去咬，被拴在猫尾巴上的麻雀吓得叫着，扑棱着，猫越转越快，转成一个圆圈了。

两个生灵，这会儿在我们一群孩子的摆弄下，一个在用命，一个在戏玩。用命的麻雀哀鸣着、挣扎着，戏玩的猫不知人们也在戏弄着它。

我们一个个小小的人，在大社会里不也像麻雀、像猫，悲催地哀鸣着，也戏弄着他人，被他人戏弄着。

猫终于转累了，它停下来才发现，麻雀已经死了。是吓死的，还是累死的，我们不知。面对麻雀的死，我们一下子难受起来，刚才还扑腾着，一会儿就死了。秋芒解下绳子，拿过麻雀，那只猫见状"喵喵"直叫着，秋芒将死了的麻雀喂了猫。

那只黄羽毛红嘴的漂亮小鸟，我与萍养了起来，我们一放学，就给它喂食。可是，不久它也死了。我与萍好难受。萍将黄羽毛红嘴鸟儿捧在手中，哭得泪珠止不住。

扔了它吧？我说。

萍说给它埋个坟吧！

我们在后院的墙角挖了个坑，将黄羽毛红嘴鸟埋葬。我弟弟跑到屋里取出他积攒下的冰棍棒，我们将三根小木棒棒，插在黄羽毛红嘴鸟的坟头，并将它点着。叩头！我们几个人学着大人的样子，跪在地上，朝燃烧的三根冰棍棒拜了三拜。

萍说以后再不抓鸟儿了，天空才是它们的家。离开了家，它们都活不了。

这是我与萍在一起最快乐的时光。不久，萍就远离了我。

铁旦被五花大绑押回了胭脂村。

铁旦站在车上，左右两边站着背枪的士兵，一个穿蓝衣服的公安腰里别着手枪，他们带着铁旦是来取证的。拉铁旦的卡车厢外面贴着大红标语"坚决打击打砸抢奸犯罪"，车头上架着四个大喇叭，喇叭一路响着：

"要文斗，不要武斗！"

"天下大乱达到天下大治！"

……

大人们说，上面看武斗太厉害，死了人，要实行军管了。谁再胡闹就抓谁，要治住打砸抢。

拉铁旦的车一到村里，就引来了看热闹的人群。

麻秆咋来了？平日他媳妇是将他锁在屋里的。麻秆看到了枪，脸色就变了，大声喊叫"不是我开的枪，不是我开的枪"！几个娃见状，指头对着麻秆一只眼闭着瞄准，嘴里还"啪啪"学枪声，把麻秆吓得抱着头乱窜。

麻秆的婆娘梅花跑来，撵走了追麻秆的娃们，领着麻秆回到自己家。

慧明投月亮河，没有死，咋了？春天，正枯水，挨着胭脂村的河岸水浅。

铁旦强奸到底成没成？公安说这可关系对铁旦的生死判决。

"要成了，铁旦小命这回可得交代啦！"

咋这重呢？够得上枪毙呀！周公社很是惊异。

公安说铁旦强奸还差点逼死了人。

"反正没死！算不上人命案吧？"

周公社觉得要是铁旦为这事吃了枪子有些冤，就问："该不会是吓唬吓唬铁旦的吧？"

看你说的？

"这人命关天的事，咋能吓唬人呢？乱世重典！就得杀鸡儆猴，不然天下不乱套啦！"

公安小声告诉周公社，全县这回连铁旦一共抓了六个，已经毙了五个了。一个杀人犯，五个强奸犯，就剩铁旦一个在悬着。

周公社倒吸了口凉气，我的天，铁旦小命这回可要真的玩完咧，谁让你小子憋不住，往人家尼姑被窝钻，也怨不得别人。看架势谁也救不了你啦！

"你审铁旦，问他成没成事不就成了？"周公社说。

看你糊涂的，谁会眼睁睁地认罪伏法？再说这是死罪！

无奈，周公社带着公安去了小尼姑住的库房，公安挨个问小尼姑，可没人说得清。

就是，这事，只有铁旦心里明白，再一个人就是慧明小尼姑了。

公安又去医院，找慧明。慧明投河被送到医院，身子倒没啥事了，但人们不知将她送到哪里？面对公安的询问，慧明一时不知对公安咋说。

"找小尼姑的师父老尼姑，让她问这小尼姑兴许能问出个情况来。"周公社说。

成！

公安也没有更好的办法，就让周公社找人去接老尼姑。

老尼姑已经知道事情的原委，她是既恨又怨又庆幸。恨铁旦见色起意欺负慧明，怨自己主持尼庵没能护佑好徒弟，庆幸慧明投河没死活了下来。

公安对老尼姑说明了来龙去脉。

"慧明一句话可以让铁旦死，一句话能让铁旦生！"周公社一旁插话道。

老尼姑点点头，她说试试，就一个人来到了慧明病床前。慧明见老尼姑像是见到了娘，泪流得成线线，老尼姑抱住徒儿，老泪也涌出眼眶。

老尼姑看着慧明头上的伤，心疼万分。这伤是慧明投河时被河里的石头碰的。

谢佛陀保佑，总算过了这道关。这恶人铁旦得受惩戒！老尼姑说，慧明点点头。

可是如何惩戒？慧明不解。

老尼姑对慧明说，佛劝善惩恶，佛的本意是让根性浅陋的众生尽早警醒，早觉悟回头。

"我该怎么做呢？"慧明问。

"你想怎么做呢？"老尼姑问。

"恶人那样不可救赎的重责，不是佛菩萨惩罚他们，而是自身因果所致，因果相符，事理相应，让他死了不得托生。"

老尼姑听了，摇摇头。

"那依师父呢？"慧明瞪眼问师父。

老尼姑说，不慌，我先给你讲一个师父的师父给师父讲的故事：

一位高僧下山化缘，遇一醉汉。醉汉嫌高僧挡住了他的道，高僧笑了笑，自退三尺。醉汉又要拿下高僧的帽子，高僧笑着送上。醉汉伸手要摸高僧的光头，高僧伸头让他摸了。醉汉还不知足，伸手夺过高僧怀里的一尊菩萨扔到地上，菩萨摔碎了！这醉汉欺佛灭佛，报应顿时降临：他肚子疼得趴在地上！

围着的人群很是惊异，说佛法厉害，就得狠狠惩治这个醉汉。高僧一听说，毁佛是不可救赎的重责，是得惩戒不良人！说着笑了笑，蹲下将摔碎的菩萨一片片小心捧起。然后在地上写了几个字。

是啥字呀？

大家围上前看，居然是——

"阿弥陀佛，保佑坏人肚皮痛！"

这算啥惩罚？出门让雷劈了，下辈子变牛做马……这才是！一点肚皮痛呀，算什么呀？

高僧笑着走了。

慧明听着，对老尼姑说，她懂啦！老尼姑没再说什么。

保佑坏人肚皮痛！这点疼痛，让恶人明白些好歹，让善良有些许的安慰，众生才好一齐向善。

切莫诅咒，苍天在上大睁着眼注视着这人间，且让我等也笑呵呵祈愿：

"阿弥陀佛，保佑坏人肚皮痛！"

公安得知了铁旦没有强奸成的真相，问老尼姑有啥要求，老尼姑说，送慧明回尼姑庵吧！

公安说行，他将铁旦叫到老尼姑面前，铁旦一见老尼姑扑通跪在地上。说："我再生一回，做牛好好耕田做马老实拉车，做人本本分分！"

老尼姑看着跪在地上的铁旦，合手一声"阿弥陀佛"，让大家心生敬畏。

我们知道复仇的力量，却很少知道宽恕的力量，实际上宽恕的力量有时比复仇的力量大好多！

细桃婶子知道老尼姑放过铁旦，直叫便宜狗日的了，人家慧明小尼姑差一点丢了性命，老尼姑这心眼也太大了！

我娘说，人家是出家人，天天念经拜佛，哪能是咱这些俗世凡人能比的。

细桃骂着铁旦，狗日的还想下辈子托生人？托生条狗还差不多！

我娘说，就你嘴巴馋火。

11

秋芒悄悄对我说，峰撺掇了好多人，非得给我开批斗会。"把我搞倒搞臭，再踏上一脚。"这让我提心吊胆起来。

一天，学校大扫除，我扫完外面的路，刚要进教室，萍从窗口向我挥手，我看到了心里一喜，就快步向教室走去，可是萍的手挥得更快，我不明白萍的意思。实际上，峰与几个同学在教室的门上放了一盆水，他们看我过来，要戏弄我。萍挥手，是想让我先别进门，可她越是挥手，我越是想快到教室。结果，我一推门，门顶上的一盆水就浇到我的头顶。

看到峰与一帮同学在笑，也看到了萍在笑。顿时，我火冒三丈：萍与他们一起欺负我！要不你咋招手让我进门的？

后来，我在给萍的祭文中写道，我以为眼睛看到的是真的，不想眼睛也会欺骗人。放学时，萍将一个小纸条压在书下，又悄悄将书推给我。我看到小纸条上写着"下课一起走"几个字。我气还没消，就将纸条退了回去。放学后，我只顾一人往家里走，萍在后面，她跟不上我，我有些得意，谁让你与峰一起欺负我。

我一个人回到了家，可是萍在路上却让峰拦住了。峰骑着飞鸽牌自行车飞到萍的跟前，这回他没按转铃铛，而是猛地横插到萍的跟前，双手一捏闸，挡住了萍。

萍说峰你要干什么？峰从书包里拿出一包玻璃球，那时很难有人弄得到这么多的玻璃球的。萍在玩玻璃球时将球弹丢了，峰看见了，专门给萍弄来的。萍说不要，峰说你要是不要我就扔了，萍说你扔就扔。峰扬手想往远处一扔，萍以为他真的扔了，不料玻璃球还在峰的手中。峰将球硬塞给萍，然后就骑车走了，一路峰的转铃铛又响了起来。

第二天，峰塞给萍一个纸条，说不让萍与我好，说我是通奸犯的儿子。他要组织在班上给我开批斗会。萍放学后来到我家门前叫我，正好我在茅房，就对我娘说告诉萍就说我不在。我娘出门告诉了萍，萍将峰给他的玻璃弹球给我娘，说交给我。我从茅房出来，萍已经走远，我接过玻璃球，对着太阳转着，玻璃球发出五彩的光，闪得人眩晕。我想去找萍，可是我没去。我从心底自卑，萍是天上的飞鸟，因为天上打雷、刮风、下雨了才落到胭脂村。我是什么？我是农村人家养的鸡，有个翅膀，也飞不上天。

峰组织班上同学要给我开批斗会。

"这怎么成？"

老师们都很惊异，这事校长都知道了。老校长被我们批斗过，我还朝她扔过纸团，可校长没记我仇，她眼里还是娃娃的学生要学着大人的样子开批斗会，她感到背后生出嗖嗖的凉风来。

校长把峰叫去，对峰说，大人们惹的事大人顶，大人的罪大人受，不能牵扯你们学生娃们。你们现在是学生，学生学生，以学习为生，咋能干批斗人的事？峰当着校长的面没说什么，但是暗自他与几个同学准备着给我开批斗会。峰说，要是老校长不同意，他们就将校长与我一起批斗，看谁还敢护着通奸犯的儿子。

"龙生龙，凤生凤，老鼠的儿子会打洞；老子英雄儿好汉，老子卖葱儿卖蒜。"

"人是人，鳖是鳖，喇叭是铜锅是铁，老子英雄儿好汉，他大卖葱娃卖蒜。"

不少同学跟着起哄，唱着酸曲儿。我气得不行，这些同学，我平时对他们都很好，但这个时候咋都落井下石哩？

批斗会还没开，课堂上的一个写着"犯犯"的纸条就传开了。这是峰给我起的外号，过去同学们在课堂上也是这样相互起外号的，但大家是闹着玩的，什么"小迷糊""臭虫儿"。可是峰给我起的外号是"犯犯"，就是说我是通奸犯的儿子。纸条传到我手里，大家都没心思上课了，都盯着我，看我的笑话。

我将纸条撕碎，冲着峰叫道："我日你妈！"

那天是麻子生物老师的课，他近视，没看到峰他们传纸条，只听到我骂人的话，麻子老师一下子停住了手，转身对我说："强，你没事吧？怎么突然骂人哩！这么小就知道日他妈了，长大了还了得?!"

我委屈地说："是峰他们在传纸条！"

老师问："峰，你传纸条了？传什么纸条？"

峰得意地笑了笑："我没传纸条，是这个通奸犯的儿子害怕挨批斗，骂我们贫下中农的。"

麻子老师一听问："开啥批斗会？你们现在是学生，正业就是学习。批斗会是大人玩的把戏，你们可别胡闹。"

峰没说话，老师说课后找你们班主任解决。

课后，夏小雪将我与峰叫到办公室，批评了我俩。说峰不能传侮辱同学的纸条，说我不该骂同学。

我说："峰还要开批斗会！"

夏小雪说杨老师和她已经说过，批斗会可不能说开就开。

峰面上答应了。可是，私下他却和几个同学还在悄悄准备，要在自习课时给我开。

那几天，我很害怕，我想象着一个人站在台子上，下面的人瞪着你，上台发言的人说着你的不是，就像把我的衣服一层层剥光一样，找我身上的黑点、脏点，也许还有人趁机往我身上扔东西，甚至吐痰。我越想越害怕，越害怕就越想逃避。我想逃学，躲得远远的。于是，我想去找萍，说说我的打算。但我没有去，因为突然发现萍与峰在一起，甚至看见放学萍还坐在了峰的自行车上，我知道萍嫌弃我了，她跟峰好了。

峰也对我说，离萍远些。萍是他的女人了！

不知怎么了，我对峰不恨，因为他一直就是我的敌人，他的爹他的爷，与我的爹我的娘都是敌人，不是一个派的。我与峰也是敌人。峰对我这样，欺负我、批斗我，在我心里增添的只有仇，只有怒。没有伤心，没有委屈。而对于萍，她是与我好的女娃，是给我吃冰糖的女娃，她与我的敌人峰好了，对我来说不仅仅是恨，还是深深的伤痛。从此，我与萍一下子走远了，不说话，也不再一起玩。我将她给我的玻璃球扔到了苞谷地里。可我分明感到，萍的眼睛总在没人注意时看我，目光幽幽的，像有话对我说。我却没有用目光接收萍的目光。谁让你与我的敌人峰好了。

年少的我自卑，报复心还强。我对付不了峰，却莫名其妙地对萍下手。一天，我捉到一只老鼠，悄悄带到学校，趁体育课大家在操场还没回教室时，我塞进了萍的书包里，这回将萍吓哭了。老师问谁干的时，我埋头看着书，我知道，没人怀疑我，因为在老师眼中我是个好学听话的学生。只是放学时，萍一双红红的眼睛看了我一下。目光有怨、有忧、有冤、有屈，唯独没有恨！

我装着无事一样，心想谁让你与峰好呢？

后来，我才知道了实情：萍这样做是为了我。她答应了峰的要求，与峰好，峰就取消了我的批斗会。

那个时候，我被蒙在鼓里，以为是峰听了老师或者校长的话才放了我一马。

我对萍从心底生出感激来，但又不甘心她与峰好了。我当时想，萍过不了多久就会离开峰，重新和我好的。可是，我错了，我不知道峰对萍做了什么？让萍死心塌地与他在一起，甚至结婚，直到死在峰的车上。

这是缠绕我一生的谜，像一条蛇，盘踞在我梦里。

直到萍死前告诉我，我才知道萍为护着我，不被人批我斗我，做出多大的牺牲。

我好悔，这悔恨如一棵树，深深扎根到心里，长长贯穿了我的一生。

萍，我童年的伙伴儿，我情思蒙蒙，情弦初拨的小女孩子，你不知，我宁愿让别人批斗，也不愿意让你与别人好！别人批斗我，打我。我伤了，痛了，你一个笑，一滴泪就能抚平。而离开我，是你插入我心里的刺，无论你想深扎还是拔出，都会伤我最深，而且无人能抚我慰我！

几十年间我都会时不时地梦中见到萍，只是叫她，她从来没答应。我开始迷信起来。梦到死人，叫她不应，才好，要是应了，你就会很快死去。有几次我从梦中惊醒，心里有一丝惊慌，怕身旁的妻子发觉；又有一丝安慰，萍，成为鬼，还为我着想，叫她她不应，她是想让我好好活在人世。萍活着是护我，死了还护我！

我将长长的悔恨倾注于笔端，为萍写了篇祭文，我想在萍的坟头烧掉。我天马行空地想象：一个嫩绿的春天，或者就是清明节的飘荡雨丝的早上，我来到萍的坟头，我将这篇祭文烧掉，我看到萍的坟尖上长出了一朵黄花，它是蒲公英，它是萍从地下伸出来的手，伸出来的耳，伸出来的眼睛……

萍与峰好，带来的这种伤痛对于一个还没有成为真正的男人的男娃娃来说，内心深处悄悄地生出一种力量来：我一定比峰强，让萍重新和我好，长大给我当老婆。

因为我是通奸犯的儿子，加入不了红小兵，也入不了团，参加不了好多运动。于是，在同学们忙斗私批修的时候，我将自己关在教室读书，只是有时去抄大字小字报，这无意之举却使我练书法有了一点童子功。以至于，我当兵后考上军校，当上军官。祸兮福所倚，谁能想到我爹成了通奸犯，无意成就了自己的儿子一番有出息的人生。

那些难挨的日子，与我玩的伙伴越来越少，最后连秋芒与芹也悄悄远离了我，我开始恨起我爹了，好像他真的是个通奸犯，害得我也成了通奸犯的儿子。

没人与我玩，我一个人常常跑到无人的月亮河边。我恨，恨这世间，我在河道细细的沙子上，悄悄写了几个字：打倒×××！写完我吓得急忙用手抹平。再看看四周无人，怦怦直跳的心还是不能平复下来。写反动标语，可是要坐牢的。我想，我真是一个坏人了，连这事都敢干？

坏人不能寂寞，一寂寞就要干坏事。

我一个人在河边晃荡，看到了一群蚂蚁，我就会蹲在地上看蚂蚁，看它们排着长长的队，嘴里衔着食急急忙忙跑着。有时，我将蚂蚁嘴里的食弄下来，看到蚂蚁急着寻食，我好兴奋；有时，我将一个小石头压在蚂蚁身上，看它挣扎着逃命，我好威武；有时，我捉住两只蚂蚁，然后挖个坑，将它们关在里面，用一根毛毛草逗着它们，让它们相互撕咬起来，我乐得拍手鼓励：使劲咬，再狠些！峰、狗牙、狗蛋、狗尾巴，还有周无田！我将撕咬的蚂蚁看成是我恨的人。这样，我看着蚂蚁们在一起斗着、争着、咬着，从太阳出来一直能看到太阳落山。

一天中午，天热，树上的知了叫得人心烦。蚂蚁也热得不肯出窝了。没得玩怎么成？我手拿割草的镰刀，找到一处蚂蚁窝，挖了下去。这一星点大的蚂蚁能有多深的窝，我挖了很长时间才挖到蚂蚁的窝里。好大呀！只见一个带翅膀的蚂蚁王，一群蚂蚁，还有许多白白肉肉的蚂蚁卵。此刻，洞穴被摧毁，蚂蚁王带着蚂蚁群正惊慌地嘴衔白卵，往蚂蚁窝外逃命！我一把捉住蚂蚁王，哈，看你往哪里逃？面对蚂蚁，我就是神，我一根手指轻轻一动，让你伤你就伤，让你死你就死，让你无家可归你就无家可归！我突然想，蚂蚁是怎么想的？它们可能会以为这是天灾，会去求神仙？

人呢？谁能让我们说伤就伤，说死就死，说无家可归就无家可归？天上能有这么一个神吗？如同我与蚂蚁……

那天，我想着想着趴在地上睡着了，做了一个梦，梦到我病了，萍用她妈妈的针往我身上扎，却总是扎不到地方，萍扎我的手，我的脚，我疼得大叫一声，就醒了！睁眼，看到蚂蚁正津津有味地啃着我的手和脚。

我想爹了。

爹坐牢，像是抽走了家里的顶梁柱，娘苦撑着，我看到娘躲着我和弟弟悄悄在抹泪。

这是我家最难挨的一段日月。

羊圈出粪，娘在前用镢头挖，我和弟跟在后面用铲子往外铲。往地里运粪，我娘在前拉着架子车，我跟弟在后面推。我爹在时，他一人就能拉得动的。

"娘，儿上学，你再别一个人拉架子车了！"我担心坡陡，出溜下娘摔跟头。娘摸摸我和弟弟的头，说没事。娘一个人拉车，上坡时，不走直线，来回拐着弯就能上去。娘还在坡坡上挖了一溜坑，娘说脚蹬在坑里就不会向下滑了。

幸福炮乒

村里的妇女队长说男人能干的，我娘都能干。

我娘不在别人面前折胃气，我和弟的衣服破了，她也要补得平平展展的，让我们在人前不折胃气。

也有我娘干不了的。打场，我娘不会打麦镰子，这活儿男人也没有几人会，只有老把式才行。

眼看着麦子收到了场上，人家都在抢着打场扬场，要不一下雨，眼看到口的粮食都得给雨泡了。

我对娘说，要不咱求求人？

"咱不求人，求人咱就矮人半截！"娘头也不抬地说。

我娘不会打麦镰子，就一把把将麦秆往碌碡上摔，麦粒"哗哗"被摔了出来。我和弟弟也抓起一把麦秆，学着娘往碌碡上摔。不会扬场，娘就用簸箕高高将麦糠向下倒，风一吹，糠就飘走了，剩下的就是麦粒子。

忙活了一天，晚上回家我的胳膊就疼了，娘掀开我的衣服一看，我的胳膊肿了，眼泪就流了出来。

"你咋这样下力气？"

娘说着，拿来个碗，里面倒点酒，点着。酒冒着蓝色的火焰，娘用手蘸着火苗，嘴里不停地唏嘘着，往我胳膊上擦。

我说没事，明天我不上学了，回来打场。

娘吹灭了火苗，说："胡说啥哩？你与奋儿现在就只管老老实实念好书。将来有出息，那些看咱笑话的人，还不眼馋死？"

苦日子出孝顺，我和弟那时最懂事，最听娘的话。一家人眼巴巴地盼着，只盼着爹爹早回来，只盼着深山出太阳……

芹的娘春芳，与胡医生两人缠得越来越深。村里已经有人传闲话了。一天，两人躲藏在桃花沟桃树林里弄完事，春芳对胡医生说："你每次都将人弄得浑身酥软，美死人哩！"

胡医生听了很是得意，你以为我是谁？身体像二十啷当岁的小伙子，壮得很！

"真想天天跟你在一起。"芹的娘说。

胡医生听了，知道芹的娘春芳动了真情：这个女人身子归我，心也归了我。他对着春芳说："你干脆跟我走了算了。离开你男人范大诚。"

"私奔？"

春芳眼睛瞪得溜圆，大声说那可不行，范大诚除了做那事不行外，别的还行，对她娘俩不错，她不能忘恩负义。再说，她走了，芹怎么办？胭脂村的人还不戳穿她的后背啦？春芳压根也没想与胡医生私奔。

农场要办文艺晚会，马场长要我爹参加，上台唱戏。

唱大戏？

我爹听了一个劲摇头，说："就我破锣嗓儿，唱给牛，牛都不听，唱给人听，还不把人都吓跑啦？"

马场长说："行也得唱，不行也得唱。我可告诉你，好好表现能早日回家。"

我爹说："唱个戏文也能减刑？"

"那当然了，这是革命文艺演出。别说我没告诉你。你要是唱好了，我就向上报告，让你早回家！你能唱《红灯记》李玉和还是《沙家浜》少剑波？"马场长说。

我爹笑了说："马场长，《沙家浜》哪有少剑波，《沙家浜》有胡司令。"

"不管是谁，只要你能唱得来，都成！"马场长说。

我爹说："李玉和少剑波胡司令，我谁都学不来，这牢该住多长时间就住多长时间。我不讨巧，占这便宜！"

齐老汉知道此事后，对我爹说："唱戏文有啥难的？能比你从河南渡黄河来到陕西艰难？我教你！"

你还会唱戏？

我爹笑了，他不信握枪把子打天下的齐老汉会唱秦腔。要知道，秦腔可不是好唱的，嗓门不大，气不够可唱不上来！

齐老汉说唱不好，孬好能吼几嗓子，不过好多年没唱过了，不知咋样。

我爹说："成，我这半辈子只会开口说话的人，在这劳改农场倒学上戏啦，真不赖呀。"

齐老汉仰脖颈清了下嗓子，就开唱了。

我爹说，我耳朵支高高地听着哩！马场长一听齐老汉吊嗓子，也跑了过来。

"手拖孙女好悲伤——"

齐老汉刚一开口，马场长吓得忙捂老汉的嘴。

"咋敢唱这出呢？这血泪仇是反动戏，在农场唱，还了得？"马场长小声对齐老汉说。

齐老汉说，这也是反戏，把他的，除了反戏，别的戏我不熟。

马场长说管他熟不熟的，你吼两声听听。

"临行喝妈一碗酒，浑身是胆雄赳赳。"

齐老汉这回把我爹逗乐了："你这唱的是啥秦腔呀，全是陕北酸曲子味。"

齐老汉不高兴了："咋了？陕北也是咱陕西的，就关中的音是正宗秦声？你开口试试，别光笑话我老汉。"

行！

我爹一开口唱，齐老汉笑得差点岔气，说你把好端端的秦腔唱得全是河南蛋味。

齐老汉让我爹干脆唱豫剧。我爹说："在陕西唱豫剧没意思，还是唱秦腔好。"

这样，一连好多天，我爹就跟着齐老汉学起秦腔戏了。

晚会就要举行。

这天，县里来了领导，是公安局局长陪着的。局长宣读了劳改期满书，一大堆名单中有范大诚。我爹听了悄悄问马场长："这名单里有没有我？"

马场长摇摇头，说："你安心在农场吧，我还没调走，你倒想走了。"

"那这戏我不唱了！"我爹说。

"咋了？"

"你不是说，唱好戏就能提前回家吗？"我爹问。

"戏还没唱了，你立竿见影呀！要是一唱戏都提前回家，那农场不天天成了剧场了？"马场长说。

知道范大诚回家，我爹高兴，他找到范大诚，大诚对我爹不理不睬的。我爹笑了，说："回去到我家看下，说我在这儿挺好。"

范大诚说："会的，你在这里当然好了！溜股子，天天做饭，有吃有喝，比在家还好。"

我爹知道大诚是在攘和他，装作没听出来。心想，你与二忠兄弟都认准我真与二忠的女人细桃通奸了？我爹想这会儿不是说话的时候，早晚你们会知道我老姚是冤枉的。我爹低着头，将手里的两个木头陀螺交给范大诚："这两个猴儿，给你侄儿带回去。替我管着点，娃们正在长人哩，别太贪耍了，我不在。"

范大诚不乐意地接过陀螺。

晚会开始了，临到上场时，我爹退缩了："不行，我腿咋直打战呢？"

马场长在身后推着我爹说："你软尿，关键时候不能退阵。"

我爹说："不行，我真的不行。腿软得不敢登上这台子。"

齐老汉对我爹说："上戏台比上法场还吓人？看你那点出息。"

"就是，法场都上过了，还怕个屎呀。"马场长说着一把将我爹推出了台。

我爹站在戏台子上，看见下面黑压压的人，一时呆若木鸡。

"唱呀，开口唱呀！"马场长压着嗓音叫着。

齐老汉急中生智，在后台叫地板："谢谢妈！"

拉板胡的一听有人叫板，随即拉了起来。我爹跟着板胡音唱了起来："临行喝妈一碗酒，浑身上下热汗流……"台下哄然大笑，马场长一听，心想完了，老姚唱错了。我爹不知下面笑为何意，只管一口气往下唱。

下台后，齐老汉拍拍我爹说："你小子真行，第一次登台，就唱出彩了。"

我爹抹着脸上的汗说："这唱戏比陪法场还累人！"

报幕员报幕："下一个节目，小合唱。"劳改犯与劳教犯集体上了台。

报幕员："第一支歌《我们是共产主义接班人》。"

大家唱着，下面坐着的领导越听越不对味，犯人成了共产主义接班人，那我们成了什么，我们将共产主义接班人关起来劳教岂不成了法西斯了？可是领导们不好发作，唱完了还是鼓了掌。

马场长看县领导们鼓掌，心里高兴，向报幕员挥挥手，意思让再唱一个。

报幕员说："再为领导唱支歌，歌名是《远方的客人请你留下来》。"

这回再看县里的领导们，个个哭笑不得。见这种情境，公安局局长脸铁青了，马场长知道没弄好，小声地问姐夫："都怪姚重义将样板戏唱日塌啦。"

局长白了马场长一眼，说："你个猪脑子，啥时开得巧来？"

范大诚要回家了。我爹早早地来送他，范大诚看了我爹一眼，说了句"谁稀罕你送"就出了大门。

我爹见大诚还是对自己耍横，心里不好受。眼看着大诚出了农场大门，消失在远处，我爹心里竟然生出一丝愧疚来，像是自己真的睡了二忠女人一样。

"把他妈的！"

我爹骂了声，他对闪进自己心里的这个念头感到奇怪：咋会这样呢？自己连二忠女人细桃的手都没碰过，别说是睡了，哪怕目光不小心碰到细桃那女人挺着的一对奶子，自己都觉得一个大伯子哥这样就是对不起弟弟二忠，就会立马把眼睛躲开。顶屎盆子，不就是为着二忠女人细桃将肚子里的娃平安生下来。

我爹想着，也许这屎盆子太臭太重了，自己顶不起。可不能眼睁睁看着细桃肚子里的娃折了。一个活生生的娃，一条活活的命，比自己的名声沉多了。

范大诚没有直接回家，他去了县城，买了瓶酒。村里人喝的是散装酒，瓶装酒贵，舍不得。范大诚将酒塞到怀里，搭了辆手扶拖拉机就往村里赶。

范大诚回到村里时，太阳都落乔毛山了。我和秋芒推着用树权做的小推车，上面绑着笼，笼里塞满了放学后割的草。我看到大诚叔高兴得像是看到我爹。

"大诚叔回来了，我爹也回来了吗？"我紧推着小车迎了上去。

"你爹？你爹和我咋能一样？他没回来！"大诚叔说。

"那我爹啥时回来？"

"你爹啥时回来，我咋知道？"大诚叔不耐烦地说。我能看出眼色，但还跟着大诚叔一起向村里走，我总想从大诚叔那里知道我爹的消息，哪怕一星点。

一进村口，大诚叔停住了脚步，他对秋芒说："走，到你家去。"

我一看，忙跑回家告诉我娘。

"咋？你大诚叔回来了？"我娘一听，喜得解下腰里的围裙，就要出去。我说大诚叔去了秋芒家。

我娘说她这就去秋芒家。

范大诚到了秋芒家就拿出了怀里的酒，说："有信兄弟，摸下，这酒都让我暖热乎啦。"

郑有信摸了下，说："大诚，你买这么金贵的酒弄啥，得花几块钱吧？"

范大诚说："花多钱也值，这酒是兄弟我专门给有信你买的。咱兄弟俩今天喝他个瓶底朝天。"

郑有信听了很是高兴，一把接过酒，对秋芒娘说："媳妇，弄两个菜，我给大诚老弟接风洗尘。"

范大诚与郑有信等菜的时候，我娘与芹的娘前后脚地来到了郑家。

我娘一进门就说："大诚兄弟，你可回来啦！谢天谢地呀，你重义哥捎啥话没有？"

范大诚说："有啥话捎的？"

"那他在农场好不？"

"老姚呀，在里头活得滋润着哩！有吃有喝的，还不下地干活，比在家一点不差！"范大诚的话中带刺。我娘听出来了，但没流露出不悦来。这范大诚过去对我爹那是不叫哥，不开口的。我娘看秋芒的娘也在弄菜，就说我家还有几个鸡蛋，就回家拿来，送给了秋芒娘，炒了给范大诚、郑有信下酒。

酒杯一端，范大诚仰脖就干了。芹的娘见状说："你劳改劳得出息了，能喝酒了。"

范大诚说："这酒喝得值，有信兄弟可是咱的恩人呀。我去了农场，家里家外亏得有信兄弟关照。"

芹的娘一听丈夫这么一说，脸悄悄地热了。她与胡医生日弄，身子快活了，心却亏欠了。面对自己的男人，自然不安和愧疚。

大诚不知自己女人与胡医生的事，只顾跟有信喝酒。他一连喝了几杯酒，脸红得像猪肝了。有信见状说："大诚弟，你喝多了，刚回来，还没顾得上回家哩。今儿咱不喝了。"

大诚一听摇晃着头："我去劳改，快两年时间，六百多天，苦呀！我，我……今儿终于煎熬到头了，这酒值不值喝？"

"值，值！"有信应着。

大诚继续摇晃着头："我去了农场，芹的娘、芹，家里是不是只剩下她娘俩了？没个男人，这日子咋过？"

"不好过，不好过！"有信点着头。

"还不是多亏有信老弟你仗义，帮她娘儿俩，送米送面还送钱的。你说这酒我值不值喝。"大诚说的句句都在理上。

"值，值！"有信点头，眼睛却不敢看大诚，这狗日的心里也虚得慌。不是他有信故意将芹的娘领给胡医生，他们也不会有这勾当，大诚也不会当王八。

有信心有愧，便端起杯说："大诚哥，我做的这点事比起你替我坐牢算得上什么？再别说了，这酒我喝了。"有信将酒喝干坐下，也不吃菜。

大诚跟着喝干了酒："有信，你这个兄弟我认的准呀。"他越说越来劲了，头晃得更厉害："你是个真兄弟，不像狗日的姚……"范大诚的话没说完，芹的娘就踢了他一脚。大诚看了我娘一眼，知道说露嘴了。

"我只认有信你这个大哥了，别人咱不说，也不管了。"

我娘一听，生气地接过范大诚的话茬儿："你管好你自己就行了，别人不用你咸吃萝卜淡操心。"说完扭身离开了有信家。

秋芒的娘和芹的娘追出门，芹的娘拉住我娘说："嫂子，别听大诚胡咧咧，三两猫尿灌下去，他就不知姓啥了。"

我娘笑了下没说话，自个回了家。

芹的娘返回屋里冲着自己的男人说："你喝了几滴猫尿就不知姓啥了，你看将强的娘气走了！"

大诚酒已经喝大了，他眼睛四处寻着我娘："真走了？我就是要气气她看看，她在这里碍眼！"说着又将手里的酒杯伸到自己女人面前："来，老婆，倒上，满满地倒上。"芹的娘拿起酒瓶说："还喝？你那点酒量。"

"啥？我没量，我有的是量，这点酒咋会喝倒我？"大诚说着，站起身来。"多亏有信兄弟呀，要不她娘儿俩咋活。"大诚端着满满一杯酒，敬着有信。有信还没喝，大诚一仰脖子就干了。

"来，再满上！"范大诚端酒杯的手有些不听使唤："把他妈的，这指头麻了。"

有信一看拦住大诚，说："改天再喝。"

大诚一听这话脸沉了："咋？有信老弟，看不起我，我这是感谢酒，非喝不成。你一点也不爽快，是男人就一口干了。"

芹的娘夺过自己男人手中的杯子，说："别在这儿丢人了，走，回家！"

大诚一看杯中的酒洒到了桌子上，就埋怨起芹的娘了："你咋这样的，看看酒全都倒在了桌子上，多可惜。"说着趴在桌子上，长长伸着脖子，用嘴吸着桌子上的酒，边吸边说："多可惜，多可惜！"

芹的娘急了，拉住大诚："你真丢人，真恶心死了！"

"丢啥人啦？酒是粮食精，咱一年也喝不上几回。"大诚冲着自己的女人说完，又扭头问有信："有信兄弟，这可是好酒，瓶装的。"

有信一个劲点头："对，好酒，好酒。"

二忠这时来到了有信家，一进门就冲着大诚说："你心里没有我这个老弟，回来也不告诉我一声。"

大诚眼睛瞪大："你是谁？你是陈二忠。怎么才来？先罚酒再说话。"

二忠说："罚酒，你不告诉我，我怎么来喝酒？"

大诚说："我自己罚自己！"说着又将杯里的酒仰脖喝完了。

二忠见大诚喝了，自己端起杯子也喝了。大诚说："这就对了。来，咱再喝。"

大诚与二忠兄弟又连喝了三杯。

芹的娘对有信、二忠说："不行了，大诚醉了。"

"啥？我醉了？你是我婆娘，对不对？他是有信兄弟，我的大恩人，对不对？"

大诚又看了看二忠说："他是二忠，对不对？他婆娘是细桃，细桃是我表小姨子？哈哈，你们看，我全说对了吧？"

一屋子人冲着大诚点头。大诚更来劲了，他指着二忠说："你的事，我全知道，你想开点，自己的地不用种有人替你种，白捞个儿子，多轻松呀？"

二忠一听脸都成猪肝了。

芹的娘一看自己男人的话像刀子直往二忠心头捅就急了，她拉住大诚，说："快回家，不能在这里喝了！"

有信也一个劲拦大诚，咋能哪壶不开提哪壶，净往二忠心疼的地方捅？

大诚胳膊甩开有信和婆娘，说："你别当我醉了。就这点酒？哼！细桃是你妹子，不对，是表妹子，也是我表小姨子，让他姚罐罐给睡了，这口气二忠能忍下，我大诚也忍不下。我的表小姨子，我都一个手指头不敢动，他姚罐罐凭啥就给弄了？"

二忠"啪"地摔了手中的酒杯，推开门走了出去。他回头撇下一句话："我不要这破鞋婆娘了！"

有信和芹的娘追出门，芹的娘冲着二忠大声喊道："二忠兄弟，你可不能胡来呀？千万别听大诚臭嘴瞎说！"

二忠头也不回地消失在黑夜中了。芹的娘回到屋里，对自己男人发火："你嘴不把门，看把二忠气的，这可要出事哩！"

有信也埋怨大诚："这样揭二忠的短，得惹火呢！"

大诚不回话，他已经趴在桌子上睡了。有信和芹的娘架着大诚回家。大诚眼睛都睁不开了，说："我自己能找到家，不用。"

他们跌跌撞撞往家走，过一个坎坎，大诚险些跌倒，芹的娘说："看看，你都醉成啥样了？"

大诚问："我真的醉了？"

芹的娘说："真的醉了！"

大诚笑了起来："我还以为腿瘸了呢！"

"你以后再这样喝猫尿，可没人管你！"芹的娘说，大诚笑了，谁让你管？咦，咋不见二忠人影呢？

"二忠，让你气得回去了！"

"回去，回去弄啥？"

"你说弄啥？这两口子今天不动手，才怪！都怨你一张臭嘴胡咧咧，惹出事看你咋收场？"芹的娘说。

有信说，兴许不会。两年都过来了，二忠跟细桃一直都在一起过活着哩！

"哼！"芹的娘鼻子哼哧了下，说："我看二忠这回气性可真的上头咧！"

二忠好心去有信家看大诚兄，却被大诚酒醉后数落了一顿，大诚的话句句像刀一样，扎到脸上，疼在心里。二忠一个大男人，能受得住这个？

当天晚上，二忠气冲冲回到屋里，细桃已经睡下了，二忠一把掀起细桃的被窝。

细桃从梦中惊醒："你这是抽啥风哩？喝了酒就要起酒疯呀，有事不能明天再说？"

"不行，等不了天亮了！"二忠吼叫道。

细桃扯过被子，往身上盖，边盖边说："你小声些，半夜三更的让人听见不丢人呀？"

"怕啥呢，半夜三更全村人听到有啥的，我不怕丢人。"二忠说。

"你是喝多了，明天跟你说。"细桃盖住被子。

"你做的好事，早让我丢尽了人！现在知道丢人了？"二忠的声音更大。

"我做啥事了，让你丢啥人了？"细桃说。

二忠将被子拉过来，扔到炕下："你偷人，你让我白当爹了？"

"你疯了？"细桃光着身子叫道。

"我就是疯了，咋啦？"二忠说着，挥起拳头打向细桃："老子再也不想当这王八了！"

细桃想躲，已经躲不开。二忠的拳头砸到她的脸上，细桃哭了，二娃也哭了。二忠还不解气，他扬起脚，将细桃踹到炕下。"嗙"的一声，细桃头破了。

细桃见二娃往炕边爬，起身抱起二娃，她心里明白了，一定是二忠去有信家喝酒，谁挑话给他了。长这么大，自己父母都不舍得动一根手指头，今儿却让自己一心爱的男人打了，细桃疼在头上、脸上，更疼在心里。也许是自己男人喝醉了，一时起的性，细桃这样硬往好处想着，她低头对二忠一字一句地说："你自己的老婆你不信，别人的话你就信。告诉你，我的身子是干净的，我对你二忠没有一点对不起的地方。没有让你当王八，你打，你往死里打！"

"没有让我当王八，还是我自己想当王八呀？"

二忠举起拳头，这回他没有挥下去。但说出了比拳头砸在细桃头上还让人疼的话来："我不信你，你做的事叫我咋个信你。离婚，咱俩离婚！"

细桃一听愣了，离婚二字对一个女人来说，是最不想听最不敢听的字了。她对二忠说："我的男人，你真这么绝情？我一心一意跟你过，你就不相信我？"

二忠说："真的也好，假的也好，反正我要跟你离婚！"

细桃的心像是被人拧湿衣服一样的拧住了，揪疼。她结婚时就说了，生是你陈二忠的人，死是你陈二忠的鬼，新婚没进洞房，没办法跟你二忠钻进苞谷地，将一个女人的身子都给了你。现在娃都给你生下了，你却要像吃完西瓜扔瓜皮一样要扔下，细桃屈呀。男人总不能像羊公子一样，搭完羊娃儿，从母羊身上下来就扭头自顾自地吃硬食吧。一行冰冷的泪流在细桃的脸上，也刺疼着她的心。

"二忠，我细桃今生今世的第一个男人，苞谷地，我可是把个女人整整齐齐地交给你的！"细桃像是自言自语。

"别提苞谷地了，谁知道你跟谁进了苞谷地，让谁睡了？"二忠气喘吁吁地说。

苞谷地是细桃的伤心地，也是二忠的伤心地、耻辱地。话咋这样？自从二忠得知我爹姚罐罐与细桃搞破鞋，挨批关到农场，二忠眼前总是晃荡着一个让男人亢奋，让女人气喘的影像：姚罐罐，带着细桃去劳改农场，他们两人先钻进了苞谷地，两人急急忙忙脱下衣服，铺上苞谷叶，就日弄上了。

狗日的二忠咋胡思乱想。我爹要是知道二忠这样想他与细桃，一定会骂他。二忠当然不服。羊饿了要啃草，牛渴了要喝水。你姚罐罐是神，能耐住饥忍住饿？一个精壮的男人与细桃这样嫩得像刚掉了尖花的黄瓜，熟得像红了皮软了肉的桃子，骚得晃荡着一对大奶子的女人，走了二十多里路，能不起贼心？一路上有多少苞谷地，还有高粱地、棉花地，你们两人早钻过苞谷地、高粱地、棉花地了，早就在地里日弄上了。要不凭啥，你姚罐罐能卖力送细桃到农场？就说是念及兄弟情分，那凭啥能认下细桃生下的娃？谁会白白当奸夫，白白挨批斗，白白去坐牢？说是为了我，为了娃，顶的屎盆子。我二忠想信，都找不到信的理由，你拿我二忠当笨尿哩？

要说细桃、二忠一对笨蛋，人家老些的人还会在结婚入洞房时往女人身下垫块白布，日弄完一看白布上有没有血，就知道这女子是不是黄花女子。那点点红血，满足了男人占有一个女人的初夜欲望，就像狗占了一个地盘，浇泡尿说明这地盘有主了。在男人眼里，带血的白布就是一面旗帜，像打仗胜了插到对方阵地的旗帜。旗帜哗啦啦响，是向世人宣示一个男人的力量、一个男人的自豪，男人征服女人比狗尿占地要深多了。当然，也有日弄完不见血的，遇到这事，要不男人将女子休了，要不自己偷偷弄鸡血抹上，再示人。听秋芒他爷说，有一个女人，洞房之夜没见红，第二天吊死在茅房了。这女子可能是婚前跟人睡了，也可能本是黄花女，只不小心弄破了下身，成为烈女贞妇。秋芒他爷还说，有的女人进洞房前，先往下身里塞个猪苦胆，里面包着黄鳝血，男人日弄进入她，一用劲就会顶破猪苦胆，里面的血就会流出来。

说二忠与细桃笨有点屈，两人结婚前都是黄花菜，知道个啥？在苞谷地，在他们正在日弄的当口，突然听到苞谷地有人说话声，便急急忙忙稀里糊涂了事。二忠以为自己没进龙门，细桃吓得只顾提裤子。一对处子男女，要是有一个是熟练工，也不会造成这么大的误会。在那个年代，黄花闺女和没开封的童男子有的是。时光流经了几十年，世事全变了，现在是性爱成了快餐，见面三次要没上床，就算男人没本事，女的不够骚了。找女人，谁要是说找处女，比在河沟里淘金粒都难。

二十多年后，我的一个当过医生的朋友听我说起这话题哈哈笑了，说："过去的人笨死了，现在去医院做处女膜修复手术简单得就是抽支烟的工夫。"他告诉我，用剪刀将破了的处女膜剪齐，然后用针缝补一下，就行了。朋友的话，展现在我眼前的是缝纫机，两块布在针下一过就成一块整布了。朋友："对，比缝布针脚还大。"那现在为什么很少有女娃去医院缝补？可能是因为男人都不在意女娃是不是黄花菜了吧？除非遇到一定要找处女的老板们，女娃才去医院。不过，也难说，医院做这手术是要为患者保密的。这一点，医生还是很有医德的。我笔下也得积点德，不然，冤枉了真的纯洁的女娃，我不挨骂死了。

细桃看这回二忠铁了心与自己离婚，心凉了！

"你要撵我走，我不能不清不白地走了，就真成了破鞋烂女人了！"

二忠："你不是破鞋，谁还会是破鞋？"

二娃不懂爹娘的话，瞪眼问："妈，你们在说什么破鞋？"

细桃拍了拍怀里的二娃。她低声对二忠说："你铁心要离，我们明天去公社。别在娃面前说这些恶心人的话！"二忠一听，却一下子愣了：在他眼里，他怎么闹，细桃一个外地来的女人，也不会同意离婚的。没想到细桃说明天就和他离婚。离婚，你一个外地女人，还咋在胭脂村待？二忠心里想着，嘴上说天一早咱就去扯离婚证。

细桃哭了，她边哭边给二娃穿上衣服。她要抱上二娃这就走！

"你要走就走，我不拦你！"二忠没服软。他还没从细桃与我爹通奸的事上回过神来。

细桃一咬牙抱着二娃出了门，细桃扔下一句话："二忠，有你后悔的！"

看着细桃离开家门，二忠一屁股坐在地上。后来二忠对人说，看着自己的老婆真的离开家，他心里也一下子空了。

细桃半夜来到表姐芹的娘家。

"脸咋了，青成这样？"芹的娘问。细桃一听，哭了。

"狗日的二忠欺负你了？"

细桃摇摇头，说是自己不小心摔到炕沿了。

我娘心里明白，这伤就是二忠打的，但细桃不愿意说，我娘也没刨根问底。

幸福炮乒

"那你天不亮来干啥？"

细桃说她与二忠要离婚。

"咋能说离就离了哩？"芹的娘埋怨细桃。

"表姐，我先住你家吧！"细桃说。

天放亮，大诚叫上余三爷已经到了二忠家，一进门三爷就指着二忠的鼻子说："打女人？你本事不小呀！"

二忠自知理亏，没有搭话。就是，自己在气头上，下手是重了些。以前看着男人打女人，自己还笑话人家，没想到这事轮到自己头上了。但二忠没多大的后悔，他认定细桃与我爹通奸的事！认准了不当王八这个道！

三爷说："你娃才笨呢，一个好好的女人你要赶走？"

二忠头没抬说："啥好女人，好女人能偷男人？"

三爷说："你女人偷人，你看见了？"

二忠摇摇头。

"那就是听人说了？"三爷说，谁在你耳根嚼舌头。二忠看了眼大诚，大诚低了头。

三爷说："眼见为实，耳听为虚，一个男人活世上要是听别人嚼舌头，还咋立世？"

"不是一两个人说，那么多人都说。再说，姚罐罐也认了！"二忠说。也是，不说别人在二忠面前半阴半阳地说，就是不少人看他的眼神就让二忠受不了。

余三爷说："二忠，你咋榆木脑袋油盐不进呢？"

二忠闷声说："三爷你不是说过，男人穷，穷一时，女人脏，脏一生。这脏女人，我咋能要？"

余三爷说不服二忠。"狗日的，不听老人言，吃亏在眼前。"三爷骂了句走了。

二忠将被子往头上一蒙，对大诚说，你们都走吧！

12

生产队的马死了，是拉知青们到塬上学大寨造梯田时跌到涯里摔死的。社员们虽是心疼，这驾辕的马可是队里最好的马，是大牲口。可是，对马摔死，除了赶车的刘老汉真的伤心上气外，其他人对死马这事倒有些暗自高兴，因为能分到马肉吃。在那个时候能吃上肉可是再美不过的事了。这马是驾辕的，刘老汉失去了驾辕的老马，这马车就赶不成了。拉车的马好找，驾辕的马可不好找。刘老汉骂知青是败家子，他们非要自己驾马车上塬，硬是将好好的一匹马给摔死了。分马肉时，刘老汉没要，他吃不下驾辕老马的肉。

知青们吃完了马肉，心里有些过意不去，将这么一匹马摔死了，社员不说，但他们感到对不起大家。这几个知青娃晚上商量出了个好主意。第二天他们找到队长周公社，说他们要给生产队的马配种，弄出个骡子。驾辕，好马不如孬骡子。

"啥？你们能给马配种？"周公社一听乐了。

"你当队长的啥耳朵？不是我们给马配种，是拉头驴来给马配种？"知青们说。

"瞎胡闹，你们城里娃知道个啥，见过驴给马配种？"周公社说。

在学校代课的夏小雪不知从哪儿找到一本书，她翻着书对队长说："你看看，驴跟马杂交，就能生出骡子。"

"我们是抓革命、促生产，队长你要支持我们搞科学实验。"王欢欢说。

周公社笑了，说："成，我要不支持，你们还不给我扣压制知青抓革命、促生产的帽子了？成，你们要是真的弄出个骡子给我看看才算你们的本事！"

知青们要让驴子给马配种的事不几天就传开了，公社革委会主任周狗牙让人在喇叭里表扬了这事，这是文化革命的新生事物。"就是失败了，也不可耻，失败了再来，直到成功！"周狗牙在广播里给知青们打着气。

知青们很快就从别的知青点所在的生产队找到了一头叫驴子，这天他们牵着驴来到生产队的饲养场。队的人不管男女老少都来看热闹了。别的村也来了不少人，周狗牙带着公社的干部也来了。

"这是好事，抓革命、促生产，给胭脂村增加生产力。"周狗牙说。

狗尾巴跟在夏小雪后面，刘老汉眼盯着这些知青后面的驴，他先前也听说过驴配马生骡子，可没见过呀。刘老汉牵出那匹他最喜欢的枣红母马，这匹母马以前配种总是与王马村的雪花白配的，那雪花白可是匹好马，高头长腿，每次配种，刘老汉只要将两匹马往一起一牵，两匹马像是老相好，相互拱拱头，闻闻屁股，就交上尾了。与公驴配还是第一次，刘老汉不信这些知青娃能让驴与马配上。公驴与枣红母马被牵到了一起，却丝毫没有配种的样子。刘老汉对周公社说："瞎胡闹吧！"说着就要牵回自己的母马。

"是知青的叫驴子不行？"

"是刘老汉的母马没发情？"

人们逗笑着。

刘老汉瞪眼："你们知道个啥？我这母马看不上知青的驴，嫌驴个头不高，驴脸太长，难看！"

"你这马挑丈夫不看长相！"

刘老汉说："那看啥？"

"看膘肥不肥？"

"看那玩意儿长不长？"

哈哈哈……

社员们的说笑，将夏小雪和王欢欢这两个女知青娃弄得脸通红。

夏小雪说："啥贫下中农，革命群众，简直是一群……"她没有将"流氓"两字说出口。

狗牙一看架势要砸锅，这浑话要是这样说下去正事弄不成了，传出去还不给科学实验抹黑！他手一挥，说："这是正儿八经的事，不是小事，你们谁起哄，就是破坏抓革命、促生产。"

"啥抓革命、促生产，不就是看驴日马吗？"有人嚷嚷。

队长周公社对大家喊道："安静些，安静些！你们一嚷嚷，驴就不上啦！"

周公社叫狗尾巴带几个人钉了个大大的木架子，将母马拴住，然后将公驴推向了母马。公驴像是知道了人们的美意，抬起两前腿要搭在母马后身，可是母马往前一挣，没让公驴上。周公社对刘老汉说："你过来，扛住你的马头。"

刘老汉不情愿地站在马头前，双手死死抱住，知青和狗尾巴几个小伙后面推着驴。驴就要爬上马身子时，母马扬蹄踢向了驴。

周公社说："枣红马可能是嫌人多，害羞。大家都闪远些。"人群又笑了起来。有人冲着周公社说："这马脸皮薄，你脸皮厚，教教它吧！"

周公社像是没听见，队长在装糊涂哩，他咋能接这话，说自己脸皮比马薄，还是马的脸皮比自己厚。

狗牙冲着人们喊道："不让你们说骚话，咋就忍不住呢？"这回社员们哈哈大笑起来。

刘老汉转身去了饲养室里，手里抓了一把黑豆出来，他走到母马头前，伸出手将黑豆喂到马嘴里，看着马嚼着黑豆，刘老汉对马低声说着："今天这一关你得过呀，这是抓革命、促生产，你看这驴个子低些，长得黑点，但身子强壮。吃了这硬食，你就委屈一下吧！"

不知是马通人性哩，还是马也想通了，老母马吃完刘老汉手里的

187

幸福炮兵

黑豆，听了刘老汉的耳语，向后退回了两步。这牲口与人一样，男追女隔座山，女追男隔层纸。母马一个小动作，公驴就领会了，它扑到马身上。顿时，一股腥味铺天盖地而来，熏得人喘不上气来。

知青们看到这个场面惊喜地尖叫着："配上了，配上了！"

刘老汉嘴一噘，说："马下了骡子才算数！"

周狗牙说，为支持知青们的行动，过几天请县里来放场电影。村民们一听，高兴了，盼着看电影哩。

胡医生又来到了有信家，他给了有信一块旧手表，这是他给人看病，人家没钱，顶的药钱。有信嘴上说农民戴手表弄啥，可还是接过来，耳朵贴在手表上听着滴嗒滴嗒的响声，心里那个美。此后几天，他大冬天将袖子都挽得高高，还爱问人几点了。"有信戴个表，烧包的！"有人笑话他。

胡医生送给了芹的娘一件的确良衣服，又拿出一条围巾和一瓶酒，让芹的娘将酒送给大诚，围巾送给芹。芹的娘接过，将围巾塞到怀里，将酒又递给胡医生，说酒送他弄啥？芹的娘不乐意，她是怕送酒会让自己的男人起疑心。胡医生说大诚爱喝酒，就送的。胡医生睡了大诚女人，面对大诚心里有愧。芹的娘再一次接过酒，她没说什么。芹的娘将酒送给了丈夫，将的确良衣服悄悄放到了柜子里。

大诚看到胡医生送自己的酒，对芹的娘说："这胡医生还真是够意思！"

女儿芹接过围巾，很是喜欢，但知道是胡医生送的就扔到了地上，说："我才不要这些烂东西！"

大诚拾起围巾，说："看看，你这娃，咋不知孬好！"

细桃与二忠离了婚，被二忠撵出了陈家门。无处立足，细桃先住在表姐芹的娘家，不知何缘由，又住到了我家，后来细桃怕给我娘添麻烦，非要搬出去。

"那怎么成？你一个女人家，还带一个娃！"我娘说什么都不答应。

秋天分口粮，细桃遇到了大麻烦。排队到细桃时，狗尾巴将细桃的口袋一扔，说只能分半个人的。细桃一听忙问："凭啥？"旁边的队长周公社说："你与二忠离婚了，户口不在胭脂村了，自然就不能参加分口粮，这半个人还是照顾你的。"

细桃结婚前不能将户口转过来，有了结婚证才能回家迁户口。可是，她与二忠结婚后，还没来得及回陕北老家，先前分口粮有她的，因为她结婚了，是胭脂村的媳妇，可现在大家都知道她与二忠离婚了，这口粮当然分不了啦。那半个人的口粮是二娃的。

后来好几年的时间细桃一直没分上口粮，二娃半个人的口粮咋会够两人吃？尽管细桃娘俩与我家吃饭搅在一个锅里，但细桃心里过意不去。再说，我爹也不在，家里没壮劳力，工分挣的少，分的粮食也少。

一到开春，青黄不接时，我娘就带着细桃去桃树林挖面条菜；盛春时，去撸榆钱儿，撸杨槐树花；秋天就去生产队收获完的地里溜红苕，溜花生；冬天，我娘说少动身子，人不动，吃的就少。

粮少口多！我与弟弟、二娃，人不大吃的不少，常常饿得到处找吃的。

要不是二娃的干爹干娘，我们不饿死，也得饿个皮包骨。

多亏二娃认的干爹张树贤，干娘王玉慧两个老人啦。老汉要的馍被老婆一一扯开，晾干。然后两位老人挑些白面的，好的，送给细桃、二娃。有时，大诚家的芹也跟着吃。后来，二娃的干爹弄了台爆米花机，走村挨家地给人炸爆米花。挣得些小钱也帮着干儿子二娃和我们两家渡饥荒。

人忙日月短。二娃六岁时，发生一件大事。

那年雨水多，月亮河水都满了。刚刚入夏，我放学后与秋芒、芹

幸福炮兵

一起，推着拉草的车，看着像是去割草，实际上我们是要背着大人去月亮河抓鱼玩，二娃也跟着我们去了。前几天秋芒抓了一个大王八，卖给棉花加工厂的工人，得了八毛钱哩。我们一到河边，踩着河滩，在浅浅的河边抓了半天也没抓住一条鱼来。抓王八吧，秋芒说。我们在河边的泥巴中摸王八，也没摸到一个王八。我和秋芒对芹说，让女娃去远处割草，我们男娃下河洗澡。芹不乐意，但还是去了，我与秋芒下了河，让二娃看衣服。二娃紧紧抱着衣服，老老实实地坐在岸边守着衣服。

这二娃心实，你让他做什么，他都会不声不响地做。那次，我们去偷西瓜，我在长长的杆杆尖拴个铁钩，悄悄爬到西瓜地边，伸出长杆用铁钩将西瓜勾过来。我们将勾过来的西瓜抱到苞谷地里，砸开见是红的熟的就吃，生瓜蛋就扔一边。西瓜没吃完，我们将多余的藏在草地里，让二娃看着，我们割完草饿了再吃。二娃一动不动地看着西瓜，人家西瓜园的人追出来，他也不跑，被人打了一顿。二娃真是笨死了，让你看西瓜，也没说人家追来了也死守那里呀！二娃一听急了，说他跑了。跑了怎么还被人抓住了？二娃说，他听人家喊就停住了。人家喊啥？"人家喊叫，别跑了，把瓜秧子都踏坏了！"你个瓜娃，你不跑，让人抓回来还不挨揍？二娃不服，说："跑了不把瓜秧子踏死了？踏死瓜秧子，西瓜不都死啦，西瓜死了，你还能再偷呀？"你看，二娃的心眼多实，连个小缝缝都没留。

我与秋芒下了河，我看到水中一条大鱼，喊了声，就游了过去。不知不觉到了河中间，我一踩不见河底，心就慌了，这一慌就坏了，感觉到河下伸出了一只大手，要将我拉下河底，这河水面上看不出水有多急，下面却像疯马一样暗流急湍。我叫喊着，下沉着，一会儿就没了知觉。等我醒来时，已经躺在河岸上了，人们将我抬到一头牛的背上，来回翻滚着，让我吐出了黄水，才醒了过来。这时，我娘、细桃婶子、秋芒的爹娘也都来了，我娘围着我，其他人却在冲着河叫喊：二娃，二娃！叫声最大的是细桃。我这才知道二娃不见了！

天黑了，人们点着火把沿着河岸寻找着二娃。细桃坐在河边，不吃不喝，谁也劝不回来！她手拿着二娃的红兜兜，这是她与我娘、芹的娘、二娃的干娘好多人缝的，算卦的说，二娃命硬，人多缝个大红兜兜，穿到身上能保佑二娃。二娃跳到月亮河时脱下了红兜兜，要是二娃没脱下红兜兜，兴许就不会淹死。细桃眼睛直直地看着河水，像是二娃一会儿就要露出河来，她要将手中的红兜兜给娃穿上似的。一连三天，细桃的眼睛都没离开月亮河。

后来，芹悄悄告诉我，听到我在河中央喊叫，看到我在河水里挣扎，芹吓坏了。二娃看见，扔下手里的衣服，"扑通"就跳入河中，"跳进去就看不见二娃了！"芹说。我心里知道了，二娃是要救我才下的河，这二娃只有六七岁，从没有下过河哩！芹说二娃可能是吓得不小心掉到河里的。我对芹说，别告诉人这个事。我知道，我这样说，实际是太自私，怕自己担当不起二娃被淹死的这个大事。但我心里感到我这样说又不仅仅是这些，隐隐地有一种怕失去细桃姊子的恐惧。

细桃坐在河岸，不吃不喝。我娘、芹的娘，死活将细桃拉了回来。我娘守着细桃，生怕她想不开，寻了短见。

细桃男人离了，自己的二娃没了影，支撑她生命的这棍棍抽空了，牵着她生命的这个线线断了，细桃这个稻草人的心也死了。

二娃的干爹干娘知道二娃出事后，来了，俩老人面对细桃找不出一句安慰的话。老汉将手里的一块干馍都捏成渣渣了，老婆婆拉住细桃的手，一个劲儿流泪。从村子出来，俩老人来到淹没二娃的月亮河边，沿着河岸向前走去。从此，人们总会看到，月亮河边，两个老人相伴，他们一边要饭，一边向河中张望……

"回来喽——二娃！"俩老人像叫魂一样的声音，在月亮河边回荡着。

冬天，第一场雪，细桃上了桃花沟，她要出家当尼姑。细桃要当尼姑的事，她对谁都没说。我娘一早起来，就没见细桃的影子了，开始还担心细桃寻了短见，后来才知道她当尼姑的事。

雪落满了山坡，盖住了桃花沟，淹住了尼姑庵门。山上，沟下，白茫茫纯然一色。雪晨很静，能听到雪花坠落的声音。细桃身上落满了雪，她望着空中飘落的雪，泪落了下来。雪花呀雪花，你本是天上的精灵，咋非来这尘世，你看摔到地上，你没了花形，也没了清白，花形摔碎了，你的洁白也被尘土弄脏了。唉，你不知道，你的洁白只能在天上有，到了地上，再白也会被尘土弄脏的。我的二娃，你咋说没就没呢，要走也得跟妈说一声呀！你丢下妈孤零零，妈到哪儿能找到你呀，我的二娃，你就像这雪花，悄然落下，悄然消失了？

细桃怜惜地看着雪，她不忍心打掉身上的雪，那些雪花凉凉地贴在她脸上，像是自己的二娃冻红的小脸，她要给暖热，但又怕暖化了。化了，就找不到了……

细桃来到尼姑庵门前，伸手叩响了门。半天一个声音从门里传来："谁呀？"

细桃对着门说："是我！"

一个小尼姑打开了一道门缝，伸出头问："施主，本庵已经对外关闭了。"说着就要关门。

细桃手推着门说："慧明，是我！"说着解下头巾。

细桃？慧明很是惊奇，问细桃这大雪天来庵做啥？

"我也要出家当尼姑！"

慧明说这可不是说着玩的，细桃说她是真心归佛！慧明说你先等等，她去告诉师父。

老尼姑一听摇了摇头，让慧明关了庵门就是！慧明说外面冷还是让细桃进庵吧！老尼姑没答应，说："你此刻心软会害了她！"

慧明对细桃说："你回家吧，师父让你留着你的青丝，好好过日子。"说着就关上了门。

细桃再敲门，无人应答。"留着你的青丝"细桃摸着自己一头的长发。

雪花一天就没住地落。第二天，黎明。小尼姑慧明拿着扫把打开了庵门，只见细桃端端地跪在雪地里，她身上落满了雪，像个雪人一样，慌忙上前扶起细桃。

细桃说："慧明，收下我吧，我要当尼姑。"慧明将细桃领到了庵里。

老尼姑说："可是我们不收尼姑了。"

细桃一把扯下头巾，露出了已经剃光的头来。老尼姑一下子惊住了。面前这个俊俏的年轻女人，一定是遇到大事了。

老尼姑对慧明说："快将她扶回房，大雪天在这里待了一夜，会生病的。"

细桃一听，跪下叫了声师父。

放电影啦！

县文化馆是在王马村的打麦场上放电影，片子是《奇袭》。

"好看得很。"看过的人对急着去看的人说。

胭脂村的人天不黑就往王马村赶。有信、大诚、芹的娘都去了王马村，胡医生看芹的娘去了，也跟着去看了。

"这电影没看过。"胡医生对有信说。

"没看过还不去看，又不用你花钱买票！"大诚说。

对对！胡医生高兴地说着就骑上自行车，挂着药箱箱，随着他们一伙去王马村看电影了。

电影放了一会儿，胡医生悄悄挤到芹的娘身后，手摸向了芹的娘的腰。芹的娘吓了一跳，她看是胡医生，忙向旁边的丈夫看了一眼，还好，这大诚两只眼睛直直地盯着银幕，看到要紧处嘴都张大了，一点都没注意老婆身后的胡医生。胡医生胆子更大了，身子贴在芹的娘后面，手摸着芹的娘圆圆的屁股。隔着裤子摸着不解渴，胡医生将手伸向芹的娘的衣服里。芹的娘往后悄悄挪着身子，双手抱在胸前，遮掩着胡医生伸进来的手。不料，电影里一声炮响，火光一闪，把胡医生、芹的娘吓了一大跳。有信一旁借着银幕上的白光，看到了胡医生与芹的娘摸摸搜搜在闹骚情。狗日的胡医生、芹的娘两人胆子也太大了，万一让大诚看见，不打死你们。有信瞪了胡医生一眼，黑暗中胡医生看不到，但能感受到。这胡医生没理会，有信踩了胡医生脚一下，又故意咳嗽了声。胡医生这才抽回了手。可是骚情已经挑逗起来，胡医生心如油煎。过了一会儿，他悄悄捅了下芹的娘，然后大声说肚子疼要先回去。芹的娘听了心领神会。

有信看出了胡医生的心思，他一把拉住胡医生袖子说："看完再回去吧，这电影怪好看的！"

胡医生哪有心思看下去，他心想，我几十块钱的手表都给你了，你还在这充好人。他拉住有信的手说："看看手表，几点了？"有信一听知道胡医生是拿话点他哩，唉，也是拿人手短，吃人嘴短，有信抬起手说："这表又不是夜光的，黑咕隆咚的看不清。"胡医生说我先回去了。

过了一会儿，芹的娘突然一惊一乍地问丈夫大诚："家里的鸡笼是不是忘了关了？"大诚一愣："这鸡笼不是你关的吗？"芹的娘说："哎呀，出门急忘关了，这几天村里就闹黄鼠狼，可别让黄鼠狼把鸡给糟蹋咧！"大诚一听，说先你回去，这电影我没看过。芹的娘一听心生欢喜，有信心想这大诚真的笨，将自己的女人往别人怀里塞，他从心里怪自己当初给这对狗男女牵线线。

芹的娘走出看电影的人群，一拐弯，刚出王马村，胡医生亮闪下手电筒就从黑暗中出来。

"你把我吓了一跳！"芹的娘说。胡医生收起手电笑着说，可把人给急死了，说着抱着芹的娘就往路边的柴火垛里钻。

芹的娘推了胡医生一把："你疯了，在这里让人看到不丢死人呀？"

"看不到，这会儿人都在看电影，谁到这里来？"

"不行，不怕一万就怕万一，万一有人从这走过撞上就麻烦了。"芹的娘说。

胡医生一想也是，反正电影完还有一个多小时，他头拱到芹的娘怀里，说先让人吃口奶。芹的娘说："有啥好吃的，又没有奶水！"

胡医生骑上自行车，驮着芹的娘就往家奔去。春芳问胡医生："你说，男人咋都喜欢吃女人的奶？"胡医生说："穷，饭吃不饱就吃奶吧！"春芳捶了下胡医生的后背说，人家问的真事！胡医生说奶子是女人的锁，男人一吃奶，这女人的心门就会给男人打开。

春芳与胡医生回到家。一进门，借着胡医生的手电光芹的娘低头看到门挡头掉在地上，就纳闷地说："这门挡儿咋忘了插上哩？"说着插上门挡头。胡医生要打开灯，春芳没让，她压低声音说："摸黑你还找不到地方不成？"

你说这门挡怎么掉在地上，不是大诚忘了插入，而是这屋里进贼娃子了。也活该他们倒霉。你说巧不巧，这贼就是邻村的小偷张秃子，这张秃子偷鸡摸狗，逛荡混日子，胭脂村的人也都认得他。张秃子趁村里人都去看电影这个当口，来到大诚家。他偷了大诚家灶房的几个鸡蛋，又趴地上将门挡头弄开进了屋，还没找到啥值钱的东西，就听到芹的娘的开门声。逃是逃不出去了，退也退不出来，这张秃子像钻到风箱中的老鼠，找不到能脱身的洞子。性急之下，张秃子滋溜钻到了桌子下。

这会儿胡医生与春芳弄好事，张秃子听得真切，心想这大诚与婆娘一对老夫老妻的还这么骚情。谁知，这时胡医生对春芳说要将灯打开。一听这话，桌下的张秃子吓坏了。这灯一开，他可就藏不住了。这张秃子慌乱中将衣服往头上一蒙，心想，这下你们看不到我了。不料，张秃子头一扬碰到了桌子。

"谁?"春芳吓得叫道。

胡医生却将被子蒙到头上，吓得哆嗦起来。春芳伸手一拉灯开关绳，灯亮了。春芳看到桌下一个蒙着头的人，贼娃子！再一看炕上的胡医生也将头蒙在被子里，炕上炕下两个蒙头人。春芳一女人家这会儿却不知害怕了，她冲着胡医生说:"你蒙头弄啥的，快来逮贼娃子!"

可是，胡医生还是蒙住头直往被子里面钻，春芳拉开了被子。这张秃子有些纳闷，这男人怕他不成? 正想着，春芳已经拉开了胡医生蒙在头上的被子，有男人撑腰，她胆儿更大了:"地下的贼娃子，快将头上的布拿下来，不然抓你到公安局!"

这张秃子一听，吓得哆嗦起来，他"扑通"一声跪到地上，朝炕上叩起响头来了:"求求，我没偷你什么，就拿了几个鸡蛋，别送我见公安。"

春芳一看，笑了:"这不是刘家庙村的张秃驴嘛，你狗日的咋偷到我家啦?"

张秃子说:"看你家人都去看电影了，就溜进门，谁知道你们这么早就回来了。我把鸡蛋还给你。"

春芳起身想拿回鸡蛋，这才发现自己身子还光着哪，赶紧抓起衣服往身上遮掩。这张秃子趁机抬头看到了胡医生，一下子明白过劲了，刚才害怕的像根皮筋勒紧的心尖尖，一下子松散开啦。他将鸡蛋装回衣兜，从地上爬起来，拍拍双膝盖上的土，看了一眼炕上的胡医生。

"我说啥呢? 这老哥是谁? 是大诚哥嘛，咋变样了? 人长个了?"张秃子贼眼珠子滴溜一转。

胡医生不知说什么，春芳忙将被子往胡医生身上盖。

"盖啥呢? 我刚才都听到了看到了，你们做的好事!"张秃子直起腰板说。

春芳一听呆了。

胡医生走江湖给人看病，不是没经过世面的人，这时他定了定神，问："兄弟，你想要咋办？"

张秃子笑了笑，坐到了椅子上，说："我是贼，你两个也是贼。我偷东西，你两个偷人。你说咋个办好？"

胡医生看了看这是个小无赖，心想得吓唬住他，就说："我们放你走，不送你去见公安，就行了！"

张秃子鼻子"哼哧"了一声，大腿压小腿，跷起二郎腿，说："送我去见公安？还不知谁送谁哩？"

胡医生笑了："你有啥证据？我一个外乡人，这会儿屁股一拍，人走了，谁会信你一个贼娃子的话？"

张秃子晃荡着二郎腿，说："这可是你说的，我现在就喊了，看谁怕人抓着？"说着站起身，冲着门外手拢在嘴上。

胡医生这回怕了，他披上衣服坐起身，说："好兄弟，你说，你想要啥？咱们有商有量的，弄出事来，咱两个谁都下不了台！"

张秃子坐下："这倒像句人话。"说着伸出手来。

胡医生想装糊涂："你拿上鸡蛋，咱们这就走？"

张秃子双腿往地上一蹦，说："走，急啥呢？"他说着，手一直向胡医生伸着。

春芳说："张秃子，你娃别想讹人，偷我的东西都让你拿走还不行，你还想咋地？"

张秃子没理春芳，他闭起眼睛，手一直向胡医生伸着晃着。胡医生知道今儿碰到难缠的主了，他从衣兜中摸出五元钱来，张秃子接过，看了看，装兜，手又伸向胡医生。

"你狗日的胳膊肘儿成棍子了不成，手伸得收不回去了？"春芳说。

胡医生一咬牙，又掏出五元来，递给张秃子，心想多给点钱，将这贼娃子打发了，要不电影一完，人回来了就得惹大麻烦。

“钱再给五块，可得将嘴封死了，不能出去胡咧咧。”胡医生说。

张秃子接过钱笑了，说：“我这人好说话，今儿这事我只当是撞到搭羊娃儿了，嘴上安把锁，不会给你捅出去的。”

说着就往外走，刚走几步，回头将怀里的鸡蛋放到了桌子上，冲着春芳说：“贼有贼道，我这贼不贪，得点便宜就成，今儿得了十块钱，这蛋就还给你，你好给这男人补补腰子！”

张秃子走后，春芳埋怨胡医生：“这张秃子要是说出去，咱可咋办？”

胡医生说：“谁能想到桌底下藏着人？”

“你也太大方，一下子给了张秃子十块钱。便宜这个贼娃子啦！”

胡医生一边穿衣服，一边说：“破财免灾，十块钱将这贼娃子的嘴堵死，也值！”

春芳一听噘起了嘴：“人家衣兜里干净得跟刚洗了一样，一毛钱都没有了！”

胡医生说：“行行，我明儿就去转乡，挣得钱来把你兜给撑满。”

这时，外面已经有狗叫声，胡医生忙溜出了门。

咋这倒霉哩？好事偏偏遇上个贼娃子！胡医生心想，这狗日的贼娃子要是乱咬，自己与春芳的事败露，就日塌啦！这胭脂村也就没自己的活路了！

胡医生现在只有求老天，让这贼是个说话算话守信的贼！

这贼张秃子倒也讲信义，好长时间都没说出他在大诚家看到的碍眼事。

一天，别人谝闲传吹牛皮，张秃子听了不服气，他嘴一撇，鼻子哼一声："这算啥浑事？两个光溜溜的人在眼跟前缠做一团，那才叫馋人哩！"

"你过啥嘴瘾哩？"有人骂张秃子。

张秃子实在憋不住说露出了点苗头。本来，人说好事不出门，坏事传千里，这事传来传去传到了大诚耳朵里。

"你老婆才偷野男人哩！"

大诚对说闲话的人骂道。但是火在大诚心里烧着。他知道芹的娘当姑娘时的花花事，也明白芹不是自己亲生的，但他娶个老婆不容易，这个家他不能毁了。最好的办法是先堵住闲人们的嘴，再断了胡医生与老婆的勾搭。大诚感到很憋气，但能忍则忍才是大丈夫。大诚决定去找有信兄弟商量商量。

有信看大诚来了，也听到了这几天人传的闲话，心里就有点虚。大诚一进屋，就对秋芒娘说，他要与有信商量点事。有信一看，心想可能是冲着芹的娘与胡医生的事来找他算账的，心里更是不安起来。也后悔一时糊涂，当初为着一点蝇头小利，将芹的娘引给胡医生，这胡医生明明是条狼，自己咋会将大诚兄弟的婆娘往他嘴里送。

有信后悔，也有些害怕。这麻烦事惹大了，大诚还不跟自己翻脸。我爹、二忠、大诚、有信，好得让一村子人眼红的四兄弟如今好到头了。二忠砸了姚罐罐的腿。大诚来，是不是也要跟自己玩命呀？有信心里七上八下地忐忑起来，他下意识地看了四周，大诚要是砸他，他往哪儿躲闪得开逃得了。

有信胡乱思着，面上装出无事样地冲着老婆叫道："还不快去给大诚哥冲壶酽茶！"

大诚摆摆手，在有信婆娘出门后，将门关上，冲着门外叫道："别浪费茶叶了，不渴！"

有信听这话，以为大诚火气大，真是找他事来了，就试探地说："看你说的，哥来了泡壶茶还能将人泡穷不行？"

大诚长叹口气说："哪有心思喝你的茶！"

"咋啦？"有信又探问道。

大诚说："你最近没听到啥闲话?"

"啥闲话？我没听有啥闲话！"有信装聋作哑，他摸不透大诚来的目的。

"就是说你嫂子的闲话。"大诚说。

有信看到大诚一屁股坐到了炕边，一脸的晦气无助，不像是要找自己算账，心里稳了下来。有信继续问道："我嫂子能有啥闲话，对你对芹多好，整天围着锅台转的一个女人，本本分分的能惹啥事?"

大诚起头说："闲话说你嫂子与胡医生好上了！"

有信一听，一下子跳了起来，指着门外说："哥，你告诉我，谁在胡传闲话，看我不抽死他！胡医生咋会与嫂子有事，不可能的，不可能的。狗日的传闲话的人，有意往大诚哥你头上泼脏水哩！"

大诚一听这话眼睛闪出一个星点来。人呀，遇上对自己不利的事时往往会产生妄想症。对自己的凶事恶事，总会找借口逃避。就像正在做场噩梦，梦中会想这梦是假的，不会是真的，醒来一看果真是个梦，不是真的事一样。大诚就像从噩梦中醒来那样有一丝庆幸。这在心理学上叫人天生的自我导演的安慰与心灵保护。这大诚心里分明知道自己的女人与胡医生一定有事，但当他听有信这么一说，竟然噩梦醒来一样，自己的婆娘不会偷男人的。他跳下炕，拉住有信的手："你真的没听到多少闲话?"

有信点点头，说："真没有听到什么闲话，可能是有人在你跟前胡说的。"

然而，这种自我安慰只是片刻，大诚放下有信的手说："可能闲话没传到你这儿，人家知道你是我干兄弟。"

有信心里有底了，知道大诚没有发现芹的娘与胡医生勾搭是他牵的线。有信心里放松了，但面对这样相信自己的兄长，他内心生出的愧疚更多。

有信说："人家胡医生是个医生，可能给芹的娘看过病，你看这些尿人，闲的蛋疼，没事瞎传闲话！"

大诚点点头，说："兴许她两人没啥事！可这闲话传的有鼻子有眼的！说是张秃子亲眼看到的？"

有信笑了，说："你信？哪有这么巧的事？一听就是人胡编冒料的！"

"就是，我也觉得有些神乎！"大诚说。

"二哥，你说，这事我当弟的能帮上你啥忙？"有信真诚地说。

这话感动了大诚："关键时候还是兄弟好。我现在也没啥好主意，我不信你嫂子能做出对不起我的事，但人的唾沫星子能淹死人，我就想能让胡医生别再在胭脂村露面，见不到人，就不会再生出闲话来了。"

有信一听拍着大腿说："对呀，这主意好。人不在，闲话慢慢就消停了！"

大诚说："可是我咋向胡医生开口？"

有信听到这儿明白了大诚来找他的底细，他这是让我撵胡医生走。也是，人家在这行医看病，你大诚凭什么能撵人走，凭什么不让人在村里现身？你说因为有人传闲话说胡医生与我老婆勾搭了，为避免闲话让人走，这话大诚真的不好说出口。

咋撵走胡医生，除非找几个人打他狗日的一顿。

但这胡医生与有信带点远房亲戚，打出事来，闲话不更多，弄不好收不了场。这事……有信心里有了好主意，心想还能借机再让胡医生出点血。

有信越想越高兴，说："二哥，放心，撵胡医生的事交给弟弟我！胡医生跟我是远房亲戚，我跟他说，狗日的要是不听，看我不收拾他！"

大诚点点头，说："关键时候，还是兄弟靠得住！"这话让有信心里一疼。更加后悔将大诚婆娘引给胡医生。这时，有信婆娘端来了茶，有信说："你个懒婆娘，冲茶去了还是买茶叶去了，咋这半天？"

有信婆娘说："看你们在说事情，我这才烧水冲茶，晚啥晚呀？"

大诚说："不喝了，我得快点回家。"

有信："咋了，茶都倒上了！"

大诚已经出了门，说："下次再喝！"

有信很快就对胡医生说了，说你小子也太胆大了，让一个贼娃子捉了奸。胡医生说哪想到会这样。有信又吓唬胡医生说，大诚已经找人要打死你！胡医生一听害怕了！问有信这事怎么收场。有信说有办法，得看你小子表现好不好。胡医生明白，有信是想要点钱，就掏出了二十块钱交给有信。有信说，这事简单，你一个字，溜！脚底抹油你得溜。胡医生点点头，说还有几家欠他钱，收回钱就走人！有信说越快走越好，当心夜长梦多，生出事来。胡医生说收了钱，有你有信的。有信听了，说那你快些！实际上，这胡医生收钱不假，想与春芳再见见面才是他晚走的根由。

胡医生钱收了几家，也约春芳到桃花沟见了面。春芳一听胡医生要离开，知道纸里包不住火了。可她的身子已经成了掀开蒸笼的馒头，热的软的，离不开眼前这个男人了；又如决了口的渭河水，堵不住拦不了；像泡到壶里的茶叶，味道着色流到水里，想收都收不回来。春芳死死抱住胡医生，说了声："你走了我咋办？"

胡医生见此也动了真情，说："我也离不开你！"两人悲伤之时，更觉得彼此的种种好，想到就要分开，生离比死别还痛呀！胡医生说着要脱春芳的衣服，春芳一惊说不成！咋啦？来事了！胡医生说没事，慢慢弄！春芳说："这不好，会给男人带来晦气的！"胡医生说分开后不知哪天才能见面？这句话说出口，春芳伤心地又将胡医生紧紧抱住，说："管他妈的，来，给你！"两人站着就想做那事。不想，春芳下面一热，一股热血涌出，弄得两人腿上、衣服上到处红血斑斑。

春芳想找东西擦下，荒山沟沟能有啥？春芳只好拾起树叶往腿上擦了擦。胡医生跑到沟里水溪边，洗了洗手。春芳要洗，胡医生拦住，说："水凉，女人来红时，少沾凉水。趁黑回家再洗。"春芳看这男人，对自己知冷知热，很是高兴，"这辈子认识你我死也值了"。春芳心想如果没遇到胡医生，一辈子与大诚在一起，这一辈子白活了。两人分手时，胡医生说，今后我行医来桃花沟，就会到这里，咱有缘就在这里相见。

事情看着顺溜，可谁想又出了岔儿。

胡医生与春芳分别，回来的夜路上就被人闷了砖头，还被人抢走了包。胡医生头流血了，跑到卫生院缝了针。医生看他裤子上也有血，以为他腿也伤了，找了半天也没找到伤口。问胡医生，他说是头上的血流到腿上的。

胡医生被闷砖头，人都说是大诚干的，可大诚真没有这个胆量；有人说遇上强人见财起意的。闲话自然越传越多，有人说大诚将自己婆娘与胡医生堵到了炕上，有人说胡医生要带芹的娘私奔，还有人说大诚与胡医生下了战书，两人要为争女人拼命……

这事传到了公社，事情的走向却不是大诚、有信甚至胡医生说了算了。周狗牙让狗尾巴带着民兵将胡医生抓了起来。回头将芹的娘与大诚也叫到公社。

有信知道后直骂胡医生，让你早些溜走你不走，这下惹了大祸。

胡医生经过场面，面对公社民兵的审问，他咬住是给芹的娘看病。

"看病，看啥病？"审问的人说。

"看妇科病，胃病，还有头疼，牙疼！"胡医生看到年轻民兵上了套，就顺着胡说起来，将民兵说得无言以对。

这头，对春芳的审问也没啥好办法。春芳当姑娘时与电工已经经过事，可不能认下这事，要不然还不把她抓走，跟细桃一样的批斗游街。所以，不管审问的人咋问，硬的软的，吓她诱她，她死咬紧牙关说没有通奸的事！逼上梁山急了就说："自己有男人，谁还稀罕别的男人？"

再不交代，关你坐牢。谁知，这一吓，芹的娘羊角风犯了，抽搐着躺在地上嘴吐白沫。可别闹出人命咧！周狗牙知道芹的娘有这老病根，赶紧让人送芹的娘回了家。

撬不开两人的嘴，公社的人犯了难。

周狗牙笑了，想到他们俩谁会轻易承认这骚事，认下了明明是要坐牢的。这事得从大诚入手，他是真正的受害人，胡医生给他戴了绿帽子，他恨不得将胡医生活剥了。现在，机会来了，他一定会趁机咬住胡医生的。这可是夺妻之恨呀，哪会有人不报这个仇？

公安局也来人了，周狗牙向公安说出自己的招儿，公安们听了个个说厉害。案件会上定好，从大诚入手，只要大诚说胡医生欺负了自己的老婆，这通奸犯的罪就成立了！狗牙为自己的聪明感到惊讶，没想到自己不但能当官还能破案，要是生在古时，说不定他周狗牙能成为万民敬仰的黑包公哩！哈，"啪"地惊堂木一拍，众犯下跪，青天老爷多威风。

大诚被叫到公社，周狗牙对他说："大诚，我们可是阶级兄弟，不能看着你让人欺负。"

大诚心想咱们现在不是一个派的，你这样说无非是要看我大诚的笑话。再说了，自己的老婆兴许不会与胡医生有啥事。就是有事，说出来我这脸不都完了，在胭脂村咋往下待，以后日子还过不过？所以，大诚嘴角向上一咧说："就是，谁敢欺负咱？"

周狗牙说："咱们一个村子的，这回胡医生犯在咱手里了，不收拾他收拾谁呀？"

大诚装起蒜来："收拾胡医生弄啥？他一个江湖医生！"

周狗牙一拍大腿气愤地说："胡医生勾引你媳妇春芳了！"

大诚说："你别听人胡咧咧，我媳妇不是那样的人！"

周狗牙看大诚护着老婆，猜出他是怕认下这事丢人，就贴近大诚说："你只要咬住胡医生勾引了春芳，我们会给你保密的！不会让外人知道这事的！也不会收拾春芳！这样，春芳能跟你好好过日子！"

大诚心想，我人再笨，也能听出你这是骗人的鬼话，这事我要是一认下来，全村全大队的人都会知道的。狗牙你安的啥心？

大诚假意点点头，问："你说咋样收拾胡医生？"

周狗牙一听，笑了笑说："只要你大诚一口咬定胡医生，他就逃不脱！"

大诚说："好，我说啦！"

这时周狗牙与公安个个竖起了耳朵。"我咬定，胡医生是给我老婆看病了！"

周狗牙一听，骂了句："你不是个爷们！"说着踢门而出，与公安一起再对付胡医生。

周狗牙对胡医生说："大诚咬定你与他婆娘通奸了，你要是认下了，我们减轻对你的处罚，要是负隅顽抗，得加处罚！"

胡医生说："这六月天要落雪啦！我比窦娥奶奶还冤枉，我就只给大诚媳妇看了病，别的啥也没做。不管谁咋咬，我也不能将这骚尿盆顶头上！"

周狗牙听了，示意狗尾巴、铁旦，这二人手拿着一把剃头刀走近胡医生。吓得胡医生直发抖。

"你、你们要干什么？"胡医生一边往后缩，一边问。

"脱了狗日的裤子！"狗尾巴说着与铁旦就要脱胡医生的裤子，一边动手，一边说："将你那害人的玩意儿给骟了！"

眼看裤子就要被脱下来，望着狗尾巴手里亮晃晃的剃头刀，胡医生吓得瘫在地上。

"唉，不能胡来！"一旁的公安拦住说，"可不能胡来！咱是有法有律的国家，骗人不能，打狗日一顿行咧！"

狗尾巴、铁旦一听，像两条狗似的就扑向胡医生，可怜这个胡医生被打得满地滚，直叫妈！

13

细桃算是在桃花沟尼姑庵安下身。这里只有老尼姑、慧明和她三个人。平日少有人来寺庵进香，可是老尼姑与慧明功课却是照做。每天一早，老尼姑都会净手点香，在菩萨面前合掌闭目，然后坐在屋里，双手捧出一本经书轻声念着，有时声音轻得像蚊子飞过一般。小尼慧明，打扫庵里院内后，也是洗手，然后静坐在老尼姑不远处，趴在香案边的小桌上读经。

细桃看着这一老一少的两个尼姑，她们活得好安静，不急不躁，无烦无忧，仿佛嘈杂的世界与她们无干无系。细桃感觉到，她们有一个自己的天地，像孙猴子在地上画的一个圈子，人一进入就会把世上的烦恼忧愁一切揪心的事都忘掉了。

细桃学着老少两个尼姑，早上起来扫地，一下一下，她的动作与小尼姑慧明一样，好慢好慢。细桃洗脸，也看着老尼姑，只打一点水，将毛巾弄湿，先擦擦眼，再擦擦耳。慢腾腾地让细桃心也净了许多，安了几分。

细桃对老尼姑说她也想真的出家当尼姑。

老尼姑问细桃："你现在心里还想什么事？说真心话！"

"我想儿子二娃，落入月亮河，生死不知，就留地上一个红红裹肚兜！"一提起儿子，细桃眼前飘动的只有红红裹肚兜。

算卦的人说二娃命硬，人多缝的红红裹肚兜能保佑儿子。二娃的裹肚兜可是胭脂村多少人动了针线的，可还是没能保佑住二娃。这二娃的命真那么硬？

老尼姑叹了口气："儿子生死不明，哪个做娘的能不揪心，但这事你也得放下！"

"放下？"

"对，放下！整天悬在心头心咋能净，母子之缘是人最大的机缘了，生儿身，给儿命，已经尽到娘的心了。儿到世上所遭所遇的事，都是儿子自己的缘起。"老尼姑说的话，细桃听得半懂。儿子淹没死在月亮河，连个尸骨都没找到，这让她心里寒噤不已。也因为没见尸骨，使细桃心存一丝妄想，儿子还活着！这也是她继续活在人世的一个线线。

老尼姑问："心里还有啥事放不下？"

细桃说："没有啥事惦着了！就是人家姚大哥，一个好人，为救我被冤枉，坏了名声，还坐了监牢，这事我得还人一个清白！"

老尼姑指指山上的树说："名声是什么？名声呀就是风刮起来，这树枝树叶发出的声音。实际上，这是外界听到的树外表的声音，我们修行出家人，重在内修，就是求得听我们内心的声音。你听到树内心的声音了吗？名声很重要，但压死人的不是名声，是自己的内心对名声的害怕。"

"事情全是因为这个孩子，为着他能平安降生，人家姚大哥背了罪名，败了名节！名节真能将人压碎吗？"细桃说。

"名节重，还是人命重？你这姚大哥舍名节，以救你母子，这是大造化。佛说，救人一命胜造七级浮屠。"老尼姑平静的话，让细桃感慨万端，她问自己男人为什么不信自己，硬是不认儿子？

老尼姑说："人有心魔就会被外象遮蔽眼睛。信了不该信的东西，轻易放弃了不该放弃的。"

细桃问:"师父,我现在该怎么办呀?"

老尼姑说:"送你四个字!"

啥四个字,能让我摆脱苦海?细桃想知道。

"随缘度日!"

老尼姑告诉细桃,做人就像水一样,一切顺其自然,顺水而下,不是逆水而上。

"人呀,一切都是因果报应。有些人因前世磨砺了很多灾难,共度了艰苦时光,所以在今生的茫茫人海随便一指就能认出她的唯一;而有些人因前世的互责排斥恩怨纠缠,所以今生必须接受寻觅的苦难,承受风雨的洗礼才能再度携手。二忠对你,只是一时障遮了眼,待醒悟,也许还会再续前缘。所以,你还不能出家为尼。"老尼姑说。

"师父,我真心想出家,现在无牵无挂了,也不想什么情呀缘呀的了!"细桃嘴上这样说,可内心还有一丝丝牵挂直入心尖尖,这牵挂不是对二忠,而是对我爹,对二娃。拴着细桃心结结绳子的头还是苞谷地里,她将自己清清白白交给了二忠,却冤枉了我爹这个事。这事使二娃成了没爹的娃,这事啥时才能有个水落石出?

老尼姑当然也看出细桃的心结,所以,她没答应细桃出家当尼姑。她说:"随生不息的悸痛悲忧,皆来自内里幽暗隐秘的宇宙,需依恃慈悲、宽恕得到释惑。往往我们能宽容和原谅无关紧要的人,却不能宽容和原谅至亲至爱的人。你现在沉潜内心,为的是重回于俗世的悲喜苦乐生活。"

老尼姑说这话,意思就是让细桃暂住这里,待二忠清醒再还回俗世,两人再续情缘。

可是,老尼姑的话这回不灵验了。咋?人家那头,二忠都要娶新女人哩!

这二忠要娶的女人,是有信从王马村带回来的。有信去粮站交完公粮，拉着空架子车回来路过王马村时，碰到一群人围了一圈。有信挤到圈子里看到一男一女两个外地人站在中间。有信一打听，才知这一男一女是从凤阳来讨饭的兄妹。当哥的说家里穷，揭不开锅了，无奈带着妹妹来讨饭。现在家里又捎信来，说父母没吃的，眼看着要饿死人啦！这男人抬头求四周的人说："谁行行好？给些粮食，救救家里快要饿死的两位老人！"

见没人应话，这男人又说："谁能给些粮食钱财，自己的妹妹就嫁给他为妻。"

这男人的话引来了更多看热闹的人，大家指指点点，议论着："要说一个大活人，不是逼得实在没路走，谁能卖自己的妹子？""谁知道会不会是骗子，拿了粮食人就跑得没影了？"

"要多少粮食？"也有动心的人在打听。

"说啥也得给两百斤，一个大活人呀！"那男人说，见人们迟疑，又说："给一百斤也行，救人要紧！"

要说两百斤粮食换个女人，划得来！

有信一听，就想到二忠。二忠与细桃离了婚，二娃又被河淹死，细桃当了尼姑，剩下三弟二忠一个光杆杆，家不像家，一个人恓恓慌慌的，这日子往后咋过哩？有信看这兄妹二人，也不像啥坏人，男人低着头，眼睛不时往四周看看，像是怕羞。女人模样倒也清秀，只是瘦得可怜，小小的肩头，连衣服都挂不住，能被风吹走一样，眼珠子一闪倒是现出灵性。有信想着，这小女人要是跟了二忠，二忠有了媳妇，这女人也有了依靠，她家要饿死的父母也有了活路，这可是件好事、积德的事哩。

有信主意已定，就挤到兄妹跟前，在其他人讨价还价时，他伸手拉着这兄妹俩就走。

王马村的人拦住了："嗨，嗨，我们这正在谈价，你咋拉人走，截人生意，害人好事哩？"

有信一看王马村人多，惹不起，忙说："我拉这兄妹到我家吃顿，你看他们饿的！"说着就走。这兄妹二人一听，有人给饭吃，也就跟着有信走了。

等王马村的人醒过乘儿来，想留下这一男一女时，有信让那女人坐上架子车，自己拉上架子车就跑了。

有信回到了村子，遇到了大诚，便对大诚说："你看，这女人模样俊俏不俊俏？"

大诚看了看这女人，又看了看架子车后面跟着的男人，他摸不着有信说的啥事。就对有信点点头，说："俊俏是俊俏，恐怕风一吹就像纸片片给吹跑了！"

"给二忠当婆娘咋样？"有信高兴地说。

大诚听了，再看了看这女人说："你胡弄啥尿事哩？二忠娶了这女人细桃咋办？"

有信瞪眼说："我才不弄尿事？细桃与二忠离了婚，都出家当尼姑了，你还指望她还俗回到二忠屋子？"

大诚叹了口气，要说细桃不是跟老姚私通，倒是个过日子的好手！可惜……大诚看看这女人身边的男人，心生怀疑，他对有信悄悄说："你可打听好了？这男人真是这女人的亲哥哥？"有信说，"这有啥？只要这女人进了二忠屋子，成了二忠的女人，管他亲哥不亲哥的？"

"万一是个骗子，前脚进门，后脚溜了，二忠不人财两空啦？"大诚凑近有信耳朵根说。

"这有啥？一个大活人，又不是个蚊子，想溜走没那么容易！让二忠经点心，怕她一个女人家能溜到啥地方？"有信说。

"你可掂量好，别让二忠兄弟吃亏啦！"大诚说。

有信笑了，说："这男女之间的事，男人能吃啥亏？"

大诚一听也对，反正咱要的是这个女人，能睡到一个屋子，咱男人又能吃什么亏？大诚便与有信一起将这兄妹两人领到了二忠家。

"快来看，二忠兄弟，哥给你领回个媳妇来！"

二忠看到有信、大诚哥给他带回了个女人，好生吃惊。有信从头到尾一学，二忠还是有些迟疑：会不会是人贩子，将他的财物骗到手，这女人就跑了。

二忠将有信、大诚拉到一边，说这男人看着不像是这女人的哥哥。

"咋不像？"有信回头看看屋里的男人问。

"我也不知道，反正感觉这两人像是两口子。"二忠说。

有信一听，瞪眼细看了看兄妹，说："这男人的眼神是有点不定，可能是将自己亲妹子卖了，难受吧？"

有信走近那男人，问道："你真的是这女人的哥哥？"

那男人说："真的，我们是亲兄妹，哪会有假的？"

"你要是骗人，当心你碎尻的小命！"大诚冲着那男人说。

那男人一听，说："你们要是信不过，我们这就走！"说着，就去拉那女人的手。有信一看拦住了，说不是信不过，是怕真的遇到骗子。

大诚对二忠说，看样子不像是骗子，再说了，要是这男人是这女人的男人，他会忍心把自己的婆娘卖了？

有信催促二忠拿个主意，娶了这女人。二忠低头寻思不出头绪来。

大诚叹了口气问二忠："你心里是不是放不下细桃？给句老实话！"

二忠想了想说："啥放不下的，都已经离婚了。这女人以后你莫在我跟前提了！"

大诚说："按说，我不该跟你说合眼前这女人，我和细桃还是亲戚呢！但是她细桃先对不起你的，让狗日的姚罐罐给……不说了。"

有信见大诚又是哪壶不开提哪壶，紧跟着截了话头："对，该放下就放下，男人不能在一个女人身上吊死！我给你带回这女人，人家只要两百斤粮，便宜！"

"一图便宜才容易上当!"二忠说。

大诚说:"你先娶进门,人家是女人,跟你睡觉,你一个男人有啥上当不上当的!大不了百八十斤粮食。"

有信跟着说:"要说人家要是有活路,谁愿意将自己的妹子卖给人。咱不能净将人都往坏处想,反正不就是一两百斤粮嘛,你二忠还拿不出?"

二忠架不住两个哥哥的劝说,眼睛偷偷瞟了下这女人,正好这女人也抬头看二忠,二忠看到这女人眼睛里有一丝对自己的巴结,对自己的渴望。这让二忠心里疼痛起来。可怜的女人,为了救父母,卖身到咱陕西,咱还嫌弃啥呢?

二忠对有信、大诚两位哥哥说:"这事听你俩的!"

"哪天就去公社把结婚证扯了。再摆上几桌,这二婚也得像模像样的!"大诚说。

有信一听,说:"扯啥结婚证呢?你们两人要是相互都看得上,就成了!从今天起就一锅里吃饭,一炕上睡觉不就行了。"

再看这女人,眼看了下身后的男人,显出一丝慌乱。

有信说:"夜长梦多,你不娶王马村的人可等着娶呢!"

"成,这女人,我二忠要了!"二忠说。

当晚,二忠就拎秤杆给那兄妹两人称了两百斤苞谷,又多送了五十斤小麦。有信说多给了,二忠说人家一个大活女子,五十斤麦子给了就给了。再说了,这些粮食能让这家人吃多久?

兄妹两人看到粮食像见了金珠子,四眼放出亮光。二忠要帮着这大舅哥拉粮食,被大诚、有信拉住了。这事有我俩,省省你的力气,今晚有你的活儿。二忠看到,这女人送她哥时悄悄拉了下哥的手,眼睛里像是有话要说。二忠装着没看见,心想这兄妹两人感情挺深哩。有信临出门时,悄悄对二忠说,心眼灵性着,看紧些。

晚上,二忠才想起只顾称粮,还没问这女娃的名字呢。

"我叫李雪梅!"女人小声说。

我给你做饭,女人说。我给你烧炕,女人说。我给你打洗脸水,女人说。二忠随着这女人,去做饭,去烧炕,去打洗脸水。眼看着这女人忙里忙外,忙的消停了,二忠说咱上炕吧!

这女人慌忙说,好好,我给你铺炕!

炕铺好了,二忠与这女人却站在地下,都不好意思上炕。二忠笑了,我真个软屁,这上自家的炕又不是上刀山。二忠想着,就将脚上的鞋一甩上了炕,这女人将二忠的鞋收拾好了,看了眼二忠,慢慢地脱了鞋也上了炕。

两人上了炕,二忠不好意思起来,和衣钻进被窝,这雪梅倒是脱掉了外衣,二忠看这女人脸白得像刚压出的豆腐,只是没有豆腐的水灵,两眼大大的有点空洞,整个人瘦得像张画,能挂在墙上。

"都是饿的了!"

二忠心想这女人要是有吃有喝的,也算个漂亮水嫩的女子。二忠想着,心生怜惜,也心中窃喜。手轻轻抱向这女人的肩头,雪梅见状羞涩地将身子向二忠身边挪动。

二忠问:"你真的要做我的媳妇?"

雪梅点点头。

"那男人真是你哥哥?"

雪梅愣了下,随即点点头,说:"老家闹饥荒,没粮吃,自己与哥哥一路讨饭来的!"

二忠说:"可怜人,你要真心做我媳妇,有我吃的,就有你吃的!就是我没吃的,也要给你吃的!"

雪梅听了坐起身解开衣服,只剩下贴身兜兜和短裤。二忠也慌忙脱了衣服,然后就往雪梅身上压,雪梅推了下二忠,说:"把灯关上行不?"二忠说行行,跳下炕关了灯。心想这女人害羞。

二忠要将雪梅的兜兜解下。雪梅闭眼,一动不动地。二忠停了下来，这一刻，使他想起了细桃。"这有意思吗？"细桃的话在二忠耳边响起。二忠知道，女人对男人没动心时，就是这个样子，任你咋弄，都像木头一样没知觉。二忠想着也不动了。

"怎么了？"雪梅问。

二忠坐起来，拉亮灯，点起了一支烟，一边抽了起来。雪梅拉过被子盖住下身。

"我明天就放你走人！"二忠说。

雪梅惊恐地瞪大空洞洞的眼睛："你不要俺了？"

二忠说不是不要，我想要的是一个女人的真心。

雪梅听了，说俺是真心的，只是刚刚认识，生！

雪梅胆怯怯问："是俺做得不好？"说着脱下了兜兜。二忠一听雪梅说得也在理，人家一个女娃，刚认识就上了你的炕，不害羞才怪呢！再看雪梅，白白的胸上那奶头像两个霜降后仍然可怜挂在树梢的红枣，抽巴着！这女人咋饿成这样？二忠再一次将雪梅抱在怀里，说："明天你就煮几个荷包蛋，好好补补！"

一句话说得雪梅眼泪直在眼眶里打转，她一把紧紧抱着二忠，说："好人！"

第二天一早，雪梅打了荷包蛋，自己没吃，端到了炕头给二忠。二忠说："你先吃！"雪梅说："先给你补身子！灶房还有呢！"二忠三下五除二地吃完了！这灶房里，雪梅煮了苞谷面，她没有给自己煮荷包蛋，她要省下来这几个鸡蛋！二忠知道后，很是感动，这雪梅真是个过日子的好女人。

别看雪梅个头不高人精瘦，手脚却麻利，没几天工夫就将二忠乱蓬蓬的家收拾出了样子。院落也干净了，灶房碗是碗盘是盘，连家里的鸡身上的毛也顺溜溜亮了！二忠对雪梅是从疼到喜，心里美滋滋的。自打细桃离开这个家，二忠就觉得这日子没有啥好的奔头了。现在雪梅的到来，将二忠快死了的心给浇活了，守着这个女人好好

幸福炮乒

过日子。

一天二忠与有信、大诚兄弟三人，一人买回了头小猪，等年底育肥卖了好挣笔钱。

人是铁饭是钢，雪梅吃得饱，人也精神了不少，像旱苞谷苗被水浇灌了一样，脸色也润了，眼睛也水汪汪了。一到了晚上，二忠看着雪梅先前两个干瘪奶头也有了红色，原来平平的奶子，也像喝了水的蛤蟆渐渐鼓起了肚子一样，像和进了酵头的面，看着发了起来。要是雪梅再给自己生个娃，那可就再美不过了！二忠想。

二忠娶了雪梅，让一个男人眼红啦。谁？张秃子！这小子整天游手好闲，溜门撬锁的，看着有信给二忠带回个媳妇，眼馋心痒。

"有信老哥哩，这好事你咋不想你弟我哩?"

有信笑了摸摸张秃子的头说："你娃啥时头上长出头发来，我就给你带回个新媳妇！"

张秃子找到二忠，说问问你媳妇，看还有没有换粮食的女人。二忠骂了句，就撵走了张秃子。这张秃子不死心，就暗里盯着雪梅，想让雪梅给他介绍个。不承想张秃子这一盯还真坏了雪梅藏天瞒地的大事！

一天天麻麻黑，雪梅趁二忠出夜工浇地，便一人偷偷跑到了大渠上。雪梅，一个女人家，黑天来这么远的渠上干什么？张秃子跟着，想弄个究竟。一会儿，从渠道外，有一个黑影闪了出来，是个男人！张秃子看清楚，狗日的这女人跑这么远原来是会野男人！张秃子想，这回抓个现行，拧送到公社，还不狠狠批斗这对男女！他又一想，咱与这对男女无仇无冤，捉奸弄啥？好处还不都给狗牙、狗蛋、狗尾巴兄弟三人占了！不如给这女人留点面子，没准人家还领自己个人情，帮自己领个女人哩！张秃子正胡思乱想着，只见雪梅与那男人到了渠下边，那男人抱了下雪梅，雪梅将怀里的一个包袱取出塞到那男人怀里，然后转身离开。

张秃子还在等着看两人通奸的，一眨眼工夫，雪梅已往家跑去。张秃子看着那男人还在向雪梅张望，就冲了过来。

"谁？干什么的？"张秃子大喝一声。

那男人一听，吓得拔脚就跑，手中的包袱落到地上。张秃子见追不上人，就摸黑拾起地上的包袱，手伸进去一摸，张秃子咧了嘴：鸡蛋！摔破的鸡蛋弄得张秃子两手黏糊糊。此事，传到二忠耳朵。二忠知道，雪梅不舍得吃个荷包蛋，省下的是偷偷送给她哥哥。家里的苞谷面、豆子，雪梅也偷偷拿点送给那个男人。二忠不知道，这个男人如何将这些东西送回老家？实际上，雪梅偷出来的东西，交给外面接应她的男人，这男人再将东西换成钱、粮票寄回老家！

雪梅看到事情败露，便收拾起自己的衣服准备走。二忠拦她。

雪梅说："我全都招了吧！"

二忠一听，笑了："几个鸡蛋，多大的事？有啥招不招的！"他知道，雪梅偷偷将东西送给他哥，可能是觉得没脸再待下去了。

雪梅张口要说什么，被二忠拦住了："你不用说啥了。听我的！"

二忠说着，敞开了大门，冲着门外大声喊道："雪梅，看鸡下没下蛋，别忘了送给你哥，孝敬你爹你娘，我老丈人丈母娘！"

雪梅听这话，泪水止不住地流了下来。这一夜，雪梅紧紧地抱着二忠，生怕一松手，怀里的这个男人就要离她而去似的！二忠将雪梅揽在怀里，心疼地摸着她那娇瘦的肩头。

"哥，给我！"雪梅第一次面对二忠这样说……

两人甜蜜地弄到了半夜，雪梅说好我的哥哥，你歇歇，别累坏了身子。

二忠说："不累，只要我的女人过得舒服，我咋样都成！"

"这可是盐罐子，不是糖罐子！"雪梅嘴上这样说，身子却紧紧地贴着二忠，天下女人都这样，回报男人最真切的就是不用身子，而是用心！

二忠当然体会得到，他对着雪梅嘿嘿地笑："盐，我当糖吃！"

14

王欢欢要回城了。

谁会想到王欢欢是村里第一个回城的知青。村里推荐时，夏小雪得票最多，公社人说了，上报的人就是夏小雪。怎么县里公布时，却成了王欢欢？

王欢欢能回城，村里人传的闲话多了！说这女子看着嘻嘻哈哈，实际上才有心机，比夏小雪心眼多多了！王欢欢得知回城的指标给了夏小雪，便一声不吭地偷偷来到县办公大楼，把门的拦住她，问她找谁。王欢欢说她找这里最大的官。

找江主任？把门的人打量着她，问找江主任做什么？

王欢欢说："我想死！"

这可把把门的吓坏了，赶紧打电话给江主任。江主任一听跑下了楼，他一边四下瞅着生怕碰上别人，一边忙将王欢欢领进了办公室。

"你咋找到这儿啦？"江主任埋怨道。

"不到这里找，还让我到你家找不成？"王欢欢话里有话。

"啥事？"

"啥事？我再不找，人家夏小雪都回城了！"

"不是说好啦，下次推荐票稍多些，公社报你名上来！"平心而论，江主任对王欢欢的事可是尽心着的。他当然也想让王欢欢多在三原县待几年，他有些舍不得让这女人回省城。

王欢欢一听，哭了！说："人家啥都依了你，你关键时刻不帮人家，还训人？"

江主任见不得女人哭，女人一哭他就急得猫抓抓。行行，你别哭！好好说！

王欢欢止住了哭声，对江主任说，她来这里，就是要江主任把回城的指标给她，不然就不走！

江主任一听，犯难了！这名单已经定好了，咋换？

"我不管，反正今天我不看着名字改成我，我就不走！"王欢欢往床上一坐说。

江主任一看这架势，要是不改了，今天这王欢欢赖在这里不走，还会将他们的事给捅出去。女人要是豁出去，啥事都能做得出！

这事咋收场呀？江主任心里急，这事弄不好，后院起火不说，自己这主任恐怕也当不成，说不定还得进农场。我的天呀！

江主任想来想去，忙将教育局局长叫了过来。

啥事？教育局局长问。

"我表舅妈她的一位远房侄女，这回返城没弄上，指标又没有了，这事咋办？"江主任胡编道，把王欢欢的事合盘端给了教育局局长。

教育局局长心想，哪门子亲戚？你绕弯说得我都没弄明白？但教育局局长从一个教育局的科长，坐上今天局长的宝座，全仰仗这位江主任。主任有恩有惠给咱，现在人家摊上难事了，关键时候咱不说两肋插刀，也得伸把手帮着，要不，不成了白眼狼了？

教育局局长笑了，说，这事说难挺难的，层层推荐研究，指标都分配好的。但说不难也不难！

"你别卖关子啦！说说咋样才不难？"江主任急得火烧眉毛。

"这事容易！"教育局局长凑近江主任说，他有一个高招，让那个夏小雪有苦难开口。

啥好办法？

"杨老师不是坐月子还没上班，党的教育事业一时离不开夏小雪！"教育局局长话音未落，江主任就一拍大腿说，就是呀，培养革命接班人的事，半天也耽搁不得。

教育局局长说，还是江主任站得高看得远。

江主任拍了拍局长肩头，说："你这个老教育工作者思想境界也不低呀！"

江主任改了回城名字！王欢欢那个高兴呀，她来找江主任，也是死马当活马医，人家定好的事，真的能改了？"不会是在做梦吧？"

"大白天的做啥梦，真真的！"江主任给这小女娃办成了回城的事，心情也大好。心想，在我的地盘上还有啥事办不成哩？想着想着，他哼起了秦腔："牵爷的千里马，扣连环，爷要出关……"

王欢欢一旁跟着起兴："我陪爷连夜出三关！"

江主任领着王欢欢跑到月亮河岸边的一个窑洞里，塞给窑洞的那户人家五块钱，对人家说，他与老婆在这儿借个宿。那户人家收了钱，也没说什么，心里想：羞先人哩！还两口子，你都能当女娃的爹了！

他们事毕，江主任问："你咋对把门的说你想死啦？"

王欢欢笑了，说："你每回高兴时不就喊美死人啦！"

胭脂村的人还有一种说法，说是周无田看儿子喜欢夏小雪，就想让这女娃留在胭脂村，便让大儿子周狗牙使了手段，以王欢欢顶替了夏小雪！这样，不露声色的就将夏小雪留在了胭脂村。

王欢欢顶了夏小雪，成了村里第一个回城的知青。

村里的人议论：人呀，就像西瓜！有的看着皮好，瓤坏了；有的皮粗陋，瓤是红的，甜的！坏人往往看着像好人！

王欢欢长了一张善良的脸，却没有长善良的心。一遇到好事，她就六亲不认，踩了一同来的伙伴，自己冲上来！

这样的灵尻的人，才实实是哈尻！

给我们当代课老师的夏小雪，知道王欢欢拿了回城的指标后愣

幸福炮兵

了：要论接受贫下中农再教育，在广阔天地的作为，夏小雪比王欢欢强一百倍。生产队推荐，大队推荐的票她可比王欢欢多多了。咋能临到末了，她王欢欢占了上风，能回城当工人了，自己回城的美梦一觉醒来就空空的啥也没有。上面的人，也不见个人影来给自己一个说法。

夏小雪扔下手里的粉笔，就跑回生产队，找到队长周公社。

周公社说："你真的拿我当成七品八品的官儿了，这烂尻队长算个啥？一天天就敲钟上工敲钟下工，领头下苦力，要说权，也就有个派工的权，你要是哪天身体不舒服，懒得没劲，我就给你派个轻省的活。可是，你现在都是教书的老师了，生产队再轻的活也不如你待在教室里轻松，风淋不着，日晒不上，多舒坦。"

夏小雪急了："我问你这回城指标的事，你跟我胡咧咧啥的？"

周公社说："我的天，你们知青回城这么大事，能轮上我说了算，我立马让你夏小雪回去，也不用啥感谢，算我在城里也有一门亲戚就行咧！"

夏小雪一听，心里骂了句，谁跟你攀亲戚，啥尻货呀？

夏小雪又跑到大队，找到大队长。大队长说："他们只管报名单，至于谁够条件，谁能回城，那是县里说了算！"

"那我只问你，推荐名单我排在第几，是不是在她王欢欢前面？"夏小雪问。

大队长笑了，说："肯定推荐的名单中有你，到底是第几，我不记得了，是大队会计报到县里的！"

夏小雪看大队长怕事，耍滑头，心里骂道："软尻！"

夏小雪要找县里，她要问个明白，凭什么取消了自己，换成了王欢欢？只是她去了，没找到江主任，人家去串联了。

不久，县教育局表彰先进，夏小雪受到表扬，成为县教育战线知青标兵。夏小雪气得，这不是打了你，再给你揉一揉，骂了你，再往

幸福炮车

你嘴里塞颗枣。

夏小雪咽不下这口气，决定不去领奖。老校长劝她去，说："啥事都要往长远看，人的命多长，人一生要遇到多少人，有好人，有哈尿，有帮你的，有损你的。一生所遇到的人，就是你的命运。贵人，成你好事；哈尿，坏你的事。不能因为遇到个哈尿，就自己生自己的气！去大大方方领奖，用行动告诉那些哈尿，这点小事不算啥！以后咱走着瞧！"

狗尾巴知道这事后，往学校跑得更勤了。这小子早看上了夏小雪，但谁都看得出来，狗尾巴是癞蛤蟆想吃天鹅肉——想得美。夏小雪一朵城里的鲜花能插到你狗尾巴这坨坨牛粪上？别看你整天给人家背包包，献殷勤，夏小雪是逗你玩的。

这狗尾巴平时吊儿郎当，他爹娘的话都是左耳朵进右耳朵出，可是这小子对夏小雪那可是老鼠见了猫乖着哩！村里人说这叫一物降一物。你看你的头发长乱得跟狗头一样。夏小雪一说，狗尾巴第二天就理了头发，还天天对着镜子梳梳。

夏小雪没能回城，心里憋屈，狗尾巴就从家里拿了煮熟的鸡蛋送到学校。

"你说，是不是你爹你哥将我名字拉下的？"夏小雪气鼓鼓地问。

"不会，他们跟我一样，事事都想着为你好！你到学校来代课，就是我哥专门找公社头头，公社头头又找县教育局，好不容易才弄成的！"狗尾巴说。

夏小雪心想也是，狗尾巴一家对她可真的没说的，就差拿她当神敬哩！

"别治气，她王欢欢进城弄个啥工作？不就是个煤矿食堂做饭的吗，有啥美的？"狗尾巴说。

知青一到村里，狗尾巴就对夏小雪出奇的好，但夏小雪却不领这个情。狗尾巴心里明白，但他依然这样。村里人替夏小雪担心，怕哪天狗尾巴一时性起，将这知青女娃给祸害了。王马村的一个女知青就是被村里的一个光棍给睡了，还生了娃！这事成了全县的反面典型！

你说这人也怪！狗尾巴见了细桃一面，就动手动脚，可是对夏小雪却没有一点不规矩的地方。他怕她，他以自己能为夏小雪做点事而内心狂喜。狗尾巴敢对细桃这样，是他觉得细桃是穷陕北来的女人，比他低，他摸她，好像人家还得感恩他。而夏小雪是知青，是从城里来的，对狗尾巴来说，这是天上飞来的凤凰，自己只有仰脖子看的份儿，哪敢动手动脚。狗尾巴这夯鸟，在一个女人面前也变成画眉了，乖了！狗尾巴对夏小雪才是真的爱情——真爱让男人谦卑，真爱让男人向善、向美！

这可是男人的一个秘密，要谈朋友的女人瞅准了男人的这个七寸穴位，看一个男人是不是真的爱你，先看他对你尊不尊重，如果一见面就动手动脚，这男人多半不靠毛个谱。

王欢欢回城，夏小雪一下子成熟了许多。她对狗尾巴说："你不能整天这么混日子了！"

听了这话狗尾巴感动得要流泪了，自己这么久对夏小雪，终于有了点成色，他问道："你让我怎么样？"

夏小雪说："你看你，个头不低，跟别人也不差啥，也是个七尺男人。你就愿意窝在农村一辈子？"

狗尾巴摇摇头。

"你要是能进城当工人多好！"夏小雪说。

狗尾巴说："原先我爹也这样说，让我哥弄了招工的指标，我嫌当工人整天被人管着，不如农村舒服，就没去！"

夏小雪说："你真的喜欢我？"

狗尾巴说："那还有假？我是怕配不上你！"

"真的？"

"真的！我这一辈子就喜欢你一个！"

夏小雪问狗尾巴："你看上我什么?"

狗尾巴低头想着,半天想不出来。

"连喜欢什么都弄不清,你狗尾巴还想追我?"夏小雪说。

狗尾巴说:"不是,我心里跟明镜似的,可就是嘴上说不出来!"

"有啥说不出的?你喜欢我的脸蛋,还是喜欢我的身条?要不就是我是城里的女娃?"夏小雪说。

狗尾巴听着又是点头又是摇头。夏小雪看了笑了,心想说你点头摇头,真是个狗呀!

狗尾巴说:"我也不知道喜欢你什么?反正看你对我凶,对我狠,我心里就舒服!"

夏小雪愣了,还有人喜欢这个的。狗尾巴说,第一眼看到夏小雪,就觉得她像一道光,一下子照射到他心里啦!

夏小雪问狗尾巴是真的?你狗尾巴是不是在胡编着想骗人哩?

狗尾巴急了,说:"我要是胡编,就不是人!"又指着上天说:"我说的句句是实话,我可以指天发誓!"

夏小雪说你发誓。

狗尾巴指着上天说:"我周老三这一辈子只喜欢夏小雪一个,生是你的人,死是你的鬼!"

夏小雪哭了。狗尾巴以为自己说错了什么,心慌地望着小雪。

夏小雪将门关上,对狗尾巴说:"谢谢你!谢谢你喜欢我!"

狗尾巴一下子蒙了,他已经习惯了夏小雪对他的凶,无论是使唤他,还是训斥他,他感觉到美。夏小雪一下子对他温柔了,狗尾巴倒觉得不自在。你说这爱有多怪?

夏小雪说:"狗尾巴,我发现你人实际上很好!一门心思对我好,我长这么大还没有一个男人这样对我!对我好的,不是想占我便宜,就是想捞好处。"

狗尾巴说:"都说我是癞蛤蟆想吃天鹅肉!我不管别人咋说,就是你看不起我，我也对你好！"

夏小雪彻底感动了，她说："你不是癞蛤蟆，你看着油，实际上心眼实，对我没半点坏心思。我也不是天鹅！我是一个可怜的女孩子。"

"你还可怜？"狗尾巴不解。

"狗尾巴，你看我是不是天天很开心，很光鲜。你知道这一切都是装的！"

夏小雪像是变了个人似的对狗尾巴说起自己的事。夏小雪的爹在支援三线建设时，从沈阳来到陕西，在一次完成突击任务时，连夜工作使他一不小心被机床绞断了手，爹不能工作了，家里也失去了支柱，小雪的妈得病长年得吃药。多亏一个与她爹一起来的叔叔帮着她们一家。夏小雪是个要强的人，她拼命表现，就是想早日回城能安排个工作，改变家里的境遇。

狗尾巴像听天书一样听夏小雪的诉说，他对这个女人一下子可怜起来了。

狗尾巴说："你不就是想回城吗？我跟我哥说说，让他想办法给你弄个指标！"

夏小雪摇头了，她说："王欢欢回城我不稀罕，我要让你有出息，一个男人有出息了，才能护着他的女人！"

狗尾巴说成，他立马就找他爹、找他哥给弄招工的指标，一定要混出个人样，给夏小雪争脸。

夏小雪一听，扑在狗尾巴的怀里，哭了！狗尾巴轻轻地抱着这个自己朝思暮想的女人，他曾经想过多少次这样的场景，但真正来临时，他竟然一点邪念都没生出。夏小雪知道，这个男人，不是最好的男人，却是天下最最疼自己、看重自己的男人！

"搂紧我！"夏小雪像只受伤的猫，直往狗尾巴怀里钻。

"亲亲我！"夏小雪闭起眼睛，湿润的红唇伸向狗尾巴。狗尾巴感

幸福炮兵

动了，幸福来得这样快，他伸嘴又缩了回来。

"咋了？"

"我怕！"狗尾巴看着夏小雪。

小夏倒在狗尾巴怀里说："我是你的。等到时候全给你！"

"等到啥时候？"狗尾巴问。

夏小雪依在狗尾巴怀里，捅着他的心窝说："等你长了心眼儿！"

狗尾巴点点头。

夏小雪又说："等你有了出息！"

狗尾巴站起身，对夏小雪说："就这两样？"

夏小雪点点头。

狗尾巴说："你看着吧！从今往后，我开始多长心眼儿，保证干出事业，做个有出息的男人！"

夏小雪听了笑脸刚露，这狗尾巴就露出了尾巴："你看着，我要是做不到，我就不是爹妈生的！"这话把夏小雪气得脸都青了。她拧住狗尾巴耳朵说："以后再张口说话，先用用脑筋！"

打这以后，狗尾巴像重新投了胎，变了一个人！不偷鸡摸狗了，不睡懒觉了，衣服上面的兜兜上还插上了一支钢笔。

"狗尾巴学仁义啦！"村里的人都说。

人说，狗改不了吃屎，现在有肉吃了，狗还去吃屎？狗尾巴毛病改了不少。

"狗真的改了，不吃屎了！"村里的婆娘们说。

男人们说："这叫卤水点豆腐，一物降一物！这可是毛主席他老人家说的！"

"你胡编啥哩！毛主席会说这土得掉渣渣的话？"女人们一阵哈哈大笑。

"我说你们这些农村的婆娘，就知道天天围着三尺灶台，一点文化都没有！"男人们回敬道……

夏小雪，一个省城知青与狗尾巴好上啦！这让周无田很是兴奋。

周家先前可是大户人家哩！张口吃那是有肉有蛋，伸胳膊穿那是绫罗绸缎，迈腿出门屁股下坐轿，推门进家还有丫鬟伺候。在胭脂村甚至月亮河，那都是数一数二的响当当的富裕人家。

自打周金福的父亲，不！从他爷爷，或爷爷的爷爷开始，周家败落了下来。几代人勤操劳，精打算，贩私金，打下的家业，被后代人抽鸦片，吃大烟，玩骰子，摸牌九，抽空就往背巷子里钻，将好端端的一份家业硬是一点点掏空了。到了周金福这一辈儿，穷得干球打得胯骨响，最后连金福这个名字都无脸用啦，改成周无田了！还好，正赶上解放后划分成分，败落成全了周无田一个贫雇农的好成分，还分成了人家富裕户的田地和房屋。这也算是因祸得福。但周无田从心里还是惦记祖上耀武扬威的荣光。周金福改成周无田，他骨子里觉得羞死先人了！

谁能料猜，风水轮流转，三十年河东，三十年河西。现在，周无田大儿狗牙在公社抱上了公家的饭碗，小儿子狗尾巴看着没出息，可偏偏省城的知识青年女娃能看中，这周无田高兴呀！这是周家祖上显灵了。福运命贵，天让咱活得滋润，他姚罐罐就是天天不停地箍罐罐，也比不上他周家！

这狗尾巴头梳得越来越整齐，往学校也跑得越来越勤快。可是，夏小雪的娘听女儿一说，却死活不同意女儿选的这门亲！咋了，咱女子不缺胳膊不少腿，为啥从西安城嫁到农村？

夏小雪对娘说，你在城里有啥？一间放满破烂的小屋子，挤着娘儿俩，转个身子都要侧过身，做饭的灶房还是三家共用的，上茅房还得瞅瞅里面有没有人。说起茅房夏小雪娘就骂人，不知谁上的茅房也不冲，臭气熏天的。她骂人缺德，但缺德的人没应答。

夏小雪的娘没有听女儿的，她说："城里的房子再小，厕所再憋屈，也比农村强！"

夏小雪说狗尾巴能进城当工人，凭她的眼睛看，这个男人会有出息的。

夏小雪的娘鼻子"哼哧"了声。心想，男人哄女人就这样，没眉眼的事说得跟真的一样。进城当工人，说得轻巧，这国家是他家开的不成？说当工人就当工人。小雪的娘不知道，这世事，你当老百姓的当然不成，只要有个一官半职，想弄个事就不一样了。

狗尾巴的娘知道小雪娘看不起农村，急了，说："城里有啥好的？她看不起农村，咱还看不起她城里人呢！"

"就是，城里人就比别人高一头不成！没有农村人，你城里人不都去喝西北风了？"狗牙的婆娘一旁也顺着婆婆说。她想往县城里进，一直没进去，心里本来就窝着一肚子的怨气。这会儿，找到了碴口。

"明儿托个媒，给咱狗尾巴挑个俊俏的，比她夏小雪还要漂亮的女人，气死城里夏小雪她妈！"狗尾巴娘发着狠。

"说啥呢？狠话谁不会说？可是你只图嘴巴一时过过瘾，想不想以后还咋做亲家？"狗尾巴的爹却不急不慌，在他眼里，一个小雪她娘，孤老婆娘，没什么难对付的！他有办法让这城里婆娘成为自己的亲家，狗尾巴的丈母娘。

周无田告诉夏小雪，这事不要怪她娘，先稳一稳，慢慢来。

"有啥好办法？"夏小雪一听狗尾巴的爹这样有把握的话，就问道。

小雪知道她娘的脾气，自从她爹死后，她娘为着她不受人欺负，硬是不肯改嫁。有邻居以为小雪娘是装装样子，给人看的。偷偷把一个男人领来，让小雪娘见面。谁知，那男人一进家门就看到小雪娘怀里抱着那死去丈夫的遗像，人家吓得头也不回就跑了。现在，周无田能有办法让她娘听他周家的？夏小雪心里没底。

"小雪，你抽空将你娘请到农村来看看，成不成？"周无田说。

这有啥不成？夏小雪说，成！

周无田说："你娘来了，要是看上我们周家了，我们就是亲家，要是看不上，就当到农村逛荡了一回！"

夏小雪一听也对，耳听为虚，眼见为实。让她娘来狗尾巴家看看，看看这宽敞的院子，看看房子，哪样也不比城里差多少，也许会有新看法。

"行，我这就回去接我娘来！"

夏小雪趁礼拜天，回了省城，去领老娘来到胭脂村。

城里的亲家要来了，周无田家也好生准备。一大清早周无田站在院中间，他的婆娘已经将院子前前后后扫得溜光。

"把屋子里收拾停当些！"周无田的婆娘对屋子里狗牙媳妇喊叫着。

"手没停地正弄着哩！桌子擦得都能映出人影子啦！"狗牙媳妇回应道。

周无田里外看了看。不成，大门脏了，门面门面！让人第一眼就看不顺眼，咋成？周无田掏钱，让狗蛋赶紧去合作社买了瓶油漆，把院门也刷新一遍。

"就是亮晃晃的，好看！"狗蛋粘着一手的油漆看着院门说。

周无田伸手摸了摸门，说不干，别让人再弄脏了！周无田还是不放心，他走到后院眉头就紧皱在一起。

不成！城里人到咱农村，最看不惯的是农村人的茅房。

"城里人才脏呢！茅房弄在屋子里，在屋里吃还在屋子里拉屎尿尿，想着都恶心！"狗尾巴娘说。

你懂得个啥？周无田骂着老婆。

咋弄？狗尾巴问他爹，现修个茅房来不及呀！

"在哪里修？咱农村人要是将茅房修在屋子里，还不让人笑死了！"周无田婆娘说。周无田瞪了婆娘一眼，说："要是能修，我一定修。看谁敢羞我？"说完让狗尾巴将后院的茅房用水冲得干干净净。

周无田还让人杀了头猪。

"不过了？这猪出栏能卖一百多块钱哩？"周无田婆娘叨叨着。

狗牙的婆娘也在一边说："我的爹妈来，别说杀猪，连个鸡毛都不肯拔！"

周无田装着没听见，心想，这事能比吗？不弄好，城里的这寡妇能应了这门婚事呀？

"老周家巴结啥哩？"

"动静大的，就差放炮迎接啦！"

村里的人骂周家骚情，一个城里的老妈子来，当成慈禧老佛爷来恭迎了！可周无田不理这些：你们这些野猫，吃不上家食，眼馋就说家食不好吃！

能娶城里的女娃，不仅仅是狗尾巴的事，也是周家光宗耀祖的事。周家这样做，是给城里的亲家看的，不能让城里的亲家瞧不起；也是给村里的人看的，连城里女娃都要嫁给周家，你看周家日子过得多红火！

夏小雪把她娘领到了胭脂村，人还没进门，周无田带着一家人站在院门两边迎接着。鼓掌！这小雪娘尽管是城里人，哪见过这阵势，进了院落，看到这么大的院子，便低声问小雪，这住多少家？周无田听见了，哈哈笑，就周家一家！进了门，桌子上摆好了水果。坐坐，吃吃！周无田的婆娘拿着水果就给小雪的娘。吃吧，都是自己家树上结的。

吃饭时，周家上了满满一桌子的菜，小雪娘活了几十岁，头一回吃这么多的肉。"都是自己养的猪！"周无田说。

主食是臊子面，这不大对小雪娘的胃口。东北人喜欢吃大米，可是陕西关中净产小麦，哪有大米？不过，这一看还真让小雪娘着实说不出半个不是。她也是农村出来的，跟着自己男人从沈阳来到陕西，男人在军工厂当工人，她在家糊纸盒子卖钱。本来一家人也就勉勉强强度时光，后来，男人被机器绞断了手，成废人一个，整天待在家，不是喝大酒，就是冲她发火，小雪娘知道自己的男人是憋闷得难受，不去争执，他们一家人的日子好歹在煎熬中一天天度着。可是，男人不到四十就归了西，她们孤儿寡母的日子能好到哪里？

夏小雪的娘毕竟是城里的女人，她对周无田说，她就这么一个独苗苗女儿，孤儿寡母，她全指望这女儿了！狗尾巴要是能进工厂当上工人，这婚事她就不反对，要是当不上工人，农村再好，她也不想让娃在这落根！

周无田笑了，说放心，狗尾巴是民兵排长，让他哥弄个招工的指标还不是大问题，省城去不了，县城的工厂能成。

夏小雪的娘将女儿拉到没人处，悄声对女儿说，他周家三个兄弟，这家产一分三份，那个狗尾巴也分不到多少。小雪说，你就只盯着眼前这点利。

小雪娘说："我盯还不是为你，娘能跟你一辈子？"

小雪搂住娘说知道。小雪娘伏在女儿耳朵边说："家里条件还成，但是必须让他们家将你弄回城，他也得进城当了工人你才能嫁他！"

小雪亲了下娘的脸说："女儿与娘的心是相通的。我就这样想的！"

小雪的娘离开胭脂村周家时，周无田的婆娘将准备好的挂面、肉条子、红糖和一篮子鸡蛋送上，四样礼在农村可算是订婚，女婿娃送丈母娘的见面礼啦！小雪娘推辞着，周无田婆娘说："娃一成亲，咱就是亲家母，一家人还客气个啥？"

小雪娘心想，农村人咋这样快，这事还没定下来，你们就叫上亲家母了！要是你儿子没当上工人，我来也算白来，硬是不肯拿周家的东西。周无田说："挂面是自己吊的，猪肉是自己猪杀的，鸡蛋是自己鸡下的，红糖……不拿就是外道了！"

小雪见状，替娘接过。周家人将小雪的娘送到了月亮河岸……

见客人走远，周无田婆娘骂了句："啥屄人哩？一个寡妇在咱眼皮下显摆个啥？"

"就是，一进门就敬着她，像是咱求着她？"狗牙媳妇也发着不满。

周无田忙拦住这婆媳俩，说："不说话，谁能把你当哑巴不成？"

送走了小雪她娘，周无田就向大儿子狗牙发了话："城里的妖婆子算是让咱给拿下了！你弟狗尾巴要将夏小雪娶进门，还差得远！"

周狗牙知道爹的心思，说："爹你别开口，当儿的明儿就上县上去，找江主任，看看能不能弄个招工的指标！"

周无田听了很高兴，真是爹的儿子，没等爹开口就揣着了爹的心思。

15

要说周狗牙咋巴结上了县上的江主任，这话还得从夏小雪到学校代课说起。

我们班主任杨老师要生娃，但课不能停下来，学校要在知青中找个文化高的当代课老师，王欢欢得知这个事后，偷偷找了周狗牙。

王欢欢参加了知青组织的文艺演出队，周狗牙会打梆子，公社温书记就让他一边打梆子，一边带着演出队在公社各大队各生产队串着演出。

王欢欢本来长得胖乎乎、肉嘟嘟的，鼓鼓奶子，圆圆的屁股，让男人看着眼馋。加上在演出队，那油彩往脸上一抹，红红的嘴，描着黑圈圈的眼，勾得周狗牙心里痒痒的，魂晃悠悠的。但狗牙是带队的，人都瞪眼盯着他的，他不敢有明显的啥表现。

但这男人心里要是有上一点点心思，外面再装蒜，女娃也能捕捉得到。你的眼睛闪过的一个眼神，你嘴角后缀的一个微笑，你抓耳挠腮的一丝丝掩饰，都会被女娃的心波捕获到你的渴望与急切。

"来，给咱队长也上个妆！"一天，王欢欢瞅见周狗牙在偷看她，便拿着油彩笔上来了，周狗牙要躲，几个知青女娃一看这架势也过来，七笔八画的，将周狗牙画成了个大花脸。要是平常带队的周狗牙非得急眼不成，但现在他却从心里乐意接受王欢欢她们的戏弄，混乱中，他的手趁机碰到了王欢欢的胸上，当然，他装着无意。你当王欢欢不知，她也是装着蒜哩！

那天演出完后，王欢欢看到周狗牙用水洗油彩，越洗脸越花，就抠了一团凡士林油给周狗牙，周狗牙将凡士林抹脸上，才把油彩洗下来。他一边洗脸，一边对王欢欢说，你当心我收拾你！

王欢欢笑嘻嘻地跑了。

一天中午排练，王欢欢没来。

狗牙问："咋没来，排练咋能说不来就不来了呢？"

"王欢欢病了。"

啥病？

"肚子疼！"

"肚子疼，多大的病！排练都参加不了？"狗牙就去了宿舍找王欢欢。

"你咋肚子疼？昨天还好好的！"狗牙问。

王欢欢说："人家肚子疼就是肚子疼！"

屋子里就躺着王欢欢一人，周狗牙颤着胆子走近了王欢欢的床。

王欢欢说："肚子疼得厉害，来不及请假！"

吃啥吃的？周狗牙的话声轻了软了，这王欢欢哪能听不出来。王欢欢肥嘟嘟的小嘴一噘说："人家是来那个了，才疼的。"周狗牙是有婆娘的人，心里明白那个是哪个！他假装不知道地问："啥那个来了，疼得厉害我送你去医院！"

王欢欢眼瞟着狗牙，说："那个就是那个，好领导哩！你都不知道那个是什么呀？"

狗牙说，我知道了，你小肚肚疼，别受凉了！

王欢欢咧嘴笑了，说："还是狗牙哥哥疼人！"

这话给了狗牙胆儿，他说："关心你是应该的，谁叫我是领队的！"说着坐在了王欢欢的床边。

王欢欢往床里挪了下身子，狗牙说："哪里疼？我给你看看！"说着就要动手，不料这时，外面有知青咳嗽声，狗牙听了，知道这帮知青心贼，假装大声地说："你病了就先好好休息，明儿补上排练的节目！"说着溜出了王欢欢的屋子。

有了这一次，周狗牙感觉到这王欢欢也有意自己，第二天就拿了半斤红糖偷偷送给王欢欢，说喝了驱寒，肚子就不疼啦！王欢欢喝了红糖水。

狗牙对王欢欢说："我有两个弟弟，就缺妹妹，干脆咱认做兄妹好不好？"

认啥妹妹？王欢欢问狗牙。

"就是那种跟亲妹妹一样，相互照顾、相互支持，你看你一个人从城里来，在这里也没个亲人，我当你哥哥会真对你好的！"

"好呀！这我巴不得哩！我家里有个弟弟，就是没有哥哥，有个哥哥照顾才好呀！"王欢欢这样痛快地答应，让狗牙兴奋了。

他摸了下王欢欢的脸，说："我的妹妹真漂亮！"

"不漂亮！没有夏小雪漂亮！"这王欢欢装作纯真的样子。"漂亮，你比夏小雪漂亮！"狗牙说。

"我哪儿漂亮？"

"你脸蛋白，白里透红，眼睛大，有神，看你的手多细发……"狗牙说着拉住王欢欢的手，王欢欢笑了，说："哥，真会夸人，还是第一次有人夸我的手！"说着将手翻来覆去地看了看。

"还有哪儿好看?"王欢欢问。

狗牙来劲了,说:"你牙好看,多白多齐,你的嘴红红的,你的腰多苗条……"狗牙看哪儿夸哪儿,王欢欢乐了说:"人家的腰才不细哩,太胖!"

狗牙说,我看看,说着双手圈住王欢欢的腰,说:"苗条着哩!"

王欢欢瞪眼说:"你可说咱们是兄妹哩!"

"好我的妹妹,我只抱一下,不做别的!"狗牙说。

王欢欢说听哥哥的,只抱一会儿!狗牙心里那个美,他紧紧抱住王欢欢,这一身的嫩肉软乎乎的。

狗牙哪能就此停住,他的嘴伸向王欢欢:"快让哥哥亲亲!"王欢欢也抱着狗牙,娇声娇气地说:"哥哥骗人,只说抱抱,又要亲嘴,哥哥是得寸进尺!"

狗牙笑了,说只怪妹妹长得实在是疼死人了,哥哥忍也忍不住,说着嘴亲了上来,王欢欢的粉嘟嘟、胖乎乎的嫩唇也应了上去。

"甜死人撩死个人哩!"狗牙一边亲,一边说。

"哥哥,妹妹可是初吻!"王欢欢说。狗牙听了,心中真的又惊又喜,说妹妹珍贵死了!说着,紧紧搂住王欢欢的腰!

"妹妹,你是我的……"狗牙说着就想进一步欺负这女娃。

王欢欢说:"我是我的,谁的也不是!"

狗牙问:"咋了?哥哥惹你生气了?"他心想,这女娃也真怪,刚才亲得好好的,以为亲得她受不了了,就会放开给自己,不料一伸手,女娃咋说变脸就变脸哩?

王欢欢嘴嗫了眼泪吧嗒嗒地落了下来!

"咋了?咋了?"狗牙赶忙哄着。

"人家认你这个哥哥了,但你当哥哥的一定要帮妹妹。妹妹在胭脂村没一个亲人,你不帮我谁帮我?"王欢欢眼泪吧嗒地说。

"哈,这还有啥说的?我这个哥哥绝不会白让妹妹叫的!有啥事,说，我一定尽全力帮我的好妹妹！"狗牙说。

王欢欢说听说学校要在知青中挑个人，去当代课老师，她想去！"在生产队，干活实在是太累人了！"

这事我还真不知道，我打听下，想办法让妹妹你去。

狗牙一打听，得知代课老师的事县教育局局长说了算，狗牙想找个机会巴结下。不料，县革委会江主任来检查工作，公社组织知青文艺演出队演出节目。狗牙在台上一边敲着梆子，一边往台下瞭着。看见江主任在看戏，眼珠子往人家女娃的身上盯。心想，要是能巴结这江主任，王欢欢当代课老师的事还不容易办？

演出完，江主任上台与演员一一握手："演得真好，比那些专业的剧团演得都要好！"

狗牙握住江主任的手说："江主任就是水平高，这是对我们公社知识青年革命文艺演出队最大的鼓励！"

江主任听了心里美滋滋的，说："那些专业的演的戏，大多是封资修的，咱们知青革命文艺演出队唱的都是榜样戏。"说着握住王欢欢的手说："嗓子多亮，我看都能唱《红灯记》的李铁梅！"

狗牙见状，心里有一丝丝酸，这王欢欢是自己的女人，别人碰他当然不舒服。但狗牙是有抱负的人，他心里再不舒服，面上也能笑成花。

江主任说他也喜欢唱秦腔，狗牙一听说大家鼓掌请江主任唱段。江主任说没准备，不行不行！狗牙给王欢欢使了个眼色，王欢欢心领神会，上前拉住江主任的手说，江主任唱两句呀，我们想听领导唱的榜样戏！

"来段？就来段！"江主任自问自答。狗牙一看，忙挥手，自己先拿起梆子，拉胡胡的、敲锣的、打鼓的也都操起家伙。

"就唱段《红灯记》吧！临行喝妈一碗酒那一段吧！"王欢欢与

演出队的年轻娃们，使劲拍起了手。

"鸠山设宴和我交朋友，千杯万盏会应酬……"

"爹爹！"——王欢欢冲着江主任道了句道白。

江主任一听更来劲了。

"小铁梅，出门卖货看气候，来往账目要记熟……"

江主任唱完，狗牙说："想不到领导才是高手。"

"随便吼几声，一点准备都没有，献丑了献丑啦！"江主任抱起拳谦虚地说。

狗牙对江主任说："没准备都唱得这样好，实在不得了！"他对江主任说："卸了妆，当面再向江主任汇报！"

当天晚上，狗牙就巴结上了江主任，他还带着王欢欢。

到了江主任住的地方，狗牙让王欢欢在外面等他，他一个人先进去。

王欢欢点点头，趁黑没人在狗牙脸上"啪"地亲了下，悄声说："奖励哥哥个香嘴嘴！"

狗牙美滋滋地说："真香！"

狗牙进到了江主任屋子，先拍了一通马屁，夸江主任戏唱得好，把整个演出队的演员们个个都镇啦！

江主任"唉"了一声，说当年县剧团招人，他差一点就被招去了。

咋没去？狗牙问。

江主任说他爹不同意，说戏子不入流，将来没啥出息。

狗牙说也对，要是你当年进了县剧团，现在就当不上这么大的官了！

江主任又长叹了一口气，说当不上官，兴许能娶个漂亮的演员当老婆。狗牙一听这话，知道江主任对他婆娘不满意。心想，你当了高官想娇妻，有了娇妻想钱财，天下的美事全让你一人占尽不成？人心不足呀！

两人东拉西扯了一会儿，江主任突然问狗牙："你这么晚找我一定有什么事吧？"

"没啥大事，就是演出队一个演员有点事想麻烦你！"狗牙说。

"演员？知青娃？"

"对！"

"啥事？你说。"江主任问。

狗牙就将学校杨老师生娃，王欢欢想当代课老师一事说给了江主任。

"王欢欢？是女知青吧？"江主任笑了。

"是女娃，就是今天跟你一起搭戏的那个长得胖嘟嘟圆乎乎的女知青。"狗牙说。

江主任笑了，心想你见过多大的世面，你一撅股子我就知道你拉啥粪蛋！你凭啥给这女娃卖力气办事，还不是有啥图的？你弄好事，让我给你了事，哪有这么便宜的事？

江主任心想着，嘴上也就打起了官腔："这事可不好办！代课老师人品咋样，能不能胜任，可别得滥竽充数，误人子弟，败了革命的教育事业！"

"人品好，根红苗正！是胭脂村知青点表现最好的！"狗牙说。

"你把这女子夸成了一朵花，真有你说的那样好？"江主任心想，我凭啥相信你说的都是真话。

狗牙说："人已经来了，就在外面，要不江主任亲自考核考核？"

江主任看了看手表，说："还有点时间，不过我考核可不算数，这事最后得找教育局，教育局局长说了才算。"

狗牙一听点头称是，退出来招呼王欢欢过来，说："好好表现，江主任要当面考核下你。"

王欢欢进来，江主任上下打量着问："你就是王欢欢？"

"是，我叫王欢欢，第三批下乡知青。"

"你念了高中？"

"对，高一念了半年多就下乡来到了胭脂村。"

江主任说："你那句道白很有韵味，学过戏？"

"没有，天天听，耳朵快听出茧子了。"王欢欢说，"江领导的戏才唱得好，比城里剧团的名角都唱得好！"

江主任一听，兴奋起来。狗牙一看有门，这江主任要上钩，就借口打瓶开水出了门。

江主任对王欢欢说："你学的铁梅那一声'爹'的道白，真是让人回味无穷！"

王欢欢顺势说："江主任你可别生气呀！"

"我生啥气？"江主任对王欢欢的话有些惊讶。

王欢欢眼睛眯着甜甜地说："江主任你这么年轻，我叫你爹爹怕把你叫老咧！"

江主任听了哈哈大笑起来，这王欢欢还这样幽默。

"那你该叫我什么？"江主任问。

"叫什么？我不敢说。"王欢欢挑逗着江主任。

江主任说："有啥不敢说的，怕我吃了你不成？"

"那先说好，我可说了，你当大领导的，可不能生气呀！"

"不生气不生气，说！尽管说！"

"我看叫你哥哥还差不多！"王欢欢的话把江主任撩得心痒痒，加上晚上吃了羊肉泡馍，喝了几杯酒，这会儿是心旷神怡。

"咱俩来段《虎口缘》多美！"江主任说。王欢欢一听愣了，这老戏她没听过，哪会唱呀？

江主任说："没事，我唱，你配合，给我搭下戏就成。"

咋个搭戏？王欢欢听都没听过，她哪知道这江主任还是个真真的戏痴。

江主任说："你甩一甩水袖！"说着拉着王欢欢的衣袖说："就当

这是水袖，往我身上一搭就成！"

"好！"江主任把王欢欢的玩性也调动起来了。

"然后你念句道白！"江主任教王欢欢，说《虎口缘》这折子戏是《三滴血》里的，说的是一个男人周天佑在山里从老虎口里救下了一个女子贾莲香，两人就爱上了的故事。

"小姑娘，小姑娘！姑娘醒得，莫要怕，老虎被我打跑了。"江主任说着就入戏了。

"我说啥呢？"王欢欢问。

"我救了你，你能说啥？你说：多谢相公救命之恩！"

"多谢江主任救命之恩！"王欢欢说。

"不对，不是江主任，是相公！"相公？相公是啥？王欢欢有点明知故问。

"相公就是年轻的男人。"江主任耐心地教着。

"多谢相公救命之恩！"

"老虎已经被我打死了，你再莫要胆怕！"江主任还沉在戏里，说这时你要死死拉住我不让我走。王欢欢拉住了江主任的袖子。江主任教她说："好我的哥哥呢！老虎走了，一会儿再来个狼，那我越发地不得活了！"

江主任直夸王欢欢学得像。

下面咋演？

江主任说你要哭出声来，然后唱道："未开言来珠泪落，叫声相公小哥哥！"

江主任教王欢欢学戏入了迷，外面狗牙拎着热水壶听到却是个急，真学戏了，别把正事给耽搁了。

王欢欢抹了刚才哭戏流下的泪，说跟江主任学戏真过瘾。江主任笑了，说他也好久没这么痛快了！

王欢欢见江主任只说戏，没说她当代课老师的事，也没动其他歪心思，心想，难道江主任真是正经人？刚才，她拉住他的胳膊，他没有啥动作？王欢欢不知，这江主任不像狗牙，见女人不亲就摸，人家要的是情调调。在江主任看来，与这小女娃唱戏文，那是多么享受的事。可王欢欢心思不在戏上。

王欢欢对江主任说，以后有空就多向江主任学习，这戏真有意思！

江主任听了哈哈大笑，说成！不过老戏只能在得力的人跟前唱，在人多时，只能唱榜样戏！

王欢欢心想，这话题咋离不开戏呢？眼看时间不早了，这样下去不就白来了，白给他搭戏了？

咋办呢？

王欢欢看到床头放着的一对木雕的猪，心生一计来，她要试试江主任是真正经，还是假正经？是头笨猪，还是只骚猫？

王欢欢爬到床头，伸手取过一对木头猪猪，细细看了起来。江主任唱戏也累了，端起茶杯"咕咚咕咚"喝了起来。

"江主任，这是啥宝贝东西？"王欢欢拿着手里的木猪在江主任眼前晃荡着问。

"是木头雕的猪，一对猪！"江主任说。

王欢欢"噢"了一声，更加细细地端详起来，"嗨，江主任，你说这是一对猪猪，你是从哪里分出公的母的？"说着，王欢欢将木猪猪翻了个儿。

这江主任见王欢欢这样，心里晃荡了一下，血直往头盖子冲了上来。他笑着靠近王欢欢，说："这还不好分呀？你看，这个这里凸出的，是公猪娃，这个凹下的，是母猪娃。"

王欢欢笑了点点头，说男猪女猪原来是看这里的！

江主任说："对着哩！不看这里还能看哪里？"说着伸出胳膊将王欢欢揽在怀！

江主任亲着王欢欢说："你真水嫩死了，像个刚蒸的鸡蛋糕。"

"人家本来才刚刚二十岁嘛！"王欢欢说。江主任抱着王欢欢说，青春就是美呀，这一身的活力。

"你也不老！"王欢欢说。

"是吗，我还年轻？"江主任一听王欢欢说自己不老，更是高兴。他对王欢欢说："你真是个天上的仙女！"

王欢欢笑了，说："哥哥真会夸人，还是第一次有人这样夸我哩！"

江主任突然叹了声，一脸的悔意。

"咋了？"王欢欢盯着江主任问。

江主任说："惹你生气了？"

"没有，我没生气！"王欢欢说。

"原谅我，你太漂亮太纯洁了，我实在是憋不住，才……"江主任的话，让王欢欢不知咋回应。

"我不应该这样，你一个姑娘娃下乡多可怜，现在有事求我，我趁机这样，是不是太不厚道咧？"这样一说将王欢欢感动了，她紧紧抱住江主任，说："我愿意！"

江主任面对娇小的女娃，确实是有点心软。但你要让他发善心，白帮王欢欢的忙，那就错了！江主任有他的打算，他觉得要将这个女人身子要了，心也要了，那才真正美死个人呢！要是只为着帮忙，人家报恩，也只是早上的露水，日头出来一照就散了。那有啥情有啥义的？他要让王欢欢从心里喜欢上他，对他也动动真情。江主任为这，就要像只公孔雀一样，在一只刚乍了毛的小母孔雀面前，显得高大完美无缺，让这只小孔雀心甘情愿地投入自己的怀抱。

"没有感情，光是为报恩，太委屈你了，你这么年轻漂亮，我咋能忍心？"江主任的话，像孔雀的嘴沾着唾沫星子将自己的羽毛一根根弄得鲜亮，然后引得小母孔雀往他下面钻！

"我的好哥哥哩！这样说，你是要帮我的忙了？"王欢欢激动了。

"屁大的事，不就是当个代课老师吗？"江主任说。

王欢欢点点头，说在农村干活实在太累人，你看我手心都磨出茧子了。说着伸手给江主任看，江主任握着王欢欢的手，啧啧！让哥心疼死了！仙女一样的欢欢咋能干农活？说着手抠着王欢欢手掌的茧子。

王欢欢说："要不是在演出队待了十几天，这茧子更厚！"

江主任说，"当代课老师的事，我明天回县里就跟教育局局长说！"

"教育局局长能听你的？"王欢欢问。

"哈，他敢不听我，他的乌纱帽都是我给他戴上的！"江主任的话，让王欢欢高兴了，她说还是我的相公哥哥厉害，连局长都要听你的。说着，仰起脖子，将红红的嘴伸向了江主任，说："相公哥，香香嘴巴！"

江主任将自己的嘴贴在了王欢欢的粉红的、肉嘟嘟的嘴上，说："幸福死人了！"

"我可是真心喜欢哥哥！"王欢欢亲着，躺在了江主任的怀抱里！

"真的，你真的喜欢哥哥？"江主任问。

"真的，就是哥哥不帮我办事，我也照样喜欢哥哥！"王欢欢说。

"真的，你不嫌我？"

"我嫌哥哥什么？"王欢欢不解。

"嫌弃哥哥年纪大！"

"相公哥哥，一点都不老，年轻着哩！感觉和我差不多。"

王欢欢这么一说，江主任更不知天高地厚了，自己真的年轻，还能让这么青春的碎女娃动情？

江主任越想越美，站起身，像是要让王欢欢这个碎女人知道他的力量，他一把将王欢欢横向抱了起来。这王欢欢搂住江主任的脖子，说："看看，哥哥真有劲！"

江主任抱着王欢欢转了几个圈子，把王欢欢叫着笑着。江主任说："我抱着你爬陡坡都没问题！"他问王欢欢："你真的喜欢哥哥?"

王欢欢说："真喜欢，我看见哥哥第一眼，就感觉到哥哥好亲，水平高，戏还唱得好！"

江主任听了心花怒放："我的天呀，我多大的福分呀！我是天下最幸福的男人！老天把你这纯洁的仙女一样的年轻女子给了我，我上辈子积了多大的德呀?"江主任感到自己美的要成神仙了。

"我要是在年轻时撞上你，该多好！"江主任说。

"现在也不晚！"王欢欢说着靠倒在江主任怀里。

正在这时，门外突然一声"嘭"的爆响……

屋外，狗牙手拎着热水瓶，耳朵贴在门缝缝，听到里面江主任与王欢欢亲嘴亲得啧啧作响，心里那个难受，恨不得进去打狗日的江主任一顿。他将王欢欢领给江主任，心想也就是唱唱戏，顶多拉拉手，刚一见面，你能把这女人咋样? 谁知，这江主任几句话就收了王欢欢的心……

情急中，狗牙手里的热水瓶碰到了墙角角上，热水瓶炸了！这可把屋里的江主任王欢欢吓得魂飞魄散……

江主任吓得走到门边，耳朵贴在门上往外听：我的妈呀，这事要是让人抓了现行，可全完蛋了！

外头的狗牙，进不能进，退退不得！

这可咋办? 热水瓶咋会在这个时候炸了呢? 江主任还不当自己是故意坏他的好事? 完了，这可将江主任得罪了。

干脆溜了。

狗牙拎着热水瓶的干把把，跑到了自己屋里，悄悄安了下魂儿，胡蹦乱跳的心刚顺溜些，他又觉得这样不好，如果这样不就将江主任彻底得罪了? 得把话圆回去。

有啥好办法呢? 狗牙急得团团转，他看到桌子上的热水瓶，心想有办法了，再打一瓶水送去，找茬儿把话说圆。

不成，江主任又不是平头百姓，实在，任你说啥是啥。他可是当官的，你刚撅屁股，他就知道你拉什么粪？

是人都有软肋，这当官的七寸在何处？

对了，送礼！人说有理没礼难开口，当官的不打送礼的！狗牙在屋里找来找去，拿出了一瓶西凤酒，还有半斤茶叶。拎在手里，狗牙觉得这礼太轻了，拿不出手呀！可是，黑灯瞎火的，这会儿到哪儿去弄礼物？要不回家取些？

算了，今儿的礼只是遮眼的幌子，拿礼物给自己当个台阶下，也给江主任当个台阶下。这样一想，狗牙拎上酒和茶，拎着另一只热水瓶来到了江主任住处。

一敲门，江主任问了声谁？没等狗牙答话门就开了。

江主任衣服立立整整，手里还拿着一支钢笔。

"主任还没睡呀？"狗牙问。

江主任伸了下腰说："没有，刚才那个叫什么欢的知青学了几句戏就回去了，我抽空写写下乡的心得体会。"

"领导就是觉悟高。"狗牙说着将热水瓶放在桌子上说，"刚才出门不小心将热水瓶碰炸了，用我的打些开水，你泡泡脚！"

"好好！"江主任点点头，像是根本没听到热水瓶的爆炸声。

狗牙又将手里的酒和茶递给江主任，说："也来不及备啥礼，这全算是我投领导门下的见面礼，以后还要重谢你！"

江主任一听，脸沉了，说："不能这样，都是同志关系，收啥礼呀，这样不好！"

狗牙将礼直接放到桌子上，说："王欢欢人不错，我特意带她来见你的！"

这话一下子捅在了江主任的心尖尖上，狗牙说这话是卖个好，意思是这好事是我给你安排的。

江主任一听，这狗牙话里有话，是暗示他知道王欢欢与他刚才的事。

江主任笑了，说："王欢欢真是个不错的知识青年！"

狗牙说："是的，江主任有眼力，你还要多帮助她！改天我让她到县里向你汇报！"

江主任知道狗牙是想巴结自己，乐了，说："她一个知青直接向我汇报啥？"

"是我到县城向你汇报，顺便带上她！"狗牙说。

江主任拍拍狗牙的肩膀没再说什么。

江主任回县里就将王欢欢当代课老师的事告诉了教育局局长，局长说这屁大的事还劳你？

可是，教育局通知还没下，狗牙领着王欢欢就来到了县里，对江主任说先不让王欢欢去当代课老师了。

咋了？

这是狗牙的主意，待在演出队串社串队演出，人累不着，还能到处走，多自在。当个代课老师，不把你拴在了讲台上。这狗牙也想把王欢欢留在身边。

狗牙对江主任说，王欢欢在演出队，他也有借口带他来见江主任。

江主任一听在理，就告诉王欢欢和狗牙，以后有啥事尽管找他。

这事还让狗牙两头落了好。从县里回来，他对狗尾巴说，是他找江主任安排夏小雪当的代课老师！这份情夏小雪自然落到了狗牙、狗尾巴的身上。

现在，狗牙的爹要狗牙给狗尾巴弄个招工的指标，他又找了江主任。这次，狗牙带着他爹准备的厚礼，一条羊腿，一抱胭脂沟里的灵芝，说男人吃了壮阳，女人吃了旺血。

江主任收了礼物，说招工指标不是那么容易弄的，工厂是区上管的。

狗牙说:"你费心想想办法!"

江主任说成! 我搭上人情,托托人。

狗牙说,我想办法再给你弄包大坟里的铜钱钱,好东西,文物!

江主任就喜欢这些东西,他笑着说:"你可别净弄些假货!"

"放心,不会。是人刚刚从坟里弄出来的,狗尾巴已经去找人收了。"狗牙说。

狗牙回来不到一个月,江主任就给狗尾巴弄了个招工的指标,狗牙知道那包大坟的铜钱钱起了大用处。

16

细桃听说二忠娶了新的女人,内心像被人双手攥干了血一样,空空的。她原以为自己能忘了这个男人,可是二忠真的有了新的女人时,细桃才知道,她这一生至今亲近过的第一个男人,在自己心里有多重。有他压在心里,苦也罢,累也罢,感觉的是疼。这个男人一旦离开她的心,她像失血,整个人空荡荡,轻飘飘,连喘气都觉得可有可无,仿佛活着的线线全断了一样。难道就像老尼姑说的,她内心其实一直在等待着与二忠再续情缘?

小说写到此,我内心一直为细桃婶子不平。二忠叔,偏信我爹与细桃婶子通奸,不认二娃,又将细桃婶子撵出门。要不然,二娃或许不会淹死,细桃婶子也不会出家当尼姑了。我的一位红颜知己林雪却说,细桃还会怀疑自己,贬低自己,认为二忠那样做就是对的,自己就应该被别人鄙弃。我惊愕,问她为什么? 她说:"女人被男人抛弃时肯定第一想到是自己不够好。"

我惊讶,女人与女人的心是通的。

细桃是怪自己,为啥急急忙忙去苞谷地,要是在家老老实实等丈夫回来，像模像样地入洞房，也不会惹出事端了；她怪自己不小心让二娃淹入月亮河，甚至怪自己长着一对灯笼样大的奶子，小些也不会招惹狗尾巴这样的男人们！她知道，男人们盯着她的奶子，这让二忠心怎么能踏实。这个男人，都要娶新女人了，细桃这会儿想的却是二忠的好，从她趴墙头上看二忠打篮球，到婚礼上二忠护着自己一连喝下三碗酒，这二忠真真是条汉子，是个护女人的男人，是座女人可以依靠的山。

细桃心神不宁，也无心念经，闲着心里更难受，便上山拾柴。不料，细桃在山上出了事：她摔倒在山崖里了。

天快黑时，老尼姑没见细桃回来，就带慧明上山，她俩一路找一路叫。终于找到细桃，但细桃已经不能动了。

细桃被送到医院。我娘和芹的娘、秋芒娘都去看。我放学知道后，也赶到了医院。

"细桃腿要成拐子了。"萍的娘说。细桃抱住我娘和芹的娘哭了。

二忠知道细桃伤了腿，看看自己现在日子过得有点模样，心里突然感到疼痛。这女人从陕北来到塬下，嫁给他，挨批挨斗，儿子被河淹了生死没个影子，出家当尼姑又摔断了腿。二忠本来心里有一丝牵挂，现在更为细桃担忧起来。雪梅早就听说细桃与二忠的事，也看出二忠的心思，一天她做好一盆米酒，让二忠去医院看细桃。这让二忠没有料到，雪梅的大度，让二忠感动。他嘴上却说："我才不要去看她！"

雪梅说："咋了？我听人说，细桃可是个真真的好女人。"二忠听了没吱声，他心里寻思着：按说细桃好是好，要不是做了对不起我的事，算得上个好女人。

雪梅看出了二忠的那点花花肠子，说："男人只懂女人的身子，不懂女人的心。细桃一定有说不出的苦衷。"

雪梅说："你不是说，好女人是老天爷赐的，我和细桃姐两个好女人都给了你，你多大的福分。走，我陪你去。"

二忠见雪梅这样劝也没再推辞。老话说得好，一日夫妇百日恩，他从内心也想看看细桃。这么久没见了，这女人遭受多大的罪？

到了公社卫生院，雪梅将手里的东西交给二忠，说你自己进去，我在门外等着。

二忠推开了门，雪梅竖起的耳朵听到了细桃的声音："你来做什么？"

二忠说："看你！"

"你是看我还是看我笑话？我不要你看！"

二忠放下手里的米酒说："这是雪梅做的。"

"我不稀罕，不稀罕。"细桃不知哪里来的这么大的火。

雪梅听到这儿进了病房。这下子，屋里静了下来，大家连喘气都放轻了。

雪梅对二忠和我娘、芹的娘说，她想单独与细桃姐说句话。待大家退了出去，雪梅端起了米酒。

"细桃姐，这是用我们四川老家的糟头做的米酒，女人坐月子补身子都用她，我想一定也壮骨头。"雪梅说。

细桃一听，刚绷着的脸也放松了，有理不打上门客，再说人家雪梅也没得罪自己呀！

她说："谢谢，补不补对我来说没啥用处，你拿回去自己补吧。"

雪梅看了眼门口，见门没关严，就轻轻关上门，走近细桃，轻声说："二忠可是个好男人，人家说好女人是上天给的。要我说，好男人也是咱几世修来的。"

细桃听得一头雾水，心想好不好你们在一起过，与我无干啦。

雪梅压低声音说："是你的男人，终会是你的，撵都撵不走，不是你的拉也拉不住。"听了这无头无脑的话，看到雪梅神秘的样子，细桃更不明白了。

雪梅说："我对他们说我是安徽的，实际我才不是安徽的人，我家在四川。"

安徽与四川在细桃听来没啥差别，雪梅说这事只告诉细桃一个人了，细桃姐你千万不能告诉别人了。

细桃心里说："我管你是安徽的还是四川的，与我有啥关联。我才懒得告诉别人。"

这时，外面芹的娘叫了声："说完了吗？有啥见不得人的事，这样神神秘秘。"

雪梅对细桃说："记下我说的话，以后你会明白的。"说完对门外说："没事了，我和细桃姐说了个治骨的秘方。"

事后，我娘对芹的娘说，雪梅这女人有心机。芹的娘说，可不是，一起捉回的猪娃子，她养的比人家的大一圈子。这女人太能干了！

"要是能给二忠生个娃，就太撩了！"我娘说。

这事也是二忠心里的美事，二忠也下了大力气。实际上，二忠的力气再大也是白费，这雪梅每个月有那么几天，就是不让二忠做那事，不是说累了，就是说困。别的时间，任由二忠弄！这个笨男人哪懂得这个道道？

细桃从医院回到尼姑庵，和老尼姑说了雪梅神神秘秘的话以求个明白。

老尼姑给细桃讲了一个故事：从前有个书生，和未婚妻约好在某天结婚。可是到了那一天，那女人却嫁给了别人。书生受此打击，一病不起。这时，路过一游方僧人，从怀里取出一镜子叫书生看。书生看到茫茫大海，一名遇害的女子一丝不挂地躺在海滩上。路过一人看一眼，摇摇头，走了。又路过一人，将衣服脱下，给女人盖上，走了。再路过一人，挖个坑，小心翼翼把女人掩埋了。

僧人解释道：那遇害的女人，就是你未婚妻的前世。你是第二个路过的人，曾给过她一件衣服，她如今和你相恋，只为还你个情。但是，她最终要报答一生一世的人，是那个将她掩埋的人，那人就是她现在的丈夫。书生大悟，病好了。

细桃听了，沉默不语。心想，人活在今世，就要多做善事，好事，下生才会有好报、善报、福报！她与二忠还有雪梅，谁来报谁的恩，还谁的情呢？细桃想得有些痴痴的了。

入冬，大诚、有信、二忠家的猪育肥要出栏了。雪梅一早起来，把猪喂得饱饱的。这样，到收购站压秤多卖些钱。大诚、有信家也是一样。

三个男人吃了早饭，就拉着架子车要去公社生猪收购站。

雪梅将一盆猪食放到架子车上，说："去收购站七八里路，猪在路上一颠，就会拉屎尿尿，刚喂到肚子里的食不又空了。"她装盆猪食，让二忠快到收购站时，再悄悄给猪喂上。

"雪梅你可真会过日子！"大诚、有信直夸雪梅。

这一夸雪梅脸红了："不是我有意要亏公家，这一头猪喂养了一年，天天割草，打糠，垫圈，多不容易，能多卖些钱，就多卖些。"

有信说："雪梅说得对，公家的便宜不占白不占。反正咱卖的是毛猪，又不是净肉。它公家又没有规定不让给猪喂饱了再过秤。"有信让雪梅再多弄盆猪食，到时他的猪也喂得饱饱的，好压秤。

成！雪梅一听，忙回身弄了一大盆猪食，说够这三头猪吃的了。

"可别吃的撑破了肚子。"二忠说。

"猪又不是人，吃饱了它还吃？"雪梅说。

有信一听笑了："照雪梅弟媳妇的话，这人还不如猪？"

"那可不一定！猪多厚道，吃饱了就卧到圈子里睡觉。人却不一样，人心大，吃着碗里还看着锅里！好吃的吃不够，钱财挣不完，官当了还想往大的当，恨不得把天下的好事都自己占了。"大诚的话让三人哈哈大笑起来。

"你嘴吃再油乎，柜子挣的钱再多，官当得再大，就是当了皇上，到头来还不是一样见阎王爷！还不是一个黄土堆堆。有本事，你不死？"二忠说。

二忠、有信、大诚三人拉着架子车到了公社收购站，三个将车推在路边的树林子后面，给猪喂上了食。

"快吃，吃得饱饱的。"有信对猪说，这猪吃的不是食，是钱哩。

吃吧，到了收购站说不定哪天刀抹脖子，你就去见天蓬元帅了。二忠拍拍猪头。猪不理他，埋头一个劲地吃着。它才不管抹不抹脖子，反正有吃的就是福气。

到了收购站，一过秤，二忠家的猪比大诚、有信家的要重三十多斤。

"不会吧，看着差不多！"有信说。

收购站的人指头压着二忠家猪的背，说："这猪肉实成，压秤。那两头肚子吃的溜圆，也称不过这头。"

"狗日的，你家婆娘是不是将自己的奶水都喂猪了，咋长得这样快？"大诚拿二忠开心。

"你家的猪才吃嫂子的奶了。"二忠说着，心里美滋滋的。他的猪比有信、大诚的多卖了二十多块钱哩。

三人卖了猪，要下馆子吃顿。走到馆子门前，有信停住脚，说："二忠你家的猪卖钱最多，你该出血请我们两个。"

"那当然了。三人同行，老弟受苦，自然是我请两个哥哥了。"二忠拍着腰里的钱底气十足地说。

大诚一边笑了，对有信说："你就见不得别人碗里有片肉。"然后拍拍二忠的肩头说："今儿，咱也成了有钱人啦，得喝瓶好酒！"

有信问："啥好酒？"

大诚说："长武大曲。"

二忠说："今儿要喝就喝最好的。"

大诚一听高兴了："二忠，你要请咱喝西凤呀？"

有信拦住大诚："多贵呀，再好的酒喝下肚也变成尿了，白瞎钱啦。"

大诚说："吃的肉还变成屎呢。"

有信说："你这是吃大户哩。二忠家的猪全凭雪梅这女人养得好，都是辛苦钱。"

二忠说："两位哥想喝啥酒，咱今儿就喝啥酒，钱是人挣的，咱明儿再去抓个小猪，育肥了明年又是一疙瘩钱。"

有信说："看，还不是我给你带回来的这个女人好。"

"就是，多亏有信兄弟，我当初还担心上这女人的当呢！"大诚说。

二忠说："我又不是涩尿，钱算啥？我从心里领你们两个哥哥的这份情，今天我请俩哥哥美美吃顿。"

三人下了馆子，点上酒菜，吃喝起来，也吹起牛皮来。有信说，他的钱自己掌握着，想花就花。大诚说，他的钱全藏起来，想喝酒时就去买。

大诚喝多了，话就乱冒出："二忠，有人说你老婆是四川人，不是安徽的。"

有信说："谁说哩？明明是安徽的，我领回来的我还不知道？"

二忠也听人说过此话，他心里也犯寻思：这雪梅要是四川的，为啥要说自己是安徽的？后来又一想，四川、安徽反正都在中国，还能有啥不一样的？所以，也就没去多想。今儿大诚说出此话，二忠心里一咯噔，雪梅要真是四川人，为啥要说成是安徽的？说这个谎话，顶啥用哩？二忠心里这样想，嘴里却说："喝酒，喝酒！"

大诚喝了杯里的酒，舌头也没转回个儿："要是雪梅与那个男人真是一对骗子，咋办？咱不能眼睁睁地看着老弟吃亏呀！"

"人家一个女人，跟你吃跟你住，不说吃亏。一个男人能吃啥亏？"有信说。

大诚红着脸说："那可不一定，骗财骗钱不说，这女人要是起了坏心，与那个男人合手谋财害命，将二忠老弟的小命给要了，二忠可不成冤死鬼了？"

"看你说得吓人的！"有信嘴上这样说，心里暗自打起了鼓：要真出了大事，自己也得沾上，这女人是自己带回来的。这可咋办？

"二忠你的钱，千万不能交给这个女人。"大诚说，害人之心不可有，防人之心不可无。对，当心女人将钱卷跑了。

有信一听这话，心里却有了一个好主意：将这卖猪的钱交给雪梅，如果她是骗子，拿上这么多钱就会跑，如果不是骗子，就会捂紧钱，跟二忠过日子。

有信为自己发现的这个妙计得意起来。三十六计，这叫啥计？将计就计，还是钓鱼计？有信说出来，大诚一听拍起手来，想不到你有信心里鬼点子多哩！

二忠听了，觉得也可以试试这雪梅，但他又担心，要是这女人是骗子，得到钱不更快离开自己吗？说心里话，二忠已经喜欢上这女人，要真是骗子，只要能和自己过日子也成！人谁生下来就是骗子。二忠从心里想，雪梅就是骗了自己，他也宁信雪梅是真心与他过日子的！

今儿有信、大诚一番话让二忠也犯了难：试吧，怕真把雪梅给试跑了；不试试，自己心里又没底。特别是每月那几天，雪梅不让自己碰身子，自己憋得心里猫抓一样的痒痒，下面的家伙硬邦邦的。每到这时，二忠看得出，雪梅气都喘不匀，两个小奶头都硬了，下面的水都弄湿了毛毛，可这女人就死死夹紧双腿，硬忍着！这更让二忠心里很生疑。这女人可能是怕怀上娃，一直在糊弄自己。

二忠心想，试下就试下，反正这猪也是雪梅辛辛苦苦养的，钱也应该归她。

"我今天回去就把钱交给雪梅！"

二忠对大诚、有信说，他们三人倒要看看雪梅这个女人是骗子，还是个好女人？

"啥，这些钱全都交给我？"

雪梅看着二忠把手里的一沓子钱往自己怀里塞，有点不相信自己的眼睛。这关中道上，家中"掌柜的"都是一色的男人，哪家是婆娘们掌事哩？婆娘们天经地义的围在灶台上转悠，日子长了，她们也觉得这家就得男人们掌。婆娘们在一起称男人就是"你掌柜的""我掌柜的"。女人，顶多能管点碎钱，平时方便买瓶醋包包盐的就不错了。

雪梅见二忠将卖猪得的钱全交给自己，很是感动，这可是二忠家全部的钱。

"有啥不相信的？你是我老婆，不交给你还交给过马路的？"二忠大大咧咧地说着把钱"啪"地拍在雪梅手里。

一下子拿着这一大把钱，雪梅这还是人生第一次。她的手都有些颤抖。

"看你那点出息，这点钱有啥激动的，等我发了财，成千上万的交给你，还不把你乐死？"二忠吹着牛皮说。

"数数，数数多少？"

雪梅眼瞪得溜圆，指头有些僵硬地数着："一，二，三……"

"一百五十，整整一百五十块！"雪梅说。

"收好了，这掌柜的就是你当了！"二忠说。

二忠的话，让雪梅泪盈盈的。

"这二忠对我用了真情。"雪梅想，一个男人能把钱交给你管，就是把他的心交给你了！这让雪梅心生深深的内疚来，因为雪梅真是要偷跑的！她的男人，就是原先说的那个哥哥，实际上是雪梅的丈夫，两人从四川逃荒到陕西，为的是养家糊口，雪梅家里还有公公婆婆，还有一个娃儿。她必须回去，二忠对她越好，她越不能与二忠这样过下去了。

雪梅当着二忠的面将钱锁进了柜子里。

雪梅这几天比往常还勤快，她将二忠的衣服全部洗得干干净净，叠得整整齐齐，将被褥拆洗了缝好，将猪圈打扫得利利落落。看看没有啥活儿了，雪梅偷偷将自己的衣物准备好，她要找一个机会离开胭脂村，离开这个家，离开二忠。

这天，雪梅早早地铺好被子，给二忠烧好洗脚水，她给二忠洗脚，二忠都不好意思，说娶这样贤惠的婆娘真是老天赐给他的。

雪梅笑着说："不是老天赐的，是男人自己现世修来的。"

男人女人，真心换真心，这才称为好夫妻。这一夜，雪梅尽情与二忠缠绵着，二忠说："没见你这么馋。"

雪梅说："还想要。"她想让二忠要个够，这样她也许才会有一丝安慰。这一夜，二忠累日塌了。他要闭眼睡觉，雪梅拉住他的手说，再说会儿话吧！二忠说，你说我听。

雪梅对二忠说："我不是你说的那样个好女人！"二忠闭着眼睛搂住雪梅说："胡说啥哩？你就是，你就是天下最好的女人。"

二忠说着就睡着了。雪梅静静地看着二忠，两行泪水悄悄流下。她爬起来，从炕席下取出早已写好的信，塞到枕头下面，然后给二忠掖了掖被子。雪梅从心里不想离开这个男人。要是女人能嫁给两个男人就好了！雪梅想。

天不亮，雪梅逃出了胭脂村，在大渠上雪梅与那个男人一见面，就被二忠、有信、大诚抓住了。

原来，二忠醒了不见雪梅，开始以为是去上茅房，等了会儿还不见人，二忠光着身子跑到茅房不见，又到猪圈，看到猪食盆已放好食，又到灶房，掀开锅盖看到煮好的苞谷粥还冒着热气。雪梅这么早就喂了猪，煮好饭，二忠心里有一种不祥的感觉。他突然跑到屋子，一把打开柜子：里面空空的啥也没有！知道雪梅逃了，二忠气得直捶打自己的头：自己这么信她，她怎么还骗自己？

二忠敲开了有信的门，他们与大诚一起骑着自行车追上了雪梅，将雪梅与那个男人一起抓个正着。

"我这样信你，你却？"

二忠越说越气，他扬起手，要打雪梅！可是，面对雪梅一双含泪的眼睛，二忠狠狠地打向自己："我瞎眼了，相信你！"

雪梅说："是我不好，我骗了你！"说着紧紧拉住二忠的手朝自己的脸打着。

有信从那个男人身上搜出了五十块钱。

"咋？就这五十？那一百呢？"有信问。

那男人摇摇头，望了眼雪梅。雪梅说："我只拿了五十！"

"谁信呢？"有信说。

雪梅看着二忠说，你信吗？二忠没搭话，他心想，雪梅，你让我还怎么信你？

雪梅埋头对二忠小声说："我留的信你还没有看？"见二忠发愣，雪梅说："在枕头下面！"

二忠说："人都跑了，信有啥好看的？"

"别跟他们啰唆，拉回村里再说。"有信拉着那个男人的衣领。大诚二话不说，踢了那个男人一脚，几个人朝村里走去。

他们回到村里时，天已经放亮，村里人闻讯赶来看热闹。二忠拉着雪梅往家里去，他感到让人看热闹很丢人。

可是民兵们不干了，这可是诈骗。

"打这个女骗子！"

"看着弱弱秀气的一个女人，原来是骗子！"

"两口子合伙骗人哩！"

"捆起来批斗，游街！"

雪梅和那个男人被人围到中间，雪梅惊恐万分，她的目光寻向二忠，目光里有绝望中的求助、有人身心相依间的信任，这目光分明是在说：二忠，我的男人，快来救我！二忠感到，雪梅的目光像根在风中要被吹灭的蜡烛，挣扎着扑闪扑闪，让人心疼。这目光分明在对二忠说：快伸出手护住这要熄灭的火苗，救救你这个女人！

二忠拦住了大家，说这是我二忠自己的事，与大家不相干。

大家一下子安静了。有信拉了拉二忠的衣服，小声地问："你不是气晕了，说胡话的吧？"

二忠没说话。

有信说："人咱不整他了，可是钱不能不要回来，还有一百块钱哩！"

二忠想起雪梅的话，转身走到屋里一把掀开枕头，取出一封信来，里面还有一叠钱。

二忠一手拿钱，一手拿信。

"二忠，原谅我！我不是上天赐给你的好女人，我是个坏女人！每当你说我是个好女人时，我感觉脸被你抽打一样，你越是对我好，我越难受，我后悔来欺骗你，如果再让我来，我宁可饿死也不会骗你。二忠，与你在一起三百六十四天，差一天就是一年。这一年的时间，你成为我这一生的第二个男人，你给了我和我一家人活下的粮食钱财，你还给我一个温暖的家，给我真情真爱，可惜我哪配享有这些？你待我如夫，我却不能伺你如妻！原谅我，我不是真心想骗你，真的不是！唉，人穷志短！肚子都吃不饱，命都难活下去，我哪顾得上情、顾得了义呀？

卖猪钱，我拿走了五十，家里公公婆婆等着吃饭，娃儿等着衣穿。钱，算我借你的，今生有钱还，今生无钱来生还。噢，二忠，你信不信人有来生，我信，今生无福做你的女人，我将来生许配给你吧，来生我一定嫁给你，一定做个你喜欢的那样的好女人！二忠，细桃是个好女人，相信我一个女人的直觉。好好待她，今生你两人有大缘！

雪梅——一个负心女人，一个骗你钱财的女人，一个不能不离开你的女人！"

二忠看完信，仰头向上天，喊道："老天爷，你将这个女人带来给我，又要将这个女人生生带去。这事，我知道，都怪我前世只为她盖了件衣服，前世行善不够修德不够！没有这个福分娶这样好的女人！雪梅，我们就一年的缘分，二忠我知足了。来世我要娶你，疼你，护着你。再也不让你受苦受屈受冤。"

二忠将手里的钱塞给雪梅。

"这钱本来就是你雪梅的，是你一把草，一盆食儿地将猪养大的。拿着！"二忠说。雪梅见状扑向二忠，两人相抱而泣！

这一幕让围观的女人落了泪，让胭脂村沉默不语……

人穷志短，马瘦毛长。雪梅，你这个四川妹子，却有情有义，没有短的呀！是胭脂村人看轻了你，是我们对不起你！那天，村里好多人你一把苞谷，他一把小麦，给了雪梅夫妻两人。让他们拿回好渡饥荒。

几十年来，我一直记得雪梅，我曾经去成都出差，无事时徘徊在人流中还梦想找到雪梅。都说好人好报，雪梅婶子，你过得还好吗？

就在雪梅婶子走后不久，二忠又出事了。

啥事？失火了！有人说是雷劈了房顶着了，有人说是二忠一个人酒醉后抽烟着的火。

好在人没被烧伤！

这年，唐山发生了大地震。我从来没听说过唐山这个地方，胭脂村的人可能多和我一样，不知道唐山离我们有多远。但我们村的人也都住进了防震棚里。

胭脂村人天天心慌地挤在防震棚里，不想，田地里也出了怪事，满天蚂蚱铺天盖地飞来，一阵阵像黑风，飞过苞谷地，苞谷就只剩下个光秆，飞过黄土坡坡，坡上的草都让它吃得精光。村民们点上了火驱赶，蚂蚱被火烧得"啪啪"响，冒着青青一股烟，一阵阵肉香味直往鼻子里钻。

"老天这是要咋了？不让人活了？"老人们说，这八百里秦川，风调雨顺的，从秦朝立都，到汉武大帝开国，再到盛唐李周，秦始皇、汉武帝、李世民、武则天，他们那可是皇上都长着天眼，看中的就是这块宝地。现在咋了，天要塌了地要陷啦不成？"

深秋，地里棉花刚冒白花。天真的塌了下来。早上五六点钟，我还睡在被窝，娘突然推醒了我。"快，快听！"我一激灵坐起，只听村里的大喇叭突然响起了一种声音，这声音让人心惊胆战，像一团棉花一直塞到你喉咙，让你喘不上气来。这是哀乐，过去胭脂村的人没听过的这种让人要哭的声音，今年已经是第三回在大喇叭里放了！

这回哀乐一放，胭脂村人才知道国家出大事啦——毛主席去世啦！擎天柱倒了，定海神针被抽了，胭脂村的人不知道以后还咋样活下去？

天没亮，胭脂村的男男女女老老少少，没人敲钟，没人招呼，都来到村中央的老榆树下。

"这几天我就感觉不对头，前天看着天空的太白金星划了下来！看看，看看，这不，天说塌就塌了！"

老人的话将人们的眼睛都引到了天空，大家在找太白金星，划过天空的印子，找太白金星落下的地方了！

我跟着大人们一起哭天抹泪。心里生出一阵阵莫名的恐慌，和胭脂村大人们一样，我不知道明天太阳还会不会出来……

这天我一个人在家，天落着碎雪，我六神无主地躺在防震棚的麦草上，翻来翻去地睡不着。我开始想着萍，自从萍离开我与峰好，我没有一天不想她，但这回家里就我一个，我好想好想萍！我心里越想越痒。我憋着尿，尿泡胀得有些疼，又有些莫名的舒服。我憋着尿也不想起来，一会儿，尿将我下面憋得硬了起来。我想萍的花裙子，想她给我嘴里塞冰糖，想她从土涯上跳下，落在我怀的事，想着想着，我心里痒痒得难受。我的手无意中摸向自己的下身，摸着摸着，一种妙不可言的感觉在身体里涨了起来，它如一只蚂蚁在我身体内穿行，我无法停止下来。我好像久久期待着它的到来，终于，我第一次体验到了作为男人的独有的快感：山崩地裂一样。

我感到我地震了一回！

一个男人终于在他身体长成熟的时候猛然间从内心到肉体地震了。我的心没有平息下来，我的身体却像地震的废墟一样，零乱的无力的！我像个针扎的皮球，一动不动地躺在麦草地上，将被子紧紧裹在怀里，一种罪恶感从内心深处生出。我怎么能这样做？我成了一个坏人。

第二天，我一看到有人在看我，脸就发烧，像是犯了十恶不赦的大罪一样。可怕的是，我在梦中也有了这种事。我在罪恶中越陷越深。

不久我便干了件这一生最丑恶、最肮脏的事。

一天放学，我在教室写作业，一看教室里只剩下我与丽了。丽我平时不太注意她，我们之间很少说话。只觉得她是个不爱说话的女生，脸有点黑，眼睛出奇地大，睫毛像个窗帘，拉开就露出月亮湖一样明亮的瞳孔。此时，我坐丽后面，与她相隔了几张桌子。我看到丽的后背，看到她露出的脖子，我突然产生了一种对女人的渴望，一种强烈的冲动！白白的脖子，圆浑浑的肩，紧绷绷的腿，搭羊娃儿，吃奶嘴，还有红红的唇！我脑子里闪现的净是这些，她让我喘不上气，身体像点着的柴火。

我紧张地向四周看看，外面的雪花无声地飘落，教室里静得只有我与丽的呼吸声。我受不了了，我要与眼前这个女人再近些，好像这女人身体上有一种气味引诱着我。

不能呀！这可是干坏事。

我努力克制着自己，我将涌到嗓子眼的热口水使劲咽回肚里。可是，我仍摆脱不了困境。我想只要摸她一下肌肤，摸下女人圆鼓鼓的腿，我就会平复下来。

丽在埋头写作业，她好像不知道后面有人一样。我故意干咳了一声，丽没有反应。难道丽也在渴望？她是假装不知我在燃烧？

我想，如果我去摸她，她会不会大叫起来？会不会告诉老师？会不会与峰一起批斗我？我胡思乱想着。

天快黑了，丽还不走。她平时没有这样用功学习呀，难道她真的在渴望我？

我下决心冒险亲近丽！我悄无声息地爬到桌子下面，一步步爬向丽。快爬到丽的课桌下面了，丽还是一动不动。这给我胆量，我想丽也许早已爱着我，她不会告发我。我已经爬到丽课桌下面了，我憋住气，向上看着，此刻感觉到嗓子眼干渴，心慌乱地蹦着。

我终于第一次向女人伸出了罪恶的手！这双手是颤抖的，饥饿的，慌乱的，它是一条断了头的蛇，胡乱地窜着，窜到丽的腿上。那一时刻，丽打了个战，像是被蜂蜇了一样。我缩回了手，丽脸红了。她没说话，将头一下子埋在桌子上。

我逃出了教室。雨浇湿了我的头，我燃烧的头被激灵了，顿时清醒了。我向教室望着，陷入深深的恐惧中。我甚至想到了自杀！

每天，我心惊胆战地来到学校，看着丽，也看着老师。生怕老师突然向同学公开我的罪恶。可是几天过去了，没有动静。丽像没事一样。我的心悄悄平静下来。丽好欺负，她不敢说！我想。

这天放学，丽突然走到我跟前，塞给我一封信，然后转身跑去。

"小强，我想了好久才给你写这信。我们班，你学习好，劳动好，一个人养了五只羊。但我想不到，你怎么会这样？我想，你一定是被坏人教唆了。我不怪你，也不恨你，如果你愿意，我可以帮助你，洗心革面，重新做人。我喜欢你，如果你爱我，星期天我们去月亮河的蒿草沟，我们一起去割草。爱你的丽。"

我看着丽的信，特别是看到"爱你的丽"四个字，像四根烧着的缝衣服的针，深深刺到我心里，心跳得怦怦响。可是"洗心革面，重新做人"八个字重重地砸在我心里，这八个字是对犯人才用的，它证实我内心的丑恶——我真是坏人了？不，我只是一时没能憋得住才伸了下手，我从心里担心丽会说出去，那么我怎么在同学、老师面前待，我只有去死了！我又一想，丽不会说出去的，因为丽爱上我了，这是我没想到的。我该怎么办？如果我不去，丽可能会生气，她才会说出我干的坏事。我想，不管我爱不爱丽，得先答应她，去！我下决心去。

与丽一起去月亮河的蒿草沟，那可是个没人的地方，丽要与我一起去，是让我摸她亲她？一定是！我想着脸发起热来，想着与丽在一起的情境。我亲她脸，亲她嘴，亲她奶，像吸细桃姊子的奶子一样，不过，丽的奶子还没有被人吸过，我要像公羊给母羊搭羊娃儿爬到丽的身上。我无心再上课，满脑子想象着与丽在蒿草沟的景象。盼着日头早落山，掰着手指头数着时间。丽，这几天像没事一样，也不看我，但我感觉她表面装着没事，内心却躁着，她一定也在盼着。我还到供销社买了块小镜子，想送给丽，我感谢她没告发我，准备在蒿草沟与丽在一起时给她。

终于到了星期天，不待娘叫，我便爬起来，往嘴里塞了块馍，一手拿镰刀一手提笼，就往月亮河走去。

河已经结冰了，我踩在月亮河上，冰吱吱响，薄的地方一踩就裂了缝。我过了河，也不去割草，向河对岸上张望着。不见丽来，我有些等不及，先拿出镜子照着，看够了就又拿出丽的信看着。

我将丽的信高高举起，透着太阳看着，然后又将信平放在草上。用镜子反着太阳的光，照在信上。我心里很甜美，有个漂亮的女人向我写信，说爱我！我突然觉得自己很成功，我本来只是想摸她一下，可她就这样轻易爱上我了。哈哈，我是不错呀！能不费劲地就让一个女人主动爱我，尽管我不是真爱这个女人！

太阳升到当空时，我看到丽拎着割草的笼远远地来了。我心一下子怦怦跳了起来，感觉要跳出来了！丽今天穿了件红棉衣，在冰雪上格外红。我知道，这时我出来，与丽在蒿草沟沟，丽一定会让我亲。想着想着，我嘴巴干得嗓子眼都疼了，浑身上下热腾腾的，脚下的冰雪也像是被我点着了，吱的一声裂了条缝，头顶的树上落了块雪，砸到我脸上，给我发热的头一个激灵。

丽像是听到了冰裂雪落的声音，她向我这边张望着。看得出，丽很着急。这时，我突然害怕了。我与丽亲了，就得娶丽，可是我喜欢的是萍，萍一出现在我脑子里，我立刻羞怯了。我不能这样呀，我要是这样了，还怎么对萍？

我埋藏在蒿草沟沟里没有露头。要知道，那时我情窦初开，对性充满着渴望与幻想。

丽四下找着我，找不到我人影，她急得摔掉手里的笼，她冲着蒿草沟轻声喊了起来："姚小强，你别再做梦了，人家萍已经和峰好上了，萍已经和峰睡上了！"

我一听，气得跑了出来："你胡说啥的？"我冲着丽叫着，丽哭着说萍不喜欢我，她喜欢我，她不嫌我坏，不嫌我是通奸犯的儿子……她会帮我洗心革面，重新做人！

尽管丽没有说出通奸犯的儿子几个字，但我越听越生气。我对丽说："你不嫌我，我还嫌你哩！"

丽哭着说："你嫌我，咋还要摸我？"

我没说出话，背起笼就准备走。丽说，你走吧，你别后悔。我从衣兜里掏出镜子，交给丽说，这是给你的，我摸你不对！说完我转身跑走了。

丽将镜子扔了，一屁股坐在蒿草上。

这是我人生第一次压制了将要燃烧的欲望。多少年来，我都为自己的这一举动，这一自控力，自豪！直到萍临死前告诉我她埋藏了一生的秘密，我才悔恨。如果时光能倒流，如果这世间能有如果，我不如在这月亮河边，在这蒿草沟里与丽一起吃了人生第一个苹果，就像一只小母羊与一只小公羊，学着老羊趴在一起一样。然后娶丽为妻。这样，萍也许不会悲剧一生，不会死在峰的身边。萍的死，是峰害的，更是我害的！

我想，丽十分委屈，她被我抛弃了！丽会不会因此而去告发我。可是，我想错了，丽没有告发我，还是像往常一样，什么事都没发生似的。这个女人几十年过去，还爱着我！这是后话。

可是丽一句"萍和峰好上了"的话，像割草的弯镰刀，捅到了我的心尖尖。

"萍与峰睡了！"

丽的话，字字是刀捅得我心滴着血。

上学的路上我见到峰，峰斜了一眼，我知道他是在向我示威，我没看他，只顾走自己的路。峰骑着自行车，摇着转铃铛飞快离去。峰，你在我跟前装你妈的啥神气哩？我跑回家。推出我爹的永久牌自行车，拿着油布将车擦得锃亮，我娘看见说："你动你爹的车弄啥？"

我爹在家时，他的车从不让我与弟弟动的，他要骑车去串乡，给人箍罐罐的。现在爹不在，爹的自行车一直没人动，灰都落了厚厚一层。我推出自行车，对娘说："我骑车上学哩！"

我娘说："几步路，还骑车？"

我说："娘，你别管！"就猛地蹬着车上了学校。我爹的车安的不是转铃铛，是单皮按铃，我蹬着车，手指不停地按着铃铛，"叮零零"一路飞去，留下一路清清脆脆的铃声，我心里长长舒舒服服地出了口气！

在教室里，我不停地偷偷看着萍。我心里难受，我想问问萍到底与峰好到什么程度？要是真的像丽说的那样，我就永远不理萍了！

可是几节课，萍几乎头都没抬，眼皮子也无力地耷拉着。她不看我一眼，也没有看峰。

这一刻，我突然觉得丽的话不是真的！我也想从心里不相信是真的。我们这样小，不会这样的。

这天放学，我悄悄溜到萍家的窗户下，听到萍的说话声，我像过去一样，轻声学了下鸟叫。可是，萍没有出来，刚才还在说话的她，突然不出声了！难道萍真的不愿意见我？我想敲门进去问萍，却没有这样做。自从萍与峰好，我心里满是自卑。

萍要回城上学了。我听说后，心里空荡荡的。知儿莫若母，我娘看出了我的心思，告诉我："娃呀，人家是吃商品粮的，是公家人，咱是农民，一个在天上，一个在地上。"

我对娘说："没有，我才不要她的。"

我知道，萍是天上的凤凰鸟，落难到村子里，但她天生长着翅膀会飞走。我家祖祖辈辈就是在农村，命里就是在土地里刨食的，就算是上了初中、高中，身上长出了翅膀，也是家里的一只鸡，只能在农村黄土沟沟扑腾。我想，我要是有了出息，一定要娶萍！

萍直到离开胭脂村时，都没有向我告别，可能是我们长大了，她有意避开了我？也可能是走得太急，没顾得上。当然，我心底想一定是后者。因为，我知道，萍心里有我！

17

那年这天，公社、大队和村子的街道上，一夜之间贴满了打倒

"四人帮"的漫画，广播里唱着"大快人心事，揪出'四人帮'"的戏曲，好不热闹！我跑到街道，看着那些漫画，戴眼镜的女人江青，成了蛇，她伸着头，蜷曲着蛇身；那个老一些的男人是张春桥，成了狗头，伸出的长舌头搭在地上；那个胖的跟我一个姓，叫姚文元，成了满脸长胡子碴儿，肥大的耳朵上架着一根毛笔；那个穿军装的年轻的是王洪文，手里扯着一面白旗旗，上面写着我们是"四人帮"几个字。哈，我当时真的以为这才是他们的本来样子，特别是那个女人，就是美女蛇、白骨精变的！

不久，我爹回来了。

几年没见，感觉爹一下子老了，也陌生了！

爹一进门，扔下包袱，走近我，我却不知说什么。爹一把掀起我的胳膊，看了看那道手术时缝的印，这像个趴在我的胳膊上的千足虫虫的红红的伤疤，让我爹的牙咬得"吱吱"响，他二话没说就要出去。

我娘拦住了爹："弄啥呀？再不能惹火上身了！咱吃的亏还不够呀？"

我爹说："放心，我不是找谁的不是，我是翻个理！"说着，不顾娘的劝阻，转身就出了门。

"爹——"我喊着，要去追爹。

"在家给我待着！"我爹回过头，我看到爹的两眼里隐隐冒着的火。我感到，爹这样陌生，不再是去劳改农场以前的那个爹了。看到我爹的背影，我突然感觉一阵阵的害怕，好好的爹进了农场，出来咋变得这样生这样怕。就像温顺的羊进了狼窝，出来不吃草了，也要吃肉一样。

娘说："没事！你爹刚回来，受了那么大的委屈，肯定是找二忠叔了，把事挑明，把心里的怨气撒了。"

我娘以为我爹找二忠去了。哪想，我爹直奔周家而去。他去找周家人算账！可是，周家那么多人，我爹一人去，还不吃亏？我叫了声爹冲出门，向我爹追去。

爹本想是要到周家，可走到路上就遇到了峰，爹上前一把捏住峰的自行车把，问峰："你怎么欺负强儿的？"

"谁欺负他啦？"峰来回扭着车把，想离开我爹。

"你没欺负他？他的胳膊咋断了？"我爹的手像一把钳子，死死抓着车把。

峰说就怪我抢他的球。爹说，你爹娘没教你讲理？峰竟然说了一句话，这话将我爹彻底激怒了！峰说："你尿泡尿看看自己是个啥人？也想来教训我？"

峰的话音没落，我爹的脚就踢向了他。峰"哟"了一声，人和自行车一起摔倒在地上。

我这时也赶了过来，我看到峰双手护着裤裆，疼得满地打滚。我心里好高兴，看你还敢仗势欺人？

"有人生没人教的娃，我这是替你爹娘教育你！"我爹扔下这话，拉着我就回了家。

我一进门就把院门关上。又悄悄给四眼喂了一块馍，我觉得一会儿，周家人就会打上门来。我爹一点都没有害怕，他进门后，就让我娘下面，说："弄碗油泼面，美美吃一顿。"

我拉着四眼狗，眼睛盯着大门，可是，天黑了，也没见周家的人影影。

我爹这一脚踢得好重，把峰踢得蹲在地上半天没能站起身。在我爹与我离开后，峰一个人悄悄躲在没人处，解开裤子，看到自己下身肿了，但他咬牙没对人说，他害羞，不好张口说下面被人踢了。

可是后来，我才知道，我爹的这一脚，踢走了峰的幸福，踢走了萍的命，踢进了爹的大儿子我心里一块一生无解的纠结。

我爹回来了，我家顿时热闹了起来。胭脂村不少人来我家看我爹，有些个还拿着挂面、鸡蛋等补身子的礼。他们一定猜出我爹在农场受罪了！

梅花领着麻秆来了。"说不让他来偏要来！"梅花对我爹我娘说。

麻秆一见我爹就说，大媒人，大媒人！我娘笑了，说："媳妇娶回多少年了，还不忘你姚叔这媒人？谁说麻秆疯了，麻秆才是最有良心的人！"

我爹在农场知道麻秆疯了的事，但眼看到麻秆这个样子还是很吃惊："好好的一个人，咋成这样了？"

梅花唉声叹气，还不是怪麻秆胆小。梅花说麻秆要有我爹一半的胆子，人也不会给吓疯了，我爹陪法场都不怕，他麻秆端着枪打人都不行！

我爹摇头了，说："不一样，不一样，兴许让我端枪打人，也会和麻秆一样。"

麻秆听了，拍起手来："苞谷地，苞谷地。嘻嘻，苞谷地。"

我爹知道，麻秆想起他好心安排的苞谷地，让二忠与没入洞房的新媳妇细桃见上一面。我爹拉着麻秆的手，说："好心人呀！好心人呀！"好心人本想办好事，可到头来，惹出这样大的冤事来，害得我爹坐牢，二忠离婚，细桃出家，连二娃也让月亮河给冲走了。你麻秆也疯了。

"枪真不是我开的，我枪里子弹是假的！"麻秆对我爹说。

"知道，知道，你的枪里是空子弹！"麻秆媳妇一旁对麻秆说着。

"唉，麻秆这样，也算我给害的！"我爹心想，要不是他让麻秆想办法，让二忠与媳妇细桃见面，公安也不会考验他了，不安排他开枪毙人了。那样，麻秆今天可是一个好端端的人，一个公安警察了。可今天，我爹看着麻秆的样子，很是心酸。他开始后悔，后悔自己咸吃萝卜多操那份淡心，到头来没帮上二忠的忙，还害了麻秆……

"咋能怪你姚叔哩?"梅花说,"谁知道麻秆的胆儿这么小? 要怪,只能怪他没这个福分,没当警察的命。"

余三爷来了,给我爹拿了把他种的烟叶。我爹将烟叶在炉子上烤了烤,然后在手心捻碎,再卷在纸里,他与余三爷低头各自抽着自己的烟,相互也不搭腔说话。可我觉得,他们好神圣,像庙里的佛陀一样,不开口,心里却跟明镜似的,还能让人烧香叩头……

我觉得爹不像是坐牢了,像是打了场仗。胭脂村里的人,没疏远、没嫌弃我爹。

余三爷走时,才说了一句话:"最应该来看你的是二忠呀!"

我爹笑了下,说:"三爷你慢走。"

大诚、有信听说我爹回来了,两人合计着来不来我家。

"不管咋说,咱四个兄弟,就数老大姚罐罐在农场待的时间长!"有信说。

大诚开始不想来,说:"不是他骚情,二忠与细桃两口子也不会弄到今天这个地步!"

"不去看啦?"有信问。

"看,去看看他。他不仁,咱不能不义。"大诚心里还想看我爹的笑话呢。

我们一家人吃饭的时候,有信、大诚一起来到我家。我爹只顾自己吃饭,没理他们。吃完饭抬头看了他们一眼,就问了句:"四弟二忠没来?"

有信、大诚二人相互看着没说话,咋说呀! 细桃与我爹通奸的事,二忠到现在也不承认是冤枉了我爹冤枉了细桃。

我爹放下饭碗,对有信、大诚说:"他二忠不来,咱兄弟去!"

"成!"

有信、大诚应着我爹说。

幸福炮兵

我爹起身，出门时顺手拎起了一个棍子，正在收拾碗筷的我娘看见，急忙跑过来一把夺下我爹手里的棍子，冲我爹叫道："你这是要弄啥呀？"

大诚、有信也拉住我爹，说这事都过去了，再大的气也消了。我爹哈哈笑了，说："我咋会打自己的兄弟？"

"那你拿棍子做啥？"我娘说。

我爹指着腿说："当拐杖！"二忠将我爹腿打断了，加上农场小号子窑洞里潮，我爹的腿落下了病根。我娘一听才将棍子递到我爹手里。

大家跟着我爹来到二忠家。二忠看到来了这么多人，有点惊慌。他知道我爹回家了，但根本没打算来我家看我爹。他心里与我爹的兄弟情分已经断得干干净净。

二忠站在门口，没有让大家进门的意思，也没露出个好脸色。

有信、大诚两人大气不敢出，眼睛瞅瞅我爹再瞅瞅二忠。他们两人看着我爹与二忠会咋样。

我爹说："麻秆疯了，可人疯了，心没疯。他还清清地记得苞谷地！"

二忠鼻子哼了声，没说话，他根本不认苞谷地他与细桃弄的那事。

我爹用手中的棍子指着二忠说："二忠，你冤枉了你哥我了。"

"我冤枉了你，谁冤枉了我哩？"二忠不服。

我爹说："在农场，我担心让人听出话来，给麻秆惹上麻烦，没给你把话说透。现在出来了，麻秆也疯了，我得一五一十地把话给你挑明了。那天麻秆趁放哨让我带着细桃进苞谷地，原本是想你新婚就让人抓进了农场，让你们夫妇见一面，谁想你们弄成了好事，惹得公安怀疑上麻秆，害得麻秆刑场上吓成了疯子！"

"你说的话，哄三岁娃哩！"二忠冲我爹说。

"二忠，你冤枉一个兄弟就算了，但你冤枉了自己的女人不能就这样算了。"

二忠看着我爹手中的棍子，胸往前一挺，说："咋？我在农场打断了你的腿，你要打断我的腿不成？来，打！我二忠要喊个疼字就不是男人！"

我爹笑了，打断你的腿你能认下冤枉了细桃？我爹将棍子塞到二忠手里，说："人说世间杀父之仇、夺妻之恨最大！是要用命来偿还的。你要是还认准我与你女人私通，就打死我！"

二忠一听愣了，扔下棍子抱头哭了，说："你看看我这家现在还成家的样子不？好端端的日子咋过日塌了，我怪谁去呀？"

我爹问二忠，你要怎么才能相信我，才能相信你的女人细桃？相信我是为着你和细桃还有你俩的娃，硬是将屎盆子往头上顶的呀？相信你的女人清清白白，干干净净的？

二忠站起身来，说："要我相信，这辈子也不会有了！除非皇上老子来说，我才信！"

我爹说："皇帝老子咱找不来，找个三品大员行不？"

二忠心想你一个刚出农场的犯人，吹啥牛哩？二忠对我爹说："别说三品大员，就是县长书记也行！只要说出个眉毛胡子，我就给你下跪认罪！"

我爹说："二忠，你要是个立着尿尿的男人，你就给我等着。"

我爹回来了。我感觉到我能与峰一样了，能在人前大声说话，能张开嘴笑了。

我想去县城找萍，告诉她这一切。这时发生了一件改变我人生轨迹的事。一天，党姐来我家，取我娘纺好的羊毛线。党姐问我想不想当兵，我知道，党姐的男人是军官，每年回家探亲，穿着四个兜兜军官服，还拿着一支气枪去打麻雀，好不威风。我要是当了兵，也能当上军官，就能娶萍。

"想！"我对党姐说。

第二天，党姐急急忙忙来到我家，让我跟她快去医院，接兵的被她留在了医院。我紧跟着党姐去了，看到医院的井台边站着两个军官，他们手里拿着些药，一定是党姐给他们的。

党姐把我推到两个接兵人的跟前，指指我说："看看，我，我说得不错吧，一定会是个好兵的！"

两个军官看了看我，其中年纪大一点的军官说："你会画画？"

我点点头，实际上我谈不上会画画，只是在学校出板报、墙报，画过粉笔插图。

党姐说："这娃不但会画画，字写得也漂亮！"

军官笑了，说哪天去我家家访。我一听，心里就发虚了：我爹是劳改犯，我是犯人的儿子，这兵能当上吗？

我回家对我爹我娘说当兵的事，我娘一听就摇头，说："不成，当兵弄啥？考学才有出息！人说，好铁不打钉，好男不当兵！"

"胡咧咧啥？"

我爹截住了我娘的话头，说："好男人才当兵哩！那齐省长，当年不也和我一样，从河南逃荒来到陕西，可你看看人家都当了省长。这坐天下的，有几个不是握枪把子闯荡出来的？强儿就得出去闯闯。"

我娘说她舍不得娃，我爹说你知道个啥，窝在家能有啥出息？

第二天，党姐领着两个接兵的军官来到我家，党姐说年纪大的是陈营长，小的是魏排长。两个军官一眼就看见墙上贴的我画的画，画的是只猴子爬在树上面。陈营长指着画问我，这是你画的？我说是，这是我照着烟盒画的。为了证明这画是我画的，我取出一个金丝猴烟盒来。陈营长看了看，说不错，画得真的有些像哩，部队需要会画画的人。那天，我娘为接兵的军官包了饺子，吃后他们说这是他们家访中吃得最香的一次饺子。

我听后好高兴，心想这兵能当上了。第二天到学校，对班主任杨老师说了，杨老师说："你不能当兵，咱学校还指望你放卫星呢！"当时恢复高考，放卫星就是考上大学。我对杨老师说：我考不上咋办？就得回农村，我到部队可以复习，在部队考！杨老师说，这倒也是个办法。

我没想到峰也要当兵。峰对人说当兵还轮不到我，公社大队都推荐了他。

我去找党姐，党姐找到接兵的，接兵的陈营长想了想，悄声对党姐说，光我们看上还不行，地方推荐也很重要。

那咋办？党姐问。

陈营长说要有人去找找公社的周狗牙。我一听就摇头，周家与我家有仇，他周狗牙不会帮我的。

"那你看你找谁？"魏排长说，找个能说上话的，推荐一下，他们就能名正言顺地把我接走了。

我突然说："找公社温书记！"

"你认识？"陈营长有点惊讶。

我摇摇头，说我认识老皮头，他是给公社做饭的。接兵的两个军官笑了，说一个做饭的说了也不算呀。我说他做的饭温书记爱吃。

党姐说："你是说找老皮头，让他领着你找温书记？"

我点点头，接兵的说也只有这样试试。

知道我要找温书记，我娘吓了一跳，人家是当大官的能见你？我爹看了我一眼，说你小子比你爹强。

见温书记得准备礼物，咱家有啥好东西能拿得出手？我娘说："咱家有一缸的咸菜，要不捞些送人家？"

"那咋能送人？"我爹说，"家里还有几只鸡，送给温书记还成！"

党姐一听，说送鸡扑扑棱棱的，万一送到书记办公室再拉一泡屎多恶心。

那送啥呀？

党姐对我娘说，她还留了几张糖票，买几斤糖送给温书记，体面

幸福炮兵

实惠还挺好看的。大家一听，觉得这个礼物行。

我娘心里有些过意不去，她对党姐说："你好不容易积攒的糖票，都送给我们了。"

党姐摸着我的头说，没事，这不急用嘛！

用党姐的糖票买了三斤白砂糖，我爹先找了老皮头，让老皮头给温书记说下我当兵的事，然后再送上礼。老皮头说成，强儿这娃明儿有了出息，别忘了他老皮头叔就成！我爹笑了，咋能忘了你，有没有出息，强儿都会孝敬你的。

第二天，老皮头就来我家，说他给温书记说了，我爹问温书记咋说？老皮头说温书记鼻子"哼"了声。

这哼了声是什么意思？同意推荐我，还是不同意。我爹对我说去找找温书记。我怕，让爹去，我爹说，有啥怕的！官大不打送礼客。你给他送礼的，怕啥？

当天傍晚，趁天没全黑下来，我提着三斤白糖去了公社。我记着老皮头的话，温书记的办公室门上挂着1号牌子。到了公社门口，我看了手里的白糖，心想这当官真好，有人送白糖吃。我以后别的不干，一定要当官，当温书记这样的大官。

我转眼一想，温书记，这三斤糖全给你了，你能吃完吗？我四下看看没人，就悄悄打开糖包，用手挖了一把，就塞到嘴里，好甜！我长这么大，还没这样大口吃过白糖。

我躲到公社大门角角，一连挖了几把糖塞到嘴里。可是，当我想包起糖包时，发现这却不是容易的事，原来包得四四方方的糖包，在我手里怎么也弄不回原来的样子。

坏了！这可咋办？

都怪我嘴馋，将糖包打开！越急我越包不好。算了，就这样子吧，就说糖包掉地上了！

可是，当我走到温书记办公室门前时，却不敢敲门。万一温书记不收，还将我训一顿，我不羞死人咧！

有了！我将糖放在门前，敲了下门转身跑开了。

我躲在不远处，看到一个人打开房门，朝四下看了看，然后发现地上的糖，提起来，又向四周看了看，见没人，就提着糖进屋了。我心想这礼算是送到了。

我想离开时，突然醒悟了：这礼人家收了，可他怎么知道是我送的？要是不知道是我送的，那白糖不白白送了？

我想进去对温书记说这糖是我送的，又不敢！咋办呀？想来想去，我有了主意：我留个纸条给温书记，他不就知道是谁送白糖了！

我掏出钢笔，在墙上撕下一张大字报的角角摊在腿上。写啥呢？写白糖是我送的，还是写我要当兵。我想起了语文老师教的一句诗来，便一咬牙写上了一段话：

敬爱的温书记，天生我材必有用。送我当兵，不会白让你送的！此致，敬礼，姚小强。

不几天，接兵的陈营长说公社推荐有我，温书记还说了，这娃不简单，字也写得好，有胆子，到部队明儿说不定真会有出息。

我听了，觉得温书记是知音，可是，党姐却对我说，人家陈营长对公社和县上的人说，你要送的人，我接，我要接的人，你得送！这样我和峰都被推荐了。

我爹对我说，看看，这周家是处处跟咱顶头干。

我对爹说："你看着，儿子一定会比峰强的。"

体检是在县医院，我想趁这机会去看下萍，但怎么联系到萍？正好，我怕体检出什么毛病，就想去找萍的妈妈。可是，这一找，让我彻底失去了自信心。

当时，我进了萍的妈妈的办公室，说我要当兵，来体检。可没等我说完，萍的妈妈就瞪眼训斥道："谁让你进来的，我们正在开会，你快出去！"

幸福炮兵

275

萍妈的话如一盆凉水泼到我的头上。人说恶语六月寒。我原想，萍的妈妈见了我，会高兴地问东问西，可没想到……

我跑出了萍的妈妈的办公室，心情坏极了。

我穿上军装，我爹说："记得，胭脂村的人可眼睁睁看着你和峰哩，看你们到底谁能闯出个样子？"

要离开故土时，终于见到了萍。萍在马路对面，距离我也就是几十米远，我没有向她告别。因为我看到了她与峰在一起，等萍想走近我时，我转身走到汽车车厢里面。

后来，丽告诉我，她也来送我了，而且提着一篮子鸡蛋。当丽看到医院的护士在送我，她气得回去了。一路上，她走几步就摔一只鸡蛋。护士？我乐了，当时党姐带着她们科的护士女娃们确实来送我了，一名护士还往我手里塞了个笔记本。但我那时把人家当姐姐了，一点也没想别的。

我是怀着复杂的心境离开家的，我手里攥着父亲塞给我的二十块钱，眼望着远处与峰在一起的我心爱的萍，一种深深的失落弥漫在心间。

秋芒看到了萍与峰在一起，他鼻子哼了声，对我说："你与峰，谁能当上军官，我看谁才可能娶萍当媳妇！"

我一听，觉得秋芒的话伤了萍了。萍不是那种人，她不会看谁得势嫁谁。但是，我在心里下决心，一定要当上军官，将峰比下去，好正儿八经的娶萍！

汽车开动了，娘哭了，我听到爹对娘说的话："哭啥呢？儿子去闯天下了！"

是呀，我这一去，就像爹当年过黄河走西口，来陕西一样。外面的天地啥样子？等待我的会是什么？

汽车快离开送行人群的视野了，萍向前跑着挥着手，我突然觉得萍是在向我挥手哩，萍的目光如一根绳子拴着我的心。我眼泪流了下来，向着萍，向着父母，向着故土，发下誓愿：我要干出个人样回来，给你们看看！

18

精明的胭脂村人这几天看不清这世事啦。

当官的咋一拨接一拨地往村里跑。最先来的是公社书记，接着是县长书记。胭脂村人以为县太爷这么大的官可到头了，没想到市长书记也来了。这一拨拨人来了，不光是看看，还指手画脚地一级一级说着。市长对县长说，县长对公社书记说，一级一级，小官像个听话的碎娃一样，一边听着，一边不停地点头。

"这，这，还有这里！这太脏，这太乱啦！"

当官的像电影里指挥打仗的军官一样指指点点。要将这里打扫干净，要将那里刷个标语，再拉一车石灰，将村里临马路的墙头统统都刷白了。

弄啥哩？要刷干脆将里面的墙也刷了，咱不能驴粪蛋蛋外面光。

村民们不愿意弄这些事。公社头头劝说，你婆娘回娘家还要往脸皮上打个粉粉哩，谁不是有粉往脸上擦？

过了几天，县上还运来几车石子，将村中的泥巴路铺上了薄薄的一层。

县上市里的领导看了，还不是很满意，他们嫌秋芒家的猪圈碍事，得挪到后院去。

大诚说："我的猪圈在这里几十年了，碍尿啥事？"

村长周公社说，上面人嫌脏。

大诚说："光知道吃猪肉香，就闻不得猪粪臭。这些当官的，在城里待惯了，看咱农村哪都不顺眼！"

村长说你狗日的别胡咧咧，你的猪圈在马路边，也确实臭气熏天，给咱胭脂村丢人。大诚笑了，他说归说，猪圈还是搬到了后院。

咋了？动静这样大？

村里的人猜着，从周家传出了消息：要有一个大官来胭脂村微服私访。

我的天，从当年慈禧被八国联军打得落难，往西逃难路过咱胭脂村算起，上百年可再没高官大员来过胭脂村。胭脂村的人盼着哪，像是都和这个高官大员沾亲带故一样，门庭上有光。

这天，一溜汽车扬着一路的黄尘来到胭脂村，打头的车上跳下一个人跑步给后面的汽车打开了门，里面走出了一个人。

谁？齐老汉。我爹看到时，心想这齐老汉熬出头了！再看那些小喽啰们，见了齐老汉，一个个像儿子见了亲爹一样的亲，像老鼠见了猫一样的怕。

齐老汉，不，应该称齐省长，用眼睛向四周找了一下，问县长："姚重义在哪里？"

县长一听，慌忙喊了一声：姚重义在不在？

我爹听了，心想叫啥哩？这齐省长就是自己寻来劝二忠的。我爹想着就走上了前面。

齐省长看了我爹一眼，又对县长说："那个细桃在不在？"

县长喊了几声，没见有人应，就问公社的书记，书记问周狗牙，这时村长周公社说："细桃在桃花沟的尼姑庵呢！"

县长看了看齐省长的脸色，忙对公社书记说："还不赶快叫人把细桃叫回来。"周狗牙带人就去，县长说开上车快。

齐省长说："还有那个陈二忠在不在？"

二忠一愣，心想，这齐省长还没忘记我，在农场也只是见过几面，连话都没搭。

二忠想着，便慌忙回答道：在！

齐省长看了看，指指我爹和二忠，笑着说："咱几个可是牢友哩！"

我爹与二忠呆呆地对着齐省长笑了笑。我爹说："还有范大诚呢。"

"对，你胭脂村进农场的有三个人！不简单呀！"齐省长说着大笑了起来。胭脂村的人听了齐省长的话，也跟着笑了。

齐省长对我爹说："你家在哪儿？"

我爹指了指说这就是。

齐省长笑了，说："到你家门口了，也不请老齐进去坐坐？"

我爹说："我屋里太破，不好进不好进！"我爹的话充满着歉意。

齐省长笑了，说："你当我是土豪老财主呀？我从河南逃荒过来和你一样，还不是两手抱空拳。不是跟刘志丹起事，打日本，打胡宗南，我也到不了今天！"

齐省长说着就往前走。我爹说："还是别去了，你可是省长，三品大员呀。"

齐省长说："谁说三品官就不能进穷家门，谁还没有几个穷亲戚啦？"

我爹听了，忙对我娘使了个眼色，我娘赶紧跑回家，她去收拾收拾。

我爹领着齐省长向我家走来，再看那些市长县长们，个个躬着腰，为齐省长我爹让着道儿。这一时刻是我爹一生中最威风的时刻。

周无田对儿子说："狗日的姚罐罐交啥运了？劳改还让他弄成了大好事！"

"奋儿，快看住四眼！"我爹朝我弟喊，我弟跑进院子，双手将四眼紧紧抱住，四眼看家里一下子来了这么多人，张大嘴往外扑着"汪汪"咬着。

"叫啥哩？你不长狗眼看看，今儿来的可是大官，你也敢咬？"我爹对四眼喊叫着，四眼像是听懂了，它不叫了，瞪眼看着这么多人来到家里。

幸福炮兵

我娘确实是贤惠的娘，她进屋一会儿就将屋里收拾得干干净净，桌子上摆好了茶壶，锅里已经烧上了水。一进屋，齐省长就四下看着，点着头，说："还成呀！"

市长县长跟着笑了。

齐省长说："咱们就坐在这儿，喝茶！"

市长让人送到灶房一包茶叶，说这个沏上！我娘说，茶已经泡好咧，那人说这是好茶，你的茶太粗了。我娘一听接过茶，可是她又不舍得将我家的茶倒掉，要知道，我家平时都不舍得泡茶喝。只在我爹干活乏力或者家里来客才沏茶的。我娘将刚泡好的茶倒在一个盆子里，然后再将那人拿的好茶沏上。

齐省长坐定，端起茶碗喝了口，就问我娘："这是你泡的茶？"我娘点点头。

齐省长又品了口，转头冲着随从人员问道："你们谁倒的鬼？"

市长笑了，说："首长，你要批评就批评我吧，这是我特意让人带来的你最喜欢喝的汉中银毫。"

齐省长看了市长一眼，说："我还喝不出这是啥茶？成，今儿这茶让穷亲戚们尝尝，我喝姚重义家的茶。给我换上。"

我娘一听高兴了，说："我刚泡好了大叶子茶，我这就端上来。"

我娘将自家的茶端了上来。齐省长喝着，说过瘾。那些市长县长喝得滋滋的，连声说香。

我爹、有信、大诚喝着市长的茶，心想这才是好茶，绿莹莹，清凉凉，香滋滋，那个香，从嘴里到嗓子里，直到心间。几个村民挤到前面，悄悄端起茶碗跑到屋外头大口喝着。

这时，周狗牙气喘吁吁地跑了进来，对着公社温书记低声说着，温书记对县长嘀咕了几句，县长对市长又嘀咕着。最后市长对省长说："细桃说什么也不来。"

齐省长想了想，转身对秘书低声嘀咕了几句，秘书转身跑出去，从车上取下一个红布包，拿到家里，铺在桌子上打开，大家一看是条绳子，上面打了一串串结。

大官小官一个个大眼瞪小眼，村民们更是一头雾水，不知这个大官老头儿要弄啥？

齐省长眼睛朝四周看了看，说："陈二忠咋不见了？"

县长忙对外面喊道："陈二忠，快将陈二忠叫进来！"

周狗牙、周公社跑到外面，将二忠拉了进来。好多年，二忠就没踏入我家的门。

齐省长对二忠说："你来，站我跟前。"二忠向前挪着步子。

齐省长对大家说："看清这条绳子了吧。这一个疙瘩记着一件冤枉事。大到国家的，小到个人的。现在，国家在拨乱反正，平反昭雪，就是要——解开这疙瘩。让有冤的申冤，有屈的申屈。看看，这个疙瘩，这就是发生在胭脂村的一个冤案。"

齐省长让我爹和二忠摸着绳疙瘩，说："这疙瘩是你们两人，不，还有一个人，就是细桃。我今天来，就是要当着你们的面解开这个疙瘩。"

全村人瞪大眼，看着齐省长手里的绳子，竖起了耳朵听着齐省长的话。

"从哪年说起呢？"齐省长想了想说："就从被人叫齐老汉说起吧！"

随着齐省长的叙说，在场的人，无论是村民还是县长、市长，都听得仔细——

一个黄昏时分，一群红卫兵冲到省府大院，齐省长还以为像往常一样，贴几张大字报，喊几句口号，胡闹一下就走了。可是，很快他知道自己判断错了。红卫兵直接将齐省长绑了起来，并拿出准备好的一顶纸糊的高帽子给他戴上，上面写着"打倒走资本主义当权派"，后面跟着省革委会的几个人。

"老子脑袋别在腰带上跟刘志丹起事打天下，啥场面没见过？你们几个毛娃子敢绑老子，还有没有王法？"齐省长骂着，挣扎着。

齐省长被押到农场。从那个时候开始，齐省长便结绳记事，将一件件国事家事都结在一根长长的绳子上。

"大家要问打这些疙瘩有啥用？就是秋后算账的，不能让这些人，把一个好好的天下弄得乱蓬蓬的，不能让坏人得势好人遭殃。"

齐省长说，"你们看，一串串疙瘩，一个不是一起冤案，就是一个冤鬼！"

患难见真心，齐省长在农场也反思自己的过去。自己在位时，以为自己出身农民，对农民没有什么不了解的。可是，真正成为齐老汉之后才发现，自己过去高高在上了。以为农民就是穷，就是笨，就是只知道眼尖尖的利。现在齐老汉才知道，自己的不对。农民面朝黄天故土，才是真正的厚实。仰不负苍天，俯不负黄土，这才是农民。只有农民能出忠厚义人！自古关中多义人，一个过去与你没恩没舍的，甚至不曾谋过面的农民，能背你去医院，能为你去陪法场！你不是齐省长而是齐老汉时，才能遇到的大义之人。

这样一个人，才会为着一个兄弟的女人，为着这个女人肚子里的娃娃，为着兄弟的家，顶着通奸犯的罪名，甚至顶着与兄弟反目成仇，甘愿去坐牢。这个人被他的兄弟打断了腿，他都没喊一个冤字，没叫一声屈！

"这个义气之人，远在天外，近在眼前！"齐省长说着，站起身，拉过我爹的手，说："老弟，今天我当着一村的人，要给你行个大礼！"说着双手抱拳，躬下腰去，向我爹深深地敬拜！

我爹慌忙回拜着，说："齐省长，你这样我可经受不起！"

"不，你受得起，你是我的救命人，是为我挡过枪子的人，有啥经受不起！"齐省长说。

我爹不知说啥，只愣愣地望着。

"我们是兄弟，你叫我齐老汉，省长是他们叫的，不是你叫的！"

齐省长说。

我爹对齐省长说:"齐省长,在农场我那样叫,现在我哪能胡叫咧?"

齐省长说:"我认你这个兄弟,你就叫我齐老汉,在陕西的地盘上,敢当面叫我齐老汉的就你一人。"

我爹说:"好,今天你将二忠的心结结打开了,要不,任人咋说,他就是不相信自己的女人细桃!"

在一旁的二忠突然冲了过来,一把夺过齐省长手里的绳子,跑出了屋子,"扑通"跪到地上。

我娘跟了出去要拉二忠起来。二忠,头往地上磕的"咚咚"直响,然后起身向外跑去。

"是头撞死墙头的犟驴!恩将仇报,我不可怜这样的人。"齐省长说。

我爹说:"二忠兄弟不是故意的!"说着,跑出屋门,门外早已不见二忠的人影了。

二忠手拿着结绳,一路跑向桃花沟,蹚过月亮河。他终于醒悟了,知道自己冤枉了我爹这个兄弟,冤枉了细桃这个一心跟自己度日月的女人,他要去找细桃,将她从尼姑庵接回家。

二忠跑呀跑呀,他想早一分钟见到细桃就早一分钟还细桃清白,早一分钟赎自己的罪。

二忠跑到了尼姑庵时,天已经黑了,他扑在尼姑庵门上拍打着。老尼姑让人打开了门,将二忠引到后院细桃的门前。细桃却怎么也不开门!

隔着一道门,二忠对细桃说:"细桃看看,这绳子,这个疙瘩,这个最大的疙瘩,这就是我冤枉你结下的呀!"

二忠说着,抡起绳子朝自己的身上抽打着。老尼姑忙拦住了二忠："你抽打在身上，抽打在良心上了吗？"

二忠哭了，说他冤枉了细桃，害死了二娃，毁了这个家。

二忠对着门说："三爷说，好女人是上天给的。细桃，老天爷爷给我的好女人，跟我回家吧！以前都是我不识好歹。"

老尼姑隔着门对细桃说："浪子回头金不换，你凡缘不绝，跟他回家好生过日子吧！"

细桃哭了，她对老尼姑说："师父，我心已经死了，你让他回去吧。"

老尼姑见细桃不应，就对二忠说："你把你的女人伤得太重，你先回去，凡事都有个过程。我们再好好劝劝。"

二忠说，细桃，你要我咋样都成，我只要你回家！

深夜，老尼姑来到细桃住处，面对着佛陀老尼姑说："人心就像这月亮河，窄处水花四溅，宽时水波不兴。人生路磕磕碰碰在所难免，太多计较只是一时想不开。无论有多少委屈，宽容了别人也是宽容了自己。"

写到此，我对老尼姑肃然起敬啦，一个身居山沟的老尼姑，对世事咋看得这样透，透得能进入人心，看破凡尘。这就是佛的参悟？

只有历经风霜的人才能悟出这人生之理。或许，每个入佛门的人，特别是女人，都有一番刻骨铭心的经历，心里都埋藏着一个故事。老尼姑的故事呢？在我想打听的时候，母亲告诉我，老尼姑已经圆寂了。

想想细桃婶子，那水色的肌肤，那蜂样的细腰，那灯笼大的奶子，给她带来了什么？是男人如狼的眼光，是自己男人内心的不安与恐慌，要不细桃怎么会落得出家当尼姑的命运。

还好，二忠醒悟得早，要是这男人一辈子解不开心里结成的疙瘩，细桃还咋样过上正常女人的日子？她还能像个人样活在世上吗？

"师父，我想在这里过清清净净的日子，不想再惹凡尘！"细桃说。

二忠回到家，我爹、有信、大诚也给他出主意。

"你房子都烧了，连个窝窝都没有，还咋样让细桃回来？"

二忠听了，说房子他盖。大家一听，说好，帮你一起盖。二忠说他一个人盖！不用任何人出手帮。

哪有一个人能盖起房子的？砖啊瓦啊梁啊椽啊，那么容易？

第二天一早，二忠就光着膀子和泥摔砖了。盖房子，砖头可是个大头，要是买，他二忠挣十年八年也挣不了那么多钱。二忠决定自己烧。我的天，这二忠是不要命地干着。几个月一天不停歇，后背都晒脱皮了，硬是摔出了一长溜砖坯子。然后拉到队里废弃的砖瓦窑里，点火烧起砖来。

有信、大诚见二忠累得不行，就要去帮忙，被我爹拦住了。他这是向细桃赎罪呢，咱不能搅和。

有信一听有道理，说："就是，二忠亏细桃的太多了，让他遭些罪！"

二忠一边烧砖，一边挖房基，村里人看了，都说这二忠真是条汉子。可是，终于二忠累趴下了。

算了，叫些人来帮忙，盖房这么大的事一个人不累死呀？可是，二忠咬紧牙关，硬是不让人插手。

这事传到尼姑庵，细桃听了心里也一颤。老尼姑见机劝她，这回她没说话。

这期间发生了一件谁也想不到的事——二娃找到咧！

可怜二娃的干爹干娘，这几年拉着一台破爆米花机，一路沿着月亮河岸边，走过清河渭河，直到黄河边边。功夫没白费劲，真找到了二娃。他俩从二娃的掌心那颗痣认出的。俩老人，欣喜万分，怕有啥闪失，连夜回到胭脂村。我爹、有信、大诚一听，就去了二忠家。二忠惊奇张大的嘴能塞个鸡蛋，老天开眼了，他一家能团圆啦，走快将娃接回来！

"先告诉细桃一声吧。"我爹说。我爹、二忠、有信、大诚，他们带着二娃的干爹干娘，来到了桃花沟的尼姑庵。

细桃看到这么多人，就打开了门。一听找到了二娃，细桃一下子拉住二娃干娘的手，急切地问道："二娃在哪里？二娃在哪里？"

"很远很远，在黄河边的一个人家里！"二娃干娘说。

"我的二娃找到了，找到了！"细桃喜极而泣，她对老尼姑与小尼姑慧明说。

"阿弥陀佛！你的二娃福大命大！"老尼姑说着面向二娃的干爹干娘双手合十，说："老人家的善义终有了回报。"

细桃对着二娃的干爹干娘说："快，咱去，咱去！"

大家一听，说明天准备下，再去到黄河边，将二娃领回来。

这时，我爹对细桃说："二忠为了你，硬是一个人盖起了三间厦子房，墙都砌好了，就等上梁啦。"二忠一听，朝细桃点点头，两眼悄悄看着细桃脸色。

细桃愣了会儿，像是不经意地在嗓子眼轻轻地"哦"了一声，这一声"哦"，在二忠听来，细桃是回应了他所有想说的话题。二忠心中暗喜。等找回二娃，一家人就可以团团圆圆啦。他要将亏欠细桃的亏欠二娃的——补上。

第二天，二忠备上了四样厚礼：一盒点心，一吊猪肉，一把挂面，一瓶西凤酒。与我爹、有信、大诚，在二娃干爹干娘带领下，去接二娃了。细桃已在月亮河边早早等着。二娃干娘看到细桃手里拿着一个红包袱，说这是啥？细桃说，给人家准备个条子，老姐看看合适不合适？说着拿出一块花布来，这是细桃结婚时收的条子，自己一直舍不得做成衣服，这回要送给救二娃的人家。

二娃干娘展开看，说好看好看。看到红包袱里的红兜兜，知道这是二娃小时穿的，老人不知不觉泪水滴下。

他们一行人在二娃干爹干娘的带领下，坐着拖拉机沿着月亮河向东奔去。

在月亮河流入黄河口的地方，二娃干爹干娘领着二忠、细桃来到了一户人家。一个老婆婆在家。

"娃儿不在家，跟他爹捕鱼去了！"

细桃等不及，就要去寻二娃，被二娃干娘拦住了。咱这样急着见娃，人家老婆婆会伤心的。细桃一听，忙拿出带来的礼物。老婆婆看了眼礼物，没接，她揉搓着眼睛对二娃的干娘说："娃是娘心尖尖肉呀！"说着向黄河边走去。

一会儿老婆婆、老头儿领着一个小伙娃回来了。

细桃一看，这是二娃吗？咋长得这样大了？细桃上来一把拉住二娃的手，看到了掌心的那颗痣。是二娃，就是我的二娃！几年工夫，二娃成了结结实实一小伙子。细桃拉着二娃的手不放。二娃愣在那里一动不动。

"把鱼挂在院落！"老头儿走近细桃身边，对二娃说了句，细桃才松开了手。

细桃想追出屋子看二娃，一想不成，她忙将包袱里的条子拿出来。二忠也将四样礼递给打鱼的老汉。

老汉接过，长长叹了口气，说他知道早晚会有这一天的。

老婆婆泪眼婆娑地说："要这些礼物有啥用？一个好娃白白让你们领走了！"

细桃听了，"扑通"跪在地上。老婆婆一看拉住了细桃的手。

老汉说："不是不让你们将娃领走。可是，这娃一走，我们老两口儿没得送终的人呀！"

这时，二娃跑了进来，一把抱住老汉与老婆婆，说："我不走，我是你们的儿子！"

细桃听后哇地哭了。

老汉拍拍二娃说："成，我们没白养你！有你这话，我们就知足了。"

老婆婆对二娃说："这是生你的爹娘呀！天下哪有不认亲骨肉的？"

我爹看到这儿，说："二娃，生你的命是你亲爹娘，救你的命也是你的亲爹娘！"

二娃干爹干娘说："还有我们这个干爹干娘，我二娃多有福！"

打鱼老汉说："要说这娃有福那可不假，从月亮河冲到黄河，谁能活命？"老人说，他救出二娃时，二娃死死抱着一个锅盖，身子被水都泡白了！

后来，关于二娃死里逃生的事传说可神了，说不是锅盖是只老龟将二娃驮着，才没沉底。

二娃被领了回来，二忠想让二娃在家里与他在一起，细桃想让二娃在尼姑庵与自己在一起。

二忠你房子还没盖好，二娃回来与你一起住生产队的库房哪成？可是，二娃住尼姑庵也不方便，一个小伙子了。

最后，二娃先住在我家。我爹说，强儿当兵走了，就让二娃与我弟一起住，等二忠将房子盖好再说。

二忠、细桃也不争二娃了。说到这儿，朋友说了个笑话：

夫妻离婚争孩子，老婆理直气壮地说："孩子从我肚子里出来，当然归我！"老公说："笑话，简直是胡说八道，取款机里取出来的钱能当是取款机吗？还不是谁插入卡，当是谁？"

二忠半年多时间，愣是将房子盖了起来，没钱装玻璃，他就用塑料布将窗子钉起来了。二忠的房子，算不上村里最好的，但却是最新的，最亮堂的。

"就干等细桃与二娃回来啦！"大家以为，二忠盖好了房子，细桃就能回来。

二忠也美滋滋的，他心里对不起细桃，将这个干净的、一心一意对自己的女人往屎尿窝里推，打她骂她，终于将她赶到了尼姑庵。

他对不起二娃，自己的娃，生下来自己就不认，二忠想抽自己的脸，对二娃他心里不仅仅是疼，自从娃生下来，他这个亲爹连抱都不抱，甚至都没正眼看一看。

二忠心想，细桃、二娃是天底下自己最亲的人，自己伤他们最重，最深！这回接他们回来，得好好补补。可是，现在二娃大了，他抱都不好意思了。

二忠再去尼姑庵时，细桃仍没答应他。

"你说，要我做什么你才肯原谅我？"二忠对细桃说。

细桃没吱声，她不想让二忠再为她做任何事了。她只想让二忠找一个女人，一个像雪梅的女人安安稳稳地过日子。

"你说句话呀！你叫我干啥我就去干啥，就是大冬天跳月亮河也成！"二忠不知细桃的想法，急得要撞墙。可是，没想到，这细桃还是不愿回来。

咋了？你还恨他？老尼姑问。细桃摇摇头。

"这个男人看来可是真心对你，谁能一个人盖房子！你看他累得又黑又瘦。"老尼姑劝说。

细桃点点头，说："我知道他是真心的！"

老尼姑说："那你还犹豫什么？"

细桃对老尼姑说出了心里话："你看，我的腿拐了，成了残废人，闲人，不想让人供着养着。"

老尼姑也不知咋样规劝细桃，就说："你手是好的，做饭下地也误不了多大事。"

细桃说就想在这尼姑庵待下去。

老尼姑将二忠叫到一旁，细桃对老尼姑摇摇头，她不想让二忠知道自己的心思。

老尼姑叹了口气，悄声对二忠说："细桃不想连累你。"

"咋连累我了？"二忠不解，"是我连累细桃了，让她被批斗，遭了天下最大委屈，受了那么多苦，这都怪我，是我招惹给她的呀！"

"你先回去吧，让我好好劝劝再说。"老尼姑见二忠一片赤心，心想细桃也别再难为这个男人了。

老尼姑对细桃说："乐极生悲祸尽福抵，人之痛乐总是相携并进，这就像一张纸的两面，现在二忠浪子回头，也是你祸尽福来，你不能这样再犟下去！"

细桃说，她也知道二忠这回是真心的，可她真不想拖累了二忠，让二忠找个健全的女人，也好过日子。

二忠回到家，想着老尼姑的话，越想越糊涂。他提着一瓶酒来到我家，让我爹陪他喝。

几杯酒下肚，二忠哭了起来："房也盖好了，二娃也找到了，就等细桃回来了。可是，她咋不答应呢？到底让我做什么，细桃才能原谅我呀？"

我娘说："你伤他娘儿俩太重了，细桃是一时转不过这个弯子。"

二忠一听，用手直砸自己的头。"都怪我心眼小，冤枉了细桃！"

我爹拦住了二忠，说："别喝闷酒了，伤人！"

"重义哥，我想不明白。你说，老尼姑咋说那样的话？细桃有啥不想连累我的？"

我爹对二忠说："是不是细桃腿拐了，怕连累你？"

二忠一听，愣住了神。这一夜，二忠将一瓶酒喝得精光，是我爹和二娃将他送了回去。

第二天一早，二忠做了一件让全村人甚至是全公社的人都大吃一惊的事：他举着一根棍子，朝自己的腿砸去！

二忠被送到医院，医生为他打上了石膏。二忠对二娃说："对你娘说，你爹也是残废了，与她一样了！"

细桃知道二忠打断腿的事，哭了。老尼姑劝细桃说："痴男怨女呀！你能遇到这样痴心的男人是几世造化！"

"谁想到他会这样，好好的一条腿咋能给砸坏了？要是这样，我还不如早些应了他！"细桃很是自责。她后悔没听老尼姑的话跟二忠回家。

"唉，缘生缘起，这都是有因有果的事，谁也没长后眼睛，二忠这样是为了得到你的心。你不要将错揽到自己身上。眼前，要紧的是快些回家。"

细桃点点头，急急忙忙换上衣服回到了胭脂村。

"你咋这样犟呀？"一见二忠细桃就哭了。

二忠见到细桃，嘿嘿笑了。他说："你是右腿坏了，我是左腿，合在一起，咱才是个完整的一条命！"

细桃听了扑到了二忠的怀里。

二忠、细桃破镜重圆，到了晚上竟然都有些害羞。你背过身子，细桃对二忠说，二忠背过身子，细桃才脱了衣服，这二忠干脆钻到被窝里才脱。两人在被窝里，二忠一动不敢动，细桃问二忠腿还疼不疼？二忠说不疼。

细桃心疼地埋怨道："你咋这样笨呢？咋能将自己好好的一条腿硬给砸折了？"

"我这是自己罚自己！"二忠说。

"罚啥哩？事都过去了。"

"我将你个好女人冤枉死了，我砸腿，教训自己的！"二忠的这话，让细桃泪从心底流出，她轻轻抱住自己的男人。

"从我第一眼看见你，我就知道你是我这一辈子命里注定的男人。

多大的冤屈多大的苦我都会跟你的！"细桃说着已泪流满面。

细桃的话，让二忠紧紧地搂住自己的女人。他对细桃说，别哭别哭，我以后会把你捧在手心心，再也不让你受委屈遭罪了。

细桃一听，笑着直往二忠怀里钻，对二忠说，你再欺负我，我真的当尼姑了，一辈子不回来。

二忠搂着细桃说："我再欺负你，就不得好死！"细桃捂住二忠的嘴。两人相拥在一起，这细桃浑身打了个战，在尼姑庵十年了，像棵冬天里休睡的含羞草，到了春天，张开了枝叶；像条冻僵的虫子，一声响雷让她醒来。

结婚十多年了，从苞谷地与二忠匆匆忙忙地胡乱弄了下，到后来两人闹起别扭，细桃就没有细细享受过男人的抚爱。现在祸尽福来，她积压了许久的欲望终于要爆发了。这时，二忠已经爬到细桃身上。细桃心疼二忠，说道："你腿伤着哩！"

二忠说不碍事，一点都感觉不到疼了。

"你真是个好女人，是老天爷赐给我的！"二忠紧紧搂着细桃，生怕她丢了一样。

"这回弄进去了？"细桃说，二忠笑了，他说别再提苞谷地的事情了，要说也不能全怨他。细桃一听，推了下二忠说，你真是个笨尿。

"那你不是也不知道吗？"二忠说。细桃笑了，说："我要是知道你乐意？"二忠笑了，说全怪自己不会，才造成苞谷地的冤枉事。

"你说谁最冤枉？"细桃问。

"当然是你了。"

"还有呢？"

"咱二娃！"

"还有呢？"

"唉，你别问了，我知道你让我说姚大哥。"

细桃说，真是咱闹来闹去，都是一锅里吃饭的。可是人家姚大哥白白受冤，坐牢，被你打断了腿，你说人家为啥呢？

"我知道，我这一生都对不住姚大哥！"

"还有一个人，你也冤了？"细桃的话让二忠不解。

"还有谁？麻秆？"二忠说，细桃摇摇头。

"那是谁？"

"你好好想一想！"

"我真想不起来还冤枉谁了？"二忠肯定地说。

"雪梅！"细桃说。

"雪梅！我咋冤枉她了？"二忠一听眼睛瞪得跟牛眼一样。

细桃心想，二忠呀，你们男人咋不懂女人哩？你以为你给人家些粮食，给了卖猪钱，女人就心甘情愿地和你好了？女人，将自己赤条条给一个男人要下多大的勇气，而一旦身子给了你，这心一半也就给你了。雪梅跟你二忠有滋有味地过活了一年，再回到自己那个窝囊的男人身边，你说她心不分几片。雪梅这一辈子心里从此就会长出一根绳子来，远远地牵挂另一个男人。这一牵一思，就疼在心窝窝里头。细桃想着，竟为着雪梅伤心。

女人呀，命全依着男人，就像个藤叶，爬多高享多贵，凭借的是男人。雪梅多好的一个女人，命苦如黄连根根。

细桃与雪梅，这两个走入二忠命里的女人，二忠都觉得是天下最好的女人。二忠不免惦记起雪梅，她现在过得好不好，能不能吃上饭……

19

接兵的汽车直接开到了火车站台上。

下车！军官们吆喝着先跳下了车，我们新兵们像一只只蛤蟆跟着跳下了汽车，走到一列火车前。

这是一列长长的运牛车！车门上贴着大红纸条，上面写着编号。我上了九号车。九号就是九班。

一上火车，陈营长就宣布我是班长，9班班长。我一听，心里那个高兴呀。刚一当兵，就当上官儿了，尽管是个芝麻样的官尾巴，但来得太突然，我没料到，这份惊喜太大了，一同当兵的人个个都羡慕地看着我。峰在一旁干瞪眼。我想，有你娃干瞪眼的时候。

车开动后，陈营长指着我的包包问："你这里都是什么东西？"

我笑道报告："是书，高考的书。"

陈营长脸沉了下来，他对我说快收拾起来，别让人看着。见我不解，陈营长悄声说："人家会说你入伍动机不纯。"

我听了心里一凉，我到部队就是为着考大学的，光当士兵那怎么成？我这样想，却没敢说出来，只觉得刚刚被当班长激热了的心，又突然被泼了盆冷水。

运牛的大闷罐火车咣当咣当地往前方开着。

一到兵站，陈营长就下令："快抢饭吃！"我们新兵蛋子，一窝蜂跳下车，然后冲向大铁锅，往自己碗里捞饭和菜，峰个头大，最先打到了饭和菜，他没吃，先端给了陈营长。陈营长接过就吃，连声谢谢都没说。我心里，狗日的峰，溜股子！

我吃完饭，本想喝点汤，看到汤锅里漂着几片肉，我就拿过一只碗，打上汤还挑了几片肉。身边的人叫嫌我挑肉，我没搭理。

打好了带肉片的汤，我到车门口递给陈营长。陈营长接过碗，冲我笑了笑，说："成，部队就讲究眼力见儿。"

我见营长表扬，心里高兴。就冲着还没吃完饭的新兵们喊叫："快上车，快上车！"

我是班长，那个胖子排长让我招呼大家下车上车的。我喊叫着，心里美着，有一种当上军官的感觉。心想，你峰学习不如我，眼力见儿也不如我。在村子里，有你爷你爹护着你，你欺负我，还想批斗我。哼，到部队全凭自己了，你等着。现在我是班长，管着你，我还要当军官，也管你！等我当上军官，萍一定会跟我好的！到时，你还得干瞪眼！

运牛的兵车越开离家越远，我的心像长了翅膀，心想，离家越远越好。我感觉到，在一个遥远的地方，有一个梦想等我去实现！

狗尾巴真的进城当了工人。不久，夏小雪也进了城。可是，狗尾巴干了三个月工厂就要开除他。这是咋回事？这小子在农村自由散漫惯了，进了工厂倒不习惯。天天上班，到月底才领了十八块钱，要吃没有啥好吃的，围着机器把人累得连个喘气的时候都没有，还时时被人管着。狗尾巴觉得没意思，这进城当工人一点也不比在农村舒服。可是，夏小雪和未来的丈母娘喜欢他来城里当工人。为着自己爱的女人，狗尾巴忍着。人心不在肝就会出错，狗尾巴压棉花包，将三等棉花与一等的错弄到了一起，这可是个事故。工长批评他，狗尾巴不服争了几句，工长骂他："你狗日的就是个农民！"

狗尾巴回骂道："你啥尿工人，老子不稀罕。"说着甩掉手套不干了。

这还了得，你出了事故，还不服管教，工厂研究要开除狗尾巴。这事，让夏小雪和她娘知道了，这娘俩正在准备婚事。夏小雪她娘一听，对着女儿就发火，说："你一个城里的娃，不缺胳膊少腿，却非要嫁给一个农民，告诉你，这狗尾巴要是被开除了，说什么我也不同意这门亲事。"

夏小雪找到了狗尾巴，拉着他给人家工长道歉赔礼，狗尾巴不想折这个胃气，但他也不能为着这个事将与夏小雪的亲事黄了。狗尾巴硬着头皮赔了罪，工厂还是不同意他回来。

"你不要我，我还不想来呢。"狗尾巴还想往下说，被夏小雪踢了一脚，狗尾巴才收住口。

夏小雪的娘对女儿说："看看，狗肉上不了席面子，我早就看这狗尾巴不像个正经人，你安安心心重新找个男人。"

夏小雪却不听娘的话，娘越这样说，她越是要跟这个男人。

见女儿放不下，夏小雪的娘耍出了拿手招儿：你要是嫁他，就别认我这个娘！

夏小雪急了，心生一计来。她告诉娘："不嫁狗尾巴来不及了。"

"咋了？"夏小雪娘瞪眼问道。

夏小雪假装哭状。

"什么？是不是你让那小子占便宜了，有了？"

夏小雪点点头。

"你个死女子呀！"夏小雪娘一屁股坐下。她守寡二十多年，夜夜如孤灯煎熬，也拒绝了多少好心人的撮合，顶住了多少骚男人们的勾引，按下了来自身体深处的渴望冲动……唉——自己一心守住的，就是为着让女儿不因她在人前抬不起头，让寡妇门前没有飞唾沫星子。可是，她万万没想到，女儿刚刚花开，就让人给弄了，还是一个农民。这让夏小雪的娘很难接受。

夏小雪假装怀了狗尾巴的孩子，原本是让娘别再拦着他们的婚事，不料却将娘气成这样，夏小雪知道这事捅到了娘心上了，但她也不好说自己没与狗尾巴弄那事，反正话已经说出口了，也收不回了。

可是，夏小雪娘还较起真来。她拉着女儿要去医院将娃打掉。夏小雪不去，她对娘说："人一到医院这事不就让人都知道了？"她娘一听，说咱胡编个名字不成？

夏小雪说，万一露出马脚，孤儿寡母的名声不全完了？夏小雪的娘指着女儿肚子说："那你要将肚子里的娃生下来不成？"

夏小雪对娘说，别急，她想办法一定让狗尾巴回工厂上班。

夏小雪来到村里，在周家，周无田先将狗尾巴骂了通，又让周老大狗牙想想办法。狗牙摇头了，说当初狗尾巴能进城上班，还是顶了别人的名，现在革委会不吃香了，找江主任在三原县兴许还能成点事，可在咸阳市里，找他成不了事了。可狗牙也不认识咸阳城里的人呀。

"找谁管用呢？"周无田说。

狗牙说找姚罐罐。说我爹认识省长，要是省长发句话，还有啥办不成的事？

"找他？我的脸还往哪里放？"

周无田一听，就生气了。在他看来，要低下腰求我爹帮忙，还不让胭脂村的人笑话死啦！

周狗牙知道他爹不会向我爹开这个口，折这个腰。他让弟弟狗尾巴去找余三爷，三爷的话我爹会听的。狗尾巴听哥哥一说，心里没底，三爷平日对他看不上眼，能帮他说话吗？周狗牙想了想，说让夏小雪一起去，三爷见女娃会心软的。

周无田叹息了声，也没有阻拦。事到今天，他想硬，可是儿子狗尾巴不争气，他也没脾气。

狗尾巴与夏小雪去找余三爷。余三爷一听让他去找我爹求个人情，就骂了句："你小子，坏事没少往人家头上栽，这回有事求人咧，丢不丢先人？"

狗尾巴直点头，他心想，要是知道我爹能与齐省长巴结上，不说当神仙敬着，说啥也不能得罪。

夏小雪叫了声三爷，说都是狗尾巴不懂事，招惹事了。要是狗尾巴回不到厂子上班，她娘死活也不同意这婚事。求三爷帮帮。

余三爷被这女娃一说，心一下子软了，不能眼睁睁看着这婚事黄了。狗尾巴见状，忙拿出一瓶酒和点心来。余三爷说，你提着这东西送你姚叔吧，要托的人是他。夏小雪说，我们已经备好了礼，这酒和点心是专门孝敬你三爷的。

"狗尾巴你小子听着，我可是冲着人家姑娘娃给你跑这个腿哩！"余三爷骂骂咧咧地，他凭着老脸求我爹。

余三爷来我家，狗尾巴与夏小雪要跟着。余三爷说，你们先回家等我信儿，狗尾巴与夏小雪一听也对，就跑到供销社买了酒、点心等东西交给了余三爷，让他带给我爹。

"啥？让我为狗尾巴帮忙？"

我爹听了余三爷的来意，很是吃惊。

"周家是有对不住你的地方，但咱都是一个堡子的，低头不见抬头见的，你能眼睁睁看着狗尾巴让工厂开了，临进门的媳妇也黄了不成？"余三爷劝我爹。

"他周家人多有势呀，老子是贫协主席，儿子在衙门当官，这方圆几十里，谁不知道？"我爹心想，我进农场几年，还不是他周家从中作怪，告黑状。我恨还恨不过来的，让我去替他帮忙？

我爹对三爷说："他周家的事，我想帮都帮不上，人家那么高的门槛，咱这腿迈不进去！"

三爷说："谁都有遇到难处的时候，狗尾巴让工厂开除了，咱不帮这娃就完了！"

"三爷呀，你当我是谁呀？人家工厂开除狗尾巴，我能帮上啥忙？"我爹说。

余三爷说，谁不知道，你现在结上了皇亲国戚，认识了三品大员齐省长，你现在是不得了，了不得的人物哩！别说一个工厂的碎事，就是再大的事也能应得下。

我爹苦笑着说，人家省长与咱一个农民也就是一碗猪头肉的交情，有啥了不得的？

余三爷笑了，说："你那猪头肉不是一般的猪头肉，是猪八戒的！"

我爹对余三爷说："三爷，你别说笑了，你说人家那么大的官，不是咱想见就能见得上的!"

余三爷说这么说你愿意给周家老二帮这个忙了。我爹想了想说:"要我帮忙可以,得周无田这个老东西亲自来开这个口。"

三爷笑了,说:"我知道,你想出出恶气。不过也对,周家对你确实做得过了,恶心恶心他,我看成!"

我爹一听心里乐了,狗日的总整治我,今天得在我眼前求我。

嗨,你说我爹在我心里一直是仗义的,没想到这次心眼却小啦。

我娘的心眼更小,一听我爹应了三爷,要帮周家,就冲着我爹说:"就你心软,他狗尾巴开除了才好,活该,那是老天报应。"

我爹说还不是冲着余三爷的面子。我爹我娘当年从河南逃荒来陕西,在陕西关中地盘上四处闯荡,最后根还是在胭脂村扎下,那时三爷开口帮了忙。这恩情,我爹我娘咋能忘了?

"可是茄子归茄子,黄瓜属黄瓜,余三爷的恩,余三爷的情,咱咋样报答都是应当的,可凭啥帮他周无田的?"我娘说。

"三爷今儿开了口,咱咋能不应的?"我爹说,"周无田精得跟猴子一样,他找余三爷,就知道咱不会绝了三爷的面!"

"太便宜他周家了!"我娘气不平。

我爹笑了笑说:"我得恶心恶心周无田这个老东西。"

余三爷回头跟周无田一说,让周无田给我爹赔个罪,我爹才好帮狗尾巴。周无田听了,半天不语,他心里放不下架子,面上抹不下脸皮。

"他姚罐罐进农场,真不是我告的状,这账咋能算我头上?"周无田说。

三爷一听不悦了,说:"你当谁是瞎子,你整姚家,从社教姚家盖房,算上这回两次了。"

社教运动,我爹盖房,周家人眼红了,别人家吃都吃不饱,他还能盖起房？

大队把我爹抓去，问盖房的钱从哪里弄的？我爹打了个比方："队里年终分了十块钱，我给你箍罐罐，你得给我两块钱吧，我拿了你的两块钱，加上队上分的十块就成十二块了，而你手里现在只剩下八块了！"

"不听你这么算账，罚你一百块，看你还神气不神气。"大队社教组人说。

"社教时罚了他一百块钱，那是大队社教组研究决定的！"周无田说。

别提这些陈芝麻烂谷子的事了。眼前火烧眉毛的是狗尾巴被工厂开除的事。

三爷劝周无田："你得放下架子，给老姚一个面子。再说了面子值几个钱？你娃被开除，就眼看着要进门的媳妇进了不门，你不丢人丢大发了？你掂量掂量，哪头重哪头轻？"余三爷说。

周无田对余三爷说，你看这样成不成？狗蛋前天在河里捉了只王八，咱炖上，请姚罐罐来喝酒！余三爷一听，这主意好，一是不伤周无田的面子；二来也给了我爹一个人情。

我爹是实在人，他听后也没再难为周无田，只是说，王八留着，酒也留着。等他进城将事办了再说。我爹进了城，来到省政府大门前，人家把门的不让进，还要赶他离远点，我爹急了，说他找齐省长。

你找省长，干啥？告状的！把门的让我爹去登记，我爹说登记做啥，齐省长亲口说了，有事直接找他。把门的哨兵乐了，拿起电话，一会儿来了一个白脸年轻人，问了声："你是姚重义？"我爹点点头，那人一听，脸上堆着笑，将我爹引进了门。

"首长正在开会，有啥事跟我说。"年轻人说。

跟你说？我爹说这事你娃办不了，得跟省长说。年轻人笑了笑说，啥事情我还办不了的？你先说说看。我爹就将狗尾巴拉错了棉花包，又跟工长打架，被工厂开除，正筹办的婚事也被丈母娘叫停，说了一遍。

年轻人一听乐了，说："我当多大的事哩？你回去，这事我办了！"

"你办了？应人事小，误人事大！你可别耽误了事！"我爹不放心。

年轻人点点头。

"你是啥官？"我爹凑近年轻人，压低声音问道。

"我不是啥官，我是首长的秘书！"年轻人说。

"秘书？秘书是多大的官儿？"我爹这样想，但他没好意思问，问错了怕人家笑话。年轻人看出来了，他笑了笑。

我爹人还没到家，狗尾巴就接到了工厂厂长打来的电话，让他回去上班。

我爹在路口就被狗尾巴、夏小雪接到了周家。

"我的天，你见齐省长了？"周无田献殷勤地问。我爹摇摇头。

"骗谁呢？你没见齐省长能这样快就把事办成了？"

我爹也纳闷儿，事咋办得离奇的顺！看来这秘书的官比省长小不了多少。

那天，我爹在周无田家喝了酒，还吃了王八肉，喝了王八汤。周无田酒喝多了，他对我爹说，以前兄弟有对不住你的地方，你别往心里去。咱一个村的，喝的一个井里的水，吃的一块地里的粮。

我爹说，过去的事都过去了，要是记恨，我不会替狗尾巴去省城。

周无田点点头，直往我爹碗里夹菜。

"不过话又说回来了，你要不进农场劳改，怎么会结上省长这门亲？要说，你还得谢谢整治你的人。如果你不挨整，怎么能被批斗，不批斗怎么能进劳改农场，不进农场怎么能结识上省长这样的大官？你说是不是应该感谢整治你的人？"

我爹脸一沉说，狗日的周无田，你也去劳改几年，兴许还能遇到一个比省长大的官儿！

新兵蛋子们下了运牛的火车，再爬上一辆辆汽车。这时天已经黑下来，我掀开帆布车篷向外看，白茫茫的，感觉车在摇晃，不见车往前行。很快我就知道这是自己的错觉，因为到处是雪，没有参照物。

车到了营地一个操场上，陈营长与军官们大声叫道，到了，到了！我们新兵像一只只小鸡一样争先恐后地跳下车。操场上站着许多老兵。

陈营长与魏排长站到新兵队伍前，一个班一个班地宣布带兵的班长。魏排长宣布我从九班班长改任副班长。然后指着一个老兵说，这是九班的班长。我一听，心里凉了，刚一到兵营，我就被降了一级官衔。

副班长排队在最后面，峰个子大，他排在老班长后面，挺神气的。我与峰暗暗较着劲，峰早上天不亮就起来扫雪，排长知道表扬了他。我想半夜就起来，被排长拦住了，他让我睡足，说明天还要练科目。

我一想也对，扫雪峰已经抢了先，我再争也是第二。与峰相争，只有第一，没有第二。

第二天训练时，我格外卖力。晚饭后，我不顾累，一个人悄悄跑到操场练匍匐前进，冰雪沾满了衣服，衣服都硬了，我全然不顾。我一边练一边向四处张望，我盼着营长、连长、排长、班长出现，好发现我在刻苦训练。直到晚上九点多，还不见来人，他们不来，我在这训练不白费了。正在我准备拖着疲惫不堪的身子回宿舍时，一位军官来到我面前，我不认识他，看样子官不小。他笑着说："天都黑了还不快回宿舍！"我一听，说："我不累，我还要练杀敌本领。"军官笑了，说好样的，先回宿舍休息。我跳了起来，敬礼说这就回宿舍！后来，我知道，这位军官是赵教导员，与陈营长一样大的官。当然，赵教导员表扬了我。

　　新兵训练天天走队列，真没意思！这天，我们发帽徽领章了，大家好兴奋，以前光穿着没有帽徽领章的军服，就像没有鸡冠子的秃尾巴鸡。我们别好了帽徽领章，接着就发了枪。第二天，我们背着枪就去了野鸡屯后山包上，进行瞄靶训练。我趴在雪地上，准星对缺口，三点成一线，我瞄得眼都流泪了，便偷偷放下枪，无聊时我突然将舌头伸向枪栓。听老兵说，东北冷，舌头一贴着铁就会粘住，我不信，铁还会咬人不成？老兵肯定是吓唬我们新兵蛋子呢。我将舌头一点点伸向枪栓，见没事，就将整个舌头都贴了上去。不料，真的将舌头粘住了，我不敢叫，也叫不出来，我吸着嘴里的口水，然后猛地一拉，呀的一声，我疼得叫了下，血从舌头上渗到了嘴里，咸咸腥腥的。晚上我回到宿舍一照镜子，看到舌头上一个圆圆的红印，我想我舌头上一层薄薄的肉被枪栓粘掉了。

　　那天我疼得没睡着觉，哈！正因为睡不着，我才得知了一个秘密。

　　半夜时，排长悄悄将班长叫醒，压低声音告诉班长晚上要搞紧急集合。我听了，假装睡着。一个坏主意在我脑海生出：你峰不是处处要与我争高下吗？这回我要让你丢丑。我往四周看了看，见十二个新兵们都睡得正香，便悄悄实施我的计划。

　　弄好了！我心里一直好紧张。等了一会儿，司号员吹响了紧急集合号，我一骨碌就爬起来了，黑暗中我快速将衣服穿上，背着枪就跑到了操场上。

　　队伍都集合好了，报数时，却少了一个人，谁？峰！

　　"周峰哪里去了？"连长问排长，排长问班长。

　　"怎么搞的？第一次紧急集合九班就掉链子！"连长发火了，排长一听，跑向宿舍。这时，峰一边提着裤子一边往队伍跑来。

　　"快些！你是不是裹小脚呢？给九班丢人。"班长说着，直想打峰一巴掌。

幸福炮兵

排长问峰，你怎么搞的？磨磨叽叽的。"你知道吗？要是真的打起仗，因为你磨叽几分钟，可能会让部队流血牺牲吃大亏。轻的处罚，重的要枪、枪毙的！"

峰吓得哭了。这时，我笑不出来，原以为捉弄下峰，让他丢下丑，没料到连长、排长都发火了，要在战场，我可是犯大罪了。

"哭什么？还有脸哭！"排长拉了下峰的衣服说。峰头一扭对排长、连长说："这事不怪我，是有人将我的裤子跟衣服拴在一起了。"

"什么？还有这事！"连长一听，说回头再说，先执行任务。

各排排长对着自己的排喊着口令，将队伍集合好，一一向连长报告。连长立在队伍正前头，一手捂着腰里的手枪说："接到上级命令，一股敌人从边界潜入，我们的任务是迅速出动，截击来犯之敌！"

我们在当官的带领下奔向雪原。这一时刻，我竟然生了一种从未有过的崇高感，像是真的奔赴杀敌前线。

将峰衣服拴在一起的事，后来没查出。没有人承认，我是副班长，当官的也没人想到是我，我像一个偷了人家锅灶里烧熟的红苕的贼娃子一样，红苕塞在衣兜里烫得人疼，表面上还假装啥也不知道。峰委屈，但他没咬我。我不知他为什么这样，我突然对峰产生了一丝丝愧疚和感激。后来，我知道，峰的爹告诉了峰，我爹帮狗尾巴回工厂的事。我想这一定是峰自己吃了这个哑巴亏，没有出卖我的根由。佛说善恶都有报，这报来报去到头来都会报在自己头上的。

新兵训练提前结束，因为真的开仗了！

南边打仗，是反击战。北边紧张，防苏联大军入侵！南边打得凶，真正紧张的在北边。仗打起来了倒不怕，怕的是一直悬着要打不打。就像头上一块石头，不知啥时滚下来。害怕，来自人心，真到事中了，也就那回事了！

新兵们议论着，说导弹都运到后山屯了，还传说一县长看见军列，要拉下盖布看下拉的什么，野战军押车的军人劝他，他说我是县长，说着手伸向盖布，押车的战士就拔枪，一枪就将这个县长撂倒了！谁叫他不知天高地厚。

一同来当兵的干板看到要打仗，吓得哭了。"怎么咱来烧香，庙门就闭了？怎么赶上打仗？死了就回不去了。"我知道，干板总是跑马，干板对我说，他嫂子最疼爱他，将好吃的不给他哥，给他吃。

干板可能是想嫂子想得跑马了，他被子上全是地图，男人跑马多了，腰杆就虚，就怕打仗。要不，血性男人谁怕打仗？

我不怕打仗，甚至有一种冲动。横刀立马，英雄气长的豪迈在一个少年心间荡回。只是南边的仗打了几天就收兵了，我们白白紧张白白折腾了。

我被分配去十一连，峰却留在营部当上了通讯员。

我好纳闷儿，为什么我干得比峰好，却分到了连队。在老连队，我们暂时纳入野战军，我们的部队是农场，一打仗就编入野战军。我个头儿小，又瘦，背着枪和一个大大的背包，在冰天雪地上一滑背包从头顶就翻到了前面，头想挣扎把背包弄挑到背后，费了好大劲也没弄过去。魏排长对我说，你呀，在老连队这样下去可不成，你没劲儿，干不了体力活儿。我一听，直埋怨陈营长，说部队缺少我这样会画画的，可却把我分到老连队，峰啥都不会都能留在营部当通讯员，凭啥？我不能让自己的梦就这样破灭了。在老连队，我咬牙撑着，别人能干的活儿，我也能干，我还比别人勤快，我去厨房帮厨，给老兵洗衣服。

扛麻袋时，一百七八十斤重的麻袋，我怎么也扛不起来，排长说算了，别扛了。

行，我行！我对排长说。

排长拍拍我肩膀，让老兵们抬起麻袋放在我肩上，我的双腿打战。

行不行？排长问。

我想说行，但发现已经开不了口说行字了，一张嘴这口气就会泄了，腿就会软下去。我用鼻子哼了个行字，双手死抠着麻袋，咬牙往前一步步挪着，一步两步，我感觉这麻袋就是座山，我稍一松气，这座山就会随即塌下来，将我压扁了。但我不能扔下，扔下了，我还怎么当这个兵，怎么当这个立着尿尿的男人？老兵们有的起哄，有的拍手鼓励。到粮库有百十来米，我用双脚一步步丈量着，这是我今生最沉重的步履，也是难走的一段路，我牙关紧紧咬着，心里一口气死死憋着，我要用自己全部的力量向人证实我行，我不是软蛋。

到粮仓时，连长喊着慢慢，我一下子将麻袋扔下，麻袋摔开了个大大的口子，豆子哗地撒落地上。

班长要训斥我，连长制止住了，说："扛麻袋要有技术，要扛在肩头，不能背。扛着腰杆能挺直，背着只能压弯。下次你扛扛试下。"

我喘着粗气，点点头。我在心里说，这辈子我都不会再扛麻袋了，太沉太重，压死人了。

在连队，我苦于看不到我要追逐的梦的影子。

除夕，半夜三更。老兵将睡梦中的我摇晃叫醒了。"上岗啦！上岗啦！"我爬起来，老兵说记住口令："黄河""长城"。

我拿起枪，一边穿上皮大衣和大头鞋一边应了声：记住了。

"怕不怕，第一次站岗？"

老兵脱了衣服钻被窝后问我，我嘴上说不怕，心里还是直打鼓。

"不怕？你个新兵蛋子，牛吹得不小！告诉你，这野鸡屯先前可是小日本杀人的法场，四周可有鬼呢！男鬼手拎着滴血的人头，女鬼舌头伸得这么长，你吓得不尿裤子才怪！"

老兵真不是玩意儿，他的话还真的吓得我腿有点软。我有意将枪栓拉起哗哗响，使劲往枪里压了一梭子子弹。心想，鬼也怕枪，我手里有枪，害怕谁？老兵看到，忙让我将保险关上，说半自动步枪，子弹一压就直接上膛了，可别走火！

出了宿舍，一阵寒风吹来，我的鼻子一吸气鼻孔就要粘在一块。这么冷，我将帽子上的护鼻解开，绕到鼻子上，踏着厚厚的雪，走向场院。场院是农场连队晾晒存放粮食的重地，岗位在场院。

大头鞋踩在雪地上吱吱作响，刺刀尖让昏暗的夜幕闪出道道寒光。我小心地向四周张望着，挂满冰凌的大树中发出"嘣嘣"的响声，像我咬萍送给我的冰糖，像我等丽时踩在月亮河上的冰开裂。声音很细很轻，可在这静静的雪原都让我心惊。这是冻僵的挂着冰凌的树枝发出的，树枝是忍不住这凉的寒，还是冰不愿与树枝相依，我冲着响处咳嗽了声，将枪在肩头晃了晃，我心颤惊惊地来到哨位。

夜是黑的，但惨白的雪、细月和星星的光，给黑夜带来了惨白惨白的亮，像是凭空撑起了一层白纱幔。远处，我看到星星点点的灯光，昏黄的温暖。我突然想起了家，想起娘，想起爹，想起萍，想起细桃婶子，还有党姐、杨老师、麻子生物老师。灯光下，娘在做针线，爹在为明儿的羊铡草，老师在批阅作业，萍呢？在学习。不，她学习不好，这会儿一定睡着了做着甜蜜的梦哩！

我紧紧地裹着皮大衣，怀里抱着枪。突然，一种从未有过的崇高感在我心里升腾起来：十八岁的我，已经成为亲人安静灯光下的守护兵了，我稚嫩的扛不动麻袋的肩膀上扛着枪哩。

我想这个时候有敌人袭侵，我不会有一丝的胆怯一丝的犹豫，我会迎上去举起枪，先用明晃晃的刺刀对着敌人，狗日的再敢往前走，我就开枪，"啪——"敌人倒下，英雄诞生。我戴着军功章，戴着大红花，回到胭脂村，娘笑开了花，爹一定会喝醉酒，全村人会夸姚家儿子出息！萍，会嫁我！

雪原，一阵风刮来，树上的冰又"咯吱咯吱"发出崩裂声，让我打了个寒战。鬼？我看到远处的黑影，老兵说的鬼在我眼前浮现出来。我想起我和萍去大坟上捉萤火虫，大坟里的响声就这样瘆人！鬼，被日本鬼子杀死的，你们做了鬼去找仇人小日本，别在野鸡屯吓唬人。我鬼爷也是鬼，他的坟咋让人动了，动鬼爷的坟的人，不怕我鬼爷半夜找他算账？这天下到底有多少鬼，老死的病死的烧死的淹死的吊死的毒死的，被日本人杀死的，被人害死的……成百上千年，老鬼小鬼男鬼女鬼，鬼比活着的人可能还多，他们鼻子碰鼻子，脸贴脸。活着的人，在鬼丛中窜来窜去，死后也会成为鬼。女鬼们披头散发，惨白的脸，张着一张红红的嘴，舌头伸得好长好长！我越想越害怕，看四周全是鬼，黑影是黑鬼白影是白鬼，我感到身上的汗毛一根根全立了起来，头皮紧绷绷地发麻，我一下子闭紧了眼睛。

夜，咋这样长！让人难煎熬。

突然，远处传来一阵"哒哒"响声，这响声很大，不像树上冰裂的声音。我的耳朵竖立，手抓着枪，顺着响声望去。只见一个黑影朝我走来，鬼？鬼都是人变的，看这黑影比鬼大多了。是敌人？我心一惊。

"口令？"我壮胆大喝了一声，没见回声，我端平了枪瞄准了黑影。这会儿，我不再害怕，紧张代替了害怕。我想，这黑影再往前来，我就开枪，然后端枪上刺刀冲过去。

"口令！"我又喊了声。那黑影像是根本没听到，只顾向我冲来。瞄准，扣扳机。正当我枪膛的子弹像男人的精子一样射击出来时，那黑影已经冲到了我的面前——

驴子，一头小毛驴！连队饲养的驴子，磨豆腐拉磨用的。这小驴是老驴下的，它不老老实实在圈里，半夜三更地跑到场院来吓唬我。我气得用枪托打了驴屁股，你驴日的把我吓日塌了。小毛驴得意地朝我尥了一蹶子，它嘿嘿笑着跑了。我第一次知道驴子笑的样子了，驴比人笑得好看不了多少！

我当兵就站过这一次岗，却改变了我的一生。站岗第二天，我将站岗的经过悄悄写入日记。不想，几年后被师组织科长无意看到，他说这是好文章，能在报纸上发表，我便寄到了报社，几天后真的发表了。因此，我被调入师宣传科。那位科长，是我的贵人，贵人显灵，就是我的好运！人呀，改变人生命运的往往是不起眼的小处。

一天排长悄悄对我说你力量不大，但很勤奋卖力。连队缺个文书，指导员看你字写得好，会画画，准备让你当！

我一听很高兴，心想文书是不是官？但我没问，文书最小也算个班长吧！但我还没当文书，就被调到了营部。是陈营长来连队直接将我带走的。指导员对我说："连队水浅，养不住你这条龙。"指导员可能是才学会这句话，可能就是句客气话，可能是看营长接我，说出来拍营长马屁的。可在我听来，心里美呀！人，从心里谁不渴望被人肯定？被人夸赞？

到营部，我被安排放电影，与峰在一个营部。我心想，我放电影比你当通讯员强多了。

可是不久，我便再次跌落到峰后面。

陈营长家里来了个姑娘，说是营长夫人姐姐的女儿。

"有空来我家玩！"营长夫人叫我。我去了，看到那个姑娘了，这姑娘个不高，一见我她的脸一下就通红通红的。

"你教教颖儿放电影！"姑娘叫颖儿，营长夫人将我与颖儿叫到一起，原来是让我教她放电影。

"放电影？"我有些不解，你学放电影有什么用？你学会了放电影，家里没有电影机也白学。

营长夫人说，你只管教放就行，别的不管。我说成，有时间一定教。说完我就回电影组了，我还要倒片子，准备晚上放电影的。后来，我去林场慰问放映，一周才回来。回来时，看到峰去了营长家。

教导员夫人胖姨是个心直口快的人，她对我说："我看人家姑娘

幸福炮兵

是冲你来的，你躲开了，人家才与峰好上的!"

胖姨说我错过了好机会。我倒没感觉到，我心里只有一个姑娘，就是萍!

我还暗自庆幸峰与营长夫人姐姐的姑娘好上了。这样，峰就不会再与萍有什么瓜葛了。

峰要进入教导大队了。进入教导大队，就能提干，当军官。我知道这个消息后很是纳闷。为什么进教导大队的是峰不是我？我哪一点不比峰强？

胖姨笑我说，我说你错过了机会，这回知道我说得对了吧？我那个气呀，陈营长对我很好，他为什么偏向峰了，就因为峰与他的夫人姐姐的姑娘颖儿好上了？男人与女人好上，与当不当官，进不进教导大队有啥关联？

我知道，如果我那天与颖儿在一起，教她放电影，一起玩，没准儿营长夫人还以为我俩好上了哩，那进入教导大队的一定会是我!没想到，我的逃避，便宜狗日峰了。

我不再担心峰当上军官去找萍。人家陈营长因为颖儿才让峰进的教导大队，峰能不能提干，小命在陈营长手里攥着哩。他敢过河拆桥，蹬了营长夫人姐姐的姑娘颖儿？

哼!借他个胆，也不敢!

我没进教导大队，却在这里找到了平衡。

可是，峰进教导大队没几天，党姐写信来，告诉我，峰的爷在村里摆了酒席，全村人都知道峰要当军官了。党姐没多说什么，末了鼓励我要争气。说当了军官啥样的女人还不由着挑。我知道，峰的爷在村里显摆，我爹心里一定不舒服，但爹始终没问我到底咋回事。我爹盼儿子出息，压在内心深处，不轻易显露出来，那是爹对儿子的信任……

20

秋芒去相亲了。

姑娘是细桃婶子从陕北带来的。两人在细桃家见了面，姑娘很满意。细桃问秋芒的娘，秋芒到底同意不同意，给个准信儿。

秋芒爹有信说同意，有啥挑拣的，这女娃一人来咱家，爹娘离得远，会一心跟咱过日子。

秋芒娘也看中了姑娘，说圆嘟嘟的脸，一看就是旺夫相。还悄悄对细桃说，姑娘屁股大，赶明生娃顺溜。

细桃一听笑了："嫂子你说啥呢？哪有公婆一见媳妇专看人屁股大不大呀？"

"人说外行看热闹，内行看门道，给娃娶媳妇，不能光看脸皮子多水嫩多细发，还得瞅瞅屁股大不大，圆不圆！"秋芒娘贴在细桃耳边说，"看看你，一对大奶子，一个大屁股，不然能生出十二斤的二娃来？"

细桃拍打着秋芒娘，看你净胡说些啥？俩婶子说着闹着，细桃心里却美滋滋的，自己头一回当媒人就说成了。细桃对有信说，那你快准备彩礼。过了礼，就给两个娃把事办了，来年你就抱上孙子啦！

秋芒一直没说话，一个生女娃，愣的见一面，对他来说就像一本合着的书，只看个封面，里面的字一个没看到；像一个没切的西瓜，只看到瓜皮，不知瓜瓤是红的还是黄的，瓜子是熟的还是生的。秋芒不知该如何对这女娃，呆呆地看着他爹有信跑东跑西地凑彩礼。

"你放个响屁行不行？"彩礼凑齐了，有信对儿子说，这礼钱要是送出去，就像一盆水泼地上，可收不回来了。

秋芒还是不知该不该应了这门婚事。秋芒娘说，娃第一次见女

幸福炮兵

311

娃，心里没底，这事咱垛人做主就成。

秋芒爹说："你知道个啥？这礼金凑起来多不容易，要是中途变卦，钱财白花了，以后没钱备彩礼儿子还咋娶女人？"

"女人呀，什么熟不熟的，两人一结婚，天天在一起，一个炕上睡，一个锅里吃饭，再生的人也会变熟的。"秋芒娘说。

秋芒见爹娘这样说，就点了点头。

有信说，你点头就是应了。说着出了门去细桃家，将礼金交给细桃，细桃说有信哥你可想好，这彩礼我可亲手送给人家女娃啦？

"送，拿来就是让你送人家的。送，不会有啥变卦的！"秋芒爹说。

可是，有一个人知道秋芒相亲，哭了。谁？芹。

"你哭啥哩？"芹的娘问。

芹只哭不说话。

"你还想与强儿？"芹一听娘这话，哭得更厉害了。

芹的娘找过我爹娘，说强儿当兵了，让芹与我订婚。我爹不吱声，我娘说："娃还小！"

"还小？看看他们一般大的差不多都成家生娃了！你是不是看强儿当兵了，赶明儿兴许能当上军官就嫌弃我家芹不成？"芹的娘心直口快，心里有啥嘴里就突突冒出来。我爹我娘脸也挂不住。

我娘说："娃大了，这事让娃自己做主。"

"那娃小时咱订的事，现在不算数了？"芹的娘不依不饶。

我爹娘也不再吱声。他们感觉再为难也不能为难我。儿子当兵，说不定能跳出农门，说啥也不能再回到农村。大诚一看拉着芹的娘就走，他知道这门婚事是不成的。

"老姚哥，这是你一生做得最不讲信用的事啦！"大诚回头给我爹撂下这句话。

我爹摔门回到屋里。

"给强儿写信，看看他到底娶不娶芹？"

我娘说，写啥呢？咱强儿，心思全放在齐医生女儿萍萍身上哩。

我爹不吱声，他知道儿子心气高。但他心里没底，人家女娃可是齐省长的外孙女，是金枝玉叶，咱一个农村娃能招来金凤凰？

这回秋芒订婚，芹一哭让人吃了惊！芹的娘问芹你哭啥？芹不吱声，我爹我娘看到芹哭了，知道芹姑娘心里有秋芒，他们心里也减轻了愧疚。

细桃知道秋芒相亲了芹却哭了的事后，生气了。这算啥事嘛，已经说好的婚事，芹这一哭，给搅乱啦！

芹哭，是不是为着秋芒相亲的事？

芹的娘问芹，细桃也问，芹不开口，问急了转身回到屋里，关上了门。

芹的娘急了，说："你总哭顶啥事？给个准话，我们好去跟人家说。"

芹说："啥准话？强哥不要我了，你让我还嫁给谁？"

细桃一听，芹明明是为着秋芒相亲的事哭的，她心里犯难了：那头人家我咋对人回话哩？

有信说，不忙回话。这事还得秋芒给个态度。

大家问秋芒，秋芒头一低摔门出去啦，回头摔了句话：反正我不要那个生女娃！

有信听了儿子的话，想发作但儿子已走远。他心里明白，这事他拗不过儿子。可要退婚，他心里作难了，这礼金都送出去了，不能白白扔了呀？有信对细桃说："细桃妹子，这事确实让你作难了！这彩礼你也知道我是跑了好多家借的借凑的凑，把胃气都伤到底了。你，你抹下脸，说啥也得向女方要回来！"

"说出去的话，泼出去的水。你一个男人拉出的屎能委回去？"

细桃没给有信啥好听的，扔下了这句噎人的话，就走了。话是这样说，细桃还得厚着脸皮给有信家要彩礼去。

"以后才不做这没屁眼的事啦！"细桃说。

芹晚上在月亮河与秋芒见了面。

"秋芒你行呀，都会相亲了？"芹的话满是刺儿。秋芒笑了，说相亲是他娘他爹找细桃婶子提的。

咋样？相上了？芹还是不依不饶。

秋芒脸红了，说以前只想着你与强好，就没敢往你这儿想。

芹说，我才不攀高的！芹的话，是说不高攀我，还是不高攀秋芒。话放在这儿，两边都粘，又像是两边都不粘！

那你是看上我了？秋芒问。

"谁看上你了？我是舍不得离开胭脂村，舍不得离开我爹我娘！"

那你哭啥？我相亲，你咋流眼水了？眼眶现在还红着哩！

芹气得嘴噘起来，说："你再这样说，我可走了！"

秋芒笑了，说："我知道。"

你知道个啥？

"我知道你心里想的事了。"

芹脸红了，说咱回去吧，爹娘在家还等着哩！芹嘴里的这回说可是爹娘，没说我爹我娘。秋芒知道，芹嘴里的爹娘有芹的爹娘也有秋芒的爹娘。

咱俩就这样回去？秋芒心有不甘。

"你还想弄啥？"芹知道秋芒的意思，故意问道。

秋芒笨尻，但对这事不学也会。

"你看电影里，人家那个样子？"秋芒说。

啥电影？

芹一问，秋芒想起刚刚看的片子了："《柳堡的故事》，那个小英莲！"

"我又不是小什么莲！"

"还有小花！妹妹找哥泪花流。"

芹的脸红了，说："那些个电影净教人学坏哩！"芹的话音没落，秋芒就抱过芹。

咋坏哩？

秋芒学着电影里的样子，嘴亲着芹。这可是他们的初吻呀！

朦胧胧，甜蜜蜜，慌张张，急切切，美滋滋……

这亲嘴真的美死人呢！秋芒与芹在草窝窝里发疯地亲嘴，像是嗫着一块冰糖，舍不得松口。

"嗯嗯！"秋芒鼻子哼着，芹不知秋芒要弄啥。芹收回嘴，问你嗯啥哩？

秋芒笑了，抹了抹嘴说，甜死人啦！说着抱住芹还要亲。

芹很慌乱，也很受活，原来谈恋爱都弄这些事，美死个人了！

他们在草窝里来回滚着，身上粘的都是草。秋芒突然停了下来。

咋了？芹瞪眼看着秋芒。

秋芒说："我想看看你。"

"看吧！我不是就在你面前。你看吧，又不收你的票。"芹说。

我想看，想看你这儿。

哪儿？

秋芒说着指了下芹的胸。

芹明白了，说："秋芒你啥时学坏了，成流氓啦？"

秋芒说不让看就算了，还骂人是流氓。

芹想了想，说你真想看，秋芒点点头。

成！芹一想，反正迟早是秋芒的女人，让他看看，又少不了一块肉。芹对秋芒说，说好只看一下，看了可不能对外人说。要是说了不丢死人啦！

秋芒听了高兴地直点头。

芹伸手要去解衣服，突然停了下来："不行，以后咱订婚了，再给你看！"芹说着要系上刚解开的扣子。秋芒一把按住了芹的手，从下向上掀开了芹的衣服，一对奶子露了出来。这奶子像只一直关在屋子里的兔子，捂得白白细细的；又像是刚揭笼的白馍，暄腾腾，香咂咂。

秋芒得寸进尺，双手上去就要摸。芹一惊，一把拉下衣服，说："秋芒不行，这可不行！"

"咋了？反正你是我的媳妇。"秋芒说。

我娘说了，女人没结婚就让男人弄，就不值钱了！

你娘胡说哩！秒芒说着手使劲伸向了芹。正在这时，一声呼喊远远地传来：

"芹儿，秋芒！还不快回来——"

是芹的娘的声音。

芹、秋芒慌慌张张系上衣服，走出草窝窝。秋芒对芹说，明儿我爹给你家送彩礼。芹说，咱俩还要啥彩礼？

"我也这么说，可我爹我娘说，再熟，礼数不能少。"秋芒说。

秋芒后来见我一直没找媳妇，就偷偷给我说："这女人，软得跟没长骨头一样。亲着抱着那个美！"

大诚见女儿芹与秋芒好上了，很是高兴。

"麦收一闲，就给他们把婚事办了！"大诚跟芹的娘商量。

急啥呢？芹的娘还惦记着芹与我订娃娃亲的事！

"到这个份上了还胡思乱想？强要是当了军官说啥也不能娶咱女子，要没当上军官复员回来，还不是和秋芒一样是个农民。咱女子等他咋样都吃亏！弄不好还两头码空。"

芹的娘本来就没主意，一听大诚说得在理，就说说啥得等娃过了二十才结婚。

有信见儿子与大诚家的芹好上了，心里有些不对劲。

"他两个挺般配的呀！"有信婆娘也纳闷。

有信说："芹这娃没得啥说的，咱从小看着长大的。"

那你有啥不高兴的？

有信叹了口气："就是芹的娘名声不大好。"

有信婆娘说："是有些闲话，你说胡医生用啥邪道道了，把芹的娘弄得五迷三道的？"

"这人，真不能起瞎心，害人！"有信长长地叹气，他的话没囫囵个儿说完。有信后悔在大诚坐牢时，他将芹的娘引给胡医生，贪图那点财，害了芹的娘，害得大诚兄弟做王八。现在儿子与大诚女子好了，两家成了亲家，这岂不是弄来弄去害了自己的亲戚，让自己的儿子在人面前折胃气。"害人终害己啊！"有信这回信了。

嗨，娃是娃，娘是娘！再说，胡医生都走了。村里人谁还惦念这事？趁早给秋芒将芹娶过门，我们也好等抱孙子咧！有信婆娘说。

有信觉得婆娘的话在理，说："咱将细桃要回来的彩礼给大诚家送过去，收了麦，也就是半年时间，就把两个娃的婚事给操持了！"

对着哩！有信婆娘说。有信说不成，这彩礼不能全都给了大诚家。

咋？先前给细桃介绍的那个人家，不全回来咱的彩礼了？有信婆娘不解。

有信说："你不懂，这与大诚家结亲家与别人介绍的哪能一样？"

有啥不一样的？有信婆娘没说出口，她知道自己男人会算计。吃不穷穿不穷，不会算计才受穷！有信说，他有办法。

第二天，有信带着秋芒去给大诚家送彩礼。

有信对大诚说，咱兄弟这回可是亲上加亲。

大诚听了说："那还用说。"

有信掏出彩礼说："要说，亲是亲，彩礼不能少。只是，明儿芹过了门，我借下的还不是得让秋芒和芹去还人家？”

大诚顺着有信的话就上了套："可不是，咱借人家的就得还。有借有还再借不难呀！"

有信唉了声，说："咱当老人的，咋忍心看着娃紧着节着去还人钱哩？"

大诚说："对呀！咱大人苦些，也不能苦了娃。"

有信说："还是兄弟通情达理。你看这彩礼少给些，不就是让他们小两口以后少还些债了？"

到这，大诚才明白有信的盐放在哪个菜里面。大诚说："少收彩礼没啥，只是少收了，让人知道会说咱女子不值钱，笑话咱。"

有信笑了，说："看你说的，现在是啥时代，不收彩礼才显得娃觉悟高哩。"

这有信，将彩礼递到大诚手里，说只比说好的少了三百元，差不多。

芹的娘说："你有信算盘珠子拨得响，就是光往你怀里拨。"大诚知道有信涩皮，接过彩礼说："咱可说好了，芹过了门，可不能再替你还债。"

芹的娘说："要好好对我娃！"

"看你俩说的，我和秋芒娘会把你娃当我娃一样对待！"有信说。

秋芒、芹一边看着，待双方大人坐下吃饭，芹向秋芒使了个眼色，两人就躲到了芹的屋子里。

待大人们吃完饭，芹的娘才喊了声："你们两个弄啥哩？出来送送你有信叔！"

秋芒和芹忙出来，一起送走了有信。有信对儿子秋芒说："耍的时间别太长，早些回来！"

送走了有信，秋芒和芹又一头钻进了芹的屋子。天冷，他俩围在炕上的被窝里，芹对秋芒说，可不能乱动，要是让她爹她娘看见了太丢人啦！秋芒说老丈人和丈母娘才不会让姑爷下不了台的。

"你脸皮子跟城墙一样厚！"芹说着，他两人钻进被窝。男女到这个份儿上，时间就不叫时间了，叫太快了！

一会儿，天都黑了下来。

芹的娘坐在自己炕头上冲着芹的屋子喊了声："天不早了，秋芒还不快回去，你娘会着急的。"

芹回了声："知道了！"

又过了一会儿，芹的娘又喊叫："都啥时候了，秋芒还不走？"

"这就走！"芹大声对娘说，她让秋芒回去，秋芒摇摇头，说再待一会儿。

又过了一会儿，村里人家的灯都灭了，狗都不叫了，满天的星星都安静了。芹的娘说："咋，人还没走？"

"走，就走！"芹说着，叫起秋芒，两人一起"咣哧"一声打开了门，脚步有意踩出响声来。来到大门上，芹打了门，秋芒走出去，大声说了声："我走了呀！"

"走吧！"芹说着，闪开身，秋芒蹑手蹑脚地又折身进了门。

"走了？"芹的娘问。

"走了！"芹说着，关上了屋门，两人溜进了门里……

刚刚过了四个月，芹的娘就对大诚说，不行了，出事啦！

"咋了？芹肚子大了！"

"怕啥偏偏来啥？"芹的娘骂芹，嫌芹丢死人啦。

"这可咋办？去医院把娃做了！"大诚说。

"不成！芹这头进医院，那头人的唾沫星就满天飞了！"芹的娘一想，有办法了！她弄来一块布条，将大诚支出屋子。

"来！"

芹的娘用布往芹的腰间缠。

幸福炮乐

"轻点，缠疼了！"芹叫道。

"忍着，不疼娃能勒出来？"芹的娘一边用力，一边说。

你再上下跳跳。芹的娘让芹从炕上跳到炕下，来回跳了几下，芹就累得一头汗水。

"有没有感觉？肚子疼不疼？"芹的娘问。

芹摇摇头。

这娃长得咋这样结实？芹的娘也累出了汗，坐在炕上喘着粗气，骂着秋芒与芹，啥都不懂，结婚都等不及，丢人了都不出声了！

"干脆结婚，生下来算了！"芹说。

"这算啥事？看谁家的娃挺着大肚子结婚的！"芹的娘说。

"我猫着腰，别人不一定能看出来。"芹说。

"你把别人当瓜子了，人家不会扳指头算日子？"

"谁没事盯着我算计呀？"

"谁？有的是人。"在芹的娘眼里，芹要是挺着肚子结婚，天都会日垮下来。

见折腾不下芹肚里的娃，芹的娘想起了胡医生。"那年，细桃下奶的方子就是他开的！"会给月子的女人下奶，兴许也会给怀娃的女人落胎。

芹的娘好久没见胡医生，也想这个男人！可是，咋跟大诚说哩？一提胡医生大诚还不火冒三丈？

晚上，芹的娘还是没有主意，大诚说你翻腾啥哩？不睡觉。芹的娘爬到大诚跟前，用胳膊肘儿碰了下，说想了。

想啥？

想那个了！芹的娘这么一说，大诚惊喜了。每一次都是大诚要弄的，这女人这回咋想那个了？

大诚搂过芹的娘，芹的娘说你行不行？

行，一定行的!

大诚说着，就抱住婆娘。

不成! 咋还是稀软的? 芹的娘说，你要是这样还不把人急死了!

赶明儿给你弄个虎鞭来? 芹的娘说。大诚憋得脸涨红，心里想还虎鞭呢，就是狗鞭也不好弄。

芹的娘坐起身对大诚说，胡医生能治这病!

大诚一听脸就变了。原来，芹的娘跟自己亲热，打的是这主意!

芹的娘说，你先别急，让胡医生来，还能给芹看看，能不能将肚子里的娃做下来。

大诚还是不悦，心想这女人想那野男人了，面上装着要给我和娃看病。我要是睁只眼闭只眼，还算啥男人?

"不成，这事你想都不要想!"大诚说。

芹的娘说大诚的心眼跟针鼻眼一样小，她也想趁机让胡医生给大诚看看病，胡医生手里可有那虎鞭样的灵丹药。

"反正，那胡医生来了，你也在当面。他光给你和娃看病，别的还能弄啥事?"芹的娘说。

大诚心想婆娘说的也对，反正又不是婆娘一个人在家，当着我的面胡医生能做啥事? 大诚就对芹的娘说："你让胡医生来成，可要悄悄来，要是让旁人瞅见又该传闲话了!"

胡医生天黑时溜进了胭脂村。

芹的娘本想去桃树林接，大诚不干。

"接他，你咋不说抬轿子抬他来呢?"大诚说芹的娘，一提胡医生来，看你猴急的样子! 说得芹的娘脸阵阵红。

胡医生进了大诚家，见到大诚和芹的娘，三人一下子都不自在起来。

芹的娘涨红着脸先开了口："来咧!"

胡医生眼睛盯着大诚，朝芹的娘点点头。

"让你带的东西都带来了？"

"带来了！"胡医生忙从药包里取出一根紫红色的东西。

"这可是正儿八经的老虎鞭，是华南虎的！"胡医生悄声说，这可是他花了大价钱弄来的。

大诚接过，顺手放在炕台边，他不能轻信胡医生的鬼话，赶明儿拿到药铺子让人看看。

胡医生见状，说他还有祖传的方子，治好了不少男病！说着从药包里又取出一张方子。

大诚识得字，拿在手中看了起来：

生地360克（酒浸一宿，切片，用益智仁60克同蒸一炷香、去益智仁）、覆盆子（酒浸一宿，炒）、山药（炒）、芡实（炒）、茯神（去木）、柏子仁（去油）、沙苑（酒浸）、萸肉（酒浸）、肉苁蓉（去甲）、麦冬（去心）、牛膝各120克、鹿茸1对（酥炙）。

"我的天，这么多药，到哪儿去抓？"芹的娘在一旁问。胡医生笑了，说："我替大诚哥把药抓来了！"

胡医生取出一大包药，说："这些药得用烧酒五斤，龙眼肉半斤，核桃肉半斤，一起装入缸内，重汤煮七炷香，埋土七日取起，不能泄真气。每天天黑时喝四五杯，过百日身体就会硬朗起来。"

大诚爱酒如命，一听说用五斤酒泡药，嘴就馋了！

"酒你没替我买来？"大诚脱口说。

胡医生心想：亏你先人的，你把我当你家跑堂的了。嘴上却说："把他的，这事咋给忘了？下次再来一定给大诚哥弄酒来。"

"不用，我明儿自己去买。"大诚心想，黄鼠狼给鸡拜年，没安啥好心。

胡医生说："药酒不能喝醉，醉了不但治不了病，还会加重！"

芹的娘对大诚说，记住了，你可别醉了！

"还有！"胡医生贴在大诚耳根子说，"吃药期间要忌房事。"

幸福炮兵

芹的娘对芹说，让胡医生给她看病。

芹一听要跳起来："看啥病，我才没病。"

芹的娘悄声说，他会打胎。

"我不打，你叫他滚远些。"芹说。

不打咋成？你真的要挺着大肚子结婚？你能丢起这个人，我还丢不起呢！芹的娘说。

胡医生看这娘俩僵持不下，就劝芹的娘："别跟娃急，慢慢来。"说着将芹的娘叫一边，拿出包包，交给芹的娘，说："给女娃喝下。"

啥药？

"安神补气的！"胡医生说，吃了会对娃好。

芹的娘又转身来到女儿的屋子，哄着让芹吃了药。

过了一袋烟功夫，芹拉灭了灯，睡下了。胡医生说，可以给女子把把脉象，看看胎坐得牢不牢。芹的娘一听，领着胡医生进了屋，胡医生转身对大诚说，给你女娃看病，你看，你在场不大方便吧！

大诚一听也是，就退回到大屋。

芹的娘拉亮灯一看芹睡得呼呼，问胡医生，吃了你的药，芹咋这样就睡了？

"我不是说了，这是安神的药。"胡医生说着，伸手按在芹的手腕子处。手一搭就惊喜地说，还成，肚子里的胎坐得不牢，用上些药轻易就会落胎的。

"真的?"芹的娘听了心里一下子放松了许多。能打下胎，快给女儿与秋芒把婚事办了，再别弄出这丢人的事啦。

胡医生拿着药，说你知道这是啥药，这可是名贵的麝香。他让芹的娘去烧锅水，再放些生姜，说做药引子。芹的娘看了看芹，转身去了灶房，忙点火烧煮姜。

这边只剩下胡医生，他看着睡熟了的芹，就起了歪心思。要说，医者仁心，医者德为先。

古人早就说了"学不贯今古，识不通天人，才不近仙，心不近佛者，断不可作医"！咋？无德之人，当了医生，害人，欺世。

胡医生推了下芹，见芹一动不动，睡得好沉，再往外面看了眼，就伸手解开芹的衣服。

要说，年少就是好呀，胡医生看着芹白白嫩嫩的，光光滑滑的肚子，眼睛就直了。他慌张的手伸去解芹的裤带，芹哼了一声，还是没醒过来。咋了？胡医生给芹下了不少药，迷魂药！

正在这时，灶房里芹的娘像是突然感觉到什么，她提着擀面杖就跑了进来。一进屋，就像头发怒的狮子一样，扑向胡医生，你狗日的不是人！说着挥起擀面杖就打了过去。

你疯了！胡医生抓住芹的娘的擀面杖，说："我是朝娃身上上药哩！"

芹的娘说，你骗谁？你不如个畜生。这时，大诚听到动静也跑了进来，胡医生慌忙说："误会，误会！"背起药箱就跑了。这一跑，胭脂村的人再也没见过胡医生。

21

峰要去教导大队了。

在营部，吃完午饭，我看到峰背上了背包，坐着拉油罐车。我装着没看见，低头往宿舍走，峰朝我挥了挥手，我心想你成，你不是凭着人家陈营长夫人的侄女颖儿，才上的教导队？我娘总唠叨：人不能斗巧！斗巧得来的便宜，不踏实，就像欠人的债，迟早得还人家的！

我不斗巧，我要凭自己的努力，考上军校，正儿八经地当上军官。

三个月一晃就过去了。春节前，峰回到了营里，教导大队放假，他回来的。营部要种树，搞绿化。我们都去栽树。本来栽树没峰什么事，可他闲得没事，也跟着营部的士兵们来了。哼，我知道，峰这是想出出风头，显显他觉悟有多高。才上了几天的教导大队，你逞啥能哩？

我们栽的是松树，树枝头扎人，树根是块冻的泥巴，北大荒零下四十多摄氏度，这冻泥巴硬得跟石头一样重。我们四五个人抬一棵，我看着费劲，一人扛住树根根，峰过来也将肩头伸到树下，我瞪了他一眼，心想你都上教导大队了，还在这里与我争个屁呀！我们抬到了树坑边时，树梢的一个兵一声大叫，他可能是被松枝扎着了。就松开了手，不想，其他几个人也松开了手，树全压在我与峰肩头了，我肩头一斜，树就要滑下去。完了！我眼看着树向我压来，我一闪身："咕咚"一声，树倒了，我"哎呀"叫了一声就坐在雪地上了。树根上冻得跟石头一样的土块砸到了我的脚趾上。

顿时，钻心地疼，我将大头鞋解开一看，我的脚已经血糊一片，鞋里面全是血。峰见状背起我就往卫生所跑，我骂了声：放下我，都怪你狗日没安好心。

峰看了我一眼，没有停下步子。我感到，是峰故意将树推向我的。尽管我没看见他怎么使的暗招，但我心里对峰只有仇恨。

到了卫生所，峰没说话。一个老兵说，不是峰推了把，树会砸到我的腰。

我脚指头伤了，打了防破伤风的针。两个月才能下地。谁知，就在我躺着养伤的两个月，将考军校的事耽误了。

我找到陈营长，他说："营里研究没给你报名。你伤了，怎么能考试？"

电影组组长也从老连队新选了一个兵来，他对我说："你不是一心要考军校吗？我这电影组容不下你！"

陈营长对我说："一个人不能事还没干就让人都知道。"

我知道，都是我把事弄砸了！我绝望地问陈营长，我该怎么办？

"去汽车连吧。我安排你去开汽车，这可是多少兵最喜欢干的工作了！"我听了欲哭无泪，我的志向不在开汽车上，开汽车能开出个军官吗？

在卫生所时，老所长对我说过："这回砸得轻，要是再往脚面三公分，你就能评残了！"

嗨，咋不往里面再砸些呀！要是砸断了脚面，我成了二级残废，国家就能将我的一生供养起来了。我心里这样想，真想自己搬块石头来，将自己的脚砸碎。我想自残，甚至想自杀。

可是，我就这样当兵一场吗？我爹常常说的，人活一口气，现在我才知道，这一口气要撑下去多难。可再难也得撑住，人的这口气，就是顶在心头的那个劲儿，这心劲儿一松，人就垮塌了！

我，一个男人，要靠自残来谋生，活命在这世上？就是靠别人的可怜，别人的同情！不能，我不能！我还有机会！只要我的心劲儿不松，啥事都能过得去，老天也不会总是这样对不起我。

这期间，峰回来营部过几回，但我都没有搭理他。你上你的教导大队，少来看我的笑话。

我在电影组待不下去了，也没有按照陈营长的安排去开汽车。我对陈营长说，我的脚疼，开不了汽车。

那你能弄啥？

陈营长的话，在我听来好刺耳，好让人伤心。当初，我可是你看中的，挑选的兵，刚穿上军装，帽徽领章还没缝上，你就让我当了班长。可看看现在，我怎么混到今天这个地步，而这一切噩运都是从峰与陈营长夫人的侄女好上开始的，是峰坏了我的好运。

我能做什么呢？我脑子里对营部各个岗位像过电影一样过着，说心里话，我还是喜欢放电影，可是电影组组长一开始就不喜欢我，他看不得我整天看书复习。去通讯班当通讯员？不行！峰已经干剩下的，再说，那都是新兵蛋子们干的了，我当兵已经两年了，是老兵了！

我去开水房！我突然想到了营部的水房，一个老兵任务就是给全营烧开水。我想，点上火，水一边烧着，没事我就能复习，然后考军校。

"你行？"陈营长说。

我说，成，我一定能成，我想烧水有啥难的？陈营长想了想，说可以试试，让老兵教教你。

我从电影组搬到水房。这时，听到电影组组长训他挑的那个兵："你咋这样笨，十多天了，还不能一个人放。你看，那姚小强只教了一天，第二天就单独执机了！"我听了，心想，你不是看不上我吗？此处不留爷自有留爷处。不过，多少年后，电影组组长跟我还联系，他一见就说，对不起我，当时他不是有意跟我作对，他是为难营长，挑个放映员，最起码要和组长打个招呼呀！

我笑了，说谢谢你，不是你撵我，我不一定能下苦心，考上军校。这是没说出口的真心话，人常常需要别人的帮助，朋友的帮助能成事。但人更需要别人逼迫，不然，成不了器，更成不了大器！别人一逼，你才能发出心劲儿来，这心劲儿一发，你会觉得原来自己这么优秀。

到了开水房，老兵高兴了。他已经烧了五年的水了，早想去开汽车了。只是没人愿意来。我听了，心里也"咯噔"一下，这烧炉子的事要是传回胭脂村，邻居们会说，姚家的强当了个烧炉子的兵。我爹我娘的脸面也会不好看的！唉，现在也顾不上这些了，先不跟家里说。我想，咬牙考上军校！到时看胭脂村的人还咋说？

可是，不久党姐的信又来了，说我爹我娘对我烧锅炉倒没说什么，他们只是担心，我没干过，烧不好。党姐在信末问我，是不是犯啥错误了？

我回信，说让他们放心，我没犯啥错误，也没有告诉他们我脚砸伤的事，我怕我爹我娘知道了担心。

我不知道，烧锅炉实实不是个好差事，晚上得加水，封火，天不亮得捅火烧水。

这一切，我咬牙撑着，我一定要考上军校，当上军官，要是这一辈子比不上峰，我就将自己当成煤炭扔到炉子里烧了……

要回家探亲，我几天都睡不着，像只第一次远飞的鸟儿，被风打了雨淋了，要回窝躺在爹娘这对老鸟的翼下一样。我的心急的，恨不能马上起身。

给我爹我娘带点什么？给细桃婶子、二忠，还有二娃带什么礼物？还有，我想趁机看看萍，告诉她峰与营长夫人侄女的事。还想给萍的妈妈带些礼物，这以后可是我的丈母娘哩！

教导员夫人胖姨说："咱北大荒有的是宝贝！"

都有啥宝贝？我来两年了，还真说不出。

教导员那天喝多了，他因为提拔到基地后勤部的事有了眉目，心里高兴。他在营里一干就是十二年，再不提就成老妖精了。今天教导员喝多了，很高兴，拉着我一个小兵说了一大堆话。

"你知道北大荒三大宝是啥？那是人参、貂皮、鹿茸、乌拉草。"

我一听笑了，教导员嘴里明明说了四宝，咋成了三宝呢？我嘴上又不敢说教导员喝高了。

教导员看出来了，说："看你小书生样儿，我当年跟你一样。不懂装懂，好像没有自己不知道的！"

"对对！"我点着头。

教导员更来劲了，说："这三宝有新三宝老三宝之分，不一样。老的没有鹿茸，新的没有乌拉草！你新兵蛋儿还敢笑首长？"

我忙说不敢，打死也不敢！我问教导员："这人参、鹿茸能吃，貂皮能穿。当然是宝贝。可啥叫乌拉草？一把草咋能成宝贝哩？"

教导员打了我的头，说亏你还是个文化人，还一门心思考大学。

教导员借着酒劲给我讲了乌拉草的故事——

"要知道啥叫乌拉草，你得先弄明白'乌拉'这两个字。'乌拉'就是由这个而得名……"教导员说着，手指蘸了点水，在桌子上写下"靰鞡"两个字。

"啥叫乌拉？就是皮缝制的鞋。两块牛皮子缝到一块儿就叫乌拉帮，是乌拉的主体（帮和底是一整块皮子），一块叫乌拉脸。先把乌拉帮的前端弄平，再缝上乌拉脸，再在开口处穿上皮条做成的八个乌拉耳子，最后在后跟缝上乌拉柳根，就算成了！"

教导员说着喝了口水，我感觉他这会儿像个鞋匠。教导员放下水杯子，接着说："这还不算完。北大荒冰天雪地，要在乌拉鞋的后跟钉上五角形铁钉。此外，还要配上乌拉腰子和乌拉带，絮上乌拉草就可穿用。"教导员夫人胖姨说，我脚砸伤，她就给我的大头鞋里放了乌拉草，我感激地在地上蹭了蹭鞋，实际上我不知道胖姨的用意，已经将草取出扔了。

"感觉不错吧，又暖和又吸汗！"教导员说。

"是，是的！"我说。

"东北冬季酷寒，穿上乌拉，就是在零下四十摄氏度以下严寒的天气里也不冻脚，即使湿了，把乌拉草掏出来，晾一晾再穿上即可，既轻便又保暖。"

乌拉草，叶子又细又长像羊毛一样柔软，紧密丛生于沼泽地上。"知道吗？这草还受到过皇封的，要不怎会成为东北三宝之一呢。"教导员说。

我心想，教导员能吹牛了，一把草皇帝能封，封啥？封个"天下第一草"？

教导员沉醉在他的故事里："那是在清朝年间的一个冬天，有位皇上带领贝勒、大臣和旗兵，到东北的宁古塔封禁区里打猎。这天打了不少獐狍野鹿，皇上十分高兴。天色已晚，在这前不着村、后不着店的山野，实在无奈，只好在一破庙住下。

"皇上和贝勒、大臣们睡在正殿里，众多旗兵只能在庙院里，笼起几堆火，又从草甸里随便割些野草，铺在地上睡觉。因为天气寒冷，皇上睡到半夜被冻醒了。虽然皇上穿着一双毡靴子，但是，双脚仍冻得像猫咬似的疼。他在大殿里来回跺脚取暖，听到院里有'砰、砰'的声音。皇上便顺着声音慢慢走过来，一看满院子旗兵，都安然睡在野草上。皇上觉得奇怪：我穿这毡靴子冻得都受不了，这些兵就穿一双薄牛皮靰鞡，睡在草地上，睡得还那么香。皇上一边寻思，一边又顺着'砰、砰'的声音继续向前找。拐过墙角，看到原来是马夫，正在石头上捶野草。他定神细看，马夫把捶完的野草，揉巴揉巴絮进靰鞡里又穿上，躺在铺草的地上睡觉了。皇上一看明白了：'这野草是宝贝呀！'于是，皇上悄悄从旗兵身下拽出两把野草，拿回去也学马夫那样捶软和了，也絮进毡靴子里，穿上不大会儿，就觉得脚底下热乎乎的。

"等第二天天亮以后，皇上问贝勒和大臣：这野草叫什么名字？贝勒和大臣回皇上话，说叫'靰鞡草。'皇上说：'这靰鞡草真是宝啊！'

"因为皇上是金口玉牙，就这一句话。于是靰鞡草就算受封为关东山三宗宝之一。人们把这靰鞡草用木棒子砸成絮状，絮在靰鞡里，再把脚包上包脚布子穿进去，绑好了一天不脱，直到晚上睡觉前才脱下来。这靰鞡鞋，又轻快又暖和。无论是赶车的老板儿，进山打猎的猎人，在家务农的庄稼汉子，还是生意人、军人以至官吏都是人人一双靰鞡。直到现在，一些屯子里还有人穿这样的鞋，有的人家将这草块用刀切齐整，盖房子用。"

教导员说完瞪眼问我："我的故事精彩吧？"

我点点头，心想，你喝多了。我都没咋听进去。

"你说乌拉草是不是宝？"教导员可能察觉出我心不在焉，冲我挥手叫道：

我忙回答:"是宝,是宝,是东北的三大宝!"教导员笑了,说:"这就对了,告诉你记住了,乌拉草是宝,是穷人之宝。"

胖姨一边催促教导员快睡觉去,一边说:"乌拉草再好,你让你的兵回家探亲能带把草回去?"

教导员回去睡觉,胖姨对我说,教导员当新兵时,冻坏了脚,要不是这乌拉草他脚就完了。

我一听才明白,教导员今天一提起这草,咋这样起劲儿?

可是我回家带什么礼物呢?人参、鹿茸我听说过,没见过,再说兜里那每个月八块钱的津贴,谁敢买这些?胖姨说买些木耳、松子什么的?关内没有,稀罕。

我一想,不错,就带这些东西。我还没去屯子里老乡家去买,烧锅炉的老兵就给我准备好咧。

他提了一包木耳,这是他烧锅炉抽空去后山采的,我接过很不好意思,拿出十块钱给他,老兵看到钱脸变了,说你跟我做生意呀?我说,反正我正要去买的。

老兵更生气了,说:"你多少钱我也不卖,我只送!"

我说,你好不容易采的,后山蚊子又凶又大,六个蚊子一盘菜。再说,你探亲回家也得带的。

老兵笑了,说他没别的本事,没文化,能开上汽车美得不知姓啥叫啥了。他要感谢我,是我不去开车,非要来烧锅炉他才有今天。

老兵见我不肯要,就举起包,说:"你再不给我面子,我就将这包木耳扔了!"我一看老兵这么实诚,就接过来了。我说:"实际上,你能开车,是你自己烧了五六年的锅炉烧出来的!"

"要没人来烧炉子,我咋能去开车呢?"老兵说。

"凭什么非得你烧炉子?谁天生就是烧炉子的?"听了我这话,老兵眼泪都要落下来了,这可能是他当兵听到最温暖的话了。"人不能太老实了,老实人总是吃亏。"我说。

老兵脸一沉，说："这话可说不得。人还是老实点好，吃亏也没啥。这不，我能开车了。"

唉，我听了，觉得老兵真的天生就是烧锅炉的。不过，手里拿着老兵辛辛苦苦采的木耳，我还是为他的老实而感动。

我掂着手里的木耳对老兵说："谢谢，我代表家乡的父老乡亲谢谢你，他们能吃到东北的大木耳啦。"

老兵这回笑了笑，说："你人灵，念书多。好好复习，赶明儿考上军校，好当军官。记住了，你要是当上军官，可要好好对待像我这些老兵！"

我点点头，感觉自己好像已经当上军官了。

离开营部时，胖姨跑了过来，她送给我一包松子，说这可是长寿坚果，又拿出一把乌拉草，说是教导员硬要我带的。胖姨说，乌拉草可是拴心草，男人送给女人，能拴住女人的心。

我听了忙接过胖姨手中的草，我看了看这又长又软的摸上去像羊毛一样的草，心想，这真的能拴住人的心？胖姨笑了，说她随军来北大荒，教导员就送给她一把乌拉草。我明白了，教导员用这把草将胖姨拴在北大荒，一拴就是十多年。我回家，也要把乌拉草送给萍，告诉萍，这叫拴心草……

我背上行李，穿着在军人服务社价拨的三接头军官皮鞋，来到火车站，一进站，我竟然看到了峰在那里。他来做什么？没听说峰要探亲，再说，他在教导大队学习，咋能回家？峰正在东张西望，他看到了我，就走了过来。我不想理他，就直往车门走，可是峰跑到了我的前面。

我不说话眼睛死死盯着峰。心想，你来做什么？在学校你欺负我，批斗我，硬是让萍不和我好了。到部队，人家营长夫人的侄女来找我的，你插一杠子，不然现在进教导大队的是我，不是你？

峰避开了我的目光，低头从怀里取出一瓶酒来，递给我，小声地说："我姚叔喜欢喝酒，拿着！"

我冷笑了声，说："你叫我爹啥呢？"

峰说："噢，不叫叔，该叫爷吧！"

这才对了！在胭脂村，周家是你爷周无田顶门立户，我家是我爹，论辈分，他们算一辈人。但峰明明知道，到部队我再这样论，就是压他欺负他。哼，谁叫你斗巧，去教导大队呢？

峰将手里的酒往我怀里塞了塞，说："这是我孝敬你爹，我姚、姚爷的！"

我笑了拍拍包，说："看看，我买了两瓶北大仓！再说，我爹咋会喝你的酒？"

峰抬头说："兄弟，我上教导大队，不是你想的那样？"

咋样？不是因为你峰与营长夫人的侄女好了才上的吗？

峰说："营长是帮的忙，但不全是。"

我不屑地"哼"了声，我知道你在汽车连干得好，汽车擦得最亮，连车底都擦了；我知道你给老兵洗衣服，连裤头都洗了，还说老兵是病号，为自己显摆找借口。我知道你立了功，不就是拉弹药时，你车陷雪沟里，你守着车三天三夜，卧雪坑吃雪水等到连长接应。那是你不敢离开，你离开，弹药要是丢了，部队不枪毙也得送你上军事法庭。按说，你车开到雪沟，是事故，不处分你就便宜了，还给你立功？

"那次，我差点冻死在雪地里！"峰说。

我才不信哩？一个大活人，那么容易冻死？你要死了就不会有人跟我抢好事了。我脑子这个念头一闪，也为自己吓了一跳，我不是那么狠毒，都是因为峰处处欺负我，峰的爷峰的狗牙爹欺负我爹，我才会这样。

这时峰将酒塞到我怀里，说："路远，平安！"就转身走了。我望了峰一眼，真想将酒扔掉，但我为刚才那个恶毒的闪念自责，也就将酒装入了包里。这时，我才感觉脚冻得刺疼，我看了看擦得锃亮的三接头皮鞋，突然有一股悲凉。峰上了教导大队，还没穿军官皮鞋，我现在花了半年的津贴，价拨这鞋装啥蒜呢？穿着回家给爹娘看，给胭脂村的人看？我真想将鞋脱了，找个没人的地方扔了。然后穿上士兵的大头鞋，大头鞋重，穿着多暖和，多自在，我新兵第一次站岗就穿着大头鞋。

从东北到陕西要坐两天两夜的火车。士兵只能坐硬座，坐卧铺不够格。我挤着，高高地举着行李，一边看着票，一边找着座位。找到，我将行李甩了下来，长长地出了口气。这时，一个老太太，带着一个姑娘来了，她们与我坐在一个格格的座上，对面坐着胖子，紧裹着大衣已经闭眼睡上了。姑娘左右看了看，让老太太跟胖子坐一起，姑娘与我坐一排。

车开了一会儿，天就黑了下来，胖子睁开眼，伸伸腰，掏出一只烧鸡撕掉大腿就往嘴里塞，顿时满车厢都弥漫着烧鸡的香味，胖子旁若无人地大口吃着，还扭开一把军用水壶喝着，然后回味无穷地啧啧嘴。胖子一会儿就将一只鸡吃得只剩下骨架了。

当兵的？我看他不像，但穿戴像。

胖子一边搅着舌头舔着牙缝的鸡肉一边对我说："你看我像当兵的吗？我不是，我是知青。"

胖子话很好听，一听就是大地方的人。

"知青都返城了，你还留在这里？"老太太问。

"嗨，我回不去了，我将根根留在北大荒了。"胖子说他是北京知青，在北大荒娶了农场场长的女儿，娃都有。他说，谁会想到政策会这样，这皇城这辈子是回不去了。

胖子收拾了桌子上的鸡骨头，然后说，他的钱能买卧铺，但一想

幸福炮兵

睡一晚上白白花掉六七十块，太不值了。"你看这样多美，买只烧鸡吃得香香的，省钱多划算。"说完，他将身子一缩竟然躺到了座位下面，胖子在里面说："这跟卧铺有啥差别的？一样的睡觉。"一会儿，胖子的呼噜声就响了起来。

我嫌沉就没穿大衣，这时感觉到有些冷。刚想趴在桌子上睡会儿，发现对面的老太太笑眯眯地看着我。实际上，一上车她就时不时地看我。

我给老人回了个笑脸。老人笑了，说："你的鞋真大，像只船。"

我低头看了看，脸红了，老人知道士兵不能穿皮鞋？

老人对姑娘说："真好，你看当兵的就是有模有样。"

"人家当兵的，就是这样！"姑娘斜看了我一眼说。

"你姥爷过去就是这个样子，到哪儿腰板挺得都是直直的。"

我问："他也是当兵的？"

老人点点头，说走了。言语中充满着对老伴的怀念，目光闪现着对过去时光的留恋……

夜深了，身边的姑娘趴在桌子上睡了，那么小的桌子，不可能趴两个头，我只好坐着眯起了眼，我冷，两只脚在地板上相互蹭了蹭。不知什么时候我睡着了。睡梦里，感觉一团柔软的东西，在脸上摩挲着，睁开眼睛看到一个小毯子盖在身上，那团柔软的毛毛竟是那个姑娘的头发——姑娘与我一起将头挤在一张小小的桌子上，一块小小的毯子将我们盖在一起……

我一惊坐了起来，借着昏黄幽暗的灯光，看到老太太正眯着眼，似睡非睡地看着我与她的外孙女哩。噢，在老人的目光中，我就是一个孩子，还不会生出邪念的娃娃，我身上的军装，更让老人产生了无限的信任。顿时，一股暖流涌入我的全身。我趴下，又睡了……

回家了。

一进门，娘正在做饭，双手粘着面，就迎了出来，看到我，娘高兴得泪水都流了下来。

"我爹呢?"我问。

"你爹去车站工地拣砖头去了。"娘说。我围着院里转，两年了，我想不到家变得这么快，一切都生疏了。金灿灿的苞谷棒盘到了院子里的两棵泡桐树上，羊也由五只变成了八只。

"爹拣砖头弄啥?"我问娘。

娘说："你爹心气高着哩，说想给你盖房子。"

我笑了，说我才不要你们盖。

弟弟回来了，进门一声"哥"的叫声将我吓了一跳，嗓门咋一下这么粗，再看个头儿也超过了我。我高兴地拉着弟弟的手。

"哥给我带啥回来了?"我打开行李，取出一顶军帽，弟弟戴上，没取下就出门接爹去了。

我将木耳给娘，娘看了，天哪，还有这么大的地耳。我告诉娘，这不是咱草地上产的地耳，是树桩上产的木耳，我取出一撮，泡到水里，一会儿就发出一大碗。娘看了，将木耳分了又分。这个得给你二忠叔细桃婶子尝尝，这个得给你大诚叔芹吃，这个得给有信秋芒家。对了，多给他们点，秋芒和芹结婚，用得上。娘分好，然后一家一家送，送去还说："这可是东北大树林里长的，只一小撮撮就能泡出一大老碗哩!"

我爹当天中午就喝上了我带回来的酒，说第一回享儿子的福喽!

我感到我爹我娘都不问我在部队的事，他们可能怕提我烧锅炉的事让我不好回答吧。

晚上，我将峰送我爹的酒送给了周无田，我告诉周家，这是峰捎给他爷的。

周无田喜得合不上嘴，拿过酒转着酒底瓶看着。峰的娘转身进里屋，拿了一双鞋，说你回部队捎给峰。周无田一看就问儿媳妇，你只做了一双?

峰的娘醒悟了,假装看了看我的脚,说强儿,你脚多大?穿多大的鞋,嫂子赶紧给你也做一双,现在年轻娃都喜欢穿这松紧鞋。

我说不用了,我娘会给我做的!说完甩门就要走。周无田叫住了我。

"侄子,我想问个事?"周无田想了半天才开了口。

"啥事?"

"你与峰在部队好吗?"周无田说。

我说:"好,他很好,他都上教导大队能当上军官了!"

周无田摇摇头,说:"我是想问下你兄弟俩在队伍上好不好?"我心想,我早听出你的话音了,有啥不好的?他走他的阳关道,我过我的独木桥。此话,我没说出口,只是含糊地应了声。

"你们好,我就放心了!一个堡子出去的,要相扶相持。"周无田说,"你书念得比峰好,一定会有出息的。"

我能有啥出息,我不会投机取巧,我只会烧炉子!此话我没说出口。

这天,狗尾巴与夏小雪带着他们两岁的娃娃也来到了我家。

"夏老师!"我见到他们就叫了一声,夏小雪笑了,说好久没有人这样叫她了,说听到我的叫声她真的好高兴。

夏小雪带来了一双鞋,说是峰的娘三天三夜赶出来的,让我穿试下合不合脚。我说不用,我娘会给我做的。

夏小雪说:"老师的话你还不听,来,脱了鞋试试!"

我只好脱了鞋,穿上峰的娘做的灯芯绒面带松紧皮筋的松紧鞋,夏小雪蹲下身伸出手按了按我的脚趾尖,摸摸脚后跟,说还行,不大不小合适着哩。

我脱下新鞋,穿上我的鞋,也不去管地上的鞋。我娘见了,忙低身拾起鞋,说:"你看,峰的娘手多巧,这针脚多细多匀。"

夏小雪将娃推到我跟前，说："看解放军叔叔，叫强叔叔！"娃不知是认生，还是怕我，一往夏小雪身后躲。夏小雪又让娃叫我爹"爷"。娃奶声奶气地叫了声。

夏小雪低头对娃说："记住你姚爷爷，没你姚爷爷的帮助，就没有你爸的工作，也就不会有你！"孩子听不懂啥意思，左右望着。

秋芒和芹结婚了。

我看着芹已经凸起的肚子，笑着说："芹你真行，咱同学里面，数你与秋芒结婚早，结果子早！"

芹拍拍肚子说："有啥的？人家看不上，我这块地也不能荒了！"

我笑了，说："我明年要是复员，还不一样是农民。"芹哼了一声，说："那可不一样，当过兵见过世面，咋能与我们一样哩？"

我笑了，我在部队还是烧锅炉的，与在农村有啥不一样的。

秋芒说，他这辈子就在胭脂村当闰土，不想五想六了，守着芹过活啦。

结婚要给大门上贴对子，村里有账房先生，谁家的红白喜事，就是他写对子记账房的。这回，我站在账房先生后面，看他拿着毛笔，他看了我一眼，说强儿，人都说你字写得好，露一手咋样？

我笑了，接过笔给秋芒芹写了下对联：女人勤（芹）俭家庭平安，男人秋芒人丁兴旺，横批是生龙育凤。

没想到我的对联将账房先生看服了，对我爹说："你儿这兵可没白当，看看，这是我见过的最好的联子，多巧，多妙，将新郎官新娘子的名字都用上咧。不得了，了不得！"

我爹听了，不搭话，只眯眼笑着。

秋芒的婚事忙完，我找到秋芒，让他与我一起去看萍。秋芒一听，说你还是放不下萍。

晚上，我打开包却找不到我带回来的拴心草了，我爹问我找啥？

我说我包里的宝贝咋不见了。我爹我娘听了一惊，问我丢了啥宝贝？

我说乌拉草。

我爹笑了，说："我当啥宝贝哩？不就是垫酒瓶子的细草草？"

我说对呀，那可是拴心草，能拴住人的心。

我爹愣了，说："我将草喂羊啦！"

我一听，顿时愣住了。我爹见状问你这拴心草有啥重要用途？我对爹说："没事，没事，我就是垫酒瓶用的。"

正在我要去找萍时，一封电报送上了门——"火速归队！"落款"长白山"。

我爹我娘围着我，问："啥大事？要开仗了？"

我摇摇头说我也不知。

队伍上的事可是十万火急的事，你明天就回去。那一夜，娘为我做路上的干粮，爹一个劲抽烟。看得出，他们有好多话要对我说，却开不了口。

半夜，娘烙了一叠子石子干馍，包好塞到我包里。对我说："强呀，要是在部队待不下去就回家。可别死撑着。"

我爹一旁听了对我娘不满地说："你胡咧咧啥呢？吃得苦中苦，方为人上人！"爹又说起他一个人从河南过黄河到陕西一路的艰辛。

那一年，黄河发洪水，一群人困在个小岛上，没人闯出去这些人都得饿死。我爹身上拴了根箍缸用的藤条，下了河，从崖上取回个锅盖大的饼，这些人才活了下来。

那一年，雪好大，人手冻得都伸不直。可是到一大户人家箍个大缸，人家戴着毛护袖，站着看我爹箍缸，也不倒一杯热水来。我爹嫌外边冷，想到屋里做活，可人家怕弄脏了屋子。"成，你不拿我下苦的当人，我也有办法治你！"我爹说，他将箍缸的藤条头的扣儿削平，然后箍上。箍好了大缸，我爹说，大户人家，你看结实吗？我爹起身站在大缸上，那大户人家给我爹工钱，我爹赶紧挑上担子就走了。大户人家将缸抬进屋里，一放水，缸哗地就破了。大户人家跑出来，我爹已经走到了对面塬涯上，大户人家骂我爹，我爹说，活该！我就是让你知道，啥时都要把人当人看！

那一夜爹讲了他许多的事，我说爹，我明白了，出去闯天下，不会那么顺当的。

我爹笑了，说："闯天下，要的是一个心劲儿，这心劲儿到啥时都不能松了。儿女情长的事，谁也躲不开，但男人成事，不能让女人缠住了脚。"

从爹最后的半句话中，我感觉到那把拴心草，可能是爹故意喂羊的。

但我没问，我想爹说得对：男人成事，还有啥样的女人找不到？我成了事，再回来找萍。

22

回到军营我才知道，原来是我盼望的机会来了——军校招生。

陈营长说："正要打电报让你回来的。"

我拿出电报，问，这不是军令？

营长接过看了看，哈哈大笑起来，什么长白山，搞的跟地下工作一样，这是啥狗屁军令呀，谁胆大敢假冒军令？

我心想，这军令会是谁发的呀？这人知道军校要招生的事，才发给我电报的。他没写明发报人，写明军校招生的事，可为什么要用长白山这样一个像我们站岗时的口令暗语来告诉我这个事？

这长白山又会是谁呢？是锅炉的老兵？不像，他能采木耳送我，却不会那么早知道军校招生的事。是电影组组长，他有我家的地址？不像呀，他不支持我考军校，怎么会为我通风报信呢？是胖姨？不

幸福炮兵

会，她一个家属，怎么能用上长白山这暗号呢？

算了，我猜不出这长白山到底是谁？反正，这人在暗中帮了我一把，尽管陈营长也准备发电报。长白山是我命中的恩人、贵人！

陈营长说："你小子有没有真本事，就看这回了！"

我开始复习，我在高中学的是文科，部队考理科。不管什么科了，我一定要考上军校，一定不能输给峰，一定要娶萍！

复习时，差一点出大事。晚上吹熄灯号了，我用手电筒照亮看书，手电没电了，我就用蜡烛，蜡烛着得快，我就用剪刀剪短捻子，让蜡烛火苗小点。不知熬到什么时间，我睡着了，突然被火烫醒了。原来蜡烛将炕上的褥子点着了，我急忙爬起来，将火打灭。一个月复习我掉了十三斤肉。

考完试，我就病倒了。这一病让我第一次离死亡好近好近。近得我能看到死神。

天气刚刚暖和起来了。可我却感到浑身冷。用热水洗了澡，就跑到营院的操场上晒太阳，可是越晒越冷。当我回到宿舍时，就支撑不住了。营部卫生员来了，一量体温，四十一度三。

"送师医院吧！"营部管理员说。

卫生所老医生下连队巡诊了，小胖卫生员说没事，他能治。咋治？小胖卫生员说他在家时看过村里人用酒治高烧。

酒？

对！

酒咋能治病？

营部管理员拿来了半瓶酒，小胖卫生员打开酒瓶，说先给他喝一大口，就会发热。说完，像村里的兽医给牛灌药一样，掰开我的嘴就往里灌，酒灌到我嘴里，呛得我嗓子如火烧。

"咬牙再喝口！"卫生员说着又灌我口酒。然后，将我衣服脱光，

竖排书名幸福炮兵

用酒擦洗我全身。

小胖卫生员越治，我越冷。

"不行吧！他浑身都在哆嗦！"我听到床边有人说话。陈营长教导员也来了，他们一看架势不对，说快给十三连打电话，让老医生立马回营。

这时，我已经是一会儿清醒一会儿昏迷了。老军医回来后，训斥小胖卫生员："你胡闹，谁告诉你酒能退烧？"他对小胖卫生员说快打退烧针。

这时，我已经进入昏迷状态，我的瞳孔时大时小，我看到小卫生员手里的针对着我，针大得像把杀牛刀，我叫着别杀我，别杀我！

卫生员张着嘴说："谁杀你呢，是打针救你。"他的嘴一张一张，像个抹着血的脸盆。我怕得叫声更大了！

我的叫声把四周的人吓坏了，他们按住我，像杀猪一样给我打针。我挣扎着，如刀的针刺入我身体，我被杀死了吗？我看到白白的蚊帐长长地直挂到天空上，风一吹，飘荡着。这就是坟墓前悬挂的白幡吗？咋这么长。我感觉自己正从高高的地方向一个冰冷的深处跌落，飘动的白幡从我眼前闪过。我不去，我不去！我不要死，我还没与萍结婚！无限的恐惧，无限的惊慌。我的双手紧紧抓住被子，我的双脚死命蹬着床头，仿佛我一松劲，就会被死神带去，就会跌入坟墓，就会永远地死去！

人死就是这样吗？我死了吗？

多年后，我确定，那时我真的死过一回！人死是心不跳了，气不喘了，瞳孔散开了。我是在心跳着，气喘着，却是瞳孔散了。所以，我散开的瞳孔看到了死神怪样！也有了记住死亡的感觉。

猫有九命，狗有七命。人哪？人有几条命？我在月亮河被淹算是一命，这次算是二命！以后还有几命？

"行不行?"陈营长问。

"不行,得送师医院抢救!"老医生说。

"那你他妈的还折腾什么?非要等人死了再送不成?"营长发火了,要知道营里要死一个兵那可是个大事,弄不好营长就别当了。

我迷迷糊糊地被抬上了一辆油罐车,小胖卫生员抱着我,我吐着白沫,他不停地为我擦着嘴,我们摇摇晃晃一路上颠三倒四。

到师医院急救室,三天后我才醒过来。就听到一个女军医的话:"你活过来啦?"

我的鼻子、嘴上、胳膊上插满了管子,我伸手拔掉鼻子里的管子。女军医说你可把人吓死了!

女军医和我娘差不多一样大的年纪,她脸上的皱纹里布满了慈爱,她问我:"孩子,你想吃什么?"

我清了下干干苦苦的嗓子,说想吃西红柿。女军医笑了,说这会儿西红柿哪有呀,她领我去了她家,拿出一只瓶子,从中倒出了红红的血一样的东西,这是她做的西红柿酱,然后下了一碗面,我吃着这个香呀。

住院时,峰来看我。他买了几瓶水果罐头放在病床边。我没吃,我病倒了,你峰得意了?你拣了便宜上了教导大队,我在心里不服。峰看出我的不悦,说:"你玩命的复习,会考上军校的。"

峰安慰的话,我听了不是滋味。你峰要是病了,我也会说这不疼不痒的话。峰待了一会儿,见我们无话可说,起身说他还有课就走了。他放在床边的罐头我没吃一口。

妒忌,是堵在人心门上的最浓的一块乌云,它能遮挡住所有的阳光,让心里一片阴暗。

如果我对峰仅仅是妒忌,那我一定会像新兵连紧急集合绑他裤子一样,搅了他的好事。但因为萍,我却在妒忌峰的时候有了些安慰,更有了提升的动力。峰与营长夫人姐姐的姑娘好上了,萍就可以与我好的。但前提我得比峰强。

小成靠朋友，大成靠敌人。人生需要朋友，需要对手，更需要敌人。因为，是敌人让我们看到自己的弱点和不足，敌人给你压力、斗志、激情，能使你奋发图强超越自己的极限。战场上，你要取胜，就得出枪比敌人快，枪法比敌人准。不然，倒下的就是你。感激对手，感激敌人，这是需要多么大的信心和勇气啊。

我就像只猴子，一只想当猴王的猴子，但峰也想当猴王。我必须比他强大，才能当上猴王，才能拥有萍这只母猴。我与峰是敌人，还是情敌。所以，给我压力、动力更大。我玩命要考上军校，就是要战胜峰，当这个猴王。

出院第三天，我收到了军校录取通知书。鲤鱼终于跳出了农门。我对峰说，我去湖南上军校了。峰说我知道你一定能考上。我笑了一笑，你上一个教导大队咋能和军校比，我这可是大学，教导大队能学到什么？此话我没说出口，男人斗，胜负已出时，别说破，说破就没劲了。

军校放暑假，我急急忙忙回到了家，爹娘见我回来那个高兴。家里像过喜事一样，来了许多人。二忠、有信、大诚、细桃婶子，村里男男女女挤满了屋子。

"我早就看强儿有出息。"细桃婶子一边上下打量着我，一边对我娘说。

"老姚家祖坟冒青烟咧，能出个官儿了。"大家说着笑着。听这些话最高兴的是我爹我娘。

不几天，公社温书记还对人说，他一看我写的天生我材必有用就知道我能成大事，"这么小的娃，这口气！这兵真没白送。"

我回家第二天就拉上秋芒去了城里。我要见萍去，告诉她我上了大学，毕业就能当军官，能吃上商品粮。我感觉有资格娶萍了。我想，萍还有可能带我去她家，见她的妈妈。当年，我当兵时，萍的妈妈冷落了我，我现在要让萍的妈妈吃惊，原来这强儿真有了出息。

我和秋芒到了城里，秋芒知道萍已经中专毕业，分在医院。他领我直接到了医院。我的心跳得慌乱起来。四年多没见萍了，但我一到那间挂着门帘的房门前清清楚楚地听到了萍的声音，是她，是她。萍的声音我听得真真切切。这时，发生了一件连我自己都不能理解的事：我拉起秋芒的手一闪而过。为什么会这样？我当时清晰地感觉到，我的脸靠着门里的一边热得发烫，另一边凉得如冰。

"你咋了？"秋芒问。

我说别问咱快走。我几乎是逃过了萍所在的门。我咋这样无能？我在心底竟然怕见她，觉得自己还不够好，没有好到能让萍不能拒绝的好。这是深深的自卑在作怪，萍的爱就像个耀眼的光，我还不能正视。等一等，等我一提干，穿上四个兜的军官服，就可以见萍了。

秋芒说，你连萍见都不敢见。

我说，等我下次回来。

可是，我错了。

爱，不能等，也等不起。机会就像一丝天降的雨，流过唇边时，你嘴没张开接，雨就会落到地上，你再也喝不到了。我这一闪失，使我一生失去了萍，几十年我都无法释怀。即使萍死去，夜深人静时，一想起，我心还隐隐地疼，真是追悔莫及。

细桃看着我和峰在部队都有了出息，不久都能当上军官，就动了让二娃当兵的心思。

"二娃要是当了兵，也提个干，这一辈子不是也能出人头地啦！"细桃对二忠说。

二忠笑了，说："你净想美事。人家强从小念书就灵，咱二娃书念得不行，去部队也就是个大头兵。"

细桃一听不高兴了："哪有当爹的这样说自己娃笨的，说娃笨还不是你这当爹的脑子不灵。"

二忠说："你灵，我笨，这娃不灵也不是我一个人的事。"

细桃捅了二忠一下说："我地再好，你的种子才起关键作用。你种的冬瓜，还能长出西瓜不成?"

二忠笑了，说："毛主席都说了，一肥二种三水，你地壮才是第一位的，种子再好，种在石头上能发出芽芽来?"

细桃二忠两口子爱斗嘴耍，二忠当然也想让二娃有个好前程。哪个爹不是这样?

农村娃，当兵当然是一条不错的出路。

二忠说好是好，可这部队又不是咱自家苞谷地，想啥时钻进去就能去。细桃一听二忠话里有话，脸一红，捶打了二忠一下说你刚扯到正题上，就往偏道上滑。

二忠说，要让二娃当兵，只有找我爹，让我爹找齐省长。两口子第二天就到了我家。细桃看墙头镜框里我寄回来的照片，对我娘说："啧啧，你看我这侄儿，多神气。一身军服，要多好看就有多好看!"

我娘听了心里像喝了蜜一样美，嘴上却说："看你把强儿夸的!"

"就是，咱强儿咋夸都不过分。打小我就看强儿会有出息。"细桃婶子说。

"你先别夸了，看人家秋芒喜儿，咱村和强儿一拨的小伙子，都成家了，他到现在还连个对象都没找上!"我娘心里确实为我的婚事着急。

"这急啥?咱家有这么好的梧桐树，还愁招不来金凤凰?强儿找一个漂亮的吃商品粮的乖姑娘，你就等着当婆婆吧!"细桃嘻嘻哈哈说得我娘笑开了花。

二忠和我爹说："咱村强儿和峰一到部队就都有了出息，二娃书

幸福炮兵

念的不行，你看咋办？"

二忠此话一出，我爹就知道了他们两口子来的意思。

我娘没听出话音，一旁说："男娃开窍得晚，我看二娃一点都不笨，人实诚，厚道，心里有主意着哩！"

细桃笑了，说嫂子就是偏听偏向二娃。

我爹捏着手指头说："二娃今年多大？该十六了吧？"

细桃说："虚岁都十八了。你看二娃的个子比他爹还高出一大截子呢！"

"今年来接兵和强儿一样，也是东北的。不过不是后勤兵，这次是炮兵，二娃有力气，扛个炮弹拉个炮车有的是劲。"二忠说。

我爹笑了，说："成，这男娃不能一条道上走到黑，能出去闯就出去闯，兴许就闯出个世面来！"

细桃、二忠连忙点头说是是是。

"那还不快去报名，验兵？"我爹说。

二忠、细桃低头笑了，两人半天没好意思开口。

"有啥事说，咱兄弟还有啥不好说的事情？"我爹说。

二忠说二娃年纪还不够，想让我爹找下齐省长，打个招呼二娃就能当上兵。

细桃一旁说："本来，二忠不好意思麻烦你当哥哥的，是我说找姚哥有啥为难的，你都能为他狗尾巴的事找齐省长，还能不为自家的侄子的事求回人？"

我爹听了二忠、细桃两口子一唱一和，笑着说："细桃说得对，咱二娃的事就是我的事，我厚着脸皮也要找！不过成不成难说，成了是二娃的福，不成你也别埋怨我！"

"好，我的姚哥哩，省长要是发话哪有不成的？就是万一不成，咱还能怨你哩？"二忠两口子围着我爹娘说着好话。

幸福炮兵

二娃当兵真成了！

接兵的二话没说，年岁不够？人家说再小几岁也成，部队娃娃兵，多的是，都是特招的。

二娃走的时候他干爹干娘来了，两老人高兴得跟亲生儿子中了状元似的。二娃到部队上好好干，也像你强哥一样出息。

"你说啥也要弄个军官回来！"二忠对二娃扔下狠话。

二娃对爹娘说："我要是不和强哥一样当个军官，就不再回家见你们了！"

"看你说的，这军官那么容易就能当上？能当上好，当不上也要回来！"二娃干爹干娘一听二娃这话，忙说。他们知道二娃心眼实，担心把二娃逼坏了。

可二娃心想，当兵打仗我不怕死往前冲，就一定能当上军官。

二娃到了部队炮团，第一步就迈入了岔路上——他被分到了炊事班。

咋，炊事班有啥不好？老兵们对二娃说："你知道谁是世界上最可怜的人？"

二娃想了想说："没吃没喝的人！"

老兵说："错，是炮兵连炊事班战士！"

二娃一脸的迷芒。

老兵们哈哈大笑起来：戴绿帽背黑锅天天看别人打炮。你二娃当上炮兵连炊事班战士就是世上最可怜的人！

二娃听了心里不是滋味，他一门心思杀敌当军官，不想被分到炮兵连的炊事班，干起了炊事员，成为世界上最可怜的人。

"你们天天打炮打得美呀！"二娃一听到炮声，心里就憋气。这天他值班，班长安排他和面蒸馍。二娃一边揉面，一边听着远处的炮声。听着听着，二娃大叫一声，摔掉了手里的面，捂住了耳朵。这炮声是对二娃的嘲笑：你还想当英雄打炮，你当狗熊当伙夫吧！

二娃出事了，是大事。听炮声摔面，二娃蒸出的馒头个个都是硬的。

"这是啥馒头？跟炮弹似的，是人吃的吗？"训练一天的炮兵们在饭堂骂开了，有的人将馒头扔了。

"怎么回事？"连长训炊事班班长，班长将二娃喊来。二娃知道自己只顾听炮声，和面时忘记放酵头了，死面咋能蒸出发面馍来？

"你还想打炮！连个馒头都蒸不好还想当炮手？"连长劈头盖脸地训二娃。

二娃不吱声。

连长看了下泔水缸漂着的士兵扔的半拉胡片的馒头，对大家说："红军爬雪山过草地，连草根皮带都吃了，抗美援朝上甘岭连水都喝不上，你们这样浪费粮食简直就是犯罪！来，吃，什么发面死面的，吃到肚子都变粪了！"

士兵们大眼瞪小眼，就是没人吃。二娃走来，伸手从泔水缸里抓起一个馒头大口吃了下去。此举让连长和士兵们愣住了。吃完，二娃说："我一定将馍蒸得又大又好，蒸出全连全营全团最好的馍！"

连长对着二娃点点头。

"馍要是蒸好了，连长你得让我当操炮手！"二娃又说。

连长笑了，说："成，你小子蒸出全连全营全团最好的馍，我就让你当炮手，让你打炮！"

二娃听了转身就进了操作间。打出的媳妇揉出的面，我不信蒸不出最好的馍馍来。二娃揉面把胳膊都揉肿了后，也蒸出了全连全营全团最好的馍。又暄又白又香，咬一口不就菜也能让人解馋！营长团长都亲自来连队要吃二娃做的馒头。二娃解下围裙，扔掉绿帽子，找到连长。咋？他要当炮兵打炮去！

连长哈哈笑了，刚蒸出一锅好馒头就要去当炮兵？也太便宜你小子了吧！

"连长，你当连长的还能说话不算数？"二娃脖子直直地对着连长说。连长说我当连长的说话算数，但你得在炊事班再干一段时间！

二娃一听，气了！心里说连长你不是个好连长！我要是当连长说出口的话，一就是一，二就是二，一定算数，绝不放空炮！

"二娃你别死心眼，当炮兵有啥好的！你看他天天打炮爽吧！哪天退伍了，哪里还有炮让你打？我们炊事班至少有门手艺，退伍还能开个餐馆什么的。"炊事老兵对二娃说。

"我非要打炮不可！"二娃说。

为啥非要打炮？

就为着一口气！

一天夜里，二娃也做梦嘴里都喊着："开炮，轰！"老兵推醒了二娃：半夜三更的你乱叫个啥？

可是，不几天，二娃当炮兵的事落了空，还被罚去磨豆腐。你说二娃咋这样倒霉哩？

炮连去农场帮忙秋收。收割机在前面收，二娃他们又不会开收割机，只能拿着枪在地头护秋，当然枪里弹夹是空的，吓唬人哩。

按说护秋，东边溜溜西边瞅瞅，这能出啥事？可二娃就摊上大事了。野鸡屯的姑娘雪花跟表姐来拾荒，表姐瞅没人注意跑到二娃护秋的地揪起了大豆荚。不料被二娃捉了个正着。

二娃端着枪，对着藏在豆秧下面的人，喊道："快出来，不出来我开枪了！"二娃感觉到，这像是上了战场，抓了个俘虏。雪花的表姐一听，吓得直哆嗦，差点把尿都吓出来。她露出头，将手里的一笼子豆荚递给二娃，指望二娃放了她。

二娃说不行，你偷部队的大豆我咋能私自放了你？

雪花表姐一看四周没人，就对二娃勾勾手说，咱到那边草沟沟里去！

"那边草沟沟也是部队的！"二娃不领风情。雪花的表姐脸一下子红了。本来，雪花表姐想领二娃去背后的草沟沟，想与这大兵亲热下，好放了自己。可二娃根本不知这女人去草沟沟弄啥事。这可咋办呀？雪花表姐急了，要是送到部队，还不拿她当贼关起来！

这时雪花跑了过来，说："我不让你来你偏来，丢人不丢人？"二娃见雪花来了，还训这个偷大豆的姑娘，心想这姑娘好。

没想到雪花的表姐冲着雪花发起了火："还不是为着你！"

雪花一听将自己笼里的大豆荚全倒给表姐，说："我就是不上学，咱也不能伸手摘人家部队地里的豆子！"

雪花的行动一下子把二娃也给镇住了，他从雪花表姐手中拿过笼，又往雪花的笼中倒了些，然后双手掂了掂，又抓了几把放在雪花的笼子，说："我看的是部队的大豆地，你拣的大豆归你，部队也不能要你的大豆！"

"算是挨罚的，这两笼的大豆都给你。"雪花说着，将自己手里的笼扔在二娃面前。

二娃愣了，脸变了，说："不成，部队是解放军不是国民党部队，是人民子弟兵不是小日本兵，不是匪兵，绝对不能拿群众一个针针一根线线。"

雪花和她表姐扑哧笑了，这二娃说："你们笑啥呢？"

雪花走近二娃，举手敬礼，这二娃扔下笼，腰板一挺，举手回了个礼。

这时，雪花与表姐转身跑了。二娃要追，不想，这两个女娃空手跑的，二娃一手提一个大笼子，跑了几步就停了下来。二娃左右看着这两个笼，他想不出这两个笼该怎么办？二娃将笼放在地上，一模一样的，哪个笼里装的是从部队地里偷的豆荚，哪个笼里装的是人家自己拣的豆荚。二娃弄糊涂了。

这个就算是部队的豆荚，这个算姑娘自己拣的。丁是丁，卯是卯。部队咋能多拿你老百姓的大豆？二娃提着两个笼回到了部队，还受到了表扬。不过，整个农场都流传了二娃那句话："那边草沟沟也是部队的！"

农场场长说："咱当兵的就是要经受住各种诱惑！"

二娃对场长说，人家姑娘没有诱惑他。

兵们笑话二娃，说二娃笨死了，送上门的好事都放过了。二娃说啥好事？兵们笑了，说你跟那女娃去草沟沟里，就知道啥好事啦？

二娃回过味来，说："趁人落难欺负人，那算啥兵。还是不是人呢？"

这事当个笑料，在部队传上一阵子也就算了，不想二娃有一天路过野鸡屯，却意外遇到雪花。

"哈，跑得了和尚跑不了庙！今儿可让我抓到了！"二娃追到了雪花家里。一进门，二娃看到床上躺着的一个老人。二娃得知，雪花在乡中读书，可是在生产队当饲养员的父亲上山放牛时摔沟里，瘫了，这个家一下子回到了解放前，穷的让雪花无法上学了。

二娃天生心软，见不得人可怜。一看这个情境急了，但他一个兵蛋子，身上也没几块钱。二娃对雪花说你等着，就跑回农场场院里，找到那个他认为是雪花自己拣的豆荚的笼子，拎起来就往外走。场院保管员看到了，说二娃，你提笼做什么？这可是公家的东西，咋能说拿就拿？

二娃指指笼，说他做了记号，笼上带铁丝的是人家姑娘在人家自己地里拣的。说着，就出了部队。

二娃将笼拿来还给了雪花。雪花感动得要哭了，直说对不起，表姐不是故意偷部队豆荚的。二娃说，你是你，你表姐是你表姐。

雪花说："这大豆给部队，算我替表姐受罚的。"

二娃笑了，说："部队领导也说了，收割后的大豆地老百姓可以进去拾荒了。你表姐不算贼。"

真的？雪花一听，高兴地跳了起来。

二娃对雪花说：我一定会让你上学的！

二娃这句话一下子点燃了雪花心中的火苗。这个小男人，也让雪花生出丝丝爱意。

3月5日，正好是星期天。放假休息。连队团支部号召团员上街学雷锋。二娃却叫着炊事班几个人去大豆地。弄啥？拾荒。

"二娃思想落后，不参加集体活动。"团支部书记说。

二娃一愣，问道："你们不是说自愿参加吗？"

"是自愿，人家都自愿了，你们几个怎么不自愿？"团支部书记说。

连长也生气了，因为有人告状，说二娃去给雪花家送大豆，勾引驻地女孩子！"雪花是野鸡屯最漂亮的女孩。"

二娃说，反正收割过的大豆地，要不拾荒也浪费到地里了，根本与雪花漂亮不漂亮无关。

连长笑了："嗬，野鸡屯穷的人多了，你咋偏偏送大豆给一个大姑娘家，不送给其他人家？"大家都笑了，二娃被噎得说不出话，一气扭头回到了营房里。

"集体活动一定要参加的，说是自愿参加，但这自愿就不能有不自愿参加的！"连长说。

"连长，说自愿就是自愿，不自愿就是不自愿！一反一正明明白白，咋能颠倒了？"二娃不服。连长听了气得说，你这二娃一根筋。大家一看二娃敢跟连长顶嘴，心想你二娃也太二了！

这时，哨兵跑来向连长报告，说有个老百姓来到兵营门，说要找一个活雷锋。

连长一听，哈，很是兴奋。这回学雷锋，咱连可要出个典型了，就对哨兵说快让老百姓进来。

哨兵领着一个年轻的姑娘来到了营区，这姑娘是雪花。"连长就是她要找活雷锋！"哨兵说。

幸福炮兵

连长问："你找哪个雷锋？他做什么事了？"

雪花说："他救人命了！"连长一听大悦，哈，还是个大典型。谁呀？做了好事还不留名！连长寻思着，笑了，他让司号员吹响了集合号。一会儿，全连官兵都集合到了操场上。

"来，你自己找，找出那个活雷锋！"连长对雪花说。

二娃一见雪花，心想这姑娘来做什么？别给他添麻烦了。二娃想着就往后面溜。雪花在前排找了找，没找到，又到后面找。二娃又跑到了前面。雪花摇摇头，连长问："这里面没有你要找的活雷锋？"

雪花的眼睛一下子盯住了埋着头的二娃，指着他就说："是他，还想藏，藏起来我也能找出来！"

连长一下子乐了："你说他是雷锋，你就是那个叫雪花的姑娘吧？"

雪花说连长你怎么知道我叫雪花？

连长说我还知道二娃给你拾了好几十斤豆子，这算什么活雷锋？

雪花一听，说："他就是活雷锋，他送豆子，送钱，救了我一家的命呀！赶上旱年，我们一家人没有吃的，我娘急得要出去要饭，我爹急得要上吊，我要失学回家！"

雪花说着将一个包包送给二娃，二娃一看是双鞋垫。这是雪花和她表姐一晚上没睡觉绣的。二娃看到鞋垫正面绣着一对喜鹊。二娃拿在手中，像拿了个烫手的炒锅铲铲，收不是弃不是。

此事之后，连长正式找二娃谈话，警告说："不能在驻地谈对象！"

二娃说："谁谈对象了？"

连长说雪花把鞋垫子都送给你了，我看你小子别动花花肠子。二娃跑回宿舍取出鞋垫，交给连长。连长没收，说你穿上吧，这也是军民鱼水情，只是你小子不能谈对象。

二娃一听脖子一挺，顺口问道："刘排长咋谈了？"

连长说："当军官可以，兵不成！"

二娃问:"为啥?当军官能找媳妇,战士就不能找对象啦?"

连长说:"不知道,反正上级就是这样规定的!"

这连长也是糊涂虫,这条规定没错,军官要在驻地干多少年的,兵娃子们服役三年就回家,要是都在驻地谈对象,复员回家还不把驻地的姑娘都带回家了!当地的小伙子都打光棍不成?连长没讲明白,二娃心里就不服,但既然是上级规定,他一个兵娃子,只有服从。

二娃对连长说:"我要是当了军官就可以谈了?"

连长一愣,笑着说:"不想当将军的士兵不是好士兵。"

二娃说:"我不想当将军,我想当个排长就行。"

连长说:"二娃你要是能提干,屁股后面的姑娘还不排成排呀。"连长这样说,给二娃留了面子,心想你个愣娃,想提干?难!

好在连长也没拿这事收拾二娃。可是,不几天发生的一件事,让连长火了,直接将二娃发配去磨豆腐了!

发津贴了。

二娃上街,要去买双袜子。他的袜子脚后跟破了,前面大拇指也露出来了。

"你要是再涩皮,舍不得花钱,可要影响军容啦!"战友们笑话二娃。

二娃心想,我在家没穿袜子不也过来了。但一听影响军容,就扔掉了破袜子,要去买双新的。一双袜子值几个钱,说买就去买。二娃扔了袜子怀揣着钱就上街了。

二娃在医院门前遇到一个女人在哭,旁边围了一圈人。二娃凑近一看,原来这女人把钱丢了。

"这钱可是给我娘买药的!"姑娘说。

多少钱?

二十块!

钱咋丢了？丢哪儿啦？

人们议论着，是让小偷偷包了？是不小心掉了？

"当心是骗子在骗钱！"有人指点着姑娘悄声说。

二娃看这姑娘哭很恓惶，这咋会是骗子？一听别人说骗子，二娃就气得不行。二娃被月亮河冲走，被打鱼老人救出，也受过人的白眼。

二娃七八岁时，人家撕了打鱼老人的渔网，说是割资本主义的网子。不让打鱼，一家人眼看断了顿。邻居一个大一点的娃娃带着二娃去要饭。走到一家红头头家，正赶上人家给老爹过六十大寿。红头头一看来了两个男娃，高兴了，这不是一对金童子吗？就让二娃两人给他爹下跪叩三个响头，然后说声"金童子为老爷加寿来了"就给他们一人一个肉夹馍吃。邻居大一点的娃一听，"咕咚"跪在老爷子脚下，叩了三个响头，扯着嗓门说"金童子为老爷加寿来了"，逗得老爷子哈哈大笑，让人赏了一个肉夹馍。

二娃直直地站着，一屋子的人都盯着他。

"还不快下跪？这好吃的肉夹馍就能到嘴里了！"

有人冲二娃说。二娃也看到了闻到了香喷喷的肉夹馍。可是，二娃没跪，他扭头走了。"嗨，这生娃，瓜蛋子！"屋子的人骂二娃。

出门二娃扭头说了声："我饿死也不吃你的肉夹馍，臭！"

回到家，二娃对打鱼的老爹老娘说，他再也不去要饭吃了，饿死也不要饭。

长大的二娃心软，见不得人掉眼泪，见不得人欺负穷人，再说看到的是一个女人！

二娃摸了摸衣兜里的钱，心想这钱不多，却能救人急。二娃掏出二十块钱来，想递过去。一想不对，笨二娃这会儿倒多了个心眼。要是将钱直接给姑娘，平白无故地人家怎么好意思收。二娃将钱扔到地上，说："嗨，快看，这不是钱吗？"二娃的叫声引来了大家的目光，那个姑娘也止住了哭泣。二娃弯腰拾起钱，将钱递给姑娘。姑娘接过，看了看二娃，愣了下！然后鞠了一躬，转身向医院走去。

二娃本来想买双袜子，钱给了姑娘，兜里没钱，也就没去商场。心想回营房找回刚扔掉的袜子，补一补对付着穿，等下个月发了津贴再买，反正袜子穿在鞋里，破了别人也看不见，影响不了多少军容！可是，当二娃回到营房时，看到那个姑娘已经在营门前站着。

你咋找到这里？

二娃惊奇地问姑娘。姑娘说找个没人的地方说话，二娃说咋啦？钱又丢了？二娃心想，要真是这样，这姑娘还真是个骗子了！二娃将姑娘引到房子里，这会儿兵们正在操场打球玩，房间里没人。

"我渴！快渴死人了！"一进屋姑娘说。

二娃看了眼姑娘，倒了杯水递过来，姑娘端过仰脖喝了。慢些，慢些！二娃说，我再给你倒！二娃又倒了一杯，一转身看见这姑娘已经解开了怀，露出雪白的胸来。

"你这要干什么？"二娃吓得捂住眼睛。

姑娘掏出自己的两个奶子，说俺没啥报答你的，你吃口奶吧！

二娃脸一下子红到了脖子根。

"你给我钱，我得报答你！"姑娘边说边向二娃靠近，一对奶子在二娃面前晃荡。

"是我拾到了你的钱，交给你，你不欠我啥！"二娃说。

"你给的钱？"

"对！我拾的钱，不交给你，就交给警察。"二娃一本正经地板起面孔说。

"骗子！"姑娘指着二娃大声叫道。

不料这时，连长走了进来，看到姑娘双手撩起衣服，露出胸脯，连长也吓坏了。又听到姑娘说二娃是骗子，一下警觉起来。

"陈二娃，你小子又干什么坏事啦？"连长这回可真生气了，他冲

幸福炮兵

着二娃吼道。

二娃愣了，姑娘见有生人来了，慌忙将衣服拉下。

连长对姑娘说："你别怕，这个兵咋骗你了？你说我处分他！"

姑娘见到连长"哇"的一声哭了。

这时兵们越来越多，门口窗口都挤满了人。连长对他们说："有什么好看的，快出去！"

兵们没动。连长火了："听口令，向后转，目标：操场。跑步走！"兵们跑向了操场。

连长对姑娘说："你别哭，有话你说，我们是人民的军队，绝对不能欺负人民！"

姑娘一边抽泣着一边说："他骗了俺！"

"怎么骗了你？"连长问。

"对，我怎么骗你啦？"二娃也跟着问。

连长瞪了二娃一眼说："二娃，我没问你，你闭紧嘴！姑娘你说，这二娃是怎么骗了你一个姑娘家的？"

二娃头一歪，瞪眼对着连长："谁骗她啦？连长你冤枉人！"

姑娘"扑哧"笑了，这一笑给连长笑晕了。

姑娘掏出几块钱来，说："他就是骗子，这不是我丢的钱，我丢的钱是些碎钱，最大的是五块一张的，他给我是两张十块的！"

咋回事？连长拉住二娃，说你小子凭啥要给人家姑娘钱？难道你做啥坏事了不成？

二娃急了，说："我去买袜子，看到她丢了钱，我就往地上扔了钱，帮她拾起……"

她丢了钱？你拾了？连长越听越糊涂，待他弄明白时，姑娘又向二娃要水喝。

二娃说没有水了，你忍着回家喝吧！连长看到，训二娃："什么态度？怎么对待人民群众的？去，给人家倒水！你二娃啥阶级感情？"

姑娘喝了水手指着二娃说："你是大好人，你要不嫌我，我屈尊嫁给你！"

连长一听笑了，这姑娘缺心眼儿？二十块钱就能让她以身相许？

姑娘说，我不是冲二十块钱的，我是冲着他人哩！给人钱，还不伤人脸！这好心人不嫁嫁谁？

二娃脸红得像火烧。他一转身说，我去打水，拎着水壶逃了出来。

兵们说，这二娃看着实诚，内心还挺那个的！更有兵问二娃，看到人家姑娘奶子了，好吃不好吃？我咋遇不上这样的好事呢？二娃你屈尊娶了这个姑娘，人家除了有点傻外，人长得倒还零件齐全。排长说二娃，你这叫笨人有傻福！

丢钱姑娘心眼真实诚。这女人与男人真的不同。男人，像狗尾巴爱夏小雪，他连小雪的手都不敢拉，可女人感觉得到，这个男人真是爱自己。女人爱男人，就像这姑娘，直接用身子。古话说得好，男追女隔着山，女追男易如纸。女人比男人勇敢多了，她敢直接将自己全部给一男人，男人行吗？

连长哄走了姑娘，就指着二娃的鼻子尖训了起来："这救姑娘的美事咋回回都让你二娃碰上？"

二娃被连长问住了。是呀？这姑娘娃有难时，咋净让我碰上？二娃向连长摇摇头，说我也弄不清楚。连长哼了一声，说当兵的绝对不能在驻地找对象，这根红线线，你小子碰了两回了。

二娃说，冤枉，他没谈。连长说，你还想咋谈？人家姑娘的奶都让你看了，你还想干什么？二娃说，刘排长谈对象都快结婚了！

官是官，兵是兵。

官能谈，兵不能谈。

连长说："炊事班你也别待了。"

咋？让我去炮兵排？二娃笑了。

连长点点头，说："二娃你跟我来。"二娃解下围裙，高兴地跟连长走。

走着走着，二娃看连长往山沟下走，说："连长，不对，炮兵排在这边。"

二娃被连长领到豆腐房。

"连长，这不是炮兵排。你领错了。"

连长说："我就是带你来这豆腐房的。"

"连长，你当连长的咋能骗人？"二娃说。

连长冲着豆腐房里喊道："贾有富。"一个老兵出来。

连长对二娃说，你委屈，你问下这老兵磨了几年的豆腐。

老兵笑了说，五年！

委屈不？

老兵说，不委屈。

连长说，贾有富，从今天起，二娃接替你磨豆腐，你去炮手排。你们俩好好交接下。这磨豆腐可是技术活，你好好教教二娃。

连长要走，被二娃拉住了。

咋了？

"这磨豆腐……要是传回胭脂村，村里人会咋说我，当了个磨豆腐的兵。"二娃缠着连长，让他去当炮手。

连长对二娃说："你磨好豆腐再说。"

老兵教二娃："磨豆腐着实是个技术活儿，晚上得泡上黄豆，天不亮得起来套驴烧火，淋汁滤渣点卤。样样不能马虎不说，单单这驴，使唤起来都不那么容易。"

二娃拍拍驴，说咱俩一起工作，有缘。

二娃牵驴头，它往后挣，二娃推驴屁股，它尥蹶子。气得二娃拿鞭子要抽，老兵不干了。你刚当几天兵，这毛驴的兵龄可比他还老，是你随便打的？

二娃说："不打，它不拉磨！"

老兵没说话，走近驴子，伸手摸了摸驴脸，这驴子就顺了下来，用长长的驴嘴在老兵的手上蹭了蹭，老兵乐了……驴开始拉磨了，驴拉着石磨转。

"人呀，干活就像驴，围着磨盘转。"

老兵说着，往磨盘上的眼眼里放着黄豆："磨眼不能空了，要是空磨了，浆里就会有沙子，这豆腐就白做了。"

过了几天，二娃手捧着豆腐跑去给连长看："看，我能做豆腐了，又白又嫩的豆腐。"

老兵对二娃说，他可以放心地去打炮了。二娃说你早该走了。老兵对二娃说，要与驴好好处，别打它，时间长了驴就和你亲了。

二娃说放心，在豆腐房就我与驴两个战友，我不会欺负它了。老兵又叮咛卤水可有毒，千万要当心。二娃笑了：放心，我不会拿卤水当酒喝的。

炮兵又训练打炮了。二娃听着，想了想，往暖瓶里打了豆浆，说，一会儿送去给战友润润嗓子。

可是二娃拿到训练地，暖瓶却倒不出豆浆来，咋了，成豆腐脑了。

二娃跑到卫生所，要开感冒药，卫生员摸摸二娃头，说二娃你不发烧呀？二娃说是他的驴病了。卫生员笑了，说驴咋能吃人的药？

那咋办？人病了有药吃，驴病了，就得干受着？卫生员摇头，炮团也没兽医呀？

二娃回到豆腐房，他给驴一勺一勺地喂水，又将大衣盖在驴身上。看着一磨盘的黄豆要磨，二娃犯难了。这驴像是知道自己的活还没做完，它挣扎起身，往套里钻。驴呀驴，你病了，得养病，怎么能让你拉磨哩？二娃抚摸着驴脸，将驴身上的套取下来，今天说啥也不能让你拉磨。二娃将驴套套在自己脖子上。老驴，你看，我拉。不能误了全团人吃豆腐。

二娃要磨出最好的豆腐，看看连长还有啥话说？可是，二娃又扑空了。

一天，二娃在江边走着，突然听到一阵急急脆脆"救命"的叫声。顺声看去，只见水中有好几个人在拍着水花冲他叫着。不好，有人落水了！

二娃慌忙跑到江边，一看有三个姑娘正双手拍打着水在水中挣扎着。

不好！三个姑娘要被河水淹死啦！

二娃慌了神，冲着四周大喊：有人落水啦——快来救人呀——近处不见有人影，远处坐在江边钓鱼的人。向这边望了望，也没收渔竿。

可是，水中的女娃们等不急呀！

二娃急红了眼。看，一个女娃仰面向上，水一会儿将脸都没住了，鼻子咋出气呀？女娃眼睛都闭上了；看，一个女娃在水中挣扎，头一会儿沉得不见人影，一会儿又冒出个头，眼看着被水越冲越远；看，一个女娃头都看不到了，只留一缕长长的黑发在水中漂荡着，我的天呀，这女娃该不会已经……

三个女娃的小命眼看着要淹死在这嫩江里呀！

咱当兵的，这个时候不冲上去，啥时候冲上去？二娃大叫一声"我来咧！"

二娃来不及脱掉军装，眼睛一闭就跳进了水中。

二娃连连呛水，他憋住气紧闭嘴扑腾向被淹的女娃。"就是死了，也不能白死，救出这三个姑娘，一命换三命，划得来！"

就在他快拉住女娃时，一个浪像盖住了二娃的头，在水中二娃感觉四周一下子黑了下来。

"坏了！这当兵的是旱鸭子！"

若丹扑打着水突然停了下来，她冲那两个女娃喊了声，三个姑娘一起冲向二娃，将沉到河底的二娃拉上了岸。

原来，这三个姑娘，为首的就是若丹，是炮兵基地司令的女儿。另外两个是若丹大学同学。她们放暑假回来，相约来河里游泳哩。

这三个女娃戏水，正觉得无趣，若丹看到二娃一个兵经过河边，就对伙伴们说："咱捉弄下这个大兵！"

"咋捉弄？"那两名女学生一听就起了劲。

"咱三个在这玩水多没意思，勾引勾引这大兵，让他下来陪咱们一起玩怎么样？"若丹鬼笑着。

好主意，好主意！

怎么个勾引法呢？一个女生将自己的泳衣往下拉了拉，露出乳沟冲若丹说："看看，司令千金，你不会像这样，牺牲色相当钩子，勾引那个大兵？"

若丹说："露这么一点算什么？你有本事将衣服再往下拉，露出你的小白兔子，才算你胆儿肥！有爷们范儿！"

哈哈，三人笑作一团。

"看我的。"若丹说着，双手拍打着水，头往水里一钻一冒。她的俩伙伴一看都明白过来了：装被水淹啦！

"若丹，你太有才了！好主意好主意！"

若丹她们看二娃走近，突然开始大声叫了起来。

"救命，救命！"她们一边叫着，一边拍打着水。静静的嫩江水，被这三个女学生一下子搅得热闹起来。

这二娃哪知道这三个姑娘是在捉弄他，顾不得会不会水，就扑向河里。

若丹她们的恶作剧，害得二娃呛了水还差点沉到河底。好在，若丹一看二娃真的不会水，在二娃沉下去时将他拉了上来。二娃被水呛晕了，他以为这回真的死了呢。没想到，醒来时他躺在岸边。见二娃睁开了眼睛，若丹示意伙伴们忙躺下。二娃看到，爬起来用手伸到若丹她们鼻子上，出气呢！你们都还活着！二娃高兴了，自己终于将三个女娃救出了河。

这时，已经有人跑了过来。

"看当兵的救人啦！"

"一个大兵救了三个姑娘娃！"

若丹见状给伙伴们使了眼色，三个姑娘悄悄溜了。二娃也要走，围观的人不干了，你可是英雄呀！二娃摇摇头，说下午还要磨豆腐哩。

"是炮团的战士，要不咋有这样的英雄壮举！"

"当兵的就是厉害，一个猛子扎到河里，就救出了三个姑娘！"

"难得的典型，是大典型呀！"团长高兴地说。单位出了典型，他这个团长能不高兴。

"要表彰，要记功！三等功，不，二等！一下子救了三个人，起码得立个二等功！"

庆功报告送到基地，很快就批准了。

庆功会上，团长亲手给二娃戴上了二等功的奖章，部队文艺演出队的小女兵们还为二娃献了花。鲜花、军功章、掌声，让二娃一时晕头转向。

基地宣传部来人写二娃的先进事迹材料，他们要向上级报告，争取更大范围的表彰！

"陈二娃同志，你是在什么精神鼓励下奋不顾身英勇救人的？"

"你从小树立的人生理想是什么？是不是舍生忘死为人民？"

"你是一个一个救出来的，还是三个一起救出来的？"

"你是不是一只手拉一个，一条腿还勾一个？"

面对宣传部人的一串串话，二娃像跌入河里被水呛了一样晕了。他嘴张得老大，却不知道说啥？

宣传部的人见状，引导二娃：

"千钧一发的危急时刻，你是不是想起了雷锋？"

"跳入河里，你浑身是胆雄赳赳，充满无穷力量，是不是一不怕苦，二不怕死的精神在支撑着你？"

"三个姑娘一个拉着一个，你们串成一串，你像火车头一样拉着她们出河！"

二娃听着捂住了耳朵。一旁的团长忙对宣传部的人说："二娃，就想当无名英雄！"

无名英雄？那我们的文章咋写？宣传部的人不高兴。

司令知道二娃救人的事了，回家就说："现在的兵还真行！关键时刻冲得上去！一个能救仨！"

女儿若丹哈哈笑了，她说："什么呀！司令爸爸，你真的以为你的炮兵还成了海军一样，地上能打炮，河里会游泳救人？"

若丹将她们三个姑娘捉弄二娃的事抖了底。

"有这事？"司令没有埋怨女儿，这典型已经报上去了，要是假的，可丢部队的人了！不行，司令马上给宣传部打了电话。

团长将二娃叫到了办公室，要收回二娃的军功章！

"咋了？"二娃不知道。

团长说："你二娃这回祸起萧墙了。你先反思着，明天再找你说。"

二娃说："我救人又不是冲着奖章去救的，收走就收走，有啥反思的？"

团长说："你救人？是人家救的你吧！"说完，摔门走了。

晚上，二娃躺下，宿舍的战友却嘀咕起来，有人冲二娃说："你咋被人家女娃救了？这奖章要送给人家姑娘还名副其实！"

"还是司令千金救的！二娃要交桃花运咧！"

二娃越听越气，越气越糊涂，我明明是救姑娘娃出来的，咋会是这个样子？司令千金，她淹在河里脑门上也没写司令女儿，我反思啥呢？

第二天，连长告诉二娃，连队要研究给二娃的处分。连长拿不准，指导员说报团里，报基地，让上面定。

"什么处分？这也太重了吧！"若丹知道后对司令爸爸说。司令说还不都是你没事闲得惹的祸！

若丹为二娃叫屈，一个农村娃，要是受了处分这人在部队也就彻底成废品了。不成！这事是自己惹的，自己不能眼睁睁不管。若丹给爸爸说，爸爸不管。

若丹找到团长说："谁说是我救的二娃，我会游泳但你没听说过淹死的都是会水的这句话吗？"

团长说："你和我说有什么用？你给宣传部去说，给你当司令的爸爸说！"

"当然，我会找他们说的！你先从炮团这一关放过二娃！"若丹说。

二娃知道若丹找团长的事，才恍然大悟，原来自己沉入水后是司令的女儿救自己上岸的。怪不得看三个姑娘走时的样子怪怪的，哪像要被水淹死的。自己倒是不停地吐黄水。

这样一想，二娃笑了，奖章原本不该是自己的，当然要收回了。收回就收回，我凭本事自己再得！

可是，当天黑时，又出现了让二娃想不到的事。

吹熄灯号了，连长突然派人将二娃叫到了办公室。

办公室里坐着团长和宣传部的人，团长将门关上，又伸头从窗口向外看了看，见四周没人，才对宣传部的人点点头。走到二娃跟前，将奖章交到二娃手上，说："这个奖章归你！"

二娃好生奇怪，对团长说："我还在反思呢！"

宣传部的人起身对二娃说："事情是这样的，你已经被军区确定为先进典型，基地经过研究，尽管你救人的细节有出入，但典型还是要继续树立！军区报社的记者明早就到，你要与我们统一口径。"

二娃一听不干了："我没有救人，咋能要奖章？咋能当军区的典型呢？"

"军区命令都下了，这军功章你就得领，典型也得当。这是顾全大局！"

"现在当这个典型不是你个人的事了，要是说出造成假典型，会给我这支光荣的部队抹黑！"

"军令大如山，你二娃得服从军令！"

团长将奖章塞到二娃衣兜里，趴在二娃的耳边说："你小子傻呀！奖章咬你手不成？"

军区来了个采访组要采访二娃："你先说说你是怎么救的人？然后再说说你的成长历程。"

二娃低头不语，瞎话他说不出口来。

"你倒是说句话呀！"军区记者说，他说采访过这么多典型，还没见过一个不说话的英雄。

宣传部的人说，二娃没见过大场面，心里紧张。团长捅下二娃说，你说话呀，采访不能冷场了！

记者说："你实事求是，心里怎么想嘴上就怎么说！采访完你，我们还要到你家乡采访你的家人和邻居。"

二娃听要采访他爹他娘，急了。这造假骗人的事要真传到家乡，还不丢死人哩，他爹娘几辈子都不好抬头！

二娃拿出奖章对人家说，他不配拿这奖章，不想当典型！这可让宣传部的人和团长急了，大典型要露馅，这可咋办？

"二娃同志是太谦虚，太看轻名利了！"军区采访组的一个年纪大些的头头说。

对对对！宣传部的人说。

团长拉住二娃胳膊："可不能胡说！"

到底是咋回事？记者问。

幸福炮兵

二娃脖子一扭："假的，假的！是姑娘学生娃们救的我！"

宣传部的人上来捂住二娃的嘴，伏在二娃耳边说："我的天啊！到这个份儿上，可不能胡说！"

"对，对，你救人是真的，有群众见证，哪会有假的？"采访组人说他们已经采访到现场目击者啦，二娃救人千真万确。

二娃说："我不会游泳，一跳到河里，身子就往河底沉。"

"英雄！英雄！"军区采访组年轻的女记者感动得眼眶子里含满了泪，"一个明知道自己不会水的战士，在人民群众生命处于危险的千钧一发时，奋不顾身地跳入深不可测的滚滚江水，拼命将人救出！"

"不是的，不是的！我在水底都快被淹死了，我都看到了绿丝丝布里藏着的女鬼，她往河底里拉我哩！"二娃说。

"看，看，自己已经受到了死神的威胁，甚至生命到了死亡的边缘，硬是凭着对人民的红心，将死亡留给自己，将生的希望留给三位女学生！这太珍贵了！这是什么？这是活生生的舍己救人！"记者说。

二娃听记者这样说，心想难道三个女学生真是自己救的！自己当时就想着了命把人救出来。不对，想是想了，可后来自己沉到水底了，四周都黑了，自己咋去救人？不能，没救就是没救。

二娃说反正这个典型他不能当，他感觉当这个典型就像偷了人家东西一样丢人。

"我要实实在在地救个人，明明白白地得个奖章！"二娃说完哭着跑了。

二娃交了奖章，心里轻松了。可是，这让炮团丢了脸。

团长对二娃说出真话，气归气，却暗伸大拇指。这小子是个真爷们儿！

若丹与她的两个伙伴找到二娃，本想道个歉，可是一见到二娃这三个姑娘又起了坏心眼。

若丹对二娃说："你要想真的救人，就得学游泳。我们教你。"

二娃说:"成。"

"你照我说的做,先试试你的呼吸。"若丹说,人不能同时做两件事,你看你能不能在伸出舌头舔鼻子时呼吸?

二娃哪知道若丹她们是在捉弄他,若丹的话音刚落他就伸出了舌头。若丹一帮姑娘大笑起来。

二娃发觉了,气得说,你们太欺负人了。若丹见二娃真的生气了,就说和你开玩笑的,不能真生气。你去端盆水来,我真的教你学游泳。

二娃说不学了。

若丹说,真的生气不成,再说,我们已经说对不起,已经道歉了。

二娃说:"道啥歉了,我觉得你们三个还是在捉弄我。"

一个女生说:"看来我们的道歉不真诚,那来个最最真诚的?"

什么?二娃瞪眼问道。

"亲亲新时期最可爱的人一下。"三位说着,相互推着,若丹被推到了二娃面前。

二娃脸红了,慌忙捂住了脸。

哈哈,若丹三人笑了起来。

"若丹可是初吻,你多大的福气呀?"

若丹哈哈笑了,她突然觉得自己太过分,面对这样一个真诚纯洁如赤子般的士兵,她心里涌出甜甜的暖意。

若丹说,对不起!我这次真心向你道歉。

"道歉也不学了,反正我不想让人当瓜子捉弄。"二娃说。

若丹没说话,她去打来一盆水,对二娃说,我做你看,若丹将脸埋在水中,"憋气!"若丹的话随着一串水泡冒出,这水泡在二娃脸边破了,顿时阵阵香气直窜入二娃的鼻子,二娃深深地吸了口气。真香,真甜!

若丹冒出头,二娃脸红了。他怕人家看出。

这叫憋气，游泳会憋气才能救人。若丹让二娃将脸埋在水中，憋气！二娃照做了，他憋气半天也不抬头。几个姑娘惊讶了。

"可以了！"

若丹问二娃，你咋这样能憋气？二娃说，他不知道。

若丹说，那你学游泳就容易了。你只要张大嘴喘气，别用鼻子呼吸就成！

一群战友趴在窗口。

"二娃学游泳哩。"

"看看，这三个姑娘，哪个是司令的千金？"

……

"你是不是看上这个二娃了？这年头，像这样忠诚的男人可不多了！"伙伴们在回来的路上问若丹。

若丹说："啥叫不多？简直说是稀世珍宝！"

"这么说这二娃真的入你法眼了？"

哈哈哈！若丹说，你两人要是谁看上了这二娃，她当媒人。保准一个月拿下这个大头兵！"嘻嘻，你自己留下吧，肥水不流外人田。"

姑娘们笑了，说这二娃真想学游泳？若丹说，看来不会是假的，不过是不是诚心，下回再试试这二娃。

连长找到二娃，说连队决定让他去喂猪。

这可让二娃气死了！凭啥？我要当炮兵！二娃哭了。连长说，你没当上典型，还给炮团和基地抹了黑。

从豆腐房到猪倌，这可让二娃气死了。但胳膊拧不过大腿，他去了饲养班。

有兵笑他，说："二娃你当官了，当猪倌啦！"

"二娃成八戒了，天蓬元帅，是大官！"

二娃鼻子都气歪了。

连长对二娃说，你要是将猪喂得肥肥的多多的，我就让你当炮兵让你打炮。

二娃嘴噘得高高地说："连长，你莫再骗我啦！"

连长说："这回是真的！"

二娃说："成，你就等着我将连队的猪一个个喂得白白胖胖的！"

二娃看到那三头老母猪时，数了数一头个头儿最大的母猪双排扣的奶头，呵！二十四个，这可是在老家不多见的好母猪，奶头多，能下小猪娃。三头老母猪，要是能一头下十个，一年就是三十头，三十头猪养肥了，全连人天天吃肉也吃不完！二娃想，他要将猪养得多多的，养得肥肥的，给连长和兵们看看！

我二娃不但能蒸出全团最好的馍，还能喂出全团最肥的猪！到时，看你连长还能说什么？还能不让我去当炮兵？

23

军校毕业，我就穿上了四个兜的军官服。对着镜子我左照右照，心里那个美，一双三接头皮鞋让我擦得能照清人影。我去商店给我爹买了瓶好酒，给我娘买了个帽子。给萍什么呢？我在商场转来转去，攥着手里剩下不多的钱，最后啥也没买，我感到这些东西没有一件可心能送萍的！

我急急忙忙回到家，就拉着秋芒要去城里看萍。可是，秋芒却说别去了。

怎么啦？

秋芒没说话，一旁的芹告诉我：萍就要嫁给峰了！

什么？我一听急了。不可能呀。萍喜欢的是我，她咋会嫁给峰哩？

我不信，还是一个人去了城里，在萍工作的医院门前，我呆呆地待了一天一夜。我甚至不想活了。

回到家我不吃不喝，躺在炕上也懒得起来。

我娘对我说："你都是军官了，啥样的女娃咱找不上？"

我爹对我说："男人要有出息，可以折在疆场，折天折地，但不能折在情字上！"

我娘见我这样，急得问我爹咋样好？别把强儿憋出个病来。我爹说，兴许提个亲，强儿就能缓过这个劲来。我娘一听，忙托人给我提亲。不几天就提了好几个。

娘拿着几张照片对我说："看看，这个多俊，这是王马村的女娃，去年考上了师范。看看这个，在毛巾厂上班，她爹是个公社的书记哩！"

我连眼皮都不抬，娘说见见有啥的，兴许有缘分呢！

我说打一辈子光棍也不相亲。娘知道拗不过我，就回了媒人。

一天晚上，娘突然高兴地对我叫道，看，谁来了？我还没爬起来，就听到"咔咔"的皮鞋踩到地上的声音。那个时候农村很少有穿皮鞋的人，是谁天都黑了来我家？

"我！"一声响亮的声音传来，人也来到我跟前。丽？我惊讶了。

"想不到吧？"丽说。

我娘端来了茶与丽相视笑了笑就出了门。我知道，丽在我当兵走后经常来我家，"婶子婶子"地叫我娘，跟我娘很熟了。丽现在来，要干什么？不会再提学生时候我摸她腿的丑事吧？

丽将门关上，坐在炕边离我好近，丽与我没有一丝的陌生。是我过去摸她的腿，有了这肌肤之亲，这个女人便在心里归属了我。所以，许多年没见，她也不陌生。

丽说她来只是与我说说话。她向我诉说着在我当兵走时，她提着一篮子鸡蛋来送我，可是远远地她看到医院的几个护士在围着我，丽还没到跟前汽车就开了，丽气得在回家的路上摔着鸡蛋，摔一个蛋骂我一声。

幸福炮兵

"你是第一个与我亲近的男人，我知道高攀不上你，但我心到死也放不下。你笑话我吧？谁叫我是女人，告诉你，女人都这样傻！"丽说，她腊月初八就要结婚了，男人是个矿工。她伸了伸脚下的皮鞋说，这是矿工男人送的。

丽问我，当初摸她是不是真心的？我不知说什么。丽说，如果我真心喜欢她，她可以退掉矿工的婚事，说完，丽哭了！她说，她是痴心妄想。

我想丽的话给我一丝希望，萍会为我放弃峰。我要找到萍，让她离开峰，与我结婚！

"你过去是骗我的？"丽问我。

我说，不是的。丽一下子扑到我身上，紧紧抱住了我。丽说，她终于如愿以偿了。我知道，丽指的是她投到了我的怀抱。丽说，她想这辈子嫁不了我，就将自己的身体给我。我第一次怀抱着女人，心里也激动起来。

"亲亲我！"

丽闭上了眼睛。我的嘴伸向了丽的唇，这一时刻是我一辈子都忘不了的。

初吻，慌乱与甜美交织在一起，刚才我还是壶冰凉的水，被丽的红唇烈焰般的炽热一吻，顿时沸腾了。丽却如化的冰，软瘫在炕上。

"要了我，要了我！"丽的声音颤抖着。

我第一次看到了一个女人的疯狂。身下这个平躺着的女人，是谁？是一个就要与别人结婚的女人。萍与峰也要结婚，他们也会像这样在一起？我恍惚着……

"你怎么啦？"丽的话让我打了个冷战。

我一动不动。

"你放不下萍？"丽说，我将头埋在被子里，我从心里不想让人知道埋在我内心最深处的东西。

幸福炮兵

我坐起身。

丽说，我娘将她叫来就是让她开导开导我的。

我说谢谢！

丽说你真是个好男人。我惭愧地摇了摇头。心想你不是让我洗心革面，重新做人吗？

经过丽的事，假期没休完我逃也似的回到了部队。

我拉住峰问他，你不是和营长家的姑娘好了吗？怎么会变成了萍？峰低头没说话。峰与营长夫人姐姐的姑娘颖儿好了，才得以上教导大队，怎么教导大队一毕业，人刚提了干，两人就黄了？到底是咋回事？峰咬紧嘴不说话。

我很快就知道，在我上军校这几年，陈营长出事了，他私卖大豆犯了法，先被转业，后被判了刑，峰与那个颖儿姑娘也就自动黄了。

峰你不义气！你要不和人家营长夫人姐姐的姑娘颖儿谈恋爱，上教导大队能轮到你？人家陈营长出了事，你就趁机甩了人家姑娘。再说了，营长犯罪，人家姑娘没犯罪呀！

我不明白，萍为什么要嫁给峰？我是只比峰更好的猴子，当猴王娶萍的应该是我呀！

我一定要找萍问个明白。

峰与萍的婚礼在连队的饭堂举行。我无法面对这一切，但又不能让人看出来。我只想瞅个机会与萍说句话，但我很快知道这不可能，峰一直不离萍的左右。

我的目光像条饥饿的蛇，瞅着萍，萍在躲闪着我的目光。萍，你是怕了吗？怕我这烧红的目光刺痛你。当年，你为着不让我挨批斗，与峰好了，但你这一好竟然好到了峰的怀抱。你难道是个风流成性的女人，受不了峰的诱惑。我恨你，萍！我拼死考学，当军官全是为着

幸福炮兵

你，如今，这一切有什么用。我是个被丢弃到墙角角的人，是一只被猴王剥夺了交配权的猴子。

峰与萍三鞠躬时，萍的目光一闪，这目光我多么熟悉。萍，你的目光在告诉我什么？我看不懂呀。

那天，我提前离开了婚礼现场。

24

人在做，天在看。

养猪让二娃提了干，这是包括连长、团长在内谁也没有想到的事。

二娃把猪当成了他的兵，精心伺候，猪圈打扫得干干净净，猪喂得胖胖乎乎。

兵们拿二娃开心说："这些猪娃是二娃与嫦娥生的，要不二娃这样喜欢伺候？"

二娃听了也不气恼，说："咋了，我让你放开肚皮吃肉，还堵不住你的嘴？"

兵们笑了，说："当然堵不住了，光吃猪肉哪成？"

二娃问："吃肉不成，你们还想弄啥？"

兵们说："你天蓬元帅全团闻名！"

二娃脸红了，他没吱声。他知道，现在炮兵团上下都知道他护秋在大豆地与雪花和她表姐的事，一句"那草沟沟也是部队的"已经成了这些兵们开心的口头语了。还有那个医院门前救的姑娘娃，现在兵们谁的袜子要是破了，当官的教育他们，就会说："这袜子钱可不能乱花，能救个大姑娘的！"兵们私下的话更荤了，要是谁帮谁打回饭，拎次水，洗次衣服，相互感谢就会说"吃口奶吧！你要不嫌弃，俺屈尊嫁你!"

二娃心里也犯嘀咕,这些花花事咋专门找到自己头上来的?所以二娃也怪不得别人拿他开心,心想,事出了就出了,时间长了,谁还会一直挂在嘴上不放?他一心喂好猪,让连长安排他去当炮手,要不这炮兵不白当了?

一天,一头老母猪要下小猪了,这可咋弄?二娃还真没经验,他只在老家看见过。问别人,这些兵们也没人知道。有人告诉二娃"小天蓬元帅出生,得问问嫦娥"!

二娃骂了声,说:"回家问你嫂子去。"

没弄过猪生猪娃的事,无奈,二娃先给母猪喂精食。他想,老母猪吃饱饱的才好生猪娃。

可是老母猪生产时遇到了大麻烦,难产!真没听人说过猪还难产!二娃不知咋弄,干着急。

连长一旁直训二娃:"你吹啥牛?这猪以前下小崽都好好的,怎么你一养就难产?"

二娃急得要哭了。这三头母猪要全是难产,炮兵连今年可没肉吃啦!这事,让雪花爹知道了,老人当过生产队饲养员,他要去看看。可是他瘫在床上动不了身。雪花说,你告诉我,我去!雪花爹摇头了,你一个姑娘家,咋去?雪花说姑娘家咋了?人家二娃帮咱这帮咱那,人家怕啥了?

雪花爹见拗不过女儿,再说二娃一个实心眼帮他家,现在有了坎儿,咱不帮谁帮?

雪花爹教雪花几招,然后让女儿弄袋绿豆皮,再去买瓶陈醋。

"二娃八成是将母猪喂养得太肥了,母猪下崽才难产。"

雪花娘一听,将家里的绿豆皮全倒进袋子里,交给女儿。雪花爹说:"哪能用得了这么多豆皮子?"

雪花娘嘴一噘，说："部队上的猪，大，哪能跟咱农村自个家的猪比。"

雪花爹笑了："对，娃的娘说得对，二娃喂的猪都是双眼皮！"

"就是！"雪花娘被老伴逗乐了。

"叫上你表姐给你做个伴儿！"雪花娘说，雪花点点头就去找表姐。雪花的表姐一听雪花让她一起去部队帮二娃脸就红了，上次偷部队农场的大豆，让她丢了人，她不好意思去。

"谁叫你欺负二娃这个老实人啦？"雪花说。

表姐说："那二娃咋说都不开窍，我也是急中生智，使的美人计。"

雪花笑了，你让二娃去旁边的大豆地，人家不受你的勾引。"那边沟沟也是部队的！"一想起二娃的话，雪花就从心里喜欢这二娃，而雪花的表姐脸羞得就发烧。这女人尽管才二十二岁，可毕竟结婚了，是过来人，她没见过二娃这样实心眼的男人。

"你去还是不去？给个话！"雪花说。

雪花表姐说："去，看你为二娃这样着急，我哪能不帮你这个忙？只是你与二娃要是成双配成对可得好好谢我。"

雪花羞了："表姐，看你胡说啥呢？人家帮咱，咱帮人家，非得谈恋爱呀？"

表姐笑了，战士不能在驻地谈恋爱她也知道，只是她看二娃与雪花真是天生的一对，要是成了，该多美！

雪花与表姐两人来到军营。直接让哨兵带到了猪圈。

"你怎么来了？"二娃问。

雪花将袋子里的绿豆皮拿出来，说："快打盆水，要温的！"二娃打来水，雪花按照爹说的办法，用绿豆皮拌醋，再兑一盆温水，喂给母猪喝。

"这成吗？"二娃问。雪花说她爹告诉她这样的。

幸福炮兵

"你大胆试！"连长在一旁鼓励着雪花。

雪花一边给母猪喂，一边伸手轻轻按住母猪的双排扣奶子按摩着。一会儿，母猪就开始生产了！你说第一头猪就下了十二头小猪崽，把二娃乐的，对着雪花一个劲儿地傻笑。连长看到了，说二娃你还不好好感谢雪花，傻笑啥哩？

二娃一听，更不知如何是好，他抱起一个小猪崽，对雪花说："这个送你做干儿子好不好？"一句话将雪花羞得挂不住脸。

连长说你二娃嘴笨的，连句感谢话都不会说。雪花羞过，从二娃手中接过猪崽，像抱孩子一样抱在怀里，说："我又不是嫦娥，哪能当这小猪娃的娘？"

不想，这话将二娃脸弄得涨红，兵们常拿二娃娶嫦娥这话逗二娃，不料雪花今天也露了一句，二娃当然不自在了。可是雪花哪知道这些，她一看二娃脸红，心里也悄然一动。这雪花喜欢的就是二娃这份实在，他对猪崽都能这样用心，对自己的女人还会错。二娃是天下最实在的男娃，是女人最可靠的男人。

只是部队上有纪律，不让战士驻地谈恋爱。雪花心想，这道死杠杠二娃不能违抗。等二娃将来复员回陕西时，自己哪怕到陕西也要与这个男人说清楚，按那个丢钱女人的话说：如果你不嫌弃，我屈尊嫁你为妻！

话说，天眼看着全黑了，连长要留雪花吃饭，雪花怕天晚爹妈担心就急着回家。二娃跑回宿舍，拿出这双新发的军用胶鞋，送给雪花。雪花表姐见了，说："光给雪花，我这表姐没份呀？"本来雪花表姐只是说着玩的，可把二娃急了，他实实在在地说："等下次发了给你！"二娃的话将大家逗乐了。

"天黑，草沟沟当心有狼，让通讯员背上枪送你俩！"连长发话了，谁知一听草沟沟三个字，雪花表姐脸刷的一下子红了，她看了二娃一眼，轻声说："对不起，那天我不是要那个什么的。"

二娃愣了，说哪天？哪一天？不是做什么？二娃瞪大眼，将连长给逗乐了。连长说，哪天，就是昨天，昨天人家雪花的表姐就要来的！

二娃说，现在来也不迟，正好！

猪圈里顿时笑声轰然……

人们都走了，二娃也回到宿舍。可是睡下不久，二娃就醒了：他还担心刚下的猪崽子。万一老母猪一翻身，压到小猪崽咋办？

二娃一想，干脆将铺盖卷搬到猪舍里。睡最里头的排长看到了，问二娃干啥？二娃一说，排长惊异了：猪圈里咋能住人呢？二娃说，没事，就对付住几天。

二娃住进了猪圈，一会儿就冻得打哆嗦，二娃心想，我用被子盖着还冻，那些小猪崽躺在草窝窝没盖被子不更冻了。左思右想，二娃爬起来，将地上的柴草拢了拢，又跑回宿舍从抽烟的战友衣兜里摸出打火机，在猪圈里生起了火。火一烤，二娃全身暖和了，小猪崽和老母猪也暖和了。老母猪还打起了呼呼，小猪崽一个个挤到老母猪怀里。二娃看得美滋滋的。"小猪崽呀，小猪崽，要不是雪花，你们哪有今天？你们个个都要感谢人家雪花姑娘，好好生长，长得肥肥的壮壮的。"

一会儿，另一头老母猪爬了起来。或许是火烤暖和了，它起来又是拱地又是打转。不好！要下小猪崽了！二娃见状，慌了手脚！唉，老母猪呀老母猪，你坚持一下，明天再下，我好让雪花来帮忙！

可是，老母猪自己也说了不算，一条小猪崽的腿都挂在屁股上了。难产！你咋也难产？

二娃不知，他喂的这三头老母猪，因为喂得太精心，吃得太好，老母猪没减肥，所以生产时困难！好在雪花今天刚刚教过他。二娃取来温水将绿豆皮与醋泡上给母猪喝，然后给母猪揉起乳头来，二娃揉着手里软软的猪的乳房，竟然脸发烧起来。不是我学坏了摸你奶子，是为着你老猪生产的。

这个老母猪可真是个生产模范，这一夜它产下了十四头小猪崽！

二娃乐得抱抱这个再抱抱那个，一个个小猪崽倒像是二娃的娃儿一样。

第二天，起床号一响，二娃从猪圈爬起来。

出操，踢正步。四周战友都躲着二娃，有人还捂着鼻子。

"难闻死了！谁打暗炮了，咋这样臭？"下操后，战友们围着二娃。

"二娃，你身上咋了？"二娃闻了下，说："我咋闻不出来？"

"你伸长鼻子好好闻闻！"

二娃闻了闻说："好像是有点味道。"

"啥好像？二娃你与猪臭味相投啦。"

"你住猪圈就与猪睡一个铺，当然与猪臭味相投了。"

二娃跑到一个水龙头前，伸头冲了下，又跑到室里拿出个管子接上，让一个兵帮自己冲。冲完了，二娃笑了。

"还是臭。"战友们说。二娃闻闻，说："不臭了呀！"

"你住猪圈，鼻子长长了，嗅觉却不灵了。"战友们戏弄二娃。这时，连长妻子领着儿子毛毛头来了，二娃对毛毛头说："来，毛毛头你闻下叔叔。"

连长夫人问二娃："让毛毛头闻啥呢？是不是有啥好吃的？"

二娃说："他们都说我身上臭，让毛毛头闻下。"

连长夫人笑了，说："他们胡说的，好好一个小伙子，咋能臭？"

战友们说："二娃就是臭。"

咋臭了？

"二娃住猪圈，搂着小八戒睡觉啦！"

连长夫人大笑了，说："毛毛头，你去闻下二娃叔叔。"

毛毛头围着二娃转了一圈，抬起头望着娘，连长妻子对儿子说："你闻到什么味了，说。"

毛毛头又走近二娃闻了下，赶紧捏住了鼻子："屎粑粑，臭。"逗得大家哈哈大笑起来。

二娃跑到水房，拿起水龙头往身上冲。连长妻子跑回屋里拿出一个瓶子，对二娃说，别动，说着就往二娃身上喷香水。二娃躲着。连长说："二娃你笨蛋，这香水几十块一瓶的，给你白喷你还躲。"

二娃说："香水是女人才用的，我一个男人用这个不羞死人啦？"

也该二娃交好运了，这天司令到连队，听连长说起老母猪一窝下了十四头小猪娃的事。司令好惊奇，就来到猪圈，一看二娃住在猪圈，怀里还抱着小猪娃，司令眼睛都湿润了。他摸摸二娃的被子，还拿到鼻子边闻了闻。被子是潮的，还有股味儿。

司令重重地拍着二娃的肩膀说："多好的兵呀！谁说现在的兵不能吃苦，怕脏怕累，陈二娃这个兵就是个吃苦耐劳的标兵。"

当场司令对跟在他后边的团长说，教导大队要集训一批干部，我司令今天破例，点名要这猪倌二娃参加。司令说："这样好的战士不好好培养可白瞎了！"

于是二娃成为干部苗子被选入教导大队干部苗子班。

这可将那些看不起二娃的兵们馋坏了。这猪八戒真的当上军官啦！打这以后，这些兵们都争着去当猪倌了。各连队的老母猪也成了宝贝，一下小猪娃，这些兵们也点火住猪舍。但喂猪能当干部苗子的也就只有二娃一人，就像地上的金元宝，第一个发现的人才能得到。

二娃因祸得福高兴得一蹦三高。这事多亏雪花帮忙，要不是雪花别说当干部苗子，不受处分才怪呢！二娃想，这一生都得感谢人家雪花！二娃给家里写信报喜，信上说雪花是天上的仙女，被王母娘娘派来帮他二娃的。

兵们说，雪花真真是嫦娥……

二娃当上干部苗苗，让细桃、二忠和二娃的干爹干娘高兴了。二娃干爹说:"我说嘛,我二娃当兵就会有出息!"

他们来到我家,说吃水不忘挖井人,要感谢我爹。我爹说谢我啥呢,要谢得谢人家齐省长,谢接兵的军官。

二娃干爹直点头:"我早就说过了,二娃这娃,大难不死,必有后福,处处都有贵人相助呀!"

二娃爹娘打来信,让二娃好好感谢人家司令,感谢那个仙女!

二娃高兴之后又去找连长。

"啥?你还要打炮!"连长惊异地问。

二娃点点头,说:"你当连长说过的话得算数!我当炮兵没打过炮回老家跟人说还不让人笑话死了!"

连长被二娃弄乐了,你二娃呀,成了干部苗子,上了教导大队,眼看就能当军官,打个炮算个屁呀!

二娃对连长说一码是一码,当干部苗子与打炮是两回事。连长说成,就满足你,让你打炮。

二娃跑到训练场,迈上炮台,连长让炮手教他:填炮,瞄准,然后一拉炮绳。"轰"的一声,二娃被震得蹲在地上,双手捂住耳朵,他感觉耳朵聋了。

过瘾了?连长问二娃。二娃笑了笑,说:"连长,你说话还算算数!"

连长说,我一个大连长,啥时说话不算数过?

二娃笑了,心里说,蒸好馍、磨出豆腐让打炮的话就没算数。

哨兵来报告,说雪花的表姐来找二娃。二娃心一喜,肯定雪花也来了!忙迎了出来,可是远远的只有雪花表姐一个人。

咋你一个人?

原来二娃喂猪成了干部苗苗在驻地也成了传奇。

这老母猪前世欠养猪兵的债,这回是来还的!一次就下了一堆小猪崽子。

这大司令猪圈里发出命令，直接任命二娃当军官。这真是生铁逢时会发光，尿人遇贵人能转大运。

养猪的二娃上辈子是天蓬元帅。

……

人们闲传得邪乎，当然也传到雪花和表姐的耳朵。雪花表姐逗雪花说："这二娃是那天蓬元帅，那你不就是嫦娥啦？"

雪花脸红了，她心想自己哪里是嫦娥，连个高老庄的小姐都不是。

雪花表姐问雪花："你不想去军营看看二娃？"

雪花摇头了，她打心里恨不得立马就去军营，可她此刻心里却有一股说不出的感觉。二娃是兵时，她尽管穷，但与二娃两人没多大距离，现在二娃就要成军官了，一下子拉远了两人的距离，她心里有些慌。原来想，二娃当士兵复员时可以到陕西找，现在……

"你怕啥哩？你是二娃的大恩人！没有你，他二娃的猪就生不下猪崽，猪生不下猪崽，他二娃也就成不了干部苗苗，你雪花才真是二娃的贵人，真真是天蓬元帅的嫦娥哩！"雪花表姐说。

雪花对表姐说，她不去军营，她要一个人好好学习，不考上大学，不会去找二娃啦！雪花拿出她绣的鞋垫，让表姐去军营替她交给二娃。

雪花表姐来到军营。

"雪花咋没来？"没等二娃问，连长先发话了。雪花表姐叹了口气，掏出鞋垫交给二娃。连长见状对二娃说，你一正式提干，就有资格越过那条纪律的杠杠，可以在驻地谈恋爱了！

二娃说，我才不谈呢，我要的是这口气，凭啥干部能就地谈恋爱，战士不成。"连长，你不让谈恋爱，战士都打光棍不成？"

"那你还学不学雷锋支持人家姑娘上学了？"连长问二娃。二娃说当然了，男人说过的话就得算数，我的津贴费继续分给雪花。连长笑了，指着二娃说，你这一头犟驴净交好运。

雪花表姐对连长说，她要对二娃单独说句话。连长说成成，你俩说话，我出去。反正二娃就要提干了！

连长出去还特意将门关上。二娃见屋里只有他与雪花表姐两个人，他想起大豆地雪花表姐让他去沟沟的事，脸就红了，他忙将门打开。雪花表姐生气了，起身将门关上，说："我能吃了你不成？"

二娃说不是，我是怕！

怕啥呢？雪花表姐笑了，说："你当上干部苗苗了，就将雪花忘了不成？"

没有！我咋会忘了雪花哩？二娃感到委屈。

雪花表姐说："雪花让我传句话给你！"

二娃竖起了耳朵，雪花有啥话不能直接对他说，非得让人传。

"雪花说她不考上大学不会来找你的！"二娃一听雪花表姐这句，心里一热，雪花怕她耽误自己呀？

二娃对雪花表姐说，他会帮雪花直到她考上大学。

雪花表姐说："二娃，你真的成了天蓬元帅了，那雪花是不是你的嫦娥？"

二娃脸红了，说我还没提干，没穿上军官服，还是个猪倌。

雪花表姐说："这不眼看着就成了！"

"眼看着不行，得真真的成了才算成了！"二娃说。

雪花表姐笑了："我明白了，雪花喜欢你的啥了？"

"喜欢我啥？"

"喜欢你的笨！"雪花表姐没说出口。她问二娃，说要是你真的成了事，雪花会不会成为你的嫦娥？

二娃说，雪花本来就是嫦娥。

25

雪花遇到大事了。卧炕几年的父亲旧病不治又得了新病，怕影响女儿高考，一直忍受着没吱声，心想雪花考完试再说。雪花考完了，考得不错，她心底也生出了种种希望。她要是能上大学，就大胆地找二娃。可是这个时候，雪花的父亲在女儿考完试后，心劲儿一松就支撑不住了，雪花忙带父亲去医院，一查父亲已经到了癌症晚期。

雪花刚刚点燃的希望顿时熄灭了，对这个风雨飘摇的家，父亲的病症犹如雪上加霜。苍天太过无情，对雪花一个姑娘这样太残忍了！

医院告诉雪花，要么立刻送父亲住院手术，兴许父亲的命还能保几年；要么保守养着，也就半年六七个月光景。

老一点的医生劝雪花，算了！手术，病不一定能治好，还要挨刀遭罪，老医生话没说透，他怕雪花的爹下不了手术台。年轻的医生却说，得马上手术，年轻医生想上手，做个大手术。

雪花一时没了主张。手术，父亲就有生的一丝丝亮光，回家保守，就是眼睁睁等着死神来敲门。

手术！父母生养自己费了多少心血，受了多少劳累。现在，父亲病倒了，做子女的咋能不尽力？

雪花父亲死活不同意手术。没事，这病吃几服中药兴许就能好的。他知道家里的境况，手术得花多少钱呀，要是治不好，死了，这钱不白白扔了。雪花不干，她不能看着父亲不医而死。可哪有治病的钱给医院呀？

雪花将她积攒准备上大学的一点钱拿出来，又把家里的一头没出栏的猪、一篮子鸡蛋都卖了。

"不成呀，都给我治病了，你们娘儿俩往后的日子还过不过？"雪

幸福炮兵

花爹不让女儿这样做。

雪花表姐将自己积攒的钱也全拿了出来，她老公见状有些不乐意，雪花表姐说："你整天小姨子长小姨子短叫的美滋滋的，临事了却想躲闪，算啥男人？"

"不是心疼钱，我是怕雪花爹手术白做了！"

"哼，你就是心疼钱！"雪花表姐说，"雪花就咱这一门亲戚，咱不帮谁帮？"

"就咱这点钱也不够呀！"

雪花表姐说够不够也是一份心，她再想别的办法。

雪花表姐悄悄找到二娃，说出了实情。

二娃一听也急了，救人呀！有啥比人命金贵的？

但二娃还只是干部苗苗，没当上军官，拿的还是十几块的津贴，这可咋办？二娃急得直跺脚。

雪花表姐见状忙说："算了，你要是早当上军官就好了。我再想别的办法。"

雪花表姐的话，让二娃有点主意。他告诉雪花表姐，不管咋样，他会想办法弄到钱！

二娃找到司务长，问当排级干部一个月能拿多少钱？司务长脱口说五十六块，加上高寒地区补助的十块钱，一共是六十六块。

二娃说，能开这么多呀！他对司务长说："那你给我提前取两年的工资，等我当上军官了，你再从我工资中一个月一个月扣。"

司务长笑了，说："这哪成？我当了八年的司务长，还没听说过提前支取工资的。再说，万一你二娃犯个什么错误当不上军官这钱谁还？"

"这有啥不成的，我人又跑不了。就是提不了干，我天天下苦也不会欠部队的钱不还的！"二娃说。

司务长这回没笑，他问二娃这么火急火燎地要钱到底遇上什么过不去的事了？

二娃如实给司务长说了。

司务长听了心里替二娃着急，但二娃要提前取工资那是绝对不成的。

司务长从自己家里取出了二十块，说他积攒的钱不多，别嫌少。

二娃说："我是想提前支工资，哪能要你的钱？"司务长说，我一个老兵，眼看你急，说啥也得帮你一把。

二娃拿过钱，说："司务长，这钱算我借你的。等我一拿上工资，立马还你。"

拿着司务长的二十块钱，二娃便想到了一个字：借！

可是，真要向人开口借钱时，二娃脸皮就薄了，怎么也说不出个借字。

活人还让尿憋死不成。二娃一咬牙，去医院卖血。二娃卖血的事，让战友们知道了，区队长领头捐款，然后将钱悄悄放在二娃的被子上，留了张纸条，上面写：二娃肯为群众卖血，战友岂能袖手旁观！

二娃看到这钱和纸条时，泪流了下来。他将纸条装进怀里，拿着战友的钱连同自己卖血的钱交到雪花手里。

正当大家等着雪花爹做手术时，却传来了让人难以相信的消息：雪花父亲上吊死了！

咋这么想不开？

这雪花爹知道自己的病就是个无底洞，有多少钱也不够填的。

老人晚上睡不着，就对雪花娘说："这可是咱穷人得不起的病呀！"

雪花娘说："摊上了，躲也躲不开！好在二娃、雪花表姐还有二娃那些个战友都在帮咱，要能治好病，咱一家人不就能继续朝前走了。"

雪花爹听了长叹一声："我成了累赘，不如走了算了！"

雪花娘一听泪止不住地流成了线。几十年的夫妻，两人像是都长到了一起，一个人病了，另一个人也疼。雪花娘说，不能瞎寻思，部队上二娃给咱的钱，雪花上学的钱，雪花表姐帮咱的钱，凑在一起差不多够了，明天就交医院，兴许就能治好你的病了！

雪花爹叹了口气，二娃，人家上辈子又不欠咱的，一个心眼帮咱，你说咱咋报这个大恩呀？

老两口儿说到半夜三更。雪花娘叮咛老伴，千万不能胡思乱想，人有一口气，咱就是个囫囵的家。天快亮时，雪花娘才入睡。雪花爹起身，在炕头女儿的作业本上撕下一张纸，用人生最后的勇气留下一行字：省下二娃的卖血钱，还了雪花表姐的钱，雪花好上学读书。二娃，如果你不嫌弃娶了雪花，两人成亲之日到爹的坟前烧把纸！我在地下也好闭上眼睛！

老人用裤腰带勒住自己的脖子，一咬牙双手使尽力气，自缢丢命。

雪花娘醒来开始以为老伴睡着了，但一看脸铁青，赶忙喊雪花。雪花跑来，看到爹已经断气了。

雪花哭得死去活来，她觉得自己要是个男娃，就不会让爹这样受罪了，她甚至恨自己考上大学。她将录取通知书撕成两半，要不是父亲看到了通知书也不会上吊。这大学，她死也不能上了。亲人们劝乡里乡亲的劝，雪花就是缓不过这劲来。

雪花娘恨自己睡得死，就这样让老伴走了。她说她知道自己的老伴一辈子要强，万万没想到他会走这条路……

二娃来了，拿过雪花父亲的遗言，跪向老人说："雪花，你爹舍命为的是啥？为的是让你读大学，为的是让你有出息。你撕了通知书，不去上学，你父亲的命不白舍弃啦？"

雪花听着，但她怎么能背负起以父亲命换来的学业呀？

"你要是真孝顺你爹，就将眼泪流到肚子里，再苦再难也要去上学！"二娃说。

"对，二娃说得对！这样你父亲才好闭眼！"雪花娘劝女儿。

雪花埋了父亲，怀揣着有二娃鲜血热度的钱，戴孝去上大学。历经这场变故，雪花一下子成熟了。她知道父母只生她一个女娃，父亲没了，这个家要她支撑，她不能沉浸在悲伤中，要继续朝向前奔命。

人不都是这样朝前奔着命吗？都知道奔到尽头是什么地方，可还是不顾一切地奔着。不奔，坐等着尽头等着死，那还来这世上做什么？

乡亲们看到雪花这样，悬着的心也平复了。有人说，二娃是个心善的男人。也有人说，那是雪花用了几辈子修下的姻缘。

二娃说："你安心上学，我二娃帮人帮到底！"

天死沉着脸，黑黑的云，在人头顶压着，我的心情也垂头丧气。

连队要抢收大豆，峰带着排里的兵，开着汽车给生产连队收大豆。

我的手被收割机划了道口子。也好，我早累得腰疼，趁机跑到营部卫生所包扎。我知道，萍来部队了，就住在营部的临时家属院，这会儿峰正在大地里开着车，我想现在去找萍是个机会。

不想，出了卫生所，我就意外地看到了萍。萍与峰结婚一年多，来部队两次，我只在结婚时见到过她，以后再来，萍可能都有意避开我。这回见到萍，萍还是想躲开我，我直接迎了上去。我要问个明白，萍为什么要狠心离开我？

营区人多，萍不好说什么，我跟着萍去了临时家属院。关上门，我一肚子的话却说不出来。我们四目相对，久久呆站在那里。萍的目光里有一丝丝怨怼。

"你怎么来了？"萍问。

"你怎么能嫁给峰？"我直逼萍。

萍说，你恨我吧，都是我不好！

萍让我找个好女人结婚吧。

"为啥？你告诉我到底是为啥？"

萍低头说："有个事，我想将它埋在心里，到死也不说。"

我一把抱住萍，将她抱到床上压到身下。

"说，到底是咋回事？"我狠狠地说。

萍只哭，什么也不说。

我紧紧地抱着萍。说今天我要，我非要不可！你本来就应该是我的！

我想，面对你爱的女人，能不能成为婚姻，一个重要的因素就是男人的胆量。

何谓爱？是心灵魂儿相融，也是肉体的切入！仅有灵魂是神，有了肉体才是人！

萍一动不动地平躺下了。这是我想象了多少次的景象，如今就在我眼前，我激动得全身都在颤抖，我的眼前突然出现我领着萍去老皮头家给母羊搭羊娃儿的场景。

我要搭羊娃儿！

我的血涌到头顶盖子上。

这时，萍的一句话让我顿时安静了："你让我后悔了！"

"后悔什么？"我问。

"后悔当年护你！"萍冷静地说。

我像那年送给萍的那个漂亮的凤凰烟盒，我用了十几个烟盒换来的凤凰烟盒，仅仅因为弄脏了一个角角，萍便扔到了水里。萍，她要的是完美的，不脏一个角角的爱。

可是，萍为着我脏了自己的一个角角，她宁可不顾一切，将自己嫁给了峰，将自己像脏了角角的烟盒扔了。可她心里护着卫着的是我，一个干净的，没弄脏角角的烟盒，凤凰烟盒！

一个炸雷朝房子的窗口扔了过来。我突然听到了外边的人们急促的跑步声。这雷，是峰扔过来的，或者是峰求老天扔来的！就是老天有意扔来的，我当时就是这个念头。面对萍，我感到自己就是脏的破的烟盒。

我跑了出去。刚进去就看到峰的身影。如果晚一步，峰就会发现，我就会成为整个部队的丑闻了。可能会被开除，批斗？一想到批斗，我就恨峰。萍就是为着我不被批斗，才与峰好的！没想到真的好了！明明说是假装好的，却真的成了峰的女人！

我不怨老天爷，为什么偏偏在这个时候打雷？我与萍没有成为一体！却至少在萍的心里还不是一个角角都弄脏了的烟盒。

第二天，峰开着车拉着萍，他们去县城给峰看病，就出了人命关天的大事。

二娃脸盆里憋气学游泳，想真正地救回人。

"二娃，有你邮包！"门外有人喊。

"谁寄来的？"二娃一边问一边不顾一脸的水，出门拿了包裹。

战友们围了上来。"嗬，是黑龙江大学，二娃你的嫦娥寄包裹给你了？快让我们开开眼，看寄的啥宝贝？"

二娃拆开一看愣住了。包裹里面是一个短裤，"游泳裤！"战友们大笑着说。哪个姑娘给你寄游泳衣？这可不是一般关系！

包裹里还有一封信，二娃拆开一看是一张粉红的信笺。战友们说可不可以让大家看，实际上眼尖的已经看到了落款若丹二字。

"是司令千金的！"

二娃忙跑到营区后面的林子里，读着若丹的信：

"二娃，我不知道在我认识你以前这个名字对我来说是多么的陌生与俗气。可是，现在我真切地感到它的真实与亲切！因为，你让我看到人的纯净善良和忠诚。你知道这多么可贵，我当初道歉的话今天要收回了（待再会时给你最甜美的道歉），我为能在清澈的江水中认识你这个大兵而感到庆幸！我甚至想，要是我那天真的落水了多好，结局会是什么？让你救出，或者与你一起沉入江底。两种结局我都会感恩于你！我怎么会说这话，呸呸！好了上课了！加油，我心目中的英雄！若丹。"

若丹的信，二娃读着气喘得都有点急，一个男人能这样赢得一个姑娘的赞美就会这样的。二娃心想，自己一定要救人，不能让姑娘白叫英雄二字。

二娃没事在嫩江河汉子走，也没遇到过落水的。倒是见到不少钓鱼的。二娃笑了，人都平安不更好，咋能为着自己救人，还盼人落水呢？二娃狠狠地打了自己一下。

这天，二娃接到雪花的信，这让战友们好不眼馋。

要说也是，又是司令的千金若丹，又是漂亮的大学生雪花。二娃上辈子积啥德了，这样的好事都让他一个人摊上。

"快看，这雪花信上说啥哩，是不是也向你示爱？"战友们挤兑二娃。

雪花在信中告诉二娃，班里有男生追她。她问二娃该怎么办？让二娃替她拿个主意。

咋让我拿主意？二娃不解。

战友们说，二娃你真笨，这叫投石问路，是雪花向你投的问路石子。

问路？啥路？

问你爱不爱人家？

二娃笑了，他咋给雪花回信呢？战友说，这还不简单！你爱就回信不让人家去理那些追雪花的男孩，不爱就让人家追呗！

二娃还是不知咋回信好。他想人家男娃是大学生，要是不让人家追雪花，可不把雪花耽误了？自己是喜欢雪花，但他要是这样，自己帮雪花不就动机不纯啦？

再说，还有若丹呢？

"这两个姑娘的意思你看不出来？"战友问。二娃笑了，他又不是瓜子。

二娃觉得，雪花像个田地里的苗子，离不开他的呵护照看。雪花面前，二娃像个男人时时要护女人。二娃一想到若丹就要深深地吸气，那香一直在他鼻子里游荡。若丹是天上的仙子，引着他直达仙境，二娃感到自己轻飘飘的。

这两个女人，一个是自己能养活的农家女，一个是能让自己成仙的司令公主，两人都是那么好，如果老天这样轻易地让他二娃选女人，二娃能选谁？他想，爹知道后会说什么？选择司令的女儿，这多有面子。娘会说什么？攀高枝好是好，你以后得伺候人家公主一辈子！

二娃想不出头绪就去了嫩江边，河水结冰了。他踏上镜子一样的冰面，蹲下身看着冰面上自己的影像。这雪花娶回家，娘与爹一定会满意的，干爹干娘也会乐意的。可是，自己娶雪花回家，雪花的娘怎么办？老人就这一个女儿，也不能让人家孤苦伶仃一人过日子呀？不成！

这时，不远处传来呼喊声。

救命！救命！

二娃见到几个人叫着，指在冰窟窿里。哈，又是有人在捉弄我？二娃心想，这冰上面都能经住人，人怎么会掉到冰下面？二娃继续往前走。不对，喊声嘶哑！二娃跑到了前面，一看好好的冰裂开了，一个小孩子在水中挣扎着。二娃纵身跳入水中，那个冷，像冰刀子一样在二娃身上扎。憋气！二娃想起若丹教他的方法，憋住气沉到水里，一把拉住落水孩子，刚想将头浮出水面好换口气，不料孩子死死抱住了二娃的胳膊。眼看着二娃要被拉入水底，二娃挣不开孩子的手，又浮不出头。这气憋得二娃要晕过去了。这时，二娃突然被一个东西捅

幸福炮兵

了下头，是一根竹竿，二娃下意识用嘴咬住，二娃终于浮出了水面，岸上几个人帮忙将二娃和孩子拉出了水面。

这时，孩子的父母也来了，他们扑过来抱住孩子。

"快空空水！"有人喊。

"送医院！"人们围着孩子，二娃筋疲力尽地趴在地上。

二娃救人的事，没告诉别人，也没有因此立功授奖。二娃只写信给若丹说了，信中说他会游泳了，也兑现了自己的一个誓言！若丹回信对二娃说，她早就知道二娃不仅是个英雄，还是个好的英雄。

若丹给二娃寄包裹写信的事，让司令夫人知道了，她悄悄来到教导大队，大队长心想这司令夫人是来偷偷看女婿的，说等二娃训练回来就安排让她见见二娃。不料，司令夫人说不用啦，她让大队长安排二娃到她家，她要亲自与二娃谈谈。

"我悄悄到教导大队，别让人知道，也不要告诉司令。"司令夫人临走时对大队长交代道。

是，是，我明白！大队长的头比鸡啄食还快。

二娃一下训练课，就被等在操场一边的大队长叫住："二娃，你快洗洗脸，换身新军装去司令家。"大队长悄悄对二娃说。

"啥事？"二娃问。

"好事！司令夫人要接见你。"

战友们一听，也馋红眼。哈，二娃要真成司令的女婿了，咱不得巴结巴结。

二娃不敢怠慢了，赶紧洗脸换衣进了司令家。

司令夫人为二娃倒了水，还拿出了个芒果。

"你就是陈二娃？"司令夫人上下打量着二娃。

二娃点点头，心里对司令夫人有点害怕。要真的成了丈母娘这可不好惹。

司令夫人让二娃坐下，二娃摇头说站着就行。司令夫人端来一盘水果，拿出一个芒果递给二娃。

"没吃过吧！这叫芒果，是海南才有的！"

二娃是没有吃过芒果，但听司令夫人的话不舒服。心想，我没见过，也不稀罕。

二娃说："阿姨，你叫我来有啥事？"

夫人说："没事，就是让你来喝水，不，吃芒果。"

二娃一听敬了个军礼，说："芒果不吃，水不喝！没事，我走了！"

夫人一看忙说："是有正事，你先坐下来，我跟你们大队长都说好了！"

二娃说："啥事？你说，我站着听。"

夫人关上门，走近二娃："我知道你与我家若丹的事。若丹还小不懂事，感情用事。二娃，你好好干，将来会有前途的。找一个好姑娘没啥困难。你看我与你们首长就若丹这么一个女儿，我们拿她当掌上明珠。所以，我的意思是让你离开若丹。这样对你好，对若丹也好！"

二娃一听难受了，他与若丹啥事呀？八字连半撇都没有哩，人家司令夫人就开始嫌弃他，这让二娃很伤自尊心。

二娃本想说，他不会高攀他司令千金的，可他没这样说，他不想让人笑话他。二娃对司令夫人说，下个月，自己在教导大队就毕业了！二娃的意思，一毕业，他马上也是军官了。

司令夫人一听大笑起来，说："毕业？你毕业就是军官？啥官，排长吧，排长也算个官？"

二娃受到很大刺激。咋，排长不算官？

"不是嫌弃你官小！"司令夫人摇摇手说不是那个意思。

"那是嫌我什么？"二娃弄不懂了。

司令夫人笑了笑说："我们若丹要嫁也得嫁个军长，最起码也得嫁一个师长的公子。"

二娃听了，心想，我的爹是农民，我的干爹是要饭的。与军长、师长相比一个在天上一个在地上。

二娃对司令夫人说，我不会高攀你家若丹的。我爹、我娘都是农民，当农民比不上别人富，比不上别人贵，但当农民也没丢谁的人。后面的话二娃没说出口：你瞧不起人，我也瞧不起你。司令夫人夸二娃懂事，说今后她会让司令关照二娃进步的。二娃说不用，他能当这个小官是几辈子人的荣耀，是祖坟冒出了青烟。他很知足。

司令夫人在二娃出门时，悄悄对二娃说，今天他们两人的谈话是秘密，不要告诉别人。夫人担心若丹知道，担心司令知道，也担心别人知道，说她嫌贫爱富。

二娃出了司令的家门，就想给若丹写信说说。让她不要再写信给他了，二娃为过去在若丹与雪花之间的选择而愧疚。自己和雪花是一路人，与若丹本不是一条道上跑的车。回到宿舍，拿出信纸，写啥呢？二娃犯了难，自己答应了司令夫人，不告诉别人，可编谎话给若丹，他一时想不出咋说，他从心里也不愿意这样。所以，本想给若丹写信，下笔却成了雪花。若丹来信二娃也不回。

若丹放寒假回到部队。若丹与雪花是一起放的假，可是若丹坐的是飞机，雪花坐的是火车。

周末，若丹去了炮兵团，二娃教导大队毕业，分在了炮兵团。在连队见到二娃就问他为什么不给她回信。

二娃想说忙！却没说出口。他看连队里不时有人进来，就带若丹来到炮连的后山上。

若丹在山上对二娃说："你老实说，为什么不回信？知道不知道这样很不礼貌！"

若丹见二娃不说话，就说："以后你要做到有信必回！这次原谅你!"说着挽起二娃的胳膊。二娃又闻到了若丹的香,他多想将若丹抱在怀中,可是一想到司令夫人,他就退缩了。

若丹让二娃说说冰河上救人的事,二娃说都过去了。

若丹说不行,这回得给你立功!她要找教导大队、找宣传部,给二娃补二等功。二娃说,救人又不是冲着立功的。

若丹说,你知道吗?你最吸引我的是什么?

"什么?"

"就是你的傻!"若丹说着亲了下二娃的脸,二娃哪经过这个,一个勃勃的男人谁能受到这个。

"我有一个心愿,你能满足吗?"若丹说。

啥心愿?我一个小小的排长能满足你啥?

若丹说我冷,二娃一听,说冷那咱回去。

若丹嘴噘起来,说你真是个傻子。若丹说着往二娃身上靠。

二娃慌了。他对若丹说,他们不能在一起。

为什么?

若丹一听以为自己听错了,差点要跳起来。本公主主动示爱,这个二娃竟然不领情?多少男人追她,她眼皮夹都没夹。

二娃说,他配不上若丹!若丹没说什么,她突然抱住了二娃。二娃长这么大,还是第一次这样亲近女人,若丹一个少女的怀抱足以让二娃晕厥,一时也将司令夫人的话忘了。

傻子,我就是这个心愿。若丹问二娃这是第一次抱女人?二娃点点头。若丹笑了,她从二娃激动颤抖的怀抱里感受到了一个男子纯真朴实的冲动,这让她很陶醉,很得意。

晚上若丹住在了炮团招待所。

雪花第二天也来找二娃了。她要送二娃一个自己做的礼物,她想这回要向二娃表达那个意思,如果二娃看得上她,她这辈子就跟定二娃了。

雪花在连队没找到二娃，战士们说，二娃又去后山了。雪花想去找，连长拦住了她。

　　为啥？雪花不解。连长说为你好！连长心想，一边是司令的女儿，一边是你一个农家大学生。明摆着不是一个级别的。

　　连长劝雪花回野鸡屯，雪花说她说什么也要见见二娃哥。连长心想，借机也为司令家办点好事，兴许能以此巴结上首长。这也是为雪花姑娘着想。

　　"说实话，二娃跟一个姑娘上的山。"连长说。

　　雪花一听心里慌乱了。连长告诉雪花，若丹是司令的女儿，还被二娃从河里救过命，不过是假的救命。

　　雪花只听不吱声了，她想离开连队，回自己的野鸡屯。要等二娃回来，告诉二娃，自己准备接受同学的追求。雪花不能耽误了二娃哥的前程。

　　晚上，二娃与若丹一同回来。雪花见状，尽管心里已有准备，但她还是感到难受，像心里的一座山一下子塌了，像一朵即将绽放的花，被人干拔了根子一样。

　　"雪花！"二娃见到雪花心里又惊又喜。这惊喜与见若丹不一样，二娃见若丹，心里存着不安与慌乱，眼前总浮现的是司令夫人向他晃动着那个金黄金黄的芒果。而见雪花，心里的喜悦像天上的雨滴，自自然然地就洒落了。

　　若丹打量着雪花，雪花不敢正视，甚至头都没抬。

　　二娃哥！雪花叫了声，委屈得眼泪要流出了。若丹笑了，早就猜出，这就是二娃救助的大学生。人家是来谢恩人的，若丹这样想，但姑娘特有的敏感，让她知道雪花不仅仅是谢恩来的。

　　雪花手心攥着的礼物，这会儿却没有勇气拿出来，她本想对二娃说，她取得了二等奖学金，以后可以不用寄钱了。可她没这样说，她怕这样说，二娃不再联系她了。

你手里拿着什么？二娃问，雪花下意识将手转到了背后。若丹笑了，说是不是送你二娃哥哥的礼物。雪花一听将手放到了衣兜。

雪花的手里是什么东西？

这是雪花在学校做的。雪花剪下一缕头发，然后用一根红丝线编成一个心，从心尖尖长出了一撮黑黑的头发，心作把，发作条，雪花做的是个小扫帚。雪花用这东西向二娃示爱，这东西能扫晦气转好运的。雪花不想当着外人特别是若丹的面给二娃这样私密的礼物。

若丹看出来了，她对二娃说，你妹妹想单独送你，我就不在这里碍眼了。若丹这样做，显出的是一个司令女儿特有的自信，二娃那样真诚的男人，不会有什么花花肠子，他也不会放弃若丹而转身雪花的。

雪花见若丹走了，心里生出一丝感激。她让二娃把钱包给她，二娃不解，但还是拿出了钱包，雪花将用自己的青丝做成的礼物装入二娃的钱包，告诉二娃这是她亲手做的。雪花只说了礼物能扫晦气转好运，没说还是定情的礼物。雪花从心里会舍不得二娃哥，但她知道人家司令女儿能让她二娃哥飞黄腾达，而她只能给哥哥添麻烦。为了哥哥的前途，雪花决定不捅破男女间那层窗户纸，她干当二娃的妹子。

若丹、雪花两个姑娘上门找二娃，别说战士们红了眼，就是连长也直拍脑门。这二娃傻不拉叽黑不溜秋的，要说雪花看上那是二娃助人为乐的报答。可是司令女儿也来搅和，这是为啥？

团长告诉连长，猪八戒咋样？高老庄的漂亮姑娘不是也愿意嫁吗？

可是，没几天团长接到了司令夫人的电话。夫人让团长阻止二娃与女儿的发展。

团长为难了，这宁拆十家庙不拆一家婚，这损德的事咋开口？你一个团长对一个排长还不是说煤球是白的就是白的！

"司令咋说?"团长笑着问。

"别管他,司令听我的,这事你帮忙我也会告诉司令的,你可知道司令部还缺一个副参谋长哩!"夫人说。团长心里骂了话:娘的,夫人干预朝政!但团长骂归骂,他还是决定按夫人的话去办。

病由心生,雪花心里痛,病也找上门了。回到学校雪花就高烧不退。同学边是雪花向二娃提过的追她的男孩子,雪花一病,边就守在病床边。

你嘴好干,嘴角都起泡了!边端着水心疼地看着雪花将水喝完。

雪花闭着眼,静静地感受着边的温柔体贴。春心萌动啊,在那个冬天,雪花是多么渴望品尝爱情的滋味。但雪花心里被二娃占得满满的,连一个缝隙也没留。

雪花稍好些就要出院,她住不起医院。住院,让雪花的计算机课程落下了许多。考试在即,这可咋办?边不吭不声地来到雪花身边,手把手地教她。雪花学了大半天,晕晕乎乎地从教室出来,边拉雪花去吃饭,吃完饭,他们一起散步。这是雪花第一次与边散步,边很兴奋。

雪花发现路边的一朵纯白的雏菊孤苦伶仃地在雨水的拍打下缓缓静静地开放,雪花心一颤,她蹲下来看了许久。边看到了,他要摘下这朵花,雪花拦住了。你还不嫌它可怜呀!边没搭话,他喜欢雪花的纯真与善良。第二天,边在女生楼下等雪花,手里端着一盆纯白的雏菊。雪花心里感动,但除了说声谢谢外,还能说什么?

这天是雪花生日,她哪有心思过生日。晚上吃饭时,同宿舍的姑娘告诉了边,边一听要给雪花过生日。雪花摇摇头,说在老家,生日只要吃一个鸡蛋就算过了,吃鸡蛋能转运,能圆圆满满。已经晚上九点多,边说:"等我!"就一溜烟跑了。过了许久才回来,手里握着个鸭蛋,一脸歉意:"没有鸡蛋卖了,跑了好几家,只有咸鸭蛋。要么,你凑合凑合?"说着剥开鸭蛋,喂给雪花吃,鸭蛋吃下,咸得雪花呛出了一脸的泪。

"看你,至于吗?一个鸭蛋把你感动得热泪盈眶呀?"边说,雪花听了露出了笑容,她知道这泪不仅仅是呛的。

边让雪花感动的是评奖学金,为雪花,边与别人拍了桌子,说谁他妈的与雪花争就是没人性!终于雪花又拿到了二等奖学金。当同学告诉雪花的时候,雪花第一次感受边的血性。

那天在学校树林里,边将雪花抱在了胸前。雪花第一次离男人这样近,她感到了边怦怦跳动的心敲打在自己的心房上,雪花想推开却无力。

边如此甜蜜着陶醉着,犹如长途跋涉的旅人找到了休憩的地方。青春的爱是生命的泛滥,似秋日上涨的河水,无声地纵情奔流。雪花突然想就这样一动不动地依在边的胸前,在边的怀抱里将一切烦忧抛去。

两人继续向前走着。路旁的蒲公英长得特别好,一团团雪白的小球仿佛是在期待,期待有一张樱唇让它们飞翔。边摘下,将一个小白球递到她面前。她噘起嘴,吹,再吹。纯白孱弱的小伞在他们身旁飞舞,如一阕节奏缓慢的音乐在空中漂浮流淌。雪花忽地觉得进入了梦幻中。

夜深了,边将头埋在雪花的怀抱,亲亲!我想亲亲!雪花闭上眼睛,就给了边勇气,边的亲吻,如电流迅速传递到雪花全身每一个细胞。雪花,一只挂在树梢的桃子,熟了,红了,软了,被男人摘下轻轻一捏,蜜汁就淌了出来,雪花闭上眼一把紧紧搂紧了边的头。

边像个饥饿许久的婴儿,贪婪地吮着吸着。突然,边起身紧紧地抱着雪花:"我要炸了!"

雪花一惊,死死按住了边的手。怎么了?边说,他现在就想要。雪花对边说,等等,她会给边一个答复的!什么时间?边问,雪花说你耐心等待。

当晚，雪花给二娃写了封信：二娃哥，我这一生最亲的哥哥。我在大豆地认识你，这一生便有了骨肉相连样的亲情。如果没有认识你，我的人生会是怎样的境况？你以鲜血帮我父亲治病，帮我上了大学，这恩这情，妹妹一心要报答。父亲的遗言，也是我的心声。现在妹妹来到了一条河边，不知哪里水浅能让我脱下鞋子渡过河？哥哥，告诉妹子好吗？你要不要我，让我伴你一生！应了，是妹的福分，拒了，是妹不够好！

刚写到这里，雪花泪水滴在信笺上。她突然将写了半截的信撕了，不能呀！不能，哥已经与若丹好了，若丹能给哥平坦大道锦绣前程，妹只能连累哥受苦爬坡。雪花抹抹眼泪，重新拿笔，写信，她在信中告诉二娃，她要答应边的追求，她祝福哥哥与若丹。最后，雪花又写了一句，无论如何哥哥都不要离开妹子。做不成哥的妻，就做哥一生的妹妹！

写完信，雪花任泪水静静地流淌许久。深深的失落与片刻的轻松交织在一起。像心里的石头放下了，轻了，也空了！

二娃真是个实心眼，在回信中他说为雪花高兴，还寄来了一件印着炮兵团字样的军用背心，说是给边的礼物。

雪花将背心交给边的那天，在树林里，雪花答应了边，像只熟桃子一样将自己交给了边。

雪花对边说，要我就要娶我！

边笑了，说："追了你三年，要是胡玩，我早离开你了！请你相信我，我这一辈子就认你一个女人。"

二娃亲手将雪花送给了边，心里尽管失落但也坦然。咱一个当兵的，帮人家的目的不是让人报恩。再说就是报恩让雪花以身相许，也太那个了！那我二娃成什么人了？二娃从心里为雪花感到高兴，大学马上毕业，又找到自己的男人，苦日子也熬到了头。二娃想，自己得远离他们的生活了。

自打在山林里与若丹抱了亲了，二娃时不时地都在咂吧嘴，回味无穷地想着那光景，内心对若丹充满着幻想与渴望。司令夫人那头儿，二娃是担心，但一想若丹这样喜欢自己，打出膛的炮弹，当妈的咋会死拦截？自己好好干，排长、连长、营长这些还不都是人干的？

可是二娃想错了，这夫人的厉害是他想不到的。

一天，团长突然让二娃去。团长说，他有个老战友，在大连，有个女儿也是大学生，问二娃愿不愿意去见面。团长说你要愿意我就安排你去大连执行个任务。二娃摇头了，说他不想找外地的。

我一个团长的好心你当成驴肝肺啦？团长脸黑青了，对二娃说："你二娃别净想美事，人家司令的女儿不会嫁你的！"团长说，你不能为这事将首长家弄出矛盾，这样他这个团长也难为人！

二娃心里不服气，但也不敢和团长顶嘴。

团长将这次与二娃谈的情况跟司令夫人说了，夫人很惊讶，一个小排长，连团长的话都敢顶，我说什么也不能让女儿找这二屎小伙子。司令夫人让团长压下二娃寄给若丹的信。团长说，这可不成，压信是犯法的事！夫人说，那监视他们的通信。

团长说他有个办法，可以让二娃与若丹烧起来的爱情火焰冷却熄灭。团长的办法就是把二娃调到哑炮销毁所，这个单位只有七八个人，住在深山里。春夏十天半月出不来，到了冬天雪一封山，半年也出不来。团里派履带车每月送一次给养，信件包裹是随给养车送的。

"对，让他们不能通信。也让这小子受点罪，不然真不知道马王爷几只眼！"夫人说。

二娃被发配哑炮销毁所，像武松发配去看草场一样。连长指导员知道是二娃惹了上头，也不敢沾二娃的边，只有二娃排里的那些兵不服。凭啥将我们的排长发配到深山？他们的嚷嚷让二娃很感动。二娃说，没事，在哪不是干革命？兄弟们这份情他领了。走前，二娃将排里的兵带到街道，他要与这些兵下馆子美美吃顿告别饭！

二娃带着兵进了饭店。

"今儿，大家放开吃。想吃啥就点啥！"二娃拿起菜单有点悲壮地说。

好！兵们兴奋了，他们整天训练，这回好不容易有个机会下馆子。

排长你点，点啥我们吃啥？

二娃说："好，来个鱼香茄子！糖醋鱼……"一会儿就点了一桌子菜，菜端上来，二娃用筷子翻了翻菜，让服务员将老板叫来。

"老板，老板！"

"啥子事找我？"

你这鱼香茄子咋没得鱼呢？

鱼香茄子本来就没得鱼嘛！

没鱼干吗叫鱼香茄子呢？

"你个先人板板……照你娃这样说，你如果点个虎皮青椒老子还得给你弄张老虎皮不成？点个老婆饼老子还给你发个老婆不成？你点个夫妻肺片，我还得去给你杀两个人不成？"

狗日的敢骂我排长，皮子松了咋的？兵们说。

老板吓得忙回软话："格老子的，我们四川的龟儿子都是这样讲话儿的，不是有意骂你郎个排长大人的！"

兵们本来气不顺，又喝了几杯酒，就要闹事。二娃一看这还得了，要是打架，不光是发配深山的了，还得关禁闭！他慌忙拦住兵们："算了，算了，一盘菜的事。"二娃转身对老板说，做生意要诚实，不能欺骗人对不对！你的菜名得改一改！

老板直点头，说改、改。

哈哈哈……

兵们得了理,又喝起了酒吃起了肉!

26

毕业回到嫩江县不久,雪花要结婚了!

结婚,让雪花心里生出一种莫名的不安。她急着找二娃,但二娃
在深山,见不着。边家要雪花去省城结婚,娘家说什么也得去人呀,
雪花想无论如何二娃哥得参加自己的婚礼。她写信给二娃,告诉自己
的婚期。

这天雪花与边去婚检,取结果时,医生将边叫到屋子里,边见
状有些紧张,雪花笑了说:"没事,可能是我这几天累得有些感冒发
烧吧!"

边从医生屋子出来时,脸都吓白了!

"医生说什么?没事吧!"雪花问。边哭了!将检查结果交给了
雪花。

什么是ANLL-M2a?什么是急性髓系白血病?雪花跑去问医生。
没等医生回话,雪花说医生我就要结婚了!医生听着雪花的话,没有
抬头看她。

这病能治吗?得花多少钱?边在一边问。医生点点头,说能治,
如果骨髓找得快就省点钱!

得多少钱?

大概就是三五十万吧!

边一听,脸沉了下来,也不再说话。雪花哭了,她问边,这婚还
结吗?边说结,亲戚朋友都通知了!

二娃得知雪花结婚的事,一看还有两天,他忙请假出山。这大雪
封山,你咋走?二娃说没事,他坐爬犁。战友说山上有狼,危险!让

二娃带上枪，二娃笑了，将手枪别到了腰间。

二娃坐着爬犁连夜出了山。到了野鸡屯，要带着雪花的娘去省城。

雪花娘一见二娃就说对不住二娃，老人觉得雪花嫁给边，伤了二娃。二娃说没事，只要雪花妹妹幸福比什么都强！

老人唉声叹气，她让二娃去，自己就不去了！

"那怎么成？你不去，雪花多伤心。再说，这结婚是大事，当娘的不去，雪花多没面子？"二娃劝道。

老人看雪花与边结婚心里不舒服，再就是怕来回花钱。

二娃当然知道了，他劝说了雪花娘，坐上火车赶到了省城。

雪花见到二娃和娘来了，泪水一下子涌了出来。你们来了！二娃说，结婚是个大喜事，哭啥哩？雪花抹抹眼泪说，我以为咱娘家没人来呢！雪花没有将自己得病的事说出口。她不想让娘让二娃为自己担心。

雪花穿着一身白纱裙在等边的迎娶。雪花娘说，结婚新娘子都穿红衣服，你穿个白的不好看。雪花哭笑着对娘说，城里人都这样。

雪花等着边来接，可是从一早等到十一点，还不见边。

这咋回事嘛？雪花的妆都补了好几遍。

等等，雪花在心里盼着，外面的每一次汽车的鸣笛都让她心动。

不行！过了十二点这婚就结不成了！大家着急了。二娃说，要不我去看看。雪花摇摇头，她心想可能是边出了啥事了，耽误时间了。雪花感觉自己在骗自己，边在结婚前一刻退缩了，在病魔面前，三五十万的治病钱面前，爱被打败了。可是，雪花还在等，她不愿意相信边会在这个时刻逃离爱情，逃离她。

眼看都十二点了，大家失去了信心，看着雪花到底咋办？雪花默默地站起身，向外走去，二娃一看，忙追了出来。妹子，你要干什么？

雪花不吱声，只顾向前走。二娃和雪花娘跟在后面。他们来到了婚礼现场，这里还有人在等着，一看到雪花来了，就涌了上来。

怎么回事呀？

婚席还开不开？

雪花没说话，她四下找寻着边。

"新郎官不同意，临阵逃婚了！"

"新娘怀着孩子，是带犊子成婚！"

人们在悄声议论着。雪花苍白的脸毫无表情，她呆呆地望着墙上的喜字。

雪花娘说女儿，你要哭就哭出来，别吓坏了娘。雪花笑了笑，转身向外走去。二娃一看冲上去拉住了雪花。

"让我去死！"雪花哇的一声哭了。

雪花娘吓得抱住女儿："女儿，你可不能这样走了。你走了，娘还咋活呀？"

雪花与娘抱头痛哭一团。

二娃将自己的军大衣脱下，披在雪花身上，告诉雪花咱回家！雪花不走，她要问问边，为什么这样对她？哪怕只给她一个完整的婚礼，她雪花也知足了！

雪花住进了部队医院。医生告诉二娃得花好多钱，二娃说，花多少钱，也得救人！

二娃将自己的存折拿来，连队的战友又捐了些。可是，这点钱还是不够！

卖血！二娃说。

这时，若丹来了，她冲着二娃说："你二娃除了卖血还能不能想出个让人意外的办法？"若丹拿了些钱，交给二娃。

二娃不要，若丹心说二娃就别死撑着了，你以为血是自来水，说抽就抽。若丹不会让二娃去卖血的，她将钱塞到二娃手中，说这不是给你的，是给雪花的。"别告诉雪花。"若丹说。

雪花在医院，就是不吃药，不打针，她拒绝治疗！

不成！你这样下去，你娘怎么办？

无论二娃咋劝，雪花就是不配合治疗。"强制，不能听她的！"二娃说，他将钱都交医院了，她治也得治，不治也得治。雪花对二娃说，你离我远些，你的情我还不起！

"谁让你还了？"二娃说。

二娃告诉若丹，说他可能要辜负她了，因为二娃不能眼看着雪花在绝望中死去。

"雪花，是个好姑娘，她是我二娃的恩人！"

若丹默然无语。她想劝二娃，报恩，不是以爱为代价。可若丹没说，她感到，一切语言，在二娃赤诚的人性面前都苍白无力。

让雪花态度发生变化的是肚子里的孩子。一天夜里，雪花突然被肚子里的孩子踢了一脚，她从梦中惊醒了。雪花坐起来，半夜给边写信，她告诉边，她不怨边，她要给边生下孩子！

医生告诉雪花，生娃对治疗不利！让雪花考虑好！雪花说她早就考虑好了，她要生下肚子里的娃，这是她来到这个世界和离开这个世界能留下的一个魂儿。

雪花生下了一个男娃，雪花娘对女儿说，快告诉那个边，让他把娃接走，雪花不答应。将娃交给边，雪花不放心。她要自己养活这个娃！两个月后，雪花做了骨髓移植手术。术后刚刚几十天，雪花突然从医院失踪了！

雪花留给二娃一封信：

　　　二娃哥，我的亲哥哥！妹妹用眼里流出的泪心里滴出的
　　血给哥写这封信！哥，原谅妹妹的离去！因为我只有三年的
　　命了，我不能耽误了哥哥呀！人说，爱很容易，就像我与

边，近了亲了爱了就生儿育儿了。爱又是那么难，难的有情人一生无缘在一起。我怨老天这样对我，让我只能远远地守着哥哥！我恨自己无这个福气，能跟哥哥成婚。这一生有哥，我已经知足了！哥疼我，爱我，有难时帮我，有喜悦鼓励我！我才上了大学，才懂得屯里以外的事！哥，这辈子欠哥的，让妹妹下辈子还好吗？下辈子我给哥当妻子，我跟哥谈恋爱，跟哥生孩子，守着哥哥一辈子……

哥哥，我知道治病的钱是若丹姐姐送的，谢谢她。有她，妹子无论在哪里，无论是不是还活在世上，我都会放心了！哥哥，这样的好女人才能配得上你，妹子祝福你，祝福你们！

孩子留给哥哥照看了，你就是这娃的父亲，别人不配！

哥，我现在轻松了许多。离开哥，是我能为哥做的唯一的事情了！因为爱，所以离去……

哥，妹妹在远方，为哥祝福，即便到了天堂，也会向你张望着！哥哥！

雪花

409

"我去撞那头驴，谁想驴后头有人？"

面对公安审问，峰低头不说话，问急了就硬硬地扔出这句话。

"那你为什么要撞驴？"公安审一句逼着一句。

峰是在开车与萍去医院看病回来时出的车祸。车撞死了驴和驴后面的人。车上的萍，头也撞到了车窗上，将车窗的玻璃都撞了个洞。

我在医院守在萍的身边，她头被包着，身上插了好多管子。萍醒时，贴在我的耳边告诉我一个天大的秘密：峰，是个废人！

萍那天与我在一起，老天爷突然打雷，我就逃离了。但尽管这样，峰还是发现了什么。第二天拉着萍就去了医院。先前，峰也偷偷去了多次医院，吃了不少药，但就是不见效果。这次，医生给峰检查后说，峰的阴茎神经已经死亡，咋样也治不好了。就是说，峰再也不能像个男人样了！

回家的路上，峰不说话，他已经打定主意要与萍离婚，他不能让萍守着一个废人过一辈子呀！可是，车经过一个村庄时，峰突然看到了一头驴，那驴高声地叫着，身上那长长的驴鞭晃荡着。峰连连按喇叭，那驴就是不理不睬，还冲着峰叫着晃荡着长长的鞭，像是在嘲弄峰！峰看了驴一眼，那驴也瞪了峰一眼，目光中分明充满了挑战与不屑。

峰，猛按了喇叭。这次，驴竟然尥起蹶子，然后扬起驴脸，对着峰用鼻子"嘟嘟……"驴像放屁一样的一连串的声音，终于将峰激怒了，峰憋屈的气一下子被驴点燃了：你个秃驴，也敢嘲笑我！峰一踩油门冲驴撞去。只听"嘭"的一声，驴子就倒下了。身边的萍，一声尖叫，头也撞向车窗上！

萍不行了，她说冷！我紧紧抱着萍，萍说那个秘密她本来要守一辈子的！

萍在我怀里抽动着身体，她红红的唇努力向我张开着，眼睛里的瞳仁死死地盯着我，手伸向空中抓着，她想抓什么？萍说：凤凰烟盒角角脏了，她也脏了。她脏了，就要离开我……我不让萍说。萍点点头，闭上了眼，我伏身吻向了萍，长长的吻着，萍的唇渐渐凉了，瞳孔的湖水一下子不动了。我轻声唤萍，萍不应，一滴清滢滢冷冰冰的泪从她的眼里滴出，然后向我的唇边扑来！我知道，这是萍在向我告别！

我去看守所，隔着冰凉的铁栅栏对峰说，萍死了。峰没有哭，他长长出了口气，说是他害死的萍。峰说，让我将萍送回家，我说我会的！

峰突然拿出了一对红玻璃球，是萍头上戴的。峰隔着铁栅栏交给我，说他不该要了本来不属于自己的东西。

我双手伸进铁栅栏，死死拉住峰的领口，峰的脸都被我用力勒得发青。你批我斗我，都成，你不该让萍搭上一命。峰憋着气，问我："知道我的病是怎么得的吗？"我摇头！心想，你的病我怎么知道？

峰说因为你！

那天你与我争篮球，我将你推下土涯，你断了胳膊肘儿。你爹从农场回来踢了我一脚，我当时疼得蹲下去半天没起来。就是那次我就成废人了！

我一听，头嗡嗡响。我与萍、峰之间的悲欢离合竟然那样早就埋下祸端。要是我爹与二忠不去买雕像，要是峰的爷爷峰的爹叔不告发我爹与二忠、有信、大诚他们，要是峰不想着法子批斗我，要是我不与峰争篮球，要是峰不得病，要是萍不与峰去医院看病……

我突然觉得人就像蜘蛛，吐着交错纵横的网网，一根根相连着，哪根丝丝搭错了，伤了别人，也伤了自己！吐丝丝时，谁会想到会是这样的？

我问峰为什么一直藏着掩着？峰嘴角轻轻地向上撩了下。他说，他不想眼看着姚周两家的仇越结越深！

可是，最最不该的是，你娶了萍！

峰说，当初他已经决定要娶营长夫人侄女颖儿的，可是，萍要嫁他，萍不顾家里人的反对，嫁给了峰。

我不信，峰你在瞎说。萍明明喜欢的是我，为什么会嫁给你？

峰说："因为萍爱着你，萍将对你的爱看得那样完美无缺。"

胡说，爱我却嫁给了我的仇人！峰说萍这样做，他也想不明白。

我的手从铁栅栏里收了回来。

峰现在成了废人。如果峰当年告诉他爷周无田他爹周狗牙，他们还不气疯，还不和我爹拼命，还不也打废了我？峰说，那时我也不知会成这样，就感到你爹脚重，踢得疼，蹲在地上半天没起身！直到结婚，他才知道！

我想对峰说声对不起，可我感到这话此刻说出太苍白太轻松了。

峰说，萍本来就应该与你好，这是我一生做得最对不起你的事了！我告诉峰，放心，我会将萍送回老家！

萍在火化前还要尸检，我不想让萍死了再受伤害。公安说这起案子是刑事案件，必须这样。检查结果，让人们大吃了一惊，萍竟然还是处女！我知道这一消息后，心情好复杂。我有些欣喜，萍没与峰在一起，萍干净的身体还是我的。这一闪念让我感觉我灵魂的自私、肮脏与贪婪。人都死了，你还想着你自己！我后悔那天没有进入萍的身体，要知道这样，那天别说打雷，就是地球要毁灭了，人都将死了，也要给萍一次做女人的感受！不然，萍来世一回，白来了！

萍成了一堆白灰。

直到我一捧一捧地将萍装进红布，放入骨灰盒子，我才觉得真的再也见不到萍了！萍真的死了，死不是睡着了，是消失了，就像胭脂村人说的"没了"！

将这一个小盒子抱在怀里，我的泪止不住地落了下来。像雨滴"吧嗒吧嗒"打在萍的骨灰盒上，我突然对生命有了一种从未有过的伤感：相对于萍，相对于逝者，我们活着就是一种奢侈。什么情呀仇呀，什么名呀利呀，活着的人争什么？想想，你的命能有多长，说不定今天明天，今年明年……有啥争头的！

"你抱个骨灰盒，坐火车不成！"教导员的夫人对我说。

她劝我将萍的骨灰放在连队，等峰带回。说人家才是夫妻。我摇了摇头，峰在拘留所，啥时能出来还不一定，他身上背了两条人命呀，这是大案子。我无论说什么也要将萍送回陕西老家。

教导员的夫人说，人死不能复生，你能替峰料理他妻子的后事，已经很仗义了，别那么伤心，身体要紧！我说谢谢，我没事！

我回到宿舍，想想教导员夫人说得也有道理，火车上抱个骨灰盒也确实不好看。我想了想，便将萍的骨灰盒打开，取出红包包。然后脱下军装换上便装，将红包包系到胸前，外面披上军大衣。萍的骨灰贴在我胸上，我感觉到了萍的心跳和新烧骨灰的热度。萍像个玩累的娃静静睡在我怀里。萍那双玻璃球球一样亮晶晶的眼睛随时会睁开，她会问我到哪儿啦？我对萍说，咱回家，我带你去看搭羊娃儿，去摘蒲公英花，去捉萤火虫，去捉知了，去盖麻雀，我还要吃你送我的冰糖点心。

萍，咱回家，回陕西，回关中，回胭脂村，回月亮河……

从东北回陕西，要坐四十多个小时的火车。上车时，教导员夫人跑来给我塞了一包鸡蛋，战友给我拿了瓶酒。我向教导员夫人，向送行的战友，低头致敬许久，谢了，大姐！谢了，我的战友！

火车在东北雪原"咣当咣当"向关内开来。几年前，我坐着火车去当兵时，仿佛就在昨天一样，那时我一门心思的就是当兵，当上军官，然后娶回萍，我从小就喜欢的姑娘。娶萍成了我人生的一切奋斗的目标，我当兵，考军校，当军官……

可是，如今，我与萍阴阳两隔，我竟然抱着萍的骨灰回家！老天爷，你咋这样安排人的命运呀？你就不能顺着人的意愿，让我们成婚成姻，相爱有果呀！你咋这样狠心将我们分开，分到天上地下，分成生死两离？

我怨谁恨谁，怨老天眼睁睁让有情人天地两隔，怨峰不仗义，恨萍的娘当年对我的冷漠，恨自己无勇气去爱自己喜欢的姑娘……

我想着，想着，入梦乡了！

我梦见萍，我们在看羊下羊娃儿，萍拿着一把草，给老母羊喂，老母羊却将萍顶倒了，我扶起萍，要打老母羊，萍爬起来了，笑了，说老母羊与她玩的。"看生没生下？"萍拍着手说，我一看那老母羊下了，也凑到跟前，可是老母羊生出来的是只狼，这狼一生下来就张着血盆的大嘴扑向了萍。啊！萍大叫着扑向我！我拉着萍就跑，狼在后面追，我们跑呀跑呀，突然我们一下子跌入了一个山洞里，我们向下跌着，我想抓住洞边的东西，却怎么也抓不住，狼张着大嘴向我们咬来，我大叫一声，甩开手向狼打去……

"你干什么？打人！"我的身子被人一撞，梦醒了。

我感到浑身冒了冷汗，也庆幸刚才的一切都是梦。

一个胖子冲着我嚷嚷："发什么愣呢？你打着我啦！"

对不起，对不起！我一起身道歉，不料大衣敞开了怀，胸前的红骨灰包露了出来。

"你这是啥？"胖子厉声地问。

我忙将红包往怀里掖。

"是什么呀？"胖子一个劲儿地追问，还要伸手来拉我大衣。

我裹紧大衣，说："这是花籽！"

胖子看了看，说："花籽？我咋看像骨灰包包！"

胖子的话，引起了大家的躁动。

什么？骨灰！

这哪成？多不吉利！

这是人坐的车，哪能拉死人！

胖子这回手伸了过来，说："打开我看看是不是花籽？要不是看我不给你扔了！"

我看了看胖子，这小子一身虚肉，凭我在军校练了四年的格斗拳术，我不出三招就能将他放倒！

我瞪了胖子一眼，准备好招儿，然后说："你手再向我伸一下，就别怪我不客气！"

这胖子哪知道这里有招，可能看我精瘦以为不是他的个儿。

"我伸过了怎么地吧？"胖子说着胖乎乎的一双脏手向我衣领抓

来，我瞅准，用了一个标准的擒拿动作，以迅雷不及掩耳的速度，将胖子的中指压在掌下。

"呀，疼疼！"胖子龇牙咧嘴地大叫了起来！他想反击，无奈手指被反压着一用劲就疼。

"他是当兵的！"有人说。

这时列车员将乘警带过来了，我放开了手。

"怎么回事？"乘警问。

"他睡着了打人，醒了也打人！"胖子说。

打人？你为啥打人？

"他怀里抱着一个红包。"旁边有人说。

"对，里面可能装的是骨灰！"胖子指着我的胸前说。

走，你跟我来！乘警冲我说。

我来到了列车员的宿营车厢里，掏出了军官证。乘警笑了，说我一眼就看出你是当兵的了，他说他也当过兵，复员当的乘警。

乘警的话一下子将我们拉近了。你咋动手打人了？我说没打，哪能真打，我只是制止了那胖子的一只侵犯我的脏手。

乘警说他看那小子就欠揍！我笑了，说你可是乘警！他说："哈，这话我只对一个战友说！"

乘警没问我怀里红包的事，这让我很感激。这小子很机灵，他让我坐着等下，他跑去找列车长，一会儿他回来告诉我，卧铺真的没有了，不过，他让我享受了比卧铺更好的待遇：我住宿营车厢乘警的铺。

那你住哪儿？

乘警笑了，指指里头一个铺说："我住这个列车员的，她是我对象！"

我冲着乘警笑了。

"快去将行李拿来！"乘警说。

成咧！

安顿下来，我从行李中拿出战友们送的酒，又拿出教导员夫人送的鸡蛋，乘警又从餐车弄了盘花生。

我打开了酒，递给乘警，说："兄弟，我敬你一杯！"

乘警推了推，说他执勤不能沾酒，我说这酒得喝，你当兵执勤就没偷偷喝过酒？

我这一问，乘警笑了，他抓过酒瓶，四下看了看，喝了一口。

"意思下就行了，我一见当兵的就亲！"乘警说。

"这兵你没当够？"我问。

乘警笑了，只当了三年就复员，不像你当上军官不用复员了！

我们喝了会儿，乘警突然眼睛盯着我的怀轻声问："你怀里抱的真是骨灰？是烈士的，还是战友的？"

我一听这话，刚刚被酒泡得有点轻松的心又悲伤起来了。

"你要是不愿说，就算我没问！"乘警一看我这样，忙说。

我摇摇头，说没事，这真是花籽！

27

到家了！

我抱着裹有萍骨灰的红包一进胭脂村，我爹娘，萍的哥哥敏和锐，还有细桃婶子、二忠叔、秋芒、芹，狗牙、狗蛋、狗尾巴早早在等着我。

我知道，他们是在迎魂，迎萍的魂！农村人对早折的孩子特有的一种礼遇！

狗牙伸出手，我没理会，敏伸出手，我也只看了他一眼，我始终抱着红包，紧紧地抱着，生怕一松手，萍就会离开我。我不想让别人碰萍！

"强娃，真是有情有义！"

细桃婶子悄声对我娘说。我娘泪眼汪汪地望着我，问："强儿，你撑不住就告诉娘！"我听了娘的话，强忍着流到眼眶眶的泪，对娘点点头，我让自己的泪流到心里，不能让泪将我融软了瘫了倒了！

"多可怜的女娃，水水灵灵的咋说没就没了？可惜死人啦！"芹的娘哭得眼泪哗哗的不停地说。

我径直回到了家，大家也跟着挤进我家。

我爹将我拉到小屋子，说："儿呀，按说死人是不能进咱家门的，不吉利！爹知道你与萍的情分深，但你要知理，萍是人家周家的媳妇，是峰的女人，你得将骨灰交给周家！"

这时，余三爷也进门了，他对我爹说："听听强娃的，他都当上军官了，能带兵打仗的人了，还用你操心！"

我将萍的骨灰抱在怀里，不让别人动，周家人很不高兴，好像是自家的女人被人欺负一样。我爹发火了，对三爷说："唉，我看他这兵是白当了，做的是啥事情？"

我看了看爹，看了看娘，转身面向周无田、周狗牙一家人跪了下去，我这一跪将人们都愣住了。他们知道我打小就犟的出名，啥事都不服软，按我爹娘的话说"是属驴了，得顺着毛"！

我跪在地上说："求周叔求父老乡亲，让我守着萍一夜！明儿将萍送你们！"

大家一听面面相觑，我说，你们要是不答应，我就不起身！

我爹一旁跺脚叫道："儿呀，你这是为啥呀？人死了，你做这算啥事嘛？"

我低头不说话，我不怨爹，他不知道儿的心，更不会知道儿为啥这样做。萍，是我害的；峰，是我害的！我不赎罪谁赎罪！

周无田听了上前拉起我，说："好娃呀，叔不怨你，叔都知道了，是峰不小心开车出了祸，跟你不牵连。峰来信说，萍的后事如何办？

大主意让你替他拿的!"

我听了,更是伤心。

待人走后,我与爹娘在一起,我们面前放着包着萍骨灰的红包。我爹唉声叹气,还是不理解我。我对我娘说,娘你先出去,我与我爹说几句话,我娘抹着眼泪走了出去!

屋里只剩下我与爹两人,我爹不知我要做什么,他在静静地等着。我也不知跟爹从何说起,怎么说?我们沉静了许久,我拿过萍的红包,对爹说:"你知道吗?萍,走到今天这个结局,与爹你有关!"

我爹一听,瞪大了眼睛,眼睛里充满着惊恐不安与疑惑不解。在他看来,我与萍、峰的纠结,是晚辈人的事,怎么会牵扯到长辈人?

"爹,你还记得你出牢后干的事吗?"我问爹。

我爹一愣,说:"我干什么事了?"

"你去找周家人算账!"

对,走到半路遇到了峰,这小子嘴硬,惹火了我!

"是的,峰惹火了你,你这时干了什么?"我问。

我能干什么?就只踢了他一脚,替他爹管教了下他!

我告诉爹,你知道你的那一脚多重,你将峰的身子踢伤了。

"咋个伤了?"

我将事情的来龙去脉一五一十地说给了爹。爹听了半天没说话,突然,他双手捧住萍的骨灰,哽咽着。我看到爹的嘴唇在颤抖在抽搐,他哭了:"老齐哥,我对不起你,对不起你的外孙女呀!"在我眼里,爹是那么的刚强倔强,我第一次见到爹这样流泪,这样伤心。

爹哭的好无助,好懊悔,他追悔莫及,他怨恨自己报复心那么强,到头来害了萍,害了峰,也害了自己的儿子。爹抬起头,眼巴巴地望着我,目光中充满着哀求。

"儿呀,咋办?"爹小声问我。

我无言对爹。

我爹推开门出小屋，我追出去，问爹要去哪儿？爹说他心里堵得慌。这时我娘走了过来，她脸上泪水没擦去。

"别怨儿子告诉你这一些，这兴许都是命中注定的事！"

爹点点头，向家门外走去。

我娘说，你爹这是要去周家。

去周家，这深更半夜的。我说明儿再去吧，我爹头也不回地出了门。我娘说，你爹这是去周家赔罪，要不他心里这道坎咋会过去呢？

我一听娘的话，顿时一惊，忙向我爹追去。

我告诉爹，不能去，你要是将事情真相告诉了周家，这周家会怎么办？结仇结怨，打斗下去？我爹说，不管周家咋样，咱失手打伤了人，就只有赔罪。周家咋样都是应该的。他都能忍受。

我说不是这样的，峰一直不说，埋藏在肚子，为的是啥？就是不让两家再仇下去再斗下去。你说出真相，咱与周家的仇和怨还能了结吗？

我爹说，可我这心亏欠得慌！

我说，你说了出来，自己心里好受了，可你不想想周家人会多难受？只有将这事埋藏在肚子里，对周家对咱家才是最好的选择！

"儿呀，你爹这心里头憋得慌，咱对不起周家，对不起齐老汉家，是我让人家一个儿子坐了牢，一个女娃丢了命呀！这是多大的罪、多大的恶呀！"我爹蹲在地上双手抱头。

我搂住爹的肩头，说："赎罪，咱只能在心里了！"

第二天，我与爹娘到了周家，与周家人，和萍的两个哥哥，商量萍的后事。

周无田说："强儿，你将萍的骨灰从千里之外送回来，我们周家三代人都要感谢你的大仁大义！峰也打信来，说萍的后事听你的，你看你兄弟俩在部队上多好！"

周无田又拉着我爹的手说："以前我有对不住你的地方，你大人不记小人过，都不记恨，从你找齐省长帮狗尾巴回到毛巾厂，我这心里就愧得慌。"

这话，让我爹无地自容，眼泪流成了线。我爹说："我心里才愧呀，对不起你老周家是我呀！"

"说啥呢？咱一个村子黄土地里刨食吃，咱再也不能伤了情，伤了和气，折了胃气呀！"周无田说。

我爹点点头，叫了声周哥！

周家在大坟边挖了个坟坑。我爹去合作社买了一抱子黄纸，合作社的人说，店里的纸全让你家和周家买光了。爹抱回纸交给我，说给萍娃烧了！多烧些钱！我接过，烧这些纸能顶啥用？死人真的能用这些纸钱吗？但我还是到周家，在萍的灵前将黄纸全烧了。纸成灰，人成灰，人灰能花纸灰？能！人死了灵魂在，在天空上飘着……

埋萍的那天，得找个后辈人顶火盆，就是萍灵前那个烧纸钱的盆子，这是香火。狗尾巴与夏小雪的四岁的娃来顶，也算是萍的后人。实际上，我在一旁伸手端着火盆，火盆象征性地在这碎娃头，一直走到了路口才摔了火盆。

埋了萍，按陕西的风俗，头三晚上得有个同辈或者晚辈子的人守着坟头敲锣，说是早逝的娃碎，怕老鬼们欺负她吓她！狗尾巴的娃太小，咋能半夜来坟上，我说我来吧，萍的两个哥哥与我一起。他俩是城里人，我对他们说，你们回去吧，我一个人在这里就成，他们说这哪成，你一个人在这乱坟地，多害怕！第三天晚上，我对他们说，你们都看了，没事，他们还是不答应，我说："你俩知道我打小就喜欢跟萍耍，你们就让我一个人与萍待会儿！"萍的两个哥哥这才离开坟地。

我一个人在坟上，守着萍，感觉很安静。我时不时地轻轻敲下手中的锣，"咣咣"，声音在这夜半三更的荒坟上都能传几里远。

　　想着孤零零躺在坟里的萍，我的泪冰冷地落下。萍呀？你为了不让我受批挨斗，以一个弱小女人的身子一颗纯洁透明的心一个青春鲜活的生命护卫着我，你咋这样痴心这样傻呀？我一个男人，就让人批让人斗，能咋样？值得你用身用心用命来护呀？

　　萍呀，我在你心中竟然这样重，重得你都嫌自己脏？我才脏呢！我摸过丽，我亲过丽，我还做过好多脏的梦。萍，你是红玻璃球，晶莹剔透，我才是那个沾了水渍的烟盒……

　　萍，你将我童年生出的情愫看的如雪纯洁，一点污渍也不容，我明白了，你嫁峰的根苗了。可是，萍呀，你错了，因为你是天上的仙女，地上的贞女，你敞开纯洁的少女心怀，去护一个男人……

　　我的萍，你就这样消失了吗，这样再也不能相见了吗？我不信，不信你真的会这样离我而去！

　　咣咣！

　　我手中的警鬼锣"咣咣"的声音回荡在天地间，吓走了那些想欺负萍的鬼了吗？萍，夏天我还来这里，我还要带你去捉萤火虫！

　　远处，我看到一个人一直待在那里，我向他张望时，他咳嗽了声！是我爹，爹一定是担心我！

　　我提着铜锣走近我爹，说我不怕，深更半夜的，你来做什么？爹说，他也想来看看萍！

　　我知道，我爹在赎罪！

　　萍这样走了，我无心待在家，对爹娘说，要早些回部队。娘说你一年才回来一次，跟娘多待些天。我知道，娘是舍不得我。可我心里想着部队，想回去看看峰，告诉他我将萍送走的事。

　　我爹说："你要走就走吧，走前咱去看看齐省长，听说他外孙女意外地走了，齐省长一下子就病了。老人下放农场身体就给折腾日塌了。"

我还一直没见过这位与我爹兄弟相称的萍的姥爷，就说明天咱就去。

第二天，去省城前，爹看了看我，说："你回屋子把军装穿上。"

穿军装弄啥？又不是执行任务。

我爹瞪了我一眼，让你穿上你就穿！

我知道爹的意思，他是想让齐省长这个老朋友看到他的儿子有出息了。

我和我爹在敏的带领下到了省城，来到了齐省长家。

可是一进家门刚坐下，齐省长就指着我："你是蒋介石派来的特务，要暗杀刘志丹、暗杀我？"

我愣了，敏告诉我，他姥爷退休后，脑子就不行了，常常说起几十年前的事，净是些上阵打仗的活，医生说这他患的是间歇性妄想症。

敏笑着对他姥爷说："不是，他是我的同学姚小强，专门来看你的！"

我爹说："老哥哥，你认不出我吗？我是老姚！当年咱一起在农场，我给你偷偷送过猪头肉来着！"

齐省长听了脸一沉，说："我咋能忘了？共产党人最讲良心！你是姚重义！是个重义之人，在战场上给我挡枪子。你咋负伤了？被胡宗南抓住了？"

我爹笑了，说对！抓住了。我宁死不屈，啥都没说！

齐省长一听笑了，他拍拍我爹的肩头："好样的！好样的！任命你当游击队大队长。不，当红军的团长！"

我爹说只要是个官，当啥都成！

不料，齐省长又转向了我："姚重义团长，你带这个特务来做什么？他手里有密电码，让他交出来！"

"没有，我没有密电码！"我将手伸出，将衣兜翻开。

"报告齐省长，他是我儿子。"我爹说。

齐省长将我爹拉到一旁，压低声音问："你怎么能认蒋介石的特务做儿子，这跟认贼作父一样的！你赶快让他将密电码交出来，这可是关系革命事业生死存亡的大事情。给你三天时间，我不睡觉就在这里等你！"

这时保健医生来了，齐省长说："不要给我吃药，密电码拿不回来，我吃药还有什么用？"

医生告诉我，得想办法让省长平静下来，你就当一回特务，交出密电码。我拉我爹走出了齐省长家，医生跟着出来了。

"咱绕一圈再进去？"我爹问。

"不行，齐省长是久经战争考验的老革命，这么快进去交密电码，他会起疑心的。"医生说。

我爹急了："咱本来是好心来看望齐老哥的，却让人生病了。这可咋办？"

我问医生，啥时再来好！医生说明天来试试。

我与我爹住在省委招待所，我爹翻来覆去地在床上烙饼，咋睡不着？我问。

"城里的床睡不惯！"爹说，我知道，爹还在为齐省长担心。

"你说这人活啥呢？齐省长年轻时，命别在腰里，枪不离手地打天下，枪林弹雨地钻。天下打下了，又被关到农场批斗。好不容易平反了，刚平平安安地工作几年就退休了。要说，退休能安静下来享清福啦，又得了这啥癌症！"我爹长长地叹了口气，转身背向了我。

我看着爹，心也酸了起来。爹老了，他的背驼了。

人活啥劲呢？

爹从河南一条扁担闯荡江湖，吃遍人间苦，受了人间白眼，根落陕西关中大地，为的是啥？是奔生活，是延香火，是心中有个光景的盼头！爹让我穿军装，这军官服，给爹的那是一份渗入骨子里的满足与骄傲。看着爹老去的背，听着爹轻轻地日益弱下的喘息声，我眼泪静悄悄地流了下来。

我得找个女人，得为爹为娘生下个孙子，得延续姚家的香火。

第二天，医生早早来到了招待所。

"准备好了？"医生问。

我笑了，拿出一张画满了符号的纸。

你认识？医生笑着问，我说："密电码，谁都能认得出那咋成？"

哈，对对！医生听了大笑起来。

我们来到齐省长家，还没等我拿出密电码，齐省长就冲着我走了上来。

"同志，你可来了！"齐省长伸出大手紧紧握住我的手。我想抽出手，拿出密电码，却怎么使劲也抽不出。

"我终于找到组织了。"齐省长对我爹说，昨天，来了个蒋介石的特务，今天你带来了咱们自己的人。

哈哈哈！大家笑了。

敏对姥爷说："姥爷，你糊涂了，昨天是强儿，今天还是强儿。"

齐省长说："笑话，你以为我敌友都分不清？"

我爹见齐省长心情好了，就对他说："这是强儿，是我的大儿子！"

齐省长一听，双手一拍，说："我看出来了，你姚重义是个重义气的男人，你为了二忠和他的那个叫什么桃的女人，顶屎盆子，坐牢，被人冤枉打断了腿都咬牙挺得住，你是咱关中道的真义士。你的儿子，也是重义后人，重义人生重义娃，明儿生个重义的孙子！重义的人多了，做不仗义事的人少了，天下不就平安无事啦！你说对不对？"

大家点头称是。

"今天，我请你们吃饭，咱美美吃一顿！"齐省长说。

我爹说不麻烦了，但被医生拦住了，让老领导尽兴。

"拿我手枪来！"齐省长突然转身，走到里屋。

"手枪！"我一惊，敏笑了，说没事，枪里都是假子弹。

吃饭拿枪做什么？

齐省长说，看不惯那些大吃大喝的人，他们都是蒋介石埋藏下的特务，吃民脂刮民膏，专门败坏咱共产党天下的。"让我撞上，非枪毙了这些败家货！"

我们在饭店吃了陕西的裤腰带面还有陕北的黄面馍，齐省长让警卫员打开了瓶长武大曲。

齐省长手拿酒瓶说："姚重义，咱今天就喝这个。"他转身对警卫员说："你去看看，看这酒店里有谁喝比这贵的酒，就告诉我，我去收拾！"酒店的服务员听了吓得忙关上包间的门。

我乐了，为齐省长。这老人真幸福，他能让自己长久地生活在那个纯真而充实着激情的年代，而不是随着岁月的流失而苍老荒芜自己的心田，还有比这更幸福的晚年吗？

吃着喝着，齐省长突然问我："密电码带了吗？"

哈，都以为老人忘了这档子事呢！我忙点头，说带了。说着掏出密电码，交给齐省长。老人接过看了看，装入怀里。然后从菜里挑了块肉，夹到我碗里："你在白区工作，吃不好睡不安的，提心吊胆，把这块肉吃了！"

我笑了，大口吃着，嘴巴直往外冒油。

齐省长见我吃完，将腰间的枪拔了出来。

大家往外瞅了下，没看到什么人大吃大喝。

齐省长拍了拍枪，说这把手枪二八合子炮，跟他大半辈子，现在他要交给一个可以让他信任的人了！

"来，给你！"齐省长将枪交给了我。

不不！我伸手挡住，对老人说："这枪是中央批准给你挂的，我不能要！"

齐省长说："你潜伏在白区，危险，带着这把老枪，能保你平安！拿着，有枪杆子才能直起腰杆子！"

我接过齐省长的枪，心中生出神圣的不可侵犯的使命感来。

回家的路上，敏脸阴沉着。他母亲才是他最担心的，萍意外早逝，让这位接生的妇产医生倒下了。她不哭不闹，眼睛直直瞪着一个地方发呆。这让敏和锐哥俩好担心。

"我去看看你母亲？"我问敏。敏摇头，说你去了我妈可能会更伤心。

与敏分开后，我与爹在城北郊看到一个算命的。我爹说咱去算算。我知道，我爹不信命，我也没见过他算命。

我爹说是给你算。

"给你儿算什么？"我问。

算你官运多大，财运多旺？我爹笑着说。

"我一个当兵的，算啥卦呀？丢当兵的人！"我说。

我爹没吱声，一个人走近了算命的先生。他报了我的生辰八字，那算命的就掐指算了起来。

"你儿是水里船木命，今年是小龙年，龙生水水生木，哎呀！不得了！"算命的惊叫着。

我爹忙问啥不得了？

算命的伸出手，我爹掏出钱来塞到他手里。算命的说："你儿要交六年鸿运。做啥成啥，想啥有啥。"

我爹说："我最想知道的是我这大儿子啥时能成婚？"

算命的说，我刚才光看了官运财运，这婚缘还没看出来。说着又伸出了手要钱，我一看忙走过来，拉我爹要走。

算命的看到我，盯着我的额头说："你娃可是个贵人相呀！来，我好好给你看看，不要钱！"

我说我不看。我爹不干，他就想知道我啥时能结婚，能给他生下个孙子！我对爹说，算卦的不是已经说了吗，我要交六年大运，你想，六年大运，你儿我想啥成啥，你还愁苦啥？

我硬拉着爹走了。

我不信算卦的，但我在心里也对这六年的鸿运产生着一种期待，一种来自老天冥冥之中的期待……

28

我要回部队了。

临走时，来送我的人不少，和当年我当兵时差不多。

我爹对我说："走了，这边有啥事放心不下，说给爹，爹来替你做！"

我想了想，告诉爹，开春时在萍的坟头撒把花籽，最好是蒲公英。

我爹说，他明天就去找花籽。

我说冬天撒花籽行吗？

"花草不像庄稼，不分季节，啥时撒花籽都成，一到开春都能发出芽芽的！"

我娘一边抹着眼泪，一边说："人走了，你就放心，你要不放心，走的人也不能安心！"知儿莫若母，娘是担心我放不下萍。

我对娘说，放心，我知道！

我娘想说什么，又没说出口。她想说的话，我心里明白。她是想让我找个女人，结婚，她想抱孙子。

细桃婶子挤到我身边拉了下我的衣服，我一见细桃婶子脸就有点红，我吃过她的奶，一想起这档子事，我就不敢正眼看她。细桃婶子可能早忘了，她将一个包包塞到我怀里，说："拿着，这是今年刚打的枣，甜着哩！"

周家人来了，周无田拉着我的手说："姚家大侄子，峰跟你一起去的队伍，谁想出了事，你，你抽空多去看看他！"

我紧紧握住老人的手，点点头。

余三爷也来了，他老多了，迈出的步子都打颤。大家忙让出道。三爷来到我跟前，说："我眼看着你一天天长大，一天天有出息的。你们赶上好时候了。咱村出了三个长官，周家的出了事，事出了就出事，咱躲不开事，但不能被事压塌了。人呀，落难时才最盼有人搭把手。姚家的娃，你会出手不？"

我拉住三爷的手，望着这位全村最年长、最有威望的老人眼泪差一点就忍不住。

余三爷双手摸着我的脸说："好娃，好娃，不管咋说不能让外人小看了咱胭脂村，小看了关中道汉子。让三爷再细看看，兴许你再回村，我已经入土了！"

我一听，鼻子一酸，泪再也忍不住地溢满眼眶。我拉住三爷的手说："三爷，不会，不会，你身体硬着哩！"

"哈，都是棺材瓢子了，再活就成王八精了！"三爷的笑话使我抹泪而笑！

"人呀，就像地里的蒜，抽一苔薹，再种一次苗，老的不死，新的咋生？"余三爷将死看得明明白白。人，来世一回，经历一回，看看世事，积点阳德。下回还不知道猴年马月能托生个人形出来！

回到了部队，教导员夫人胖姨惊呼着给我报信，胖姨嘴碎心善，肚子里装不了一点事。不过，她的话让我瞪大了双眼。

"你猜谁来了？营长夫人的侄女颖儿从林场来了！想不到吧？"

怎么回事？

我着实是想不到。教导员夫人胖姨说，这颖儿知道峰出了事，就大老远地跑了过来。知道被撞了那户人家想要钱，法院也说了，如果峰能赔受害人钱，可从轻发落。这颖儿又回到林场，非要她爹拿钱来。他爹是林场场长，但拿不出多少钱，颖儿就自己想方法弄钱来了。

她从哪里弄来的钱？我问胖姨，胖姨摇头说那谁能知道。

自从陈营长出事，颖儿自知配不上峰，就悄悄不再与峰来往，峰也卸磨杀驴，离开了颖儿。林场人少，年轻的小伙子，颖儿没一个能瞧得上的，他爹妈眼看女儿一天天大了，急得逼她。林场里的小伙子随便挑，挑上谁是谁。父母也着实托人硬是介绍了几个，但一见面，颖儿没拿正眼看一个。林场这么多小伙子，你一个没瞧得上的？

颖儿急了："不能拾到筐的都是菜！"

父母不知道，这颖儿自打去了部队，眼眶子就高了，看不上林场的小伙子。

她娘说，这些小伙子咋了？要个头儿的有个头儿，要长相的有长相，要工作的有工作，你到底要找什么样的男人？

颖儿不吱声，她在心里拿介绍的这些小伙子与峰相比，觉得没一个能比得上。实际上，这颖儿心里有峰占着，已经没有针鼻子大的地方再放另一个男人了！

可人家都结婚了，你这是唱的哪出戏呀？娘说颖儿，颖儿就是不听。

现在听说峰出了事，颖儿就跑了过来。

颖儿是个有情有义的好女人呀！

我心想，好女人都是老天赐的。峰到了这步田地，还有好女人爱着护着，为峰竟然把自家的钱财都带来了？痴心女呀！这是他周家积了多年的德才修得的福分呀！

可是不成呀！峰身子不行，颖儿要是嫁给峰，还不是天天守活寡呀？

大家只知道峰开车出了意外，死了人。却不知峰出事的根苗。一个男人，谁能开口说出自己这个秘密？

判多少年刑他都认了，就是枪毙了给人抵命，他也能认了。

颖儿将钱送到了法院，一老法官叹惜道："在古戏中那可是舍身救夫呀。"别说人家姑娘还没与这个当兵的成婚，法院人都感动了。这东北女子真是敢恨敢爱。法官问颖儿有啥要求，颖儿说就想见见峰！

在法官的带领下，颖儿与峰相见了。隔着一道冰冷的铁窗子，峰丝毫想不到颖儿在这个时候能来看他。

面对颖儿，峰羞愧万分，当年营长出事，他借机抛弃了颖儿，现如今自己身陷囹圄，颖儿能大老远跑来，还拿着给受害人的赔偿钱！

颖儿脸红了，她还像第一次见到峰那样。她告诉峰，钱赔偿了受害人，包括撞死的那头毛驴，峰就可以从轻判刑了！

峰对颖儿说，她这样做不值，他应该受到重罚。

峰被判了三年刑，颖儿说，三年后她在牢门前接峰。峰摇头不让颖儿这样做！让颖儿早点找个好男人嫁了，这样他才能安心改造。

"为什么？你为什么还对我这么绝情？"颖儿没这样问，她知道峰不想连累她。

我去看峰时，峰让我劝颖儿，让颖儿死了这条心。我说，我咋对颖儿说？峰沉默许久，说咱不能只顾自己面子，误了人家姑娘！峰已经伤了一个女人了，再不愿伤第二个。

我觉得峰这样做才是个真男人。尽管他身子伤了，但他心没伤！

我对峰说，你安心改造，争取早日回家。

峰被判刑的事，峰他爷周无田知道后，几天都不动筷子。谁说都不听！我爹让我想法劝劝！

我想来想去，给周家写了封信，信中我写了峰出事是我害的事，写了颖儿出钱赔人家的事，写了颖儿要等峰三年的事。

我写道：峰，跌倒了，但他是胭脂村闯出的男人，他会像一个男人一样爬起来。人就像月亮河的水，从南山流出，有平坦，有高坡，有深谷，但它一个劲地向黄河流，不到黄河心不死！到了黄河还要奔大海。

我写道：胭脂村的老一辈子说的，出门咱干好事不惹事，摊上事不躲事不怕事！

我写道：父老乡亲，你们敞开胸怀，端起大碗，该吃吃，该喝喝，该唱唱。关中道的男人们，八百里秦川的汉子，在外不会给你们丢人哩！我替峰向你们发下誓言：不混出个人样，就不去见爹见娘见兄见弟！

我还没来得及跟颖儿挑明峰身子伤的事，颖儿就摊上事了。林业局的两个公安一路鸣着警车来到了军营。

颖儿一个女娃能惹上啥事？

教导员叫上我一起去招待林业公安。原来，颖儿赔峰的被害人的钱，是她拿林场的。颖儿是林场的出纳员，她从他爹那里没要够钱，就动了林场公家的钱。

教导员问颖儿可有这事，颖儿点点头。

"不过，我打了借条，借条就在柜子里门押着。"颖儿说。公安说，就是这借条让颖儿拿公款的事这么早就暴露了。

这事严重吗？够上刑？

公安点点头，数额上够巨大的。上两万就是巨大，颖儿拿了十三万！

公安要押颖儿回林场。胖姨来了，说犯哪门子邪了，咱这净出吃官司的事？

我问公安，有啥办法能让颖儿从轻处理。

公安说，得迅速退回赃款，越快越好。我一听，将我积攒的钱全拿出来，一数才八百多。胖姨看见，还钱能减轻啥处罚。她从家里拿了一千多。

峰的连队，连长带着一些战士来了，他们说拿不出多少钱，他们上个月响应号召献了血，现在去地方为人民群众再献一次血能不能算数给颖儿减轻些罪罚？

林场的公安握着教导员的手说，看到部队当兵的这样护着颖儿，他们心都跟着热了，回去后一定向管案子的领导汇报，争取最大限度地从轻处理。

我对公安说，我有个事想单独对颖儿说，成不成？

公安说，成，颖儿现在又没有定罪，只算嫌疑人。

我将颖儿叫到一边，想将峰伤身体的事告诉她。可是，面对颖儿，我没说出口！我只告诉颖儿，我替峰感谢她！她让我们关中道男人认识了啥叫东北大姑娘！

颖儿被判了刑，五年，比峰还多两年！这是最轻的处理了。颖儿的爹，为了女儿，丢了林场场长的官，还卖掉了房子，家里只剩下一口做饭的铁锅和几只碗筷。

颖儿让我递话给峰，说现在什么都没有了，只剩下峰了！不管咋样，她都认峰这个男人。

当我把这一切告诉峰时，峰沉默了许久。

"现在古装戏能演了，我在监牢里还看了二人转！"峰说，他看白娘子爱许仙，看华山三娘娘宝莲灯救刘颜昌，"这女子爱男人，那可是用心用命的！"峰说。

男牢与女牢中间隔了道墙，我找到牢狱长，说能不能让峰与颖儿见上一面，牢狱长说，这哪成？这是监牢。

从峰那里回来，我接到弟弟打的一封电报：父病危速归！

电报是加急的，我一看，忙请假连夜奔向家里。我当兵这么多年，收到家里的电报还是头一回，不火烧眉毛，父亲绝不会让人打电报给我。他怕我分心，耽误了部队上的事，误了前程！这回一定是父亲病得不轻，才让弟弟打的电报。

我没买上卧铺票，晚上睡在坐席下面，两天两夜，身上都有臭味了。当我回到家，推开门却找不到我爹，我心里顿生不祥。

"我爹呢？"我快要哭出声来了。

"你爹刚出门，拉着咱家的老母羊搭羊娃儿去了！"我娘的一句话，让我追出了门。

我追到了老皮头家，见到了我爹。

"你不是病了吗？"我急切地问。

我爹笑了笑，说是病了。

啥病？

"没啥？说是胃里长了个东西。"我爹说得轻描淡写，他说人老了有点病正常着了，谁老了能不得病？

医生咋说？

"要照医生的话，咱不活了！"我爹的话让我意识到这回爹得的是大病。

爹，咱回去，马上去西安大医院。我爹说算了，不用那么费事！我说不成！病可不能耽误！

老皮头看我爹来了，说你看给你的老母羊搭哪个品种？

我爹说，你这还引进了新的种羊？

老皮头指着他的羊公子乐呵呵地说，对着哩！你要是想出羊毛就配这个新疆的细毛羊，你要是想吃羊肉，就配这个内蒙古的肥尾巴羊。

"那我是既想吃肉又想多出毛的配哪个？"我爹笑说着。

"这有啥难办的？你出双份钱，我让两头羊都配不就成了！"老皮头说着哈哈大笑。给羊配完种，我爹给了老皮头五块钱。老皮头不收，说，"咱老兄老弟的，还收你的钱？"

"那可不成？你弄这种羊还不是为着挣俩钱花？"我爹硬将钱塞到老皮头手中。老皮头接过，拍拍羊公子的头，说成！没让你白忙活！

"改革了，开放了！政府放开手让咱挣钱哩！"

我爹感叹地对我说，现在是八仙过海，只要能搂到钱就是好的。要是早几年这样，凭他的手艺，早搂够钱啦，"我早想给你和你弟盖两院砖房！可惜现在爹老了，心想做，身上劲却一天天没了！"

我听了心好酸，我拉过羊，对爹说："不用，你好好享受晚年，有我哩！"

第二天，我带着爹去西安看病。挂号、检查、拍片子，折腾了整整一天，结果还得过几天才出来。

回到家，我爹高兴地对我娘说，这回可开眼了，坐着直上直下的电梯，可洋活了！

我想，一定要趁爹妈身体好的时候，到大城市看看，开开眼……

检查结果出来了，我爹得了癌症！我没告诉爹娘，一个人将检查单子塞进了衣兜。

雪花走了，走得无影无踪。留下的儿子，二娃抱回了部队。这么碎的娃，二娃一个大男人咋带？连队的战士们只知道喜欢，但谁也不会带。

碎娃要喝奶，二娃就在营区后院养了只奶羊。为这事让上级批了一通。

这回二娃没犟嘴，尽管他养羊没耽误工作，但军营不是羊圈，羊咩咩地叫声，让他听着也觉得不成体统。

二娃带着雪花的娃在部队怎么成？边来找二娃，边的父母让边将孙子要回来，"要是个女子就算了，这可是小子！"边的父母说自家的骨血凭什么给别人？可是二娃没干，他咬住这娃是雪花托付给他的。

边变脸了，说这娃难道是雪花与你生下的？二娃一听，指着边的鼻子说，你再说一遍。没等边开口，二娃扬手啪地打了过去。边的门牙都让二娃打掉了。

边捂住流血的嘴，说你当兵的还打人？二娃说，打了怎么地吧？你是人吗？此事闹大了，边要到上面告，还要与二娃打官司。

"你愿意咋告就咋告，告到哪里我二娃不怕！"二娃说。连长劝二娃，说人家是孩子的亲生父亲，打官司你二娃一定输。二娃说："官司能输，但人不能输！我等着哩。"

边气冲冲走了，二娃等边打官司，却一直没见边的动静。

部队这头不干了。一个排长带着娃咋训练咋带兵？部队营区还任你养起了羊？你二娃还打了人？

二娃说，人打了，给处分也认了！

"单单说你带着娃，在部队就不成样子！"营长过来也训二娃。但二娃不服："我啥时候耽误训练耽误带兵了？"

"社会不是你妈，处处惯着你，啥事都任你闹！"营长管不了，团长来了。

团长发火说让二娃选择，要不将娃送回雪花她娘，要不脱下军装转业回家！当然，团长这么逼二娃的背后还有司令夫人的支持。夫人想，这二娃离开了部队，就会与女儿若丹分手！

二娃本来舍不得部队，舍不得军装。可是团长一逼，二娃急了。到哪里不是过活！我不信，离开部队就活不下去！二娃自己打了报告就回家！

已经是基地医院医生的若丹哭了，原以为二娃能为她留下来。她对二娃说，你养雪花的娃我都认了，你还要我做什么？难道让我跟你去西北黄土高坡？

"你不做好自己的事，老跑到别人的生命里当插曲。"战友们也劝二娃将雪花的娃送给人养，然后安安心心娶司令的女儿。这么美的事，别人做梦都不敢想的，你小子脑子进水了还是咋地？

二娃抱着雪花的娃，说雪花能将娃托付给他，他不能辜负了雪花的信任。

若丹看到二娃这样，心凉了，如果没感觉，就不要给我一错觉。

二娃说他没给若丹错觉，两人要好，还有啥舍不得的？你大司令的女儿，要真的看上我二娃了，就得放下身架，嫁鸡随鸡。要看不上，你后面还有一大溜子的人盼着当司令家的女婿哩。

二娃转业了。二娃有些无奈，连长营长悄悄告诉二娃，让二娃去找找司令，留下来。二娃说，他不折那个胃气，不弄那个巧。

二娃转业后的第二年，若丹就去了陕西，嫁给了二娃。期间若丹也见过几个军官，可是她心里只有二娃，感觉到其他男人都比不上二娃！为这事，若丹将她娘司令夫人都气病了。老夫人说若丹中了二娃的毒了，非往火坑里跳！村里的人说，二娃命好，这水润的女娃，还是司令的千金，能来到这里嫁给他，你看二娃的福分多大？余三爷说，这叫命里是你的，你不争都会找上门，命里没有，你争破头也得不到！

若丹骂二娃，说："你施了魔将人家的魂儿死死勾住了！"二娃笑了，说从你在嫩江水里戏弄我，你就离不开我了。若丹说看把你美的！

29

萍死了，我无心再写这小说了。

但，总得对读者有个交代！

我回家听到了不少二娃的传说，觉得二娃的故事能写个续篇，不信？你挑几个看看？

二娃转业到公安局，因为破获一起案件有功，被提成了公安局局长。对这事，胭脂村里人传的邪乎：这个犯人死咬不认账，任谁审就是不张口。二娃从看守员口中得知这人犯挺迷信的，那天做了个梦，说玉皇大帝派神仙来搭救他出苦海。这二娃一拍脑门，来了主意。二娃夜半三更装扮成个包公，人犯一到，就拍起惊堂木，说是奉玉帝命他来救他的！这人犯一看傻了：昨晚的梦灵验了！二娃呵斥道，快将你犯的事一五一十地全招了，我好救你！人犯头点得像鸡啄米一样，合合端了自己的事！

事后，有人说二娃破案装神弄鬼，不讲规矩。有人说，能破案就是硬道理，你讲规矩破不了案也白搭！

当官的二娃看到山里的人来趟县城不容易，下乡时就让司机顺便带老百姓。司机说："咱这官车咋能让老百姓坐？"二娃笑了，说："谁说官车老百姓不能坐。我的车，老百姓就能坐！"开始老百姓还不敢坐，后来看有人真的坐了，人们就涌了过来，本来没事不去县城的人，也想坐坐官车，威风下！一见官车来了就想占便宜坐下。这可把县长书记惹火了！你二娃这样，让我们咋办？

二娃笑了，我只管我的车，别的你们愿意咋办就咋办？哈，从二娃开始，三原县其他官的车都开设了老百姓专坐的，这事还受到上面的表扬！啥叫公仆，这才是。

三夏，大忙。刚当上县长的二娃看到县办公室的人坐得齐齐整整，心想，大夏天坐在办公室喝着茶倒是不错，可是地里的农民还在抢收夏。古诗上说啥？谁知盘子的饭，每一粒粒都沾有农民辛苦的血汗。二娃说："明天上班大家脱了皮鞋，穿上布鞋，戴上草帽。"大家一听，县长要干什么？

二娃："锄禾日当午去！"

谁知，市里第二天来人检查，到了县里只见办公楼只留着一个怀孕的女人在值班。

"上班时间，咋看不见一个人呢？"检查组的人发火了。怀孕的女人不干了，她挺挺肚子说："啥眼神呀？我这不是两个人在值班呀？"

检查组的人听了看了眼这妇女，笑了，心想人家说得没错，要是你肚子怀的是双胞胎，那还是三个人在值班呢？

"嗨，这大夏天的，人都逛荡到哪里了？"检查组人问。

"被我们的二娃县长带着下地锄禾日当午去了！"这事，后来报告到市领导，领导对二娃狠狠地表扬了一通。啥叫为人民服务？这才是真真的为人民服务。

二娃干爹死了。

二娃听说后没有哭，他一个人悄悄回到家，要为老人送终。有人劝二娃："这事悄悄进行，别让人知道了。"咋了？二娃不解。"这老头是要饭的，传出去人家笑话。堂堂一个县长，咋能有一个要饭的爹？"

二娃一听脸沉了："要饭咋了？丢人！没有爹娘要饭，我这个县长早饿死了。难道县长不是人，一当了就翻脸不认爹娘？"

二娃脱掉西装，披麻戴孝，为干爹送终。干爹没儿没女，没后人给他顶火盆子。村里人说，算了，随便往火盆弄些纸钱烧烧，扔到路边行了，叫花子眼勤手勤能收到钱哩！

二娃一听不干了："谁说老人没后人，我就是！"二娃要顶火盆。二忠一听，拉住二娃：这顶火盆的事，非亲生的谁愿意顶。老辈人说火盆一顶三年霉运。

二娃说，我将干爹干娘当亲爹亲娘，为他们养老送终，管他啥运低运高的。

出殡那天，二娃头顶火盆走向干爹的棺材前，后面跟着细桃、二忠一行人，吹鼓手嘀嘀答答好不热闹。几个人抬着细桃做的献饭——

白白的馍，有的做成红石榴，有的做成桃，有的做成老虎、老鼠，一只碗里放着一根长长的面，上面架着一双筷子，将一根长长的面挑在上面。

鞭炮声中，二娃头顶火盆，过了十字路口，有人吆喝一声：摔火盆啦！二娃知道，这是给干爹送钱的时刻，他双手举起头顶的火盆，火盆有些发烫，他咬住牙，高高举起，向地上摔下。"啪"的一声，火盆碎了！有人叫道，县长，你头上冒烟了。原来，火盆将二娃的头发烧着了，二娃这才感觉到疼，细桃见状，忙上前伸手扑拉了二娃的头。二娃笑了，说："干爹，钱收到了。这是你跟儿子在告别哩！"

穿过一条泥巴路，跨过一条干渠，到了胭脂村的坟地，一排排圆圆的黄土包，里面躺着胭脂村老去的人们。老坟上长满了草，新坟上插满了花圈。

二娃到了坟地，按礼数跳进干的墓穴，用扫把扫了扫，然后上来，人们才将二娃干爹的棺材放下。这时，哭声大起！

回来的路上，年轻的司机不解地问县长："村里人为啥要给司机一条红布呢？"

二娃说："你知道不？这是农民最厚道的地方。自己家办丧事，怕给别人带去霉运，拿个红布挡一挡。"多年后，我爹出殡时，我才对此有了切身的体会：胭脂村，我的父老乡亲，你们淳朴厚道如黄土地一样实在。

二娃官运好，当了县长当书记。可是二娃不会做官，整天开会他就烦。有人教二娃做官："你学会开会，开会之前要稍有准备，参会时候要选好座位，该你发言要天花乱坠，遇到分歧要态度暧昧，别人发言要假装回味，领导讲话要似乎陶醉。"

光说二娃过五关斩六将的事，这二娃就不是二娃了。

刚当县长，二娃想改变县里的面貌。从哪里下手？二娃从抓卫生开始，规定不能随地大小便。有人说二娃，你新官上任三把火，不抓个大事不抓个能出彩的事，抓随地大小便能抓出个啥？二娃一听，说啥大事能出彩？一个县城，到处是屎尿多恶心人。咋能不做个文明人？

你没听邻县的人给咱县城编的顺口溜："狗多路灯不亮，人多墙根尿尿。"县的脏名，害得小伙子谈对象都难。人家姑娘会对媒人说："一个县城脏，说明这里的人素质不咋样！"

"埋汰咱县就是埋汰我这个县长。"二娃决心改变县里的形象。"要将咱县脏的恶名扔到太平洋去，还要创建全省全国的卫生县城！全县人民群众行动起来，瞪大眼睛监督，谁要是随地大小便，一律罚款五十元！"二娃在电视上对全县父老乡亲们说道。

老蒋头听了二娃县长的话就开始在大街小巷转悠，遇到随地大小便的就上前理论，将人送到城管队，非要人交了罚款才罢休。有人说老蒋头认死理，老汉将脖梗一挺瞪大眼睛说："万事都讲个规矩，不认理认啥？我就是认死理，死认理！"

这天，市卫生考察团来县里，检查完后对县的工作给予充分肯定。晚上二娃县长按惯例接待考察团。二娃本来酒量不小，但架不住考察团成员的轮番轰炸，醉了！坐在车上的县长对城管局局长说，出了成绩是大家的！城管局局长说，出成绩关键是县长领导得好！二娃说，所以你说我能少喝吗？城管局局长正要说不能，不能，县长突然叫停车，说要方便！

车停到路边，城管局局长要扶二娃县长下车，二娃一甩胳膊说，不用扶！两人朝厕所走去，就在离厕所十来步的时候，二娃急匆匆跑到路边方便起来。看样子是憋坏啦！

这时，黑暗中一只手电筒照了过来。"谁？"城管局局长喊道。

"我，老蒋头！"说着，老蒋头走到了二娃跟前。"好小子！我在这里蹲了三天了，终于抓到一个！"

城管局局长一看忙上前拦住老蒋头，低声说："这是咱县长！"老蒋头一愣看了看二娃说:"你哄三岁娃哩,县长咋会立墙根尿尿?"

城管局局长说:"县长也是人!"

老蒋头急了:"胡说,县长是官,是一个县素质最高的人!"

二娃对老蒋头说:"我真是县长!"

老蒋头不理这茬儿,上下打量着二娃说:"你说你是县长,我还说我是省长哩!吹牛谁不会?你娃尿泡尿,看你哪点长得有县长样儿?你乖乖地去交罚款,这可是真县长立的规矩。"

二娃一看说不清就往车上走,被老蒋头一把拉住,想跑?没门!城管局局长急了,推了老蒋头一把,谁料老蒋头脚下一滑扭伤了脚,送到医院一拍片子,骨折!为这事二娃县长、城管局局长都受了警告处分。

事后,有人说老蒋头事做过了,老蒋头心里也有点过意不去,但嘴上依然硬:"明明是县长立的规矩,县里的人都要守这个规矩,不然这规矩不白立了!"

事后,城管局局长说人倒霉喝凉水都塞牙!

事后,有人拍二娃的马屁说冤,二娃说不冤,他在本本上大大地写了几个字:县长不是人,县长是官,是一个县素质最高的人!

幸福炮兵

二娃为了给我们村的路铺上柏油,上蹿到城里不少部门,求爷爷告奶奶,人家批了三十万元,可批钱的人说这钱二娃他们还拿不到。知道内情的人告诉二娃,得给人家意思意思!

啥意思?

意思意思就是意思意思!

二娃明白了,他告诉批钱的人,从三十万中拿出两万。不料出事了,上面来人调查,问二娃这两万元装进谁的腰包了?二娃就是不说。你不说,就是你拿了。二娃说反正我没装进自己腰包。

二娃仗义,他心想,人家批钱给胭脂村修路,为两万元钱咱卖了人家，这哪能成？

为这事，二娃又受到了处分，这回是记大过！省长知道这事后，骂二娃死脑筋，没原则，说处分得轻！

受过两回处分，不但没影响二娃的官运，还让他成为推选全县人大代表投票时得票最多的人！投票的人说，二娃官当得仗义！

细桃婶子说二娃被处分冤屈。二忠说成了，反正官还能当！细桃说这不都是乡里乡亲给老陈家面子啦！

二娃的事，传说的还多着哩。

……

两年后，我调到师部宣传科。科长见我老大不小的还是单身，就张罗给我介绍了几个对象，我硬着头皮见了一个，是驻地县长的女儿。这女娃刚刚从长春大学毕业，人生得很漂亮。我说不出不好，只是，我心里只有萍，别的女人好像好坏我都没啥感觉。

科长说啥感觉不感觉的，你给我先处着，等处出感觉到时再说。

正在这时，北京军事艺术学院来招生，科长让我负责，我想他是怕老干事做手脚。我当了考官，与军艺老师一起对报名的六名师文工团的舞蹈演员进行考试。

璐，考了第一名，她给家里打电话报喜，她父母不相信，说凭你能考第一，璐说她遇到了一个贵人！璐说的贵人就是我！

我可没帮你什么。

我只告诉你要识谱子，要朗诵一首诗，要跳段舞。我之所以这样，是师后勤部部长顾一山交代过我，要我悄悄照顾下璐。

晚上，师部举办舞会，璐与我跳舞时对我说："我真想趴你怀里哭！"我一听，惊了，眼睛往四周看了看，生怕领导特别是科长看见。这璐才十六七岁，再说了，科长介绍县长的女儿我还没给人家个准信呢。

璐上学后，每天一封信，信中很少有字，全是些符号：天下雨了，就画上雨丝，再画一个女孩，流着泪。要不，寄来空白信纸，让我写上几句最想说的话，要不寄张邮票，说她想变成邮票寄到哥哥身旁。

我为璐的纯真调皮而心动，我想，难道是萍的灵魂托付给了璐？

璐后来真的走入我的生活。但，璐第一个暑假，我看见她箱子底一枚指环，璐不经意地说那是后勤部部长顾一山送她的，我的心不由自主地抽搐了下。后来，璐与我的恩恩怨怨就此不绝。直到我在上海出差，半夜接到的那个电话，说我家进了个人。我知道，这电话那端不报大名的人，也是好心，他不忍我蒙在鼓里。我没有回来，我担心那是真的，可我一夜没入梦，心前总晃着那枚指环……

璐，不是萍，绝不！

萍没有托付璐，萍不会托付任何人，天下只有她一人懂我知我爱我。

我将萍那双红玻璃球球揣在怀里，我想萍时就拿出来，玻璃球亮晶晶的眼睛随时会睁开，就像萍的眼睛，她会像烧着的火，撩得我脸热……

那段荒唐岁月，成了我记忆中的一只萤火虫，时不时地就会飞在我的眼前，让我已经消失在深夜里的记忆闪现出一星亮光！噢，那是我们最美好的人生片段，那是我们的最纯最真，如梦如幻！

这部小说出版后，我将把第一本，在一个深夜的十字街头焚烧掉，烧为灰尘飞上天，好让在天堂的萍能读到。萍，你要是看到了，就让老天在腊月二十八下场大雪吧！这天，是你的忌日。

而对于活着的人，我、峰、二娃、若丹，还有我爹我娘、细桃、二忠、有信、大诚、狗牙、狗蛋、狗尾巴，噢还有雪花、颖儿、璐……

我们的命，无一不正行走在死亡的途中，没有分秒的迂回或返

幸福炮乒

程。活着，就要心存善良与感激地享受这短暂的活着的甜蜜，如果有雅兴就别忘记那一个个俗灵世魂出游的梦想！人生天地间，忽如远行客。生命犹如寂静林间草叶上的一滴露，而梦就是光照在露珠上折射出的七彩色……

钓鱼钓上的鳖，在河滩上伸脖蹬腿，拼劲地翻了身，没想到我又将它翻了个肚皮朝天。鳖羞，四爪乱蹬重要翻身。鳖，没有咬我的指头，它怕我手里的竹签捅鼻孔。做饵的蚯蚓不见了踪影，它何时能圆一飞冲天的大梦……

后 记

河南蒿县，伊水湖畔，有个媚娘夏宫，是武则天女皇为了与小和尚幽会而修建的！我的小说，就在此诞生！小说原叫《男凸女凹》，后贾平凹老师题写名为《烟火》，出书时才叫《幸福炮兵》。

"儿呀，我有个心愿，在我闭眼前能不能帮爹圆了？"

父亲不止一次地对我说："带全家回河南老家一趟，让老家人看看，谁说咱家没人啦？"

我总是轻松地应着爹的话！可直到爹去世，我都没能圆上爹这个心愿！

不孝之子呀！

每每想起，我就深深地愧疚黄土下的爹！这年夏，我终于从京城来到父母的故土、我的老家——河南洛阳！

尽管晚了，但儿的孝心地下父亲能感知得到！我悟得父亲心思，父亲让他的儿孙回老家有光宗耀祖之义，但更多的是让老家人看看，父亲从一九四二年与母亲逃难去陕西，如今也是子孙满堂，香火延续……

回到老家——洛河伊河两河岸之滨的姚村，见到村长。没等我开口，他便说论辈分他还叫我叔呢！这让我感觉很是亲切。我让他带我去我家，村长顿时尴尬了，他说："咱别去了吧？去我家吧！"

去你家？

我执意而急切地要这侄儿村长带我去我家！

村长不吭声了，憋了半天，脸都憋红了才开口："你家老屋早就破烂不成，村上给推平了，成农田了！"

看我不语，村长忙说："刚叔、明叔、二娃叔，你们不管谁，不管啥时候回来，我都会给你们批院庄子地，姚村的人谁也不能说二话！"

侄儿村长的话说到这个份儿上，我还能说啥呢！

表弟张志伟带着我就走。

去哪儿？

去姨家水道口村，也是老家！

车到嵩县我被一条河吸引住了：水大滔滔如黄河，却清清滢滢，不像黄河那么黄浑；河宽阔阔似长江，却安安静静，不是长江那般汹涌！一汪汪清水似块巨镜，走近可映人影，伸手可以亲近。再看两岸的山，延绵起伏，白云绕顶，青青翠翠。

"美吧！这可是武则天女皇上的媚娘夏宫！"志伟弟说，这水叫伊人湖，山叫白云山！

美死人啦！伊水湖水似娇女美若仙子，白云山伟如俊汉立地顶天！

"这还差得远哩！"厚道的表弟告诉我，县里李大伟博士书记正带着他们在打造五A嵩县，就是要留住这青山绿水！志伟弟还着手重现媚娘夏宫哩！

当夜，我便入住刚刚建好的一处小宫——伊人湖畔的度假别墅！

夜，漆黑。月，只露一细弯牙。倒是满天的星星缀在头顶落满湖心，水波荡漾，伊人湖中的星星便闪出片片眨眼的银光！如梦如幻，仿佛身心陷落仙境一般。

凭窗望去，思绪穿过黑夜，穿越千百年时光：那中华第一位女皇，贬牡丹仙子出西京根扎洛阳花开洛阳，建国都于洛伊之滨，登基开创一个女人一统天下的亘古伟业。尽管，兴邦于此，败落于此！而女皇做的这一切，除为天子金銮至高的荣光外，是不是还为着那个英俊的小和尚？要不她怎会选清澈水湖，择俊秀山峦，筑逍遥夏宫？那个白面小弥撒，可实实在在被媚娘藏隐在夏宫多年！

女皇万世人杰，威仪普天；媚娘万种风情，兰姿惠心！

入梦，窗外阵阵蛙鸣！

女皇今在何处？在我与萍去过的大坟里，她与丈夫李治皇上合葬于乾陵！只是那个被她宠爱的小和尚身葬何地？媚娘芳魂兴许随他而去，兴许就留在这逍遥夏宫！

一代女皇，千年过后，功过誉毁仍争得不消停！好在她早有预料，死后墓碑不刻一字，任凭后人咋说她也不管，这可是她有意为后人留下的无数的谜……

我爹我娘，从河南走西口根落秦地魂归关中，我从陕西闯关东，扎根京城！鸟寻林，人奔命，感慨之余一个念儿孕生腹中——写一部小说，成全自己一生的梦想与追逐！

随即，一个月假期，我沉入这媚娘夏宫一角落！仰女皇绝千古之君威母仪，寻媚娘盖万世之风韵情愫，享夏宫胜仙境之逍遥自在，敲人生传奇之汉文正字，叙父老乡亲之悲欢离合，集一书供天下人之品赏！

千年前，武媚娘与小和尚偷欢的逍遥宫，今天却成了我小说坐胎的子宫！

写完小说，我像重生一回。儿时记忆如投显影液里的一串底片，呈现出岁月蹉跎正在消失的人生风景……

远去的岁月，物质是贫乏，人们是单纯，快乐却是快乐——仗义，忠诚，信任，纯美，还有荒唐……

我住媚娘夏宫一月余，不舍离别，便以首歌词一报皇恩：

白云山好风光

云飘飘　晚成霞

伊人湖水淌

百里美画廊

媚娘媚娘

千年女皇今在何方

伊人湖　水中央

那轮含情月亮

不知今夜摇落谁梦乡

（白：人说千古一帝武则天，无上荣光

谁知心中那无解的彷徨

白云山下伊水湖畔

修筑媚娘夏宫只为与情僧相会）

白云山好风光

云飘飘　晚成霞

伊人湖水淌

百里美画廊

媚娘媚娘

人说女皇无上荣光

威四海　心彷徨

女儿柔情空悲伤

不知谁揽花枝闻我香

时光尘封故事封不住花开

岁月吹去铅华吹不去梦想

清水流花径处处飘暗香

蝉鸣山幽静知音在何方

媚娘媚娘……

2015年元旦·北京墨香斋

幸福炮兵

449

图书在版编目（CIP）数据

幸福炮兵 / 姚晓刚 著. -- 北京：作家出版社，2015.6
ISBN 978-7-5063-7768-3

Ⅰ. ①幸… Ⅱ. ①姚… Ⅲ. ①长篇小说 – 中国 – 当代
Ⅳ. ①I247.5

中国版本图书馆CIP数据核字（2015）第010355号

幸福炮兵

作　　者：姚晓刚	
责任编辑：罗静文	
助理编辑：魏　硕	
装帧设计：丁奔亮　申哲宏	
出版发行：作家出版社	
社　　址：北京农展馆南里10号	邮　　编：100125

电话传真：86-10-65930756（出版发行部）
　　　　　86-10-65004079（总编室）
　　　　　86-10-65015116（邮购部）
E-mail:zuojia@zuojia.net.cn
http://www.haozuojia.com（作家在线）
印　　刷：三河市紫恒印装有限公司
成品尺寸：152×230
字　　数：365千
印　　张：28.5
版　　次：2015年6月第1版
印　　次：2015年6月第1次印刷
ISBN 978-7-5063-7768-3
定　　价：45.00元